走错家门的孩子

伊涛 著

中国出版集团 东方出版中心

目录

引言

若非寻常物，必有非凡事。

早在2019年腊月，我前往齐都霁月镇，随机寻访，曾见到一堆土，高高地矗立在路旁。乍一看，除了占地面积比较大，并没有发现其他异样，原以为只是一堆普普通通的黄土。遇见路人，便打听周围村庄有无古迹。谁知路人竟抬手指向了那堆土，告知那是一座坟，下面埋有九女。

既然是九人并埋，自然会比其他坟堆大数倍。免不了要问，谁家的九女？按常理，同躺一墓的是夫妻，九女缘何会被埋在同一座坟内？所谓九女，是谁家的女儿，还是媳妇？路人逐一解答，甚至念起当地流传的几句顺口溜——九女坟，九女坟，坟内是血恩，坟外是泪痕。血恩报泪痕，泪痕全无心。

听之思之，稍稍恍惚，似能看见那些鲜活的生命一下子出现在眼前。催人反思，眼前的一条路，若从历史中延伸而来，后人的生命历程是否全盘不同于前人？一座坟，风来不躲，雨来不避，虽被积雪覆盖，但迟早还会迎接阳光照射，似是无比坚强，又颇显倔强，每时每刻，难道不是在默默言说？到底说了什么？后人又该如何解读前人？不妨把累累往事记录下来，留待你我各自品味。

路人又告知，前行不远，还有一座大坟，埋着一男九女。仅此一句，就足以吊人胃口。难免要问，坟内男女是夫妻关系吗？那男的究竟是何人？居然能娶九房媳妇。赶到那里，一眼望去，再次恍惚，脑海中始终盘旋着两句话：一座坟难道不是一种记号？不动不摇，摆明要等着后人前来打探坟主曾在人世间如何风风火火度过一生。

更让人惊讶的是，两座大坟同属一家，故事的主角被人们唤作活财神。通过文学写作关切民间，难免需要追溯万事万物的源起和存立寓意，还有背后的人文关怀。当时因没有充足的时间继续寻访，只能暂且搁置。接下来一段时间，经常揣摩，早已步入历史的往事，难道只能成为万人皆可捶的破鼓？且看那风梭在人世间穿行，从来只是依旧如故，由远及近，所来所去，转眼便是几十年，断不肯蒙尘。后人若不能接续前人奋进，活着的气劲，恐怕就连风梭都赶不上。

迄至2020年暑夏，再次赶去调研。曾有访谈对象提到，活财神纵有万贯家财，最终却饿死了，终生亦是不幸。以此为线索，故去的人悄然间便纷纷来至眼前。透过访谈描述，活财神简直像是要现身说法。积聚家财，固然属于无数人的梦想，但他的心里却深埋着另一番追求，财富只能算是浮云。他曾追求幻妙的爱情，他曾追求子孙满堂……

再至2021年暑夏，随着调研越发深入，活财神的父辈、祖辈乃至更早的先人，开始出现在访谈中。尤其令人咋舌的是，活财神的母亲当年极能生育，接连九胎，次次都是双胞胎。怎奈活财神的父亲起初缺乏历练，未能保家。后来还曾他乡再娶，又是接连九胎，次次仍是双胞胎。只可惜父辈的运气没再降落到活财神的头上。更有一段流传了几百年且真假难辨的历史故事，曾在活财神的心里涌动，塑造着他那坚不可摧的执念，终致家业凋敝。

综合审视几年来的调研，真真让人唏嘘感慨：生在凡尘俗世，脚踏着苍茫大地，条条大道纵横交错，通向天际。山高有崖亦有隙，江水潺潺生涟漪，过去的无法追，未来的难尽知，怎能免得了四海寻驿。谁不曾栉风沐雨，陷入低迷；谁不曾成为走错家门的孩子，或是不经意，或是有意奋力，全都在残破的人生中追逐繁花锦时。千言万语，化作一问，如他如我又如你，究竟如何在天地间安顿那颗怦怦跳动的心？

访谈对象曾强调，活财神的故事固然精彩，但属于负面教材，讲述的意义在于劝人不要步其后尘。需要强调的正是：切不可看低普通百姓讲故事！他们哪怕没有精深的理论阐发，但有章法可循，亦会立足于琐碎细节挖掘寓意。调研期间，曾有几人提到，活财神结婚时，妻子刚入洞房就跌在地上。闹房者纷纷言表不吉利，难道从此便要开启跌宕起伏的婚姻家庭生活？新娘反倒不那样认为，顿时爬了起来，告诉大家，无需别人搀扶，未来的幸福生活全靠我自己去争取。此类故事，难言精彩，书内正文未曾收录，但访谈对象总会强调当事人是何等的自立自强。寥寥几语，便刻画出故事的寓意。

以普通百姓的认知观念为基础，追索故事背后更丰富的文化寓意和内涵，当有必要强调，故事扎根在乡土，而传统文化亦会以民间为故乡。回顾调研，悄悄然，甚至会感觉到你我从来没有真正离开过乡土。说不准就会在哪天的午夜梦回时，回到它的身边，但每次都需要重新向它回归。有意无意还会感叹：归属的变迁、地域的流变、几代人的记忆，难道早已成了历史的遗迹？梦中的故乡似是变了模样，但地表深处却还隐藏着几千年来文化传统的涌动。

你我成长，难免会接触到各种故事。一旦走到他人曾经生活的地方，只需一瞬间，就会拉近过去与眼前的距离。若还伴着蒙蒙细雨，一下子就打破了地上和地下的空间局限，继而会让你我在他人故事与自我感悟之间做出跨越时空的嫁接。埋藏在坟墓中的故事，并非只关涉过去。那一桩桩、一幕幕和一幅幅，总能出现在眼前，依旧鲜亮如故。分分秒秒，必有言说，终是传统文化在民间的生根发芽，促成世代百姓的生死安顿。

调研有其地，故事有其人。转入文学生产，人名依从百家姓，地名依从历史典故，只是敲定了叙事代码而已，不算造假，故此完全可以让全书故事的主线落在丘山韩家，再兼涉同村的陈家人、潘家人和外地韩家人等。因人物关系比较繁杂，在此略作交代。一则可以算是故事呈现的开篇提示和预告，二则方便读者审阅和把握故事线索。不喜欢预知故事的读者，可以忽略接下来的几段文字，直接从第一章开始阅读。

聚焦主线，书中韩家的史上先祖，叫韩犁。据传，曾救助明代的洪武大帝朱元璋。晚清以来，书中的第一代韩家人，名叫韩流星；第二代，叫作韩椒。远史故事晦沉，后人的记忆存储有限。录入本书，占比不大，但不可谓不重要。因访谈对象在讲述时，总喜欢通过跨时代回忆和插播的方式呈现，于此便为本书录入提供了一套策略。

韩家开枝散叶显阔，民间记事显明，访谈对象曾提到，韩椒生有四子，以春夏秋冬冠名。四兄弟各有各的故事，但韩家家业的兴盛全靠韩冬支撑，因而他在同辈中属于故事的主角。追溯家业兴盛的始由，还不可忽略干娘襄助，韩冬遂又有干哥干嫂崔天赐和金姿。言及婚育，韩冬娶妻杨兰兰，生子韩寻异。书中第七章，承上启下，韩冬退场，故事主角换作其子。

韩寻异娶妻魏竹庵。生育幸事在前，韩寻异反倒把妻子典给甘沛。魏竹庵作难，遣散众子，身边仅留韩涌潮，还在甘家生下了甘续韩。韩寻异挂靠吴家，娶妻吴豆禾。吴家户主叫作吴元谅，原配妻子早亡，跟儿子吴穷尽度日。吴元谅后来再婚，娶了栾凝霜。栾氏有女邵燕舞。吴元谅和邵燕舞原是继父继女关系，但二人生下了吴豆禾。邵燕舞远走他乡。吴豆禾自幼不喜其父，长至成人，曾心仪李慕白，夜奔离家时，同骑一马的竟是刘长水。历事波折，故乡添坟，吴豆禾归家。有些事，除非真实发生，仅凭虚构，恐是虚构不出来的。吴元谅三娶艾竹菊，吴穷尽娶妻艾梅兰。造化弄人，艾氏婆媳原是亲姐妹，她们的母亲叫宋瑞雪。旋至吴家家破，韩寻异方才寻回魏竹庵和韩涌潮。转入全书第十四章，韩寻异退出历史舞台竟是被吴穷尽杀害。

始自第十五章，故事主角由韩涌潮担当。此前，韩家曾和朱家巧妙定亲，韩涌潮便娶妻朱艺红，谁知佳人半路命殒。韩涌潮和潘家寡妇袁绽的爱情故事，极具浪漫主义色彩和乡土底色，但二人未能步入婚姻。韩涌潮连连娶妻，前后还曾跟孟一梦和钱金玲产生婚恋纠葛。孟母谢承谊愿意嫁女，出于无奈；钱金玲和父亲钱无有则涉嫌谋财。韩涌潮奇人奇遇，发财无数，但在生育事务上恰有自己的意难平，渴盼生儿却始终没有。表面上的妄图霸业，实有游戏人间的底蕴，擅以奇思妙想折腾不止。待他生命终结的前一刻，袁绽归来，带回韩家子孙。袁绽死前，交代自己的后事，想入潘家坟，遂心之余偏又生出他事，最终入了韩涌潮的坟。

切入正文，不妨从韩涌潮的祖辈说起。

第一章

以德报怨

得一方高天的掩佑，丘山和皇蹲山分列东西，承挑着山峦脉系。丘山村便坐落在山沟沟里。村内住着一户姓韩的人家，一父四子。老父亲一病不起，驾鹤西去。老大韩春主持大局，前脚办完丧事，后脚就提议分家。家产只有一屋一院、四亩薄田、一头牛、一只狗和一只鸡。

韩春把牛留给自己，把狗分给老二韩夏，把鸡分给老三韩秋和老四韩冬。另外，每人各得一亩田，还可以继续住在原来家里。韩冬曾念叨：“父母在，家就在。父母不在，家就不在。把一只鸡分给我们二人，明摆着是要欺负我们。我何必凑热闹，莫不如去外面讨生计。”韩秋便要了那只鸡。

时隔几天，韩春牵着牛去耕田。韩夏在家里发愁，如何让狗去耕地。韩秋吃了鸡肉，出门当叫花子。韩夏许是因为负气，牵着狗下了地，把犁耙套在狗的脖子上，挥舞鞭子抽打着。犁耙那么大，那么重，岂是狗能拉动的。韩春就在侧旁的地里，故意看了看老二，撇嘴取笑：“你难道不知狗是看家的，可不是犁地的，何必白费力气?”韩夏听了，立刻回击道：“若不是被你逼的，我岂会如此。狗既然跟了我，那就必须任凭我怎么使唤。”韩春朗笑了一阵，又窃笑了一阵。

韩夏简直发了狠，拼命抽打狗。那狗嗷嗷叫唤，趴在地上，不想站起来。韩夏越发抽打，那狗便爬起来使劲往前拱，仍是拉不动犁耙。韩夏几经抽打，似是非要改变狗的习性，竟把狗活活打死了。韩春看了看，狂笑不止。

韩夏拖着死狗回了家，心中懊悔：“错不在狗，都是我不对。我那么打它，它都不曾反抗，还摇尾巴示好。狗死了，日后就连做伴的都没了。”韩夏思来想去，不忍心再扒皮吃肉，索性把死狗扛在肩上走出家门，直奔山坡，找了一处僻静的地方挖坑，好好安葬。至于日后如何耕种，全靠自己的体力，庄稼自是长得不好，幸亏多多少少还能有点收获。

天长日久，韩夏倍感孤独，难免念起那只狗。想当初，它本来就喜欢跟着我。越想越懊悔，就跑到狗的坟前，一坐就是半天。久而久之，每当感到孤独或心里不痛快时，就会去那里坐着。

时光荏苒，狗的坟前长出一棵树苗，叶子状如榆树的。一开始只有筷子那么细，但长得极快，仨月有余，已经长得像茶碗那么粗。韩夏起先并未在意，心想，山上长树再正常不过，但怪事终究还是发生了。某天傍晚，他倚着那棵树入睡，树却突然倒了。他顺势躺到地上，登时就醒来，扭头一看，地面裂开一道缝，缝中除了树根，还有些黄澄澄的东西，便把那棵树从地里拔出来。赫然发现坑中有一坨黄色块状物，拿出来仔细打量，不知是何物，直奔镇上当铺。掌柜老杨告之，是一块狗头金，价值不菲。

韩夏索性当掉，拿着钱回家，另找地方，雇工盖起一座偌大的庭院，过上富足的生活。韩春极其纳闷，总是琢磨："老二怎么一下子就发了财？"他始终弄不明白，跑去问老二，谁知老二却闭口不答。韩春发誓非要找到原因，动不动就要偷偷跟踪老二。

韩夏花完了上一次的钱财，再次去狗坟掀翻地面，果然又找到一块狗头金。韩春跟踪在后，得知了秘密。等韩夏回家后，便跑去仿效翻找，同样找到一些黄澄澄的东西，但拿在手里却发现只是一坨狗屎状的草根。

韩秋在镇上行乞时，无意中听到路人议论丘山韩家的老二竟发了财，便去投奔，祈求收留。韩夏却说："兄弟情义，不过如此，我们都应该向老大学习。"韩秋一听，怎能不伤心，继续靠乞讨度日。

韩夏花完第二次得到的钱财，第三次去狗坟前翻找狗头金，但找来找去却没再找到，一时不知是何原因。接下来隔三差五去祭奠那只狗，怎奈全无效验。仅仅过了一年有余，花光了钱财，开始变卖家产。最终甚至把庭院都卖掉了，仍是吃喝无度，很快又过起了吃紧的日子。

韩冬自从离开后，再也没跟哥哥们联系。虽然同样靠乞讨维生，但自己找了一处住所。白天出门要饭，晚上则回到某座大山上的一间废弃茅屋里。想起过去，不禁会念叨，无论何人，都不能把别人的善良视为愚昧。人间的一切善恶，都被苍天看在眼里，那一轮旧年冷月正是苍天的眼睛。

某天傍晚，正要往回走时，只见有个老太太坐在河沿上，并未仔细打量，向前走了几步，突然听见身后传来呜呜的哭声，便停住了脚步。稍一回头，发现正是那个老太太在哭，他便走到了跟前。老人家哭道：“活着还有什么意义，莫不如投河死了算了。”说着话，就要往河里跳。韩冬赶紧喊了一声，别跳！

老人家果然没跳，扭头看了一眼韩冬，哽咽道：“儿子不孝，儿媳抠坏了我的眼，没有人养活我，我实在是活不下去了。”韩冬一听，当即愤慨道：“家有父母，岂能不孝！”紧接着又说道：“苦命人遇见了苦命人，他们不养活你，我养活你！”转眼就把老人家扶了起来，背在背上一路小跑，回到了山上的茅屋里，说了一句：“眼前就是我的家，只要你不嫌弃，我们就一起生活吧。”

老人家说道：“我的腿脚不灵便，眼神还不好，就连缝缝补补都做不了，俨然是废人了。你把我背来，还有何用。”韩冬却说：“你不是还能说话嘛，咱俩每天说说话，就挺好。我此前每天出去要饭，哪怕要到天黑，都不着急回家，只因家里没什么事可让我惦记。即使回来，仍独自望着几面墙壁，除了睡觉无事可做。日后可就不一样了，有你在，我的心里有了一份牵挂，出门在外便会时不时提醒自己，赶紧回家吧，家里还有人等着吃饭。谁家过日子不图家里有人气！有你在，我就会觉得家里是温暖的。”

老人家听了听，脸上终于露出笑容。韩冬把自己要来的馍馍塞到她的手里，二人一起吃饭。次日早晨，韩冬匆匆下山，继续行乞。离开前他把一块饼交给老人家，让她饿时再吃。韩冬走街串巷，转眼就是一天，不同于往常，不等天色擦黑就急着回赶，两步并作一步。

二人吃晚饭的时候，韩冬闲聊起来："我的父母不在了，莫不如认你做干娘吧。"老人家高兴不已。韩冬立马给她磕头。今日去，明日来，母子二人相依为命。

许久后的一天晚上，韩冬说："今天上午，有人在街上张贴告示，我凑过去看了看。据告示所写，谁家若有宝贝，可以拿去卖掉。几经打听，原来是官府里有人正在准备一份贺礼，缺少一件像样的东西。不知明天会不会有人拿出自家的宝贝，想来应该还会有热闹可瞧。"

老人家一听，立即问道："此事当真？"韩冬答道："怎会有假！"老人家顿时仰起了头，思考再三，把手伸进口袋里摸索了一会儿，拿出了一件墨绿色的宝贝。韩冬大为惊讶，看了看，发现那是一枚扳指。

老人家说道："明天拿去试试，看看寻宝人能不能瞧得上。"韩冬不肯接，摆着手说道："我可不要！"老人家又说："我既然要给你，你就拿着吧。你若是不拿，说不准日后就会落到谁的手里。"

韩冬谨慎问道："你的手里既然有宝贝，卖了就能养老，当时为什么想要跳河？"老人家叹着气说道："宝贝既是财，又是灾。我那儿子和儿媳一心想要得到，差点把我杀了。我一旦交出来，如果到了儿子的手里，儿子就会卖了钱去赌博。如果到了儿媳的手里，说不准就会携宝出走。可让我怎么办？我悄悄地从墙缝里抠了出来，拿着出了家门。你遇见我的时候，我当真不想活了。咱俩在一起生活后，我发现你是难得的好人。只有把宝贝交给你，方能算是物尽其用。”韩冬仍然不肯接。

老人家又说：“元朝末年，我的娘家先人曾跟着后来的明初皇帝朱洪武打天下，立了不少战功，得了扳指，代代相传。只可惜我没有兄弟姐妹，我爹临死前就给了我。我如今六十多岁了，若是让我日后带进棺材，难保我那儿子和儿媳不会挖坟取宝。”韩冬思前想后，便不再推辞。

第二天上午，直奔官府。寻宝人果然识货，完成了交易。韩冬拿着银票回到了山上，跟干娘商量该怎么支配钱财。老人家说道：“你还年轻，总不能一直流浪，莫不如回到家乡，盖上几间房子，再娶上一房媳妇。”韩冬果然背着干娘回到了家乡。俩月有余，盖起了一座偌大的庭院。

韩春和韩夏免不了要问，如何发了财？韩冬直言相告：“君子爱财，取之有道！善良待人，财宝自来！”韩春依旧像以前那样靠耕种为生。韩夏更时常吃紧。韩冬总是主动接济他们，有言在先：“我可以确保你们饿不着，但我不养闲人。”韩春问道：“我曾那样待你，你不记仇吗？”韩冬答说：“你终究是我的大哥，打断骨头连着筋。我们之间没有杀父之仇或夺妻之恨，顶多只能算是你此前做错了。我若揪着你的过去不放，耗费的可是我的精力，除了惹得自己不高兴，能有何意义？”韩春一听，直落眼泪。

韩冬交给了大哥和二哥一项任务，让他们把老三找回来。时隔半月，韩秋就回来了，要饭没有要出名堂。韩冬跟他说道：“日后无需再去乞讨，我可以给你提供最基本的衣食，你自己可要争气，想办法把日子好好过起来。”韩秋同样感动不已。兄弟四人在那座大院子里分屋居住。

世上没有不透风的墙，老人家的儿子崔天赐和儿媳金姿找了来。当时，韩冬正在给干娘揉肩捶背。那二人吵吵嚷嚷，说自家的宝贝岂能落入外人之手，眼前的庭院应该是自己的。韩冬有心把庭院交给他们。老人家却喊道：“你们怎么不说自己的老娘岂能成了外人的娘?”崔天赐和金姿赖着不走。

老人家怒斥道：“你们若要耍赖，我就报官。”韩冬想了想，跟干娘说道：“既然他们已经来了，就是我的哥哥和嫂子。如果真把他们赶走，我们反倒又会担心他们去别处惹是生非，莫不如就让他们留下吧。全家人在一起，热热闹闹，岂不是更好。”

老人家稍作思考，点了点头，转眼又指着那二人说道：“你们可以留下，但要谨记，无论什么事，都不能自作主张，一切服从老四的安排。”那二人不再嚷嚷。无需几天，便发现韩冬真是孝顺，每天早晨，必给母亲梳头；每到饭时，必把饭捧至母亲面前；每天晚上，还要给母亲洗脚，自愧不如，哪里还有脸面再去争夺家产。

韩冬的此类行事，越发传为佳话。开当铺的老杨便差媒婆上赶着提亲。仅隔了俩月，韩冬就娶了杨家女儿兰兰。转过年来，得了一子，取名韩寻异。再至后来，官府派人邀请韩冬前去当差，辅助解决各种案件。尽管他大半天都在家外忙活，但一早一晚还是像以前那样孝敬干娘。

如何当差，同样有一套策略。曾有人跑到县衙报案，说自己一大早要去饭棚里做饭，却发现家里的锅不见了，想来应是昨晚被人偷走了，请求官府派人寻锅，追查案犯。韩冬左思右想，与其声张，带着人查案，把小事闹大，莫不如把大事化小，就告诉报案人："你暂且回去，在你家周围的街上大喊，谁藏了我的锅，子女兴旺财宝多，谁给我送锅来，又添子女又添财。"报案人不解其意，发怒问道："偷锅贼不知羞耻，我凭什么还要去讨好？"

韩冬只是劝说道："你暂且按照我说的办法去做，保你能寻回饭锅。"报案人半信半疑，走出了大堂，尝试着依计行事。果不其然，次日早晨，就发现原本丢失的锅被人挂在自家的院门上，于是急忙跑去感谢韩冬。他几经思考，认为自己的纠纷化解策略无非是倡导以德报怨，不妨称之为逆向促和法。在各种纠纷上屡做尝试，大获成功，他本人简直被人们奉为圣贤。

接连数年，主动出资给哥哥们张罗着娶妻。妯娌凑在一起，难免会发生摩擦，彼此间的三言两语说不准就会让谁感觉不适。逆向促和法在家务应对中仍能奏效，可让全家人避免失和。

又有媒婆跑来提亲，韩冬直言："我们兄弟四人均已结婚，而且无人打算娶二房。"媒婆嘿嘿笑道："魏家看上的可不是你们兄弟，而是想跟你家定一桩娃娃亲。"韩冬满脸堆笑说道："我儿子才六岁，是不是早了点？"媒婆则说："跟指腹为婚的相比，六岁都算是大龄了。魏家女竹庵今年九岁，正好可以跟你儿子配对成双。"

韩冬怎不明白，自家安宁，无论谁家女子嫁来，肯定不会受委屈，而且自己在官府当差，受人尊重，每月还能拿到俸银，可保全家人衣食无忧，难免会有人想要结亲。思来想去，人生在世，最可贵的便是认清自己，摆正姿态，断不可把自己架得太高，于是怎好拒绝魏家美意。

时隔三年，老魏病重，担心自己看不到女儿出嫁，就想让韩寻异和魏竹庵尽快成亲。韩冬果然答应了下来，前脚迎娶儿媳进门，后脚就给亲家送了葬。韩寻异和魏竹庵在一起生活，暂且只是犹如姐弟。

斗转星移，岁月穿梭，韩春、韩夏和韩秋跟各自的妻子皆迟迟未能生育子女。大家怎能不急不愁，求神拜佛，寻医问药，五年间，治女又治男，却总是不见效。反倒是韩寻异，年仅十四岁就当了爹，而且魏竹庵生下的是一对双胞胎男孩。韩冬给孩子取名韩四海、韩五湖。

韩春等人何尝不曾琢磨，既然侄子都已经有了孩子，我们做大爷大娘的，还怎么好意思再把生孩子的事挂在嘴上。悄然就是一年，魏竹庵又生下了一对双胞胎男孩。取名韩六江、韩七河。韩春等人甚至觉得羞死人了，我们做长辈的，简直就是一群废物。

居家度日，人口那么多，谁能确保不会有人惹事？岂不知俗语有言，江山易改，本性难移。崔天赐仍是爱赌，无论是去镇上店铺出力，还是前往周围各村的富户家里帮工，只要手里有了钱，总会以最快的速度聚赌。哪怕他逢赌必输，都克制不住赌瘾。手里没了赌资，难免就会想要借。该找何人去借？如果直接说是为了赌博，恐怕不妥。若要借到，免不了需要编造理由。

崔天赐想了想，决定去找老杨，他说：“你我之间夹着韩冬，自当可以算是亲戚。我有心娶二房，母亲应允，妻子同意，韩冬默许，眼下缺少银两，望请出借二三。”老杨左思右想，担心借钱人所言不实，没有立即出借。

崔天赐又说：“我娶二房，少不得要请你去喝酒。你若不借，到时候还有什么脸面去喝喜酒。”老杨依然觉得不够底实，问了一句：“你哪天办喜事？”崔天赐直着脖子回答：“暂定下月初七。”老杨怎会不知，干亲交往，深浅尺度，不好把握。如若不借，难保崔天赐不会去找韩冬滋事，便不再问啥，借出去了二两银子。

崔天赐拿着就走。老杨冲着他的背影喊了一句：“下月初七，你若是不办喜事，我可就要收债。”崔天赐没回头，没应答，直到走出当铺，方才嘟哝：“只要银钱到了手，我管你日后会如何。”嘟哝完了，一蹦三跳，前去找人再赌。

当天傍晚，韩冬要回家，在路上遇见岳父。老杨把崔天赐借钱的事说了一遍，并问道：“他下月初七当真要娶二房吗？”韩冬只说：“我们平时前后院住着，他要娶二房，我竟不知，只怕不实。据我猜测，他借钱的目的应是充作赌资。”老杨一听，连连摇头，大有后悔出借之意。

韩冬又说：“崔天赐毕竟是我的干哥，我和他中间夹着干娘，我平时不好深劝。关键问题是，如果彻底不管，等他惹了事，自然又会让干娘生气。我该怎么办？”老杨接话说道：“我的好女婿，我能理解，你维系家业，凡事都要讲求周全，的确不易。家里一旦有人嗜赌，最是败家，我们要尽力扳过来。等到下月初七，莫不如我按约定去你家，且看崔天赐怎么应对。你可要提前做好准备，我会见机行事。”韩冬望着岳父大人，嘴上虽然未说谢字，但连连鞠躬。老杨转身就走。

随后几日，韩冬一直在思考，干哥嗜赌，已经到了借钱充作赌资的地步，若是苦劝戒除，只怕无效。如果让干哥断指戒赌，干娘未必不同意，但免不了会心疼。到底应该怎么办？崔天赐此前借钱，早就赌输，每天只在家里出出入入，要么就去街上溜达。看他的神情，说不准内心里又在琢磨，接下来还能去找何人借钱。

深夜时分，韩冬迟迟睡不着，暗暗发誓，非要想出办法，直到天色放亮，心里终于有了主意。洗了洗脸，直奔镇上窑场，跟烧窑师傅交代了一番，支付了几枚铜钱。办妥了，再去县衙。他未向任何人透露自己的计划，每天回到家里，只当什么事都没发生。

初七说到就到，崔天赐或许早已忘了之前撒的谎，大半天只在街上闲逛。韩冬告诉金姿，不妨带干娘去镇上郎中，诊断诊断近来的身体状况。如果时间充足，还可在镇上散散心，买些布匹和点心回来。金姿果然带着老太太出了家门。老杨不到中午，便已赶来，未见崔天赐，就躲在前院屋里，帮着杨兰兰带孩子。韩冬早已做好了准备。

直到天色上黑影时，崔天赐终于回来了。韩冬直接说：“你的二房新娘就在后院你的屋里！你不去迎娶，人家倒是自己跑来了。”崔天赐一听，当即愣住了，晃了晃脑袋，直奔后院。老杨闻声，赶紧出了屋，追着崔天赐跑去。他大声喊道："我要喝喜酒，一天来好几趟。全家人都不伺候我，崔天赐不能不伺候我吧！"韩冬跟在后面。

崔天赐进自己的屋子，只见桌上摆着红烛，炕上的确坐着一位蒙着红盖头的新娘。韩冬跟来说道："二房嫂子一进院就告诉我，哪怕新郎未曾亲自迎娶，但只要过了门，按照常规议程，时至第三天，必会带着新郎去娘家回门。我还问二房嫂子，以前没听我哥说起，请问您的娘家在哪里？谁知嫂子竟告诉我，唯有赌鬼嫁给赌鬼，方能算是情投意合。既然是鬼，娘家自然在幽冥地府。"

老杨赶紧接话："新娘那样说，许是开玩笑。"随即冲着崔天赐说道："你此前找我借钱，果然是用来娶妻，没有骗我。恭喜！恭喜！我完全可以担任你们婚礼的见证人。既然新娘已经坐在洞房的炕上，其他礼节，不必再去补全。我宣布，婚礼已成，姻缘得配。"

崔天赐直眉瞪眼盯着炕上，心里或许正在念叨："这到底是怎么回事？此前借钱，原是撒谎！炕上怎么果真会有新娘？是从天上掉下来的？还是从地底冒出来的？"只见那新娘不胖不瘦，浑身着红，坐在炕上一动不动，真真像是举止得体的大家闺秀，崔天赐的心里直打鼓。转念却又琢磨："谁家的女儿愿意嫁给我当二房？难道世界上当真会有天上掉馅饼的事？我此前只是在当铺里说了句要娶二房，新娘果真就来了。"

老杨催促道："快去揭开盖头，让我看看新娘的模样。"崔天赐迈步朝炕前走去，自知心里并非全是喜。仔仔细细打量了几圈，当真让人对新娘的容貌产生预期。崔天赐刚刚抬起手，却马上收回去，扭头看了看老杨和韩冬，方又伸出手，捏住红盖头一角，轻轻一拽，当即吓了大跳，甚至大喊一声。

那新娘张着大嘴，瞪着眼，俨然是一副凶神恶煞的模样。就连老杨都被吓得不轻。韩冬作揖，冲着新娘说道："嫂子，我们以后就是一家人了，望请彼此照拂。"崔天赐望着炕上，越来越害怕，直缩肩膀，只因新娘仍是一动不动，面目表情迟迟未改。

韩冬走到跟前看了看，大喊一句："到底怎么回事?"崔天赐索性推了新娘一把，更是发觉不对劲，顿时就愣住了。老杨喊道："是新娘，非新娘，难道新娘不是人?"韩冬接话说道："新娘怎么可能不是人！我可眼睁睁看着她进的院，跟世上的其他女子没有任何区别!"老杨说道："你再仔细想想她一进院跟你说的那些话。人家早就说自己不是人了!"

韩冬一听，立即冲着崔天赐说道："坏了！坏了！你娶的竟是女鬼！刚才还说三天后回门的事，难道你必须跟着女鬼前往幽冥地府? 那岂不是意味着你马上就会死!"老杨接过话茬就说："怪我！怪我！刚才还宣布婚礼已成，姻缘得配。我千不该万不该急于那样宣布。眼下可倒好，人鬼结婚，简直坐实了。"崔天赐浑身打颤，攥拳壮胆，使劲推了一把新娘。韩冬急忙伸手，原本想拦着，但没拦住。

随着新娘倒在炕上，崔天赐倒在地上，大喘了一口气，晕厥过去。韩冬迅速扑到炕上，抱起新娘就要出屋。老杨仔细看了一眼，方知韩冬抱着的只是一件窑活瓷器，的确是大姑娘的模样，栩栩如生。至于那身红衣，还有红盖头，想来是韩冬包裹上的。老杨难免想笑，但还是憋住了。

韩冬抱着窑活直奔家外山上，此前曾在那里挖坑，砸碎瓷器，埋好即可。等他回到家，崔天赐早已醒了，而且已经被老杨扶着坐到了椅子上。韩冬进了门就说："你到底做了啥事？竟招来了女鬼。你前脚晕倒，女鬼后脚便要往外跑。我追去看了看，只见女鬼最终在一片老坟地里消失了。"崔天赐怎能不问："我该怎么办？三天以后，女鬼是不是还会回来拉我去幽冥地府？"韩冬语重心长同样念叨，怎么办？怎么办？

老杨抻了一会儿，方才说道："并不是没救了！你好好想想，女鬼曾说，唯有赌鬼嫁给赌鬼，方能算是情投意合。你日后若不再做赌鬼，那女鬼就不会再对你心心念念。"崔天赐一听，接连说了几遍："我发誓以后不再去赌了。"老杨又叮嘱："说话可要算数，否则还能把女鬼招来。"崔天赐念念叨叨："算数！肯定算数！总不能因为赌博就要丢掉性命。"韩冬和老杨对视了一眼，两人脸上都露出喜色。

事情前后只发生在后院屋内，并没有给其他人带来恐惧感。直到崔天赐喘匀了，金姿和老太太才回到家里，果然带回了一些布匹和点心，全然不知崔天赐的此番经历。他反倒冲着金姿说道："日后若无必要，只宜在家里帮忙带孩子。"金姿没有接话。老太太满脸喜色。

前事已了，某天早晨，又有事端降临。韩冬当时正要出门去办差，却在院门的耳挂上发现了一袋银钱，而且钱袋的外面挂着布条。上面写着："女儿女婿启见，为父连日来内心激荡，有时虽陷入矛盾，但终究还是感佩革命军人。今决定携资去追随，留下些许银钱，只当留念，望尔等勿寻，只宜安心度日。"

韩冬一看便知，这是岳父留下的，便拿着钱袋回院回屋，交给了妻子。杨兰兰痛哭不止。韩冬叹着气说道："看来革命军早已来到齐都，一旦闹腾起来，事关清廷存亡，只怕我的官差就要当到头了。"全家人无不倍感恓惶。

仅隔半月，韩冬便已赋闲在家，免不了要思考，没了俸银，日后可怎么养家？索性前往新时官府，期望讨得职位。有人却说："只怕你是旧朝遗老。"韩冬辩解："我家早已有人去投奔革命军，我怎么可能会是旧朝遗老。"那人又言："如此说来，你怎么不去投军？"韩冬一再强调："无论何时，总会有各种民案发生，我的逆向促和法，可放之四海。"那人仍是无意提供职位。

韩冬只能往回走，一路上思来想去，世间路，千万条，唯有赶往鬼门关的那条，任何人都不会走错。有什么理由不好好安顿亡者，但丧葬办理极其复杂，不是谁都懂得，而且大多数人都怕死人。可巧我幼年时就经常赶往各家的丧葬现场观礼。此前当差时，更是帮人办理过。甚至还曾有人认为我兼通阴阳。莫不如就带领家里的男丁打制棺材和扎制各种纸品，让女人们缝制寿衣，售卖取财，再免费帮各家张罗丧葬事宜。

第二章

疼痛戒赌

生意开张，各有所忙。韩冬除了掌舵，依旧要耐心照顾年迈的干娘。杨兰兰还要把精力放在照顾儿媳上，而魏竹庵眼下又怀了孕。大家早已开始猜测，且等孕期一满，生下的肯定还是一对双胞胎男孩。

巧的是，家中孕妇并非只有魏竹庵，还有金姿。杨兰兰等人免不了要一并照顾。崔天赐反倒总是觉得妻子怀孕颇显蹊跷，只因他此前经历过一件怪事。说起来，他曾给赵家帮忙放羊，赚取些许钱两。某天下午，来至皇蹲山，望着羊群觅食，觉得无聊，便给放养技术一一取了名。比如说，挥鞭把羊群聚到一起，不妨叫作照羊。把羊群赶到某块地上连拉带尿，叫作沃地。取完名字，捧腹大笑，甚至觉得自己满腹才学。

前脚沃地结束，后脚天色突变，狂风骤起，乌云密布，雨滴洒落。崔天赐稍稍盘算，若要赶羊回村，只怕来不及，望见半山腰有洞，就朝那里赶去。刚刚照完羊，电闪雷鸣，天地间咔嚓一声巨响。借着雷电光亮，崔天赐发现头顶斜上方似有一只貔狐，吓了大跳。雷电频闪，揉眼再看，真真发现一只貔狐坐在洞口上方，离着颇近，只需向前一扑，就能发起攻击。

好在貔狐只是坐在那里，目不转睛盯着眼前的人，未曾向前扑。但在崔天赐看来，貔狐明明想要发起攻击。他轻声默念："求求你，别攻击我！如果非要往前扑，就去咬羊吧，随你咬哪一只。"那阵雨来得快，去得快，狂风吹开乌云，天地间越来越亮。

貔狐仍坐在那里，崔天赐看得越发真切，心头直抖，双腿打晃，倒在了地上。明明感觉自己已经昏厥，但又没有彻底昏迷，恍恍惚惚入了梦境。只见貔狐仰头望了望苍天，紧接着又盯着崔天赐，竟口吐人言，以苍老的声音说道："我要幻化成人，老天爷不答应，非要打雷劈死我。可巧我看见你避雨躲到了洞口，就跑来坐在你的斜上方。老天爷一看便知，我俩离得太近，若要劈死我，免不了就会顺带劈死你。好在老天爷不想挥舞雷剑指向你，顺带就没有劈死我。实话实说，是你救了我一命。大恩当报，如何报？得一赠一，莫不如让你家增添一口人吧。"

崔天赐未发一声，只是听着。貔狐说完话转身就走。那群羊在洞口转来转去，直到有几只踩到崔天赐的身上，他才醒了过来。抬眼便看洞口上方，确知再无危险，方才起身。拍着脑门思索，刚刚确有一梦，宽慰自己，毕竟只是做梦，岂能把梦中事当真。

雨后山坡泥泞，不妨碍放羊，崔天赐接连跌了几脚，便不再琢磨梦中的事。等羊吃饱，就要下山。转过天来，无非仍是放羊，不在皇蹲山上，便在丘山上。隔了几日，金姿怀孕了。崔天赐怎能不琢磨，结婚若干年，迟迟未孕，眼下却怀孕了，难道有何因由？琢磨来琢磨去，就想起了几天前的经历，心里不够坦然，便把梦中的事情告诉了家里人。

韩冬听后劝道：“若是非要把梦中事当真，那就说明，在老天爷看来，你没做过伤天害理的事，反而还救了貔狐一命。既然如此，家里添丁，自当可以算是得了福报。日后更应该尽自己的最大努力去温暖天地间的一切生命。”

崔天赐却说：“难道我的孩子是那只貔狐送来的？若果真如此，孩子还能算是我的吗？万一哪天貔狐想要收回去，可怎么办？”韩冬又说：“你们夫妻生育的孩子，怎能不是你的！只要你每时每刻都用温情点亮世界，遍洒爱意，哪怕貔狐想要收回孩子，老天爷都不答应。”

崔天赐点头念叨：“每时每刻都以满腹善意爱戴一切生命，岂不是做任何事都要谨慎思考，断不可任由自己心血来潮，想如何就如何。说到底，无异于给自己套上枷锁。我还怎么随性由我，岂不是活得很累？”

韩冬告诉他：“怎么会累！只要你挖掘出自己内心的善源，做任何事，哪怕只求随性，无意中或者悄然间就会点亮世界。关键在于先挖掘和充实内心的善源！从眼前的事做起，逐渐积累，久而久之，便会把自己打造成随性由己的贤良人。”

崔天赐不再说什么，且不知他的心里还会出现怎样的疑问。家中若无事，仍要帮赵家放羊。许久后的一天，夜里沉睡，又是一梦。发觉自己在路上走着，突然听见身后传来一声："前面的人，暂且站一站。有一桩生意，可以谈一谈。"崔天赐回头一看，雾霭中由远及近飘来一人，当即感到后背发凉。的确有人飘到跟前，蓬头垢面，似人非人，像极了传说中的恶鬼。

那人说道："你是穷光蛋，我是穷鬼。区区穷字，捆住了你我的手脚。唯有手中握财，方能随性由我。倒又正是因为穷字，无形中拉近了你我。前面有一户富主，我可以让他家的孩子突发怪病。且等其他郎中全都治不好，你把我交给你的药丸送去，保你能获财。"

崔天赐看了看周围，一时不知自己身在何方，隔着重重雾霭，隐约发现前面的确像是有一户人家。穷鬼掏出了一枚红色药丸，递至面前。崔天赐想了想，明明已经把双手背在了身后，转眼却又伸出了右手，接过了那枚药丸。

穷鬼说道："万望你得了资财，还能记得去前方桥头给我烧些纸钱。"崔天赐点了点头。穷鬼又说："你暂且等待。若发现前面庭院忽闪三次，你就喊，我有奇药，可治怪病。到时候，定会有人请你入院。"崔天赐跟着穷鬼匆匆向前。稍稍片刻，便蹲在了墙根，不知穷鬼又去了哪里。

果不其然，前面庭院里的亮光投射到了街上，随即传出了惊呼声。有人出了院子，消失在了雾气中。时间不长，便有郎中背着诊箱，被人领进了庭院，转瞬就独自走了出来。院内的亮光一下子消失了，眼前的世界归于沉寂。真真让人怀疑世上除了漆漆浓雾，再无其他事物。

崔天赐在墙根缩了又缩，双手抱肩，简直缩成了刺猬。前面庭院又有亮光投射到街上，接下来的情形跟上一次一样。直到第三次，亮光忽闪一灭，庭院内传出了哭声，像极了马上要办丧事。崔天赐赶紧起身，直奔院门口，大声喊道："我有奇药，可治怪病。"只喊了两遍，就被人请到院内。

七八岁的孩子躺在床上，看似已经没了气息。床前一群人，无不死死盯着来者，摆明了是要寻求最后的希望。崔天赐扑向前，把药丸塞到了孩子的嘴里。众人便开始探头探脑望向床上。说来真是奇了，那孩子咳嗽了一声，眼瞅着就还了阳。

崔天赐被请到堂屋，刚刚坐定，主家便把大鱼大肉端到了桌上。好一顿大吃，酒足饭饱，崔天赐又被送进了侧房。就寝前，告诉身边人："你家周围是不是有座桥，快去桥头上烧些纸钱，越多越好。"身边人点头答是。

主家有心款待，不让恩人速去。崔天赐享受了三天贵宾待遇。天下哪有不散的筵席，临走时，还获得了百两银子。来至街上，挥了挥眼前的浓雾，正要迈开大步向前走，穷鬼突然出现在了面前，挡住了去路。

崔天赐扭头就跑。穷鬼追去，揪住他说道："我俩合伙发财，你为什么要跑？若想摆脱我，尚需你再给我烧点纸钱。"崔天赐说道："主家不是早就给你烧过了吗？你为什么还要跑来跟我要？"穷鬼说道："那天那人在给我烧纸钱的时候，没有围着纸灰画圈，那些纸钱早就被其他恶鬼抢走了。我分文未得，故此需要你重新给我烧。"

崔天赐却说："我若给你烧，那就需要花我自己的银子买纸。你若想要，就想办法让那户人家重新给你烧。"

穷鬼说道："如果没有我，你怎会赚到钱。我没有主张跟你平分，就算是大仁大义了。你只需花费一二两，买点纸钱给我烧，你竟不同意。且听我一言，做人不能太自私，否则那孩子得的病就会转嫁到你的身上。到时候，你非但财产尽失，还会搭上性命。"崔天赐抱紧那袋银子，蹲在地上。

穷鬼又说："罢了！罢了！你且回，我且去，日后还会再见。"崔天赐只听见耳畔呼呼有声，等大风吹尽，抬头扭转身子看了看，没再看见穷鬼，方才起了身。刚刚迈出几步，就趴到了地上，嗷嗷喊了起来："冻死了！冻死了！我的钱！我的钱！谁都不要跟我抢。"声音颇大，吵醒了妻子。

金姿冲着崔天赐喊了几声，谁知丈夫迟迟未醒。天色大亮，金姿把韩冬叫来。崔天赐闭着眼仍是那样大喊。韩冬说道："沉迷梦境，必是大病。"免不了要请郎中。一天三次，给崔天赐灌药，谁知他竟沉迷三天，那样喊了三天。直到第四天方才醒来。

韩冬怎能不问梦到什么。崔天赐详细描述了一番梦境，还是强调："合伙发财，我赚的就是我的。"韩冬叹着气说道："你赚的钱在哪呢？心中恶源，未曾清理干净，终究堵塞了善源。心神不通，便是病根。"崔天赐却问："我做梦发财，难道还有错？"

韩冬告诉他："做梦发财本身没错。关键是你们想发财，竟要祸害梦中那户人家的孩子。你告诉我，错没错？"

崔天赐没接话。韩冬又说："穷鬼要发财，一心想害人，你为什么要跟它同流合污?"崔天赐晃了晃脑袋，吱吱呜呜地说："现在想来，梦中故事不严谨！穷鬼有大能，既然要通过害人的方式发财，完全可以幻化成两人，再分工，却偏偏拉上我。而我又何必上套，更没必要跟梦境纠缠。"

韩冬却说："心中有内鬼，便会招来外鬼。唯有心里一直想着，要用温情点亮世界，方能去除一切杂念，更会把恶鬼拒于千里之外，只落得浑身洒脱，光明磊落。"崔天赐顿时下了炕，身上哪有实病。韩冬只在心底默念了一句："但愿你日后不再滋事!"

崔天赐仍然去给赵家放羊。隔一阵得了些工钱。那些铜板似极其烫手，攥在手里攥不住，心里直痒痒，耳畔便响起了聚赌的声音。那种感觉就像是到了什么时候就必须要做什么事，否则心里便难受不堪。况且出手豪掷，铜子在桌子上乒乓一响，会让人感觉自己马上就能得到黄金万两，岂不畅快。既然耳边已经响起了那样的声音，还能有什么心思去做别的事，真真催人立即痛痛快快赌一场。

崔天赐思考再三，先是回了家，在金姿和母亲面前晃来晃去，哪里有心思坐下，更不曾掏出自己赚到的钱。心里默念："此前缠着我的女鬼，想来早已把我忘了吧。"越是如此思考，就越觉得自己的想法堪称唯一正解。转眼工夫，崔天赐一溜烟，出了家门，前去找人聚赌。只是两把，就输光了。灰头土脸又回了家，只当什么事都没发生。

没过多久，金姿便发现不对劲。丈夫每天都给赵家放羊，却从来不曾往家里带钱，怎能不去赵家打听，方又开始合计，丈夫得了钱，只怕早已败光。怎么办？直接指责丈夫，是否会有效？说不准还会引起一场争吵，不利于孕身。告诉婆婆，又能如何？思来想去，宜找韩冬帮忙。

他稍作思考，安抚金姿：“放心！放心！我会办妥。免不了要去赵家知会一声，日后不能把工钱交给我哥。”韩冬说到做到，跑了一趟。赵家承诺，日后若非金姿来领工钱，断不会再交给其他人。

崔天赐俩月未赌，心里直难受，手里没钱，就想跟赵家借，甚至建议提前结算工钱。好在赵家不借，亦不同意提前结算。仨月未赌，崔天赐简直像是病了一场，每天无精打采。赵家早已发现事情不对头，崔天赐每次放羊回来，都能在几只羊的身上看到血迹，怎会不知羊倌在山上对羊做了什么。

转眼又到了结算工钱的日子，崔天赐蹲在赵家院里等着，谁知金姿出现在了面前。赵家人一则告诉崔天赐：“明天你不必再给我家放羊，我已经选好了新羊倌。我不说原因，想必你自己非常清楚。”二则转身告诉金姿：“你挺着大肚子赶来，着实不易。我想了想，若给你结算工钱，说不准那些钱会落到谁的手里，莫不如送你一只怀着羊崽的大母羊。等到日后，母羊生了崽，一生二，二生三，三生无数，你同样可以拥有一群羊。”金姿一听，不但同意，还极其高兴。崔天赐却耷拉着脸。

金姿牵着一只羊，走出了赵家门。崔天赐紧跟在后，走了一会儿，突然冲到妻子跟前抢夺缰绳。金姿怎能不问：“你想要干什么？”崔天赐回答：“你松手，我要把羊牵到羊肉馆卖钱。”金姿拒不松开。崔天赐怒吼一声：“你再不松手，我可要揍你!”金姿直接说道：“你揍我吧，反正我还怀着你的孩子。”崔天赐想了想，最终不再抢夺。

金姿回了家，把羊拴在躺椅的腿上，而婆婆正躺在上面。崔天赐蹲在躺椅旁边，准备解开缰绳。老太太摸起拐杖便打。崔天赐却不躲开。老人家顿时大声喊叫：“老四!快来！不孝子胡闹，快拖出去，暴打一顿。”韩冬闻声跑来，站在干娘跟前。

崔天赐起身看了韩冬一眼，灰心丧气朝院外走去，且不知去了哪里。到了晚上，金姿始终睡不着，反复琢磨：“赵家给了一只羊，无论怎么说，都是一片好心。关键问题在于，就怕崔天赐趁我们睡觉会把羊牵出去卖掉。若要护好羊，当真不敢睡。一晚上不睡，明天还可以补觉，两晚上不睡，三晚上不睡，谁能受得了。况且我还怀孕在身。总让婆婆护着羊，不是办法。可怎么办?”

直到深夜，崔天赐才回到家里，走到母亲炕前，发现老太太手里还拽着缰绳，便没有动歪心思，转身回了自己的屋。接连几天，韩冬又何尝不曾琢磨，只怕干哥又要滋事，该怎么办? 某天傍晚，崔天赐出了门，在街上溜达了一圈，直奔赌鬼聚集地。

韩冬躲躲闪闪，跟踪在后，摸清了行动路线，转身就开始思考，如何让崔天赐戒赌? 若是故技重施，难以确保果真奏效。想来想去，计上心头，回家准备器物。又是深夜时分，崔天赐才回家睡了觉。韩冬连夜赶工，做好了准备。天色大亮，方才补觉。只等着崔天赐再次出门时，前去跟踪。他白天只在家里赋闲，韩冬出出入入貌似在忙，其实却始终盯着目标。

天色擦黑，崔天赐还是要赶往赌鬼聚集地，只是站在赌桌旁看着他人豪掷资财。心里痒痒，按捺不住，走出屋门，望着夜幕念叨：“赚不到钱，还可以借。借不到钱，还可以偷！且等各家各户睡熟了，下半夜再去偷。”韩冬就躲在院门口的黑洞洞里。

说不清过了多久，崔天赐出了赌院。韩冬隐隐约约看到了他，紧跟上去。崔天赐走街串巷，似是在摸索偷盗路线。行至前方路口，韩冬审视了一番周围，贴着墙根，捏住鼻子，以老翁声色喊道：“前面那人，请站一站。我走不动了，求你背着我吧。不会让你白背，我可以给你几两银子。”崔天赐一听，一时分辨不清到底是谁在喊话，只想着赚银子，便站住了脚跟。

韩冬又说：“我相貌不雅，你不必回头。赶紧蹲下来，让我爬到你的背上就行。我们且走且聊，我自会告诉你，我要去哪里。”崔天赐果然没回头，蹲了下来。韩冬迅速趴到他的背上。崔天赐起身便要往前走。韩冬指挥着往东往南再往西。

走了半天，崔天赐说道：“老人家，你什么时候给我银子？我急着要用，你可千万不要赊账。”韩冬捏着嗓子哈哈一乐，随即说道：“你不必放下我，我伸伸手，就能把钱塞到你的口袋里。”说着话，果真把手伸向了崔天赐的口袋。

韩冬想了想又说：“我腿脚不便，你若能每天晚上背我出门，那可真是太好了。”崔天赐回应：“可以！可以！只要能有钱赚，我服从你的调遣。”紧接着又说：“老人家，你到底要去哪？再往前走，可就是一片坟地了。黑灯瞎火的，我们总不能要去坟地吧。”

韩冬又哈哈一乐，接话回复：“你是赌鬼，我是恶鬼，我家就是你家，我们不去坟地，还能去哪?”崔天赐一听，立即停住了脚步。韩冬迅速从后腰上摸出了木榔头，照准崔天赐的后脖颈砸了两下。只听见两声钝响，没等韩冬再敲第三下，崔天赐就开始摇晃身体。韩冬不慌不忙从他的背上滑到了地上，崔天赐便倒了。

韩冬以最快速度往家跑，回到自己的屋，摸黑扛起一张棺材盖，再去找崔天赐，忙活了片刻，就躲在了不远处的路口。接下来的时间，韩冬生怕干哥发生意外，未敢闭眼。直到第二天早晨，旭日东升，崔天赐才醒来，发觉自己的后背上绑着何物，解开胸前的绳索，一张鲜红的棺材盖哐嗤一声砸在了地面上，吓了一大跳。

韩冬扶着墙，频频晃动，望着干哥。崔天赐战战兢兢，就地画圈，念叨了起来：“我记得，昨天晚上明明背着老头赶路，难道老头不是人?”刹那间，头皮发麻，又念叨了起来：“难道那老头是棺材盖变的？还记得，那老头曾往我的口袋里塞钱。不妨掏出来看看。”把手伸进口袋摸了摸，竟摸出了一把纸灰。崔天赐嗷嗷喊着，蹦跳了几下，急速快跑。

韩冬仍躲躲闪闪跟在后面。崔天赐回了家，前院后院大喊：“老四！老四！你在哪里?”韩冬站到崔天赐面前张嘴便说："你昨晚去了哪里？害我一大早就出门去找你，却始终没找到你。你啥时候回来的？"崔天赐问道："赌鬼跟恶鬼当真是一家吗？我怎么总能遇见不是人的玩意儿？"韩冬回答："赌鬼和恶鬼若不是一家，缘何都叫鬼！"

崔天赐惊呼："戒了！戒了！可不敢再做赌鬼，免得招来恶鬼。"韩冬不免要问："当真能戒？"崔天赐抬手揉了揉后脖颈，产生疑问："奇了怪了，我做赌鬼，总能招来恶鬼。别人做赌鬼，怎么没听说惹上恶鬼？"

韩冬想了想答道："老话说，人活三辈子，死后转三代。人死为鬼，鬼死为灭，灭死为消。消死，一切全无。除了今生今世，你不会跟其他人相同，你的上一辈子，更会跟其他人存异。累世因果，各有各的宿命。且不论别人今世如何，管好自己，便是最重要的事。"崔天赐点了点头。

转身遍看四周，家里似是少了什么。可巧老太太喊道："我的儿，快去羊肉馆看看。你媳妇牵着羊出了门，毕竟挺着大肚子，我不放心。"崔天赐一听，嘟哝了一句："她不让我卖羊，她倒是要去卖！"老太太又喊："你若动歪歪心思，我定将不饶。我还等着，她卖了钱，拿回来交给我或者老四。"崔天赐转身出了门。

金姿牵着羊赶往羊肉馆，一路上并不轻松。只因那羊似是预料到自己接下来的命运，不愿意跟着前往，总把头拱在地上，要么长跪不起。金姿攥着缰绳，免不了要死拖硬拽，拖不动时还会责骂："该死的羊，你摆明了非要成为我的累赘，我岂能容你放肆！"说起来，那只羊的肚腹颇大，看样子应是怀了好几只羊崽，行动本来就不便。倔强的孕妇拖着倔强的孕羊，可真是成了路人观望的街景。

金姿从路旁的柴垛上抽了一根枝条，每每拖不动孕羊，就要抽打。前行速度虽然不快，但终究还是赶到羊肉馆。无巧不成书，今早晨想要购买羊肉的人远比往日多。店家一看有人来卖羊，岂能不高兴，当即称重付款。谁知那只羊拒不靠近屠夫，紧紧贴着金姿，在她的裤腿上蹭来蹭去，咩咩叫了几声。

转眼间，竟跪在了那里。仔细看去，眼角落了泪。金姿转身就要走，那只羊分明还要追。屠夫向前一步，哐嗤一脚，踹了过去。那只羊倒在了地上，奋力翻身，站了起来，用蹄子敲击地面，咩咩直叫。金姿无意观望，刚要抬脚离开，那只羊便又扑到了跟前，还是下跪。

屠夫冲着金姿喊道："你暂且站一站，等我给它一刀，你再走。要不然，它还是会黏着你。"金姿果然站住了脚跟。那只羊连连用头触地，真真像是磕头求饶，咩咩的叫声始终不停。

崔天赐前脚刚出门，韩冬总觉得哪里不对劲，就在后面追。崔天赐赶到羊肉馆时，那只羊还在挣扎，扑扑棱棱定要用尽全力。屠夫摁着磨刀石，吱啦吱啦磨刀。羊的叫声跟磨刀声此起彼伏。

崔天赐只是在冷眼观望。韩冬赶到，一眼便看出了那只羊正在苦苦求饶，脸上毛早已湿透，大喊了一声："别杀它！"大致就是在同时，屠夫用左手死死抱紧羊，挥舞右手把刀子捅进了羊脖子。随着鲜血喷涌，流入血盆，羊只剩了咩咩叫的力气。叫了片刻，屠夫松开了手臂，羊便躺在地上拼命蹬腿。

屠夫顺着羊脖子往下滑刀，转眼就在羊肚子里掏出三只活生生的羊崽，倒手扔到翻滚的热水锅里。大喊了一声："完整的羊崽，二两银子一只。"直到此时，母羊还没断气。更让人惊心的是，它猛然间竟从地上蹦了起来，扑向热水锅，直接用头去撞。接连撞了三下，终于倒在地上再无力气挣扎，鼻子里嗤嗤有声，气断闭了眼。

金姿看着看着，突然觉得自己肚腹中的胎儿使劲踹了几脚，简直能把孕母踹倒，赶紧捂住肚腹，还哎哟了几声。崔天赐立即扶住妻子。谁知金姿只想坐到地上。韩冬赶紧向羊肉馆借用独轮车。崔天赐把金姿扶到车上，韩冬推车飞奔回家。

接下来一段日子，金姿总感觉肚腹中不适，何止屡屡被踢，还会觉得时时被捶。韩冬请来郎中，一番诊断，让孕妇静养，未给开药。金姿怎能不忐忑，受尽煎熬，终致早产。一开始明明颇显顺利，谁知产下的竟是死胎。崔天赐和老母亲都无法接受，院内频起哭声。

韩冬怎能不琢磨：杀羊宰牛，世上常见，无可厚非，但不能宰杀无度，至少不能屠宰孕羊孕牛。老天爷全都看在眼里！金姿以孕妇之身，望着那只羊被杀，岂能无动于衷，原本应感同身受，尽力护住那只羊。既然无动于衷，那就难以说是配为人母，还如何当真为人母。

崔天赐、金姿和老太太怎会少得了反思，一应识见，跟韩冬的大致雷同。追索胎儿缘何一出生就成了死胎，金姿认为，原因只在崔天赐身上。老人家亦作如是观。婆媳几次三番痛斥，如果不是因为担心崔天赐败家，原本没有必要卖那只羊。好在韩冬尽心尽力照顾老人家，杨兰兰照顾产妇，没再发生意外。崔天赐发誓，定会重新做人，断指明志。但愿肉体疼痛加上心中疼痛，能让他彻底戒赌。时隔不久，魏竹庵果然又生下一对双胞胎男孩。金姿和崔天赐简直视如己出，权且抚慰心中疼痛。

第三章

苍天示警

韩春早已不再谋求跟妻子生孩子，每日里只是干活，要么帮老四制备丧葬用品，要么下地耕种，闲时还帮忙照看那些堂孙。关键问题是，人生路漫漫，说不准何时就会借着某种因由，在原本平静的生活中搅起风波。

某天下午，韩春赶集卖完了菜，扛着一根扁担，拿着一杆秤，要回家。走至桥中央，秤砣突然从秤杆上脱滑下坠。扑哧一声，明明已经掉进了河水里。让人诧异的是，那秤砣转眼间上浮，竟能一直浮在水面上。

韩春看了看，当真以为看花了眼，再仔细看去，只见秤砣还能在水面上溜溜转。耳畔似有人言："快捞！快捞！"韩春扭头回头，遍查四周，并没有看到任何人，心里颇感纳闷："秤砣是铁质的，死沉死沉的，怎么还能浮在水面上？"一时想不明白，悻悻愣愣，便挥舞扁担，朝秤砣砸去，扑通扑通几声，秤砣落至水下。

韩春又看了看四周，确认怪事已了，抬脚向前走。仍在琢磨："生铁秤砣为什么会浮在水面上？倒是不妨想象一下，水里藏着淹死鬼，躲在水底，抬手举着秤砣，还引诱我快捞。幸亏我足智多谋，直接用扁担狠砸，打退了淹死鬼，秤砣方才下沉。我若伸手去捞，淹死鬼肯定就会把我拖到水里，跟它做伴。好险！好险！”琢磨至此，竟还有些后怕。

世间事，难免会如此，何必探究缘何发生的真实原因，干脆推定系由鬼神作怪，就能让人免于陷入费心费力的沉思。毫无疑问，当可算是规避沉思的偷懒之举，亦可透视出人们想以轻松的心态面对万事万物。

韩春的确没有认真思考，秤砣入水，难道不是恰巧被水草托举住了？耳畔似有人言，难道不是自己的内心在发声？只因担心水中藏有淹死鬼，未曾捞取，自然可以算是财物丢失。他能否坦然接受，终究考验人性。

回到家，吃饱了饭，坐在椅子上琢磨：“岂能让秤砣白白丢失！即使不宜捞取，仍可采取其他措施把丢失的财物找补回来。到底怎么找补？免不了要等待时机。反正我不能吃亏！”边琢磨边攥拳，为自己鼓劲。

等来等去，直到半月后，韩春才等来时机。徐家传出消息，院内侧房里恐有不干净的东西。有何表现？那天傍晚，徐家儿媳织布，纺车出了故障，动辄就会断线，接好了还断。思来想去，索性不再织布，抬头一看，只见一根绳子在眼前晃悠。耳畔似有人言：“上来吧！上来吧！”徐家儿媳登时觉得头皮发麻，跑到了屋外。她的丈夫和公婆亦不敢进去。

接连几天，徐家人在街上求人帮忙，破除险恶。胆子大的人并不多，迟迟无人愿意帮忙。韩春在街上溜达时，获知消息，全然不曾考虑徐家儿媳的视觉和听觉是否出了问题，直接断定系由吊死鬼作怪。如果只是抛出了此类论断，并不能表明自己足智多谋。因为徐家人和其他乡邻同样有此考虑。韩春赶紧强调：“我有办法驱鬼！但收费不低。”别人一听，难保不会认为他在吹牛。徐家倒是愿意支付一吊钱。

韩春承诺，三天后，见分晓。他仔细想了想，唯恐自己难以办妥，便要找人帮忙。崔天赐听完前言后语，愣愣说道：“我可不敢去！且等吊死鬼离开了徐家，万一跟我纠缠，可怎么办?”韩春一听，怎会不知，势必需要想出足够妥当的办法才行。

揣摩了两日，直奔镇上戏班子，借来了两套戏服，还有其他用品。既然崔天赐没有那么大的胆量，韩春便找韩夏帮忙。兄弟二人合计了半天，如约赶去。韩春让徐家儿媳配合，再去那间屋里摆弄织布机，一再叮嘱：“无需害怕，有我们兄弟在门外，定会保你平安。”徐家儿媳咬了咬牙，果然进了那间屋。

片刻工夫，吱啦吱啦的声响传到屋外。韩家兄弟以最快速度各穿上了一身戏服。一经打扮，韩春变成花脸模样，韩夏俨然一副小生装扮。徐家儿媳硬着头皮坐在凳子上，浑身打颤，再次听见耳畔似有人言，发现房梁上垂下来了一根绳子，嗷嗷喊了几声。

韩春举着大刀，冲进了屋里，一通挥舞。并不曾看见房梁上有绳子垂下，倒是发现刀头上缠着几根如手指粗细的蜘蛛网。徐家儿媳迅速跑了出去，韩春紧跟着告之：

“我敢断定，日后屋里再无吊死鬼!”韩夏急忙用一件破衣裳包住了韩春手里那把刀的头部。

兄弟二人急速向外跑，一口气跑到了河边。韩春把刀头捅进了水里。韩夏挥舞随身携带的扁担，照准刀头一通乱砸。河水里咕噜咕噜冒泡。韩春和韩夏立即蹲在水边洗脸，洗干净转身就跑，直到跑至路口，方才分别脱下了戏服。

徐家人在那里等着，付了钱，双方便要各回各家。走出了几百米，韩夏问大哥：“徐家的那间屋里当真有吊死鬼吗?”韩春答非所问，只是念叨了两句：“秤砣落水，丢了就丢了吧，反正值不了一吊钱。前后折算，总还有赚头。”韩夏没有听到自己想要的答案，随即又问：“我们扮演唱戏的，当真可靠吗?”

韩春回过神来，终于听到了老二的问话，抿着嘴告之：“可靠不可靠，我怎么知道！但有一点，毋庸置疑，即使世界上真有诱人上吊的吊死鬼，我们穿着戏服去驱赶，反正吊死鬼看不清我们的模样，日后还怎么找我们算账。我不是早就告诉你了吗？你怎么还问?”

韩夏赞叹道：“如此妙招，你是怎么想到的？若换成我，我可想不出来。”韩春笑道：“只要想赚钱，啥样的办法都能想得出来。”韩夏质疑道：“原来你带着我去徐家驱鬼的首要目的竟是为了赚钱啊。此前你明明告诉我，乡邻有难，不得不帮。至于能否赚到钱，倒是次要的。”

韩春一听，立马回应：“你不要岔开话题！我且告诉你，如此妙招，我是怎么想到的。前几年，赶集的时候，我曾听江湖团柴的说起来，在科考还盛行的时代，下九流不能参加，唱戏的便属于下九流之一。因为他们善于在舞台上装神弄鬼，还乐于讲述男男女女的各种事，难保不会影响人们的心性。更要命的是，天下书生极易混在唱戏的队伍里。追索原因，他们固然想要经由科举考试为朝廷服务，但同样要吃饭。纵有满腹才学，却未必能解决眼前的急需。家有老幼，若是只耕种，来钱来得太慢，总赶不上写戏文，或者直接登台唱戏，一夜之间，就能赚到不少银钱。难题在于，一旦步入戏行，日后可就没法参加科考了，因而就出现了折中策略。登台唱戏，盛装打扮，除了属于人物扮演的需要，唱完了戏，在后台，把衣服一脱，把脸一洗，谁还知道戏台上的人到底是谁，日后不影响参加科考。且不知此种说法是否正确，倒不妨碍我们仿效一番。”

韩夏又问：“把吊死鬼捅进河里乱砸一通，当真能砸死吗？万一砸不死，反倒还要找我们报仇，可怎么办?”韩春嘿嘿笑道：“据传说，无论什么鬼，一概不敢靠近戏台上唱花脸的，倒是不怕小生。万一砸不死，反正我扮演的是花脸角色。若要报仇，那就去找你咯。”

韩夏一听，脸色一沉，当即指责：“你不是比我聪明，只是比我坏！以至于啥样的损招都能想得出来。更有甚者，你历来自私透顶，凡事只求利己，不惜牺牲亲兄弟，屡教不改，可真是枉费了我平日喊你叫大哥。我回家就把你今天的所作所为告诉老四，看他怎么收拾你。”

韩春赶紧改口：“你可真笨、真蠢、真傻、真呆！我明明早就告诉你了，我们盛装驱鬼，吊死鬼看不清我们的真实面貌，还怎么找我们报仇。你何必还要问东问西。”韩夏无心再听大哥作何解释，匆匆向前跑，定要拉开距离，意在表明不想与之为伍。

韩春喊道：“你去告诉老四吧，反正今天驱鬼的并非只有我自己。任凭老四怎么发火，我俩一起受着就是了。”韩夏仍是没有放慢脚步，边走边念叨：“老大做事，只求自己万全，日后不宜跟他密切交接。天道好轮回，苍天饶过谁。我纵然制伏不了他，且待苍天示警惩罚。”韩春转身去了镇上，归还戏服用品。韩夏回了家，并没有把事情告诉韩冬，毕竟自己参与其中，倒是颇感委屈。

韩春得了一吊钱，尝到甜头后便想要占更大的便宜。深夜无眠，想起了前些年听说的一件旧事。二里开外，杨文和杨武二兄弟，那可真是出了名的凶狠残暴，曾负责为朝廷征粮。村里凡是交不上粮或者不能如数如期交粮的，皆被马活活拖死，民愤极大。李家为人正直，敢为乡亲们发声，但斗不过杨家。怎么办？几经盘算，李家便挑头散布消息，要让原村名桥头堡改叫现名黑虎峪。取其寓意，姓杨的杨，跟牛羊的羊同声，黑虎无疑吃羊，便可以借用村名表达愤恨和渴盼。但凡乡亲们还能有其他办法，怎会用如此微弱的策略。被逼无奈的背后，毕竟隐含着荡荡民意，那策略似是不再微弱。羊在虎口，岂能久存，而虎口即是民意。隔了三年，杨家二兄弟果然先后暴毙。村庄取名，颇有讲究，能否用来赚钱？何不仿效试试。

韩春隐约记得以前曾听人说起，十里开外，金星村住着丁厝二姓，似有故事流传，倒是可以去那里碰碰运气。转过天来，果然前往，进了村，混入人群，像是闲聊，获知丁家远比厝家富裕。韩春当即兜售：“丁家怎么能比厝家富裕！违背天道！你们想想，姓丁的丁，发音是不是类似于钉子的钉？姓厝的厝，发音是不是类似于锉刀的锉？摁住钉子，用锉刀使劲锉磨，任凭你是什么钉子，都能把你锉没。”此番言论一出，有人颇感兴趣。

韩春被请到了厝姓大族长的家里。深聊获知，丁家更富裕的缘由，的确要从神话故事说起。任凭锉刀再厉害，遇见的若是一枚金钉，还能如何。那枚金钉如果硕大如牛，更能抵抗锉刀来锉。巧了，金星村缘何要叫此名，正是得益于一头金牛曾显像。

据传说，老老年间，丁家先人下地干活，总能发现一头牛在山野间漫步。饿了，就会前往特定的山顶上吃草。让人惊讶的是，走到近处观瞧，那头牛原是金牛。它永远只吃一株草，而那株草的茎和叶同样是金色的。任凭谁去拔，全都拔不动。且等金牛吃掉一截，稍等片刻，还能长出一截。高度历来不变，始终保持在两米左右。

丁家先人未曾触碰金物，许是因为敬畏。厝姓先人得知后，却发动全族人马去山上抓牛。一幅牛跑人追的画面，在山野间呈现出来，只是那么多人竟追不上一头牛。厝姓先人下令，今天抓不到，明天继续抓，今年抓不到，明年继续努力。丁家人仍是不曾去抓。

老话说，一物降一物。厝家先人发现自家的地里悄然长出了一株奇异的西瓜秧，金叶子金茎。无人撒下种子，到底是如何长出来的，谁都说不清，但能猜到，金瓜秧应是拴牛绳。等它长至三米左右，厝家先人便拔了出来，拿着再去抓牛。追来追去，那头牛跑到丁家的地里，停住了脚步。用瓜秧挽扣，隔着几米扔去，当真套住了金牛。跟来的人一片欢腾。紧接着，那头牛在大家的面前突然消失了，瓜秧亦是如此，只在地上留了一些金色的星星。

厝家先人看了看周围，捶胸顿足，念叨：“可惜了！可惜了！没抓住金牛，反而还搭上了一条金瓜秧。既然金牛最终在丁家的地里消失了，无异于我们用拴牛绳把金牛牢牢地拴在了丁家的地里。那些金色的星星，应是金牛在消失前撒的一泡尿。丁家坐拥金牛金地，无论种啥，都能蓬勃茂盛，谷物颗粒如同金星星。日后即使不想发家，都难！”

念叨至此，转念又说：“山顶上还有一株金草！若能想办法拔出来，栽到我们厝家的地里，应该会让我们发家。”话音刚落，半空中就有一些草絮飞来，无声无息落到了丁家的地里。那些飞絮宛如蒲公英的，竟飘飞了一袋烟的工夫。满眼金点点由远及近，溜溜飞来，确是一幅美景。

厝家先人叹了一口气，抽一口烟念叨起来：“金草随着金牛走，任凭我们家怎么费力，只怕仍与我们无缘。金草长在丁家的地里，金牛吃了会越发壮硕。丁家发财，想来已是任何人都阻挡不住的。”厝家人只能集体叹息。

时至今日，早已说不清故事具体发生在何年何月。一代一代的庄稼汉，只要还有人喜欢传言，将其视为如今丁家仍比厝家富裕的一种解说，无可无不可。厝姓大族长有言在先："一片山川能养多少人，未必没有规矩。脉气只在丁家，于我厝家，不能算好事。我无意跟丁家抢夺，只是想着能不能平分。"

韩春想了想，郑重其事说道："你有我亦有，我无你亦无，或者你我各占一半，方能算是彻底扯平。既然丁家有而厝家无，眼下要么让厝家同有，要么让丁家同无。金牛显像，岂能再来一遍，又岂能一分为二，注定会让厝家永无，那就不妨让丁家的有归于无。至于如何归于无……"

韩春跷着二郎腿，伸手晃了晃，摆明了想要获财。二两银子到了手，方才又说："锉刀锉钉，仍是良策。金牛再坚，还可用金锉去锉。金牛再大，还可用大如牛的锉刀去锉。金锉在哪？哪有大如牛的锉刀？完全可以用金箔纸和高粱秸扎制出来，无非只是取其象形，依葫芦画瓢。如何使用？完全可以制作一架大大的孔明灯，让它飞起来，把大大的锉刀挂在下面。每天晚上，放飞一架，迟早会产生奇效。"厝姓大族长一再点头答好。

韩春回了丘山家中，有那二两银子，可供他好吃好喝一阵子，不急于再次出手，每天闲多忙少。往日尽去，忧愁全无，随时都可以拍手迎接明天的到来，甚至还可以把白天的欢喜劲带入夜晚的梦里。韩春发觉自己竟背着弓箭爬到了高山上，见有一只老鹰正在上空飞行，以最快速度拉弓射箭。一声鸣响，老鹰落在了半山腰。急忙跑去，发现老鹰的嘴里还衔着一条银花蛇。

老鹰振翅蹬腿。那条蛇得以逃脱，在地上盘卷了几下身躯，猛然间幻化成七八岁的少年，起身要向韩春作揖道谢，一并说道：“助人助到底，送佛送到西。我身上有伤，你既然救我一命，莫不如把我送回家吧。”

韩春问道：“你家在哪里?”少年回答：“在东海!”韩春稍稍一愣，直言相告：“我不会游泳，大海会把我淹死。”少年却说：“你只需背着我走到海边，分水夜叉见我回家，自然就会让我们直入深海龙宫。”韩春不再问啥，背起少年就走。

梦外片刻，梦中便是几天几夜。韩春一直走，一直走，走到了海边。海平面当真一分为二，显现出了一条宽阔平坦的大路。望见王子回来，老龙王怎能不高兴，免不了还要重谢韩春，带着他观赏各种鱼，好吃好喝伺候。

王子实心实意告之：“等你走时，我父王会送你礼物。你什么都别要，张嘴便提一只芦花鸡。”韩春谨记在心。又玩耍了几天，迟早都要道别。老龙王果然说：“凡是我宫中有的，任你挑选，我都可奉送。”韩春回复：“深海龙宫会有地面上跑的芦花鸡吗？若有，能否送我一只?”老龙王呵呵笑道：“恰有一只，你可抱走。”一条大路，直通海平面以上，韩春抱着鸡回了家。

说来真是奇怪，芦花鸡一落地，转眼就变成了大姑娘，每日只躲在韩春的屋里。突然传来敲门声，紧接着便是韩冬喊大哥的声音。韩春没开门，隔着门板喊问：“有事吗?”韩冬说道：“孩子们好几天没吃肉食了，你要是有空，就去山上打一只野鸡来吧。”韩春答了一声好，转身便拱到了炕上。

到了晚饭时间，韩冬颇感纳闷，明明没见大哥出门，更没看见他去饭棚里炖肉，眼前缘何会有一盘熟鸡肉？用筷子夹了一块，放到嘴里嚼了嚼，确实是鸡肉，就没问啥。韩春吃饱了回屋。大姑娘从麻袋片里钻了出来。

韩春问道："那些鸡肉，你是怎么做出来的?"大姑娘回答："我用面团捏制的，接着吹上了几口气，就做好了。"韩春点了点头，嘿嘿乐道："无需劳动就能吃上肉，我分明是在做神仙!"大姑娘说道："你结识了我们龙宫王子，自然会入登仙列。别人万万不能做到得到的，你轻而易举就会做到得到万万!"

转过天来，韩冬再次敲门。韩春还是隔着门板回应："有事快说!"韩冬回复道："昨晚吃了鸡肉，今晚能不能吃上野兔肉？我有些馋了。"韩春仍是答了一声好。大姑娘半天赋闲，临近晚饭时间，取面、和面捏制兔子，吹了几口气。韩春端着兔子肉出了屋。韩冬只是吃，全然不曾问啥。

韩春回了屋。大姑娘问道："别人未见你出门去打猎，你却总能让大家吃上肉，别人难道不会起疑吗?"韩春说道："所以我们需要做好准备了!"大姑娘问道："要准备什么?"韩春回答："家里的老大明明是我，但现在大家都听从老四的，能不能通过什么办法，让老四永远闭嘴?"大姑娘问道："你想让我去杀人吗?"韩春回答："那倒不必!只要能让老四无法张嘴说话就行。"大姑娘点了点头。

转眼又是一天，估摸着韩冬前来敲门的时间临近了，韩春却发现大姑娘正在洗脚，怎能不急，且问且责怪：

“你有没有做好准备？竟还洗上脚了！耽搁了我的事，我就把你杀了吃肉。”大姑娘说道：“马上就好！马上就好！”

韩冬说到就到，敲了敲门。未等韩春搭话，大姑娘端着满盆洗脚水走到了门口，打开门，直接把水泼了出去。韩冬毫无防备，一下子成了落汤鸡。那盆洗脚水确有奇效。眼瞅着韩冬的身上悄然出现了冰碴子、冰溜子，最终他从上到下尽被封在了冰壳里，哪里还能张嘴说话。

韩春一看，哈哈大笑，前仰后合。怎奈屋外响起鸡叫声，他被吵醒，翻身下了炕，在屋里悻悻探查了一圈，并未发现大姑娘，方知此前是在梦中。拍着脑门琢磨起来：“杀完鸡，用开水浇烫拾掇时，的确可以看到鸡的脚上有一层透明的皮，像是一层冰。深海龙宫竟有一只鸡，缘何不是一头猪或一头牛？”没等琢磨明白，外面传来嚷嚷声，吵着要找韩春算账。幸好被韩冬拦住了。

那些人岂会无缘无故要算账，自报家门，宣称皆姓丁，来自金星村。追溯起来，韩春去发财时，曾在街上打听事。哪怕不曾留下姓名，人家又何尝不能借着蛛丝马迹找来。更何况，前些日子，金星地界每晚都会出现孔明灯带着金锉模型飘飞的景象。包括丁家在内，全村人起初无不认为是一幅美景。纷纷赞叹，一团大大的亮光在山野间飘来飘去，忽上忽下，左右游动，遍洒暖意，照着一草一木安安静静熟睡，简直美不胜收。迄至每天早晨，孔明灯甚至还能跟旭日媲美。一经打探，美景背后竟隐藏着不良暗算。丁家人岂能答应，自然要跟厝家算账。追责追根，免不了还要找韩春。

韩冬知晓了缘由，还怎么阻拦，毕竟是大哥有错在先。丁家人揪住韩春，一通暴揍，嘁里喀喳，把他揍得鼻青脸肿。韩冬终究不忍心，看了一会儿，还是要阻拦，甚至愿意拿出三两银钱了事。丁家人方才作罢撤退。

韩春躺在地上哎哎哟哟。韩冬把他扶了起来，且劝且责备："各村各家若依赖耕种谋生，那就是被土地牢牢绑住了腿脚。两姓人家，同住一村，抬头不见低头见，最最重要的便是，想方设法避免产生纷争！你怎么能去挑事！史上圣人尤其强调，仁义礼智信。何谓仁？无非是指你我相望且相帮。何谓义？无非是指你我做事皆应符合道义，若无心相互照拂，最起码不能彼此加害……"

不等韩冬把话说完，韩春抢话说道："史上圣人如何，跟我有什么关系？反倒是你，还没等子孙把你写到牌位上，你自己却积极地往牌位上爬去！"任凭大哥怎么硬顶，韩冬仍是劝言："史上圣人并不是强行要求我们必须如何！他们作何强调，当真是在告诉我们，居家度日，每天成长，如何安身立命，如何防止犯错，如何避免莽莽撞撞，就连家门都摸不清，到底应该怎么化解各种问题，方能算是足够妥当。难道不值得你我学习揣摩？"

韩春又说："我是你哥，你是我爹吗？"韩冬回应："依循圣人所言，哪怕你是我爹，若行不义，我依然可以规劝。"韩春抬腿就走，瘸瘸哒哒。韩冬冲着大哥的背影喊道："劝你记住我的话！天宽地广，任你行，任我行，前提在于天地尚能容纳你我。而你我又何尝不能像天地那样，以无比宽广的心胸容纳他人，断不可自私任性，满心里只装着自己!”韩春回了自己的屋，紧闭屋门。韩冬不再说啥，只是叹息。

伤筋动骨一百天，那段时间，韩春不曾出门。直到身体逐渐康复，许是在家里憋坏了，便急于出门透气。一日两日，只是闲溜，没啥劲头。某天下午，决定拿上镰刀去地头上割草。到了那里，弯腰割来割去，的确把杂草收拾尽了。一时觉得内急，走至地堰根，刚要脱裤子，坏主意又在脑海里浮现。

韩春扭头望见几米开外的地头上有些南瓜，还长在瓜秧上，知道那是乡邻家的，就要抬脚迈去。走至硕大南瓜跟前，挥舞镰刀砍一下，但又不会彻底一分为二。脱裤子蹲下，掰开南瓜割口，把粑粑拉入瓜内。临了临了，哈哈大笑。掏纸擦了擦屁股，穿好裤子。转身割了一把长草，握在手里捻成绳状，缠到了内有粑粑的南瓜上。

身为庄稼汉，怎会不知，诸如南瓜、冬瓜，只要还长在秧上，而且割口黏液未干透，沿缝合上，用绳捆紧，割口还能长好。直至最终熟透，简直像是未曾被刀割，且不论里面已经被放入何物。想象一下，内有粑粑的南瓜日后若是到了乡邻的餐桌上，随即会发生什么事情。韩春嘿嘿一乐，喜不自禁，躺在地上打着滚狂笑。

如此行事，既然能让他高兴不已，他难免还想再做一次，接二连三。十天半月，韩春甚至不曾在家里上厕所，每日只像野兔那样，在山坡上出没。后来的某天，他正割瓜蹲下，周围突然刮来了一阵大风。天上云朵急速聚集，稍稍片刻就像是黑了天。韩春解完手，刚要向前迈步，天上哐嗤哐嗤几声，一串响雷登时落下，恰恰落到他头上。瓢泼大雨，呼啦啦急剧猛下，倒又来去皆快。

因韩春迟迟没回家，韩冬担心发生意外，出门寻找，在山上转来转去，费了九牛二虎之力，终于找到了昏迷不醒的大哥，背回家中。说来奇怪，韩春的脸上竟有几条裂纹，纹中渗血，不仔细看，就会以为是些字迹。据韩冬请来的郎中诊断，应是雷劈所致。几经诊疗，韩春迟迟未醒，恐还涉及旧伤复发。

韩冬左思右想："他长我幼，他总是犯错，我还能怎么办？近来总有人告诉我，隔远发现他在山上鬼鬼祟祟，但没有人能说清他到底做了啥事。想来应该不是好事！莫不如趁他昏迷下功夫，且看他事后还能如何。"

说做就做，韩冬先是把自己的想法告诉了大嫂，征得同意，随即去郎中那里借了一根用来针灸的细针，深夜时分，轻轻用力，在韩春的脸上刺满了字——徒有人形，全无人性！劝你向善，留命一条，给予警示。牢记教训，如若再犯，定将不饶。

转眼又是两天，韩春终于醒了，一睁眼就喊："求求老天爷，别劈死我！"挣扎了片刻，方才安静躺好。妻子和韩冬就在炕前，二人都没接话。韩春觉得脸上不适，抬手一抓便抓疼了，喊妻子看看是怎么回事。按照事前跟韩冬的商定，大嫂告诉韩春："你的脸上有些裂纹，还有些血字，抓挠起来怎能不疼。"韩春不免要问："我的脸上有字？是些什么字？"妻子一字一顿念了一遍。韩春一听，就懵了。

韩冬赶紧说道："大哥，你是不是又在外面做坏事了？我在山上发现你的时候，你躺在地上，浑身湿透，简直像是快死了。经郎中诊断，你挨了雷劈。据我猜测，你脸上的字，应是老天爷刻上的。我说啥，你可以不听。苍天示警，你总不能不顾吧。"韩春扭头冲向里侧，不愿接话。

因魏竹庵又生了一对双胞胎，全家人越发忙碌，无人再去专门照顾韩春，且不知他独自在屋时有何感想。时隔三日，韩冬正在院子里洗尿布，看见韩春从身旁走了过去，喊了两句："大哥，你要去哪？如果没有要紧的事，帮我把洗好的尿布放到架子上晾晒吧。"

韩春没有回头，边向前走边说："前些日子，我发现各家地头上的南瓜生了毛病，不宜再吃，于是就用草绳捆好，做了记号。现在我要到街上散布消息，以便于让各家知晓。等我忙完，日后定会帮你操持家务，再不折腾。"韩冬悄悄笑了。

第四章

老实人犯错

日子照旧，韩家的其他兄弟又岂会免得了生事。某天下半晌，韩夏陷入了沉思：世界上到底是先有的鸡，还是先有的蛋？想不明白，看见老三扛着锄头进了院子，就问了一遍。韩秋以不容置疑的口吻回答：“肯定是先有的蛋，而且最初并不是鸡下的。”韩夏愿闻其详。

韩秋说：“据传言，老老年间，某年轻女子在平白无奇的一天，一觉醒来竟下了一枚蛋，惊恐不已，告诉了家人。她的哥哥断定，妹妹必是做了错事，受到了老天爷的惩罚，方才下蛋，便打了一顿。妹妹觉得很委屈，呜呜哭，边哭边喊，哥哥打，哥哥打，哥哥哥哥打。母亲把那枚蛋弃置窗台，久经日晒，一只鸡仔破壳而出。哥哥便把此前的那枚蛋叫作鸡蛋。鸡仔虽然不是人，但又毕竟出自人体，恰如那名女子，天生就会喊叫：‘哥哥打，咯咯哒。’鸡仔一经长大，自然会产蛋，于是世界上有了更多的蛋和鸡，而且鸡生蛋，蛋生鸡，以至无穷。”韩夏听了听，一度认为老三说的就是真理，连连赞叹。

韩秋却哈哈大笑，又冲着韩夏说道：“我的好二哥，怪不得大哥以前总嘲笑你呆傻，你怎么啥话都信。”韩夏一听，脸色一沉，不免要问：“你是不是同样觉得我呆呆傻傻?”韩秋回答：“你若不呆不傻，缘何会问无解的谜题?”韩夏一时愣住了。韩秋转身就走。

韩夏低头耷拉着脑袋，走到了街上。刚一拐弯，遇见王二傻，立即拉住人家，张嘴就问：“世界上先有鸡，还是先有蛋?”王二傻斜楞着眼，盯着韩夏一看再看，不免要问：“你想要干什么？是不是吃饱了撑着?”韩夏催促道：“快告诉我答案。”王二傻嘿嘿笑道：“你怎么不问问，世界上到底是先有的我，还是先有的你?”韩夏一听，愣住了。

王二傻又说：“梅松旁边有棵松，天下我先生。”韩夏想了想，回应一句：“梅松旁边有棵槐，开天辟地我先来。”王二傻哈哈笑道：“你娘发嫁我来扶，没有你娘，哪有你这头驴!”韩夏想了想，轻声问道：“你是不是在骂我?”

王二傻且问且斥：“你看见我，一把拉住，是不是想要戏弄我？我的名字叫作王二傻，你是不是以为我真傻？我哥叫王大愣，难道他每天就只会发愣？我弟叫王三跳，难道他每天都要跳三跳？像你这号人，你以为我是头一回遇见吗？你怎么不打听打听，谁能从我这里赚到便宜。”韩夏无言以对，真真觉得自己内心的小九九尽被掏空，甚至觉得自己的胸口被狠狠地捶了一拳。

王二傻又说：“你叫韩夏，在家排行老二，分明就是韩家的二傻子，简称韩二傻。”此话重重地拍打在韩夏的脸上，王二傻抬脚便走。韩夏站在原地，简直想要找一条地缝钻进去。愣了片刻，好一番自我安慰：“我家老四时常念叨，进一步，鸡飞狗跳；退一步，风平浪静。不必争！不必争！不必争！我傻任我傻，且让他人由己去。”

韩夏虽然那样自我安慰，但终究还是觉得心里堵得慌。回家去找韩冬，直接问道：“老四，在你看来，我傻不傻？”韩冬想了想回答：“做人嘛，何必追究傻不傻，莫不如好好琢磨琢磨是否善良。”韩夏苦着脸又说：“我就想知道我是不是真傻。”

韩冬回复：“你不傻，只是略显老实，还很耿直。面对别人不善，想不出更不善的策略来还击。一旦顺势而为，难免显得拙笨一些。”韩夏又问：“如何见得我不傻？”韩冬问道：“我以前是不是给你讲过史上某位皇帝想吃公鸡蛋的故事？你还记得吗？”韩夏答说记得，随即描述了一遍。

金銮殿上，皇帝端坐，口口声声，朕听说吃了公鸡蛋，能长生不老。诸位爱卿，谁若能寻来，可获重赏。万万没想到，文武臣子无人出列应承。皇帝审视一番，指定某位老臣前去搜寻。其他臣僚齐声向皇帝道喜，纷纷言说，把此事交给某某某，最是妥当。散了朝，那位老臣回了家，何尝不知，世界上的公鸡怎么可能会下蛋。皇帝把一项无法完成的任务交给我，其他臣僚还起哄架秧子，表面上看似认可我办事稳妥，实际上却是想要间接把我赶出朝堂。怎么办？

第二天早朝，那位老臣启奏皇帝，在京都只怕找不出公鸡蛋，可否容臣回老家寻找。皇帝应允。老臣回了家，让家眷收拾行囊，几辆马车，直奔故乡。七八岁的孙子问爷爷，缘何执意要回故乡？那位老臣回答，借着给皇帝办差的名义回去，还算体面。若不如此，等皇帝起了杀心，到那时即使想要回故乡，都回不去了。

孙子又问，那我们还会回京都吗？爷爷答说，皇帝分明是要让我主动选择告老还乡，我们何必再回去！孙子口无遮拦，竟说了一句，皇帝老儿，可真是太坏了。爷爷说道，皇帝手握最高权柄，举世无双。史上曾有大贤早就提点，既然世界上无人能驾驭皇帝，如何避免他们为所欲为，那就不妨让苍天示警，并且惩罚暴君。可巧历代皇帝皆认为自己是天之子，故曰天子。苍天惩罚自己的儿子，总归合情合理。炎炎暑夏，降下暴雪；江河翻腾，冲决堤岸。诸如此类，即是苍天惩罚皇帝的必用策略，以便于逼迫他们出资出力，爱戴黎民百姓。皇帝若折腾过了头，甚至可以让他们短寿。只可惜我等凡夫俗子，奈何不了皇帝。

孙子却说，且容我想想办法。爷爷一笑了之。舟车劳顿，耗时三天，终于回到了故乡。悄然又是三天，谁知孙子留下一言，回京都有事，便要离乡。爷爷琢磨了一番，回就回吧，迟早还会团圆。手无公鸡蛋，岂能见到皇帝，想来应该不会惹麻烦。

孙子到了京都，来至宫门，大喊“公鸡蛋，公鸡蛋”，祈求皇上接见。经衙役通报，最终进了后花园，说明了自己跟那位老臣的关系。皇帝岂能不问：“你祖父难道已经找到了公鸡蛋?”少年回答：“我爷爷并未去寻找，前脚回到故乡，后脚就生了孩子，正在家里坐月子。”

皇帝又问：“男人怎么可能会生孩子?”少年回答：

“公鸡怎么可能会下蛋？如果非要找寻公鸡蛋，只怕就连公鸡都会嘲笑我爷爷，更何况天下黎民。”皇帝仔仔细细端详了一番少年，转着眼珠子问道：“那你祖父为何还要回乡寻找公鸡蛋？”少年回答：“我爷爷千不该万不该在圣驾面前宣扬公鸡蛋，被陛下贬回乡，实属咎由自取。”

皇帝又问：“你祖父可曾知错？”少年回答：“以陛下之仁德，我爷爷岂能不受感召，在家跪地。”皇帝想了想，当即决定：“容你祖父在家悔过仨月再回朝！你还年幼，不宜入列朝堂，自明日起，要专心陪伴太子，谨记读书。”

故事到此，韩夏讲述得有条有理，头头是道。韩冬随即问了一句：“隐藏在故事背后的诸条事理，你还记得吗？”韩夏回答：“就连长长的故事，我都能记得一清二楚。那事理无非只有三条，岂能记不住，容我再讲讲。”韩冬接住话茬说道：“既然如此，不必再讲。你还认为自己呆傻吗？”韩夏笑着摇了摇头。

韩冬又补充了一句：“勤能补拙，平时要多看多学。”韩夏点了点头。当天晚上，妻子提醒他，再过三天要去饽饽村拜寿。韩夏一听，颇感打怵，只因岳父大人虽不曾认为他傻，但历来认为他不够聪明。思来想去，莫不如提前做好准备，找人学几句巧语，以便到时候说给岳父听。

第二天早晨，韩夏站在院门口，一心等着闻听谁与谁对话，怎奈院内尽是孩子的哭声和笑声，碰巧发现老三要出门，于是干脆就跟去。兄弟们结伴外出，原本是常事，韩秋并未询问韩夏有何心思。

二人走至村口，见有人伐树，一群鸡鸭从树林子里跑出来。韩秋念叨一句：“村口伐树，无处藏身。”韩夏于心底默念：“好词！好词！”继续往前走，来至池塘边，韩秋望着塘内念叨：“好好的一汪水，就是没有鱼。”韩夏不接话，听得仔细，谨记在心。隔远看到有人要过河，摇晃着腰身，韩秋又说道：“双桥好走，独木难行。”韩夏只是在点头。

韩秋并没有其他事要做，只是在外面转了转，就回了家。韩夏始终跟着，盘算来盘算去，只学了三句话，明天继续出门去学。次日早晨，韩秋扛着锄头要上山。韩夏没再跟去，而是扎进街上人群中，只听不说。那般认真，简直无人能比。

哪怕自认为已经做好充足的准备，走在赶往勃勃村的路上，韩夏仍是觉得内心忐忑。妻子提醒：“不必紧张，难道谁还能把你吃了？”进了岳父家，韩夏颇显拘束。无人给他让座，他便一直低头站着。许是脖颈不适，刚一抬头，发现岳父正盯着自己。

韩夏的脑海中登时浮现出了一句话，张嘴就说：“村口伐树，无处藏身。”岳父一听，怎能不琢磨，是何意思？随即回应：“没有人给你让座，难道你就不会自己找座位坐下？”只见韩夏还是站着，岳父便亲自给他拿来了一条板凳。

寿宴开席，韩夏扫视一圈，发现别人面前的茶碗里都有茶水，唯独自己面前的茶碗空空，随即念叨了一句：“好好的一汪水，就是没有鱼。”他的小舅子一听一看，于心底默念：“姐夫说话甚是得体，未曾指责谁，却又表明了宴席上礼仪缺漏。”赶紧拿起茶壶给姐夫倒水。

韩夏发现自己面前只有一根筷子，怎么夹菜，张嘴又说：“双桥好走，独木难行。”他的小舅子立即给姐夫添了一根。满桌子人边吃边聊，岳父把一切看在了眼里。韩夏从别人那里学到的那些话，挑选着用了一遍。

酒足饭饱，岳父冲着他直竖大拇哥，欣喜地说道：“我的好女婿，原来你非常善于表达，只是不愿意多说话而已。如此甚好！甚好！岂不知古训昭昭，话多必失，祸从口出。话少不算毛病，反倒还可以避免惹事。都怪我以前还总是以为你不够伶俐。”满桌子人哈哈大笑。

拜完了寿，韩夏便和妻子回了丘山村。接连几天，他动辄便念叨：“我岳父和四弟都认为我不呆不傻！日后谁若是再认为我呆傻，我就用斧子劈了那狗娘养的。”韩夏走街串巷，感觉自己终于抬起了头，有意无意甚至开始仰起了头，只拿鼻孔眼看人。

今年年景着实不错，眼瞅着粮食大丰收。村里不少人想要敬天，感恩老天爷赐给各家充足的粮食，在山脚下摆出了桌案，各种供品摆满了桌。韩夏在那里凑热闹。两位老人看了看，发现无人拿酒来，便要回村回家去拿。还发现纸香不够充裕，同样要回村去拿。其他人商量着，不妨回家再多多拿些供品来。

转眼工夫，桌案前只剩了韩夏一人。他一时觉得内急，刚要迈步前往隐蔽处解手，巧不巧，脑海中却浮现出了某种念头，嘿嘿一乐，拿起桌案上的空杯，解开裤子就撒尿。那可真是尿了一杯又一杯，另外还有一碗。整整一泡，全然不曾浪费，尽在桌案上摆着。口口声声，何须去拿酒，我身上就有现成的。

其他村民先后赶了回来，都懵了，纷纷指责韩夏。他却仰着头，趾高气扬大肆宣讲："你们全都是傻子！老天爷长眼了吗？我们让它喝啥，它就得喝啥。我给它准备了好酒，难道它会告诉我那不是酒？"韩冬拎着一瓶酒赶来，看了看现场，闻听众人言，气得牙根直痒痒。

接下来该怎么敬天，是否还要继续，村民们议论纷纷。桌案前略有风动，一丝一阵，原本不必大惊小怪。毕竟在山脚下，风来风往，属于常态。没等人们商量出一二，周围突然刮起了大风，来势迅猛，拍打人脸。天上乌云翻卷，天色顿时暗了下来，看样子像是要下雨。

韩冬扯着嗓子大喊："各位乡邻，赶紧散开！那些供品，何人带来，何人带回。且等日后，我们再来敬天。"众人纷纷扑向桌案。还没等收拾停当，又是一阵大风，吼吼扑来，直接掀翻了桌案。紧接着便是一串响雷咔嚓咔嚓炸裂。大地摇晃，高山简直要崩塌，众人都趴在了地上。

韩夏仍是矗天矗地站在那里。又是一串响雷炸裂，还带着一串火球，以流星下坠的速度从天而降。一阵翻腾，却没有一滴雨落下。狂风越来越烈，卷走了乌云。天地间一下子安静了下来。村民们纷纷抬头，只见眼前澄澈，再无危险，便接连起身。韩夏却躺下了。那串火球从天而降，恰恰落到了他的身上。

韩冬背起二哥，直奔郎中家，一路上一直在琢磨，原本是老实人，缘何会犯错？他此前心心念念想要知道自己是不是呆傻，难道从一种极端走到了另一种极端？难道我此前不该鼓励他？做人嘛，看来需要讲求中道。何谓中道？只要能耕种，能打渔，确保饿不着就行，不必强求非要比别人伶俐。如果天生聪慧，倒又不必非要彰显才智。如若彰显，至少要保证不能伤天害理。怀才不遇，人生不尽兴，但怀才不露更难。

韩夏折腾不动了，韩秋似要接力。某天上午，出门赶集，遇上大雨，在路边屋檐下躲避。直到雨停了，才又继续赶路。走着走着，无意中扭头，眼瞅着有一团黑漆漆的东西在暴涨的河水里翻滚，稍作思考，难道是财物？

韩秋立即挽起裤腿，下水拦截，只见翻滚物竟是树墩，滚到跟前，就拽了一把，拖到了路边。原本无心细看，却发现树墩上有些白点点在动来动去。低头一看，满眼蚂蚁。让人颇感稀奇的地方在于，那些蚂蚁的头部全是白色的，腰身和肚子并不与其他蚂蚁存异，都是黑色的。

韩秋刚要抬头转身，又看见树墩上的窟窿里有东西在蠕动。稍稍片刻，竟爬出来了一条蛇，大约一米来长，粗如幼儿胳膊。可巧蛇的头部同样是白色的，其他部位皆是青色的。天地间那么多生灵，它们的体表花色本就各式各样。韩秋没有十足好奇心，抬头转身就走。

刚刚走出几十米，突然听见河水里有人喊救命，当即停住了脚步。张望水面，发现人脑袋在水里凸起落下，接二连三。难道有人遇险？奇怪的是，身前身后还有其他人在走路，怎么没有人张望水中？难道没听见救命声？难道只有我自己听见了？时常听人说起来，世上难测，顶数人心！要不要去救人？想想我们家老四，当年正是因为救了他干娘，方才有了至今的好日子。莫不如仿效仿效，把人救出来。

韩秋再次下水，发现的确有人正随着湍急的水流翻滚，脚下用力，稳稳站着，且等那人翻滚到跟前，一把拉住，谁知却拖不动。足见水流势头颇猛，那人早就无力独自挣扎。如若不然，韩秋拉上一把，那人借力站稳，二人同时用力，马上就能得救。

韩秋弯腰用上了全身力气，才拖住那人，一拖再拖，后退着靠近水边。那人躺在地上吭吭咔咔。韩秋蹲下，帮忙摁了摁前胸。那人吐出了几口水，睁开了眼睛，吭咔说道："我叫刘长水，谢谢你救了我一命。"韩秋笑道："举手之劳，不必客气！"刘长水使了使劲，站了起来。

韩秋问道："你是哪里人士？怎么落了水？"刘长水回答："我自幼就四处流浪，早已忘了爹娘在哪里，只还记得自己的名字。原本在山上的一间茅草屋里避雨，可巧山洪突然冲倒了茅草屋，拐带着我，一并翻滚到了河沟里。几条水流交汇，我就到了你刚才发现我的位置。"

韩秋叹气说道："原来你除了自己的名字，竟一无所有。"刘长水问道："什么意思？"韩秋没有回答，转身就走。刘长水紧追着说道："你救了我，按照老理，我应该认你做干爹，但你明明还不老。依我看，我们年纪相仿，何不结拜为兄弟。你是哥，我是弟。"

韩秋没应承，转移话题说道："你身上的衣裳全都湿透了，赶紧去找地方换换吧。"刘长水却说："我能去什么地方换衣裳，哪有干衣裳可换！我在山野间穿梭，一旦遇见大雨，难免就会穿着湿衣裳，早就习惯了。”韩秋没接话。

刘长水又说：“你不需要换换你身上的湿衣裳吗?”韩秋只说：“我身上的并没有全湿透，不妨碍，穿着穿着就干了。”说着话，急匆匆向前走，看样子是想甩开刘长水。谁知身后再次传来想要结拜的问话，韩秋还是不应承。刘长水仍在紧追，甚至说道：“感谢你赐我温情，我当真觉得心里暖洋洋的。”韩秋只当没听见。

前行不远，发现路口不少人齐刷刷盯着墙上，走到跟前，方知墙上贴着一张告示。刘长水说道：“我不识字，你能否告诉我，墙纸上写着什么?”韩秋原本不想搭理，奈何刘长水一再央求。

韩秋便告之：“林家姑娘失踪了，谁能帮忙找回来，可以成亲。如若不想结亲，还可领取赏银。”刘长水一听，念叨了起来：“前几天，我在几里开外的山沟里倒是见过一位姑娘，像是被土匪绑去的，不知是不是林家姑娘。”韩秋哈哈一乐，一把拉住刘长水，那架势，简直像是遇见了久别重逢的亲人，立即问道：“你还记得具体地址吗?”刘长水点了点头。

韩秋又说：“那你赶紧带我去吧。”刘长水愣住了。韩秋继续说道：“我俩先去打探打探，若有必要，再去通知林家召集人马。”刘长水问道：“你是想娶林家姑娘，还是想要领取赏银?”韩秋回答：“你娶妻，我获财，岂不两全。”刘长水又问：“据告示上所写，难道不是二选一？又该怎么分配?”韩秋转了转眼珠子，搪塞道：“到时候再说!”见刘长水站着不动，韩秋又说：“且等我们救出林家姑娘，回头我俩再结拜!”刘长水想了想，最终决定带着韩秋前往几里开外的山沟。

二人前行的速度不慢，一路上甚至没再交谈，只为尽快赶到。没等彻底进入山沟，他们就被人围了起来。那伙人是从周围树林里跑出来的，分别拿着一些木棍。刘长水大喊：“不认识我了吗？前几天，我在山里找食，我们曾谋面。”领头的问道：“你怎么又来了？我曾劝你入伙，你不是不同意吗?”刘长水回答：“我今天来，就是想入伙的。空口无凭，全无诚意，我今天还带来一人。”领头的连连说好。

刘长水问道：“住在半山腰屋里的那姑娘，是不是林家的?”领头的没有急于回答，刘长水立即指着韩秋说道：“他想救林家姑娘回家，要么成亲，要么领赏，快把他抓起来。”领头的一听，火冒三丈，当真让人立即捆绑韩秋。刘长水又说：“我带来的可是咱们的敌人，足见我是诚心诚意入伙吧。”声音之大，完全掩盖住韩秋的挣扎声。

韩秋冲着刘长水喊道：“枉我救你一命，你竟要害我!卑鄙！无耻!”刘长水却说：“一路上，我早就想明白了。你若诚心待我，我必老老实实跟你论亲。只可惜你待我如豺狼，我必以兽心回赠你。”韩秋迅速被押解到了山沟内的一间破屋里。若要大喊救命，深山老林里，又有何用。况且周围有人把守。

那伙人的确像是土匪，倒又不曾动辄出山打劫。每日只在树林里躲闪，似对半山腰的那间石屋格外警惕。接连三天，韩秋没吃一粒米，没喝一滴水，肚子里只有一团火气，再无其他东西，饿得前胸贴后背。现在即使给他解开绳索，他都没有力气逃跑。

就在他觉得自己马上就要死了的时候，跟前突然出现了一条蛇。约有一米左右，张嘴竟吐出了四枚鸟卵。韩秋一看，立即像蛇那样盘卷身躯，让嘴巴紧贴地面，离鸟卵越来越近。一时想起，蛇嘴里吐出的鸟卵会不会有毒？挨饿的滋味终究不好受，与其饿死，莫不如痛痛快快被毒死。韩秋抻直了脖子，把嘴扣在了鸟卵上。肚里有了东西，便喘了一口粗气。

再看那条蛇，头部是白色的，他念叨了起来："难道你是我从水里救出来的那条?"蛇怎会告诉他。韩秋转眼又说："一条蛇，尚知报恩，可恨刘长水无情无义。"韩秋并未毒发身亡，越发认为此蛇正是彼蛇，眼睁睁看着它钻进墙窟窿里去了，甚至觉得恋恋不舍。更让人称奇且惊喜的是，接下来几天，那条蛇总会按时送来几枚鸟卵。

某天下午，有人打开破屋房门，放下了半袋粮食，告诉韩秋："给你一天时间，把袋子里的谷米和芝麻区分开。"说着话，又放下了两条空空的布袋，随即给韩秋松绑。那人办完事，就走了。韩秋立即扑到了门上，只见外面还有人在把守，全无逃跑的可能。

转身坐到半袋粮食跟前，扯了几下布袋，一看，谷米和芝麻竟混在一起，便叹了口气，又是一通抱怨："土匪去哪里搞来的粮食？怎么能把谷米和芝麻混在一起！自己不想干活，偏偏要来为难我。两种粮食每粒都那么小，可让我怎么区分开。用手一粒一粒区分吗?”抱怨归抱怨，免不了还是要干活。

韩秋瞪大眼珠子盯着谷粒和芝麻粒，手上不累，但眼睛却会累。况且半袋粮食，少说数万粒，谁敢保证一天就能区分开，心里不免还会焦躁。刚刚用手分拣出了十几粒芝麻，便躺在了地上，嗷嗷大喊：“干脆杀了我吧!”

就在他觉得自己无助、无奈甚至绝望时，跟前突然出现了一群蚂蚁，每只的头部都是白色的。它们纷纷爬向那半袋粮食。片刻工夫，粮食上白拉拉一片。韩秋看着看着，念念有词：“蛇会报恩，蚂蚁又何尝不会！想来你们就是我从水里救出来的那群吧。”蚂蚁们颇显忙碌，全无偷懒的。

细细打量，它们各自咬住一粒米，要么芝麻，要么谷粒，用前腿使劲推，中腿和后腿发力，只为行走。更让人惊叹的是，它们竟能自主把两种粮食分开，再聚拢成两堆。前前后后，安安静静，不曾产生丁点噪声。

韩秋闲了下来，又要开始大骂：“一群蚂蚁，尚知报恩，刘长水简直连蚂蚁都赶不上。”骂完了就睡，睡醒了，食用鸟卵。第二天早晨，韩秋一觉醒来，发现地上两堆粮食一左一右，被区分得清清楚楚，眼前再无蚂蚁，想来它们昨晚忙完就走了。剩下的工作，只需把两堆粮食分别捧入两条空布袋，即可等着土匪来取。

刘长水虽说入了伙，但他是否真心归附，恐怕还有待检验。某天早晨，告诉头领：“我最近老是闹肚子，想到山外找郎中看病。”头领想了想：“刘长水带人入伙，算是交了投名状，应该不会叛逃吧。”随即说道：“快去快回，不要到处乱转。”刘长水嗯啊答应，捂着肚子向山外走去。

他的身上其实并无病症，缘何要出山，另有一番打算。逢人便打听，是否知晓林家在哪？路人怎能不问，姓林的不少，哪里的林家？刘长水又问，是否知晓哪里的林家丢了姑娘？打听来打听去，半天工夫，果真找到了事主家。

林老汉给了三十两赏银，立即聚集家丁。刘长水把人带到山口，自己则转身远离那片山沟，边走边念叨：“把韩秋领至土匪窝，一来可以惩罚他待我不善，二来把他交给土匪，可以避免他跟我争抢赏银。”边走边嘿嘿笑，还蹦蹦跶跶。

林老汉带人进了山沟。土匪又从树林里跑出来，领头的见了林老汉，非但没有逞强，反而低下头。林老汉一看就不再急于救人，镇静说道：“我明白了！你前脚跟我请辞，后脚我家便丢了姑娘，前后只隔了三天，想来都是你在作怪。”

说起来，土匪首领原是林家的长工，每天都能跟林姑娘见面，久而久之，就私订终身。林老汉一心想要跟肖家结亲，只可惜姑娘一直不愿意，婚期将至，一走了之。长工此前早已找到了合适的落脚地点。山沟里有一些不知何人何时建造的房屋，可供居住。提前三天出发，赶去收拾，且等林姑娘来会合，可谓安排周详。长工只是徒有土匪之表，以便于唬人而已，那些随从原是一群叫花子。众人聚集在一起，不过想要共居山沟，且抱团谋生。林老汉张贴告示寻人时，原本只想承诺支付赏银，但因肖家曾大闹，使林家姑娘的名声有损，于是在告示上又承诺帮忙寻回者可迎娶，大有恨不能赶紧借机把姑娘嫁出去的用意。

事到如今，长工想了想，索性率众扔了手中的木棍。林老汉扑进山沟，找寻姑娘，前去打开一间一间的山屋房门。因长工跟在后面，无人阻拦。直到打开半山腰那间石屋的房门，林姑娘一看竟是父亲，当即扔下手里的针线和破衣，起身站立。林老汉一时真不知该说什么，只是念叨了一句："你既然离家出走，倒是远走高飞呀！偏偏让我还能找到你。"再仔细看去，发现姑娘没有远走高飞确有原因，腹部凸起，想来已有身孕，不方便远走。

林姑娘没有接话，跟父亲身后的长工对视了一眼。林老汉想了想又说："赶紧跟我回家！你一声不吭就跑了，难道不知简直要了我的老命？除了你，我可没有其他亲人了。"林姑娘转身从床上拿了几件衣裳，跟着父亲便走。

长工冲着随从喊了一声："就地解散，日后再见。"话音落地，跟在林姑娘的后面。林老汉走了片刻，没有回头，只是冲着前方说道："行吧！行吧！我认了！出走一口，给我带回来俩亲人。"长工一听，便不再跟在林姑娘身后，而是急忙扶好孕妇。那群叫花子一时不知去向，只是愣愣地站在那里。

韩秋借机直奔山沟外面，想要回家，一路上念念叨叨："可气！可气！老四当年出门救人，救下的是好人。我出门救人，救下的却是坏蛋。天理不公，他舅子的！"走了半天，韩秋方才回到丘山家中。

韩冬正在埋头洗尿布，抬头一看，立即起身说道：“哎哟，三哥，你终于回来了！前些天，你去哪了？发生了什么事？你怎么蓬头垢面，几无人形？”韩秋只是瞥了一眼，没有回答。韩冬继续说道：“你迟迟未归，我们没打听到任何消息，全家人都担心死了。原本还打算，明天就出门寻人。”韩秋直接从老四的面前走了过去，倒是甩下一句：“他舅子的！”韩冬不知此话是何来由，猜测三哥出门不顺。既然他不愿说，那就不必再问。

韩秋一直在家里休养，日子久了，反又觉得身上疲乏，总想伸展腰身。看见韩冬扛着锄头出了门，就同样扛上锄头，跟了去。兄弟二人下地锄草。干了一会儿，阵阵凉风刮起，天上乌云涌集。韩秋口口声声：“他舅子的！可别变天。要是下雨，我们岂不白白干了活。刚刚锄过的草，死不了。”

韩冬想了想，借机问道：“三哥，总听你说，他舅子的，他舅子的，到底是指谁？难道是谁的大舅子或者小舅子得罪了你？”韩秋稍稍琢磨，回复道：“我没骂任何人，只是在骂老天爷！”话音刚落，炸雷便响。

韩冬说道：“回家吧，要下雨了。”赶紧扛起锄头，走向地头，直奔山下。韩秋紧随其后。韩冬劝道：“天理至公至明，我可劝你，要敬畏苍天。若不然，当心被雷劈。”韩秋不说话。炸雷频响。

韩冬问道：“你既然要骂老天爷，那能不能告诉我，是何缘由？”韩秋想了想，就把此前经历，包括对刘长水的愤恨，还有相关思考，说了一遍。韩冬听了听，严肃说道："责人先责己！我当年遇见干娘，心里可是干干净净的！"韩秋只是在鼻腔里哼了一声。韩冬没再说啥。

转过天来，韩秋病了。肚中虽然不疼不痒，但饮食不消化。无论吃什么，怎么进，怎么出。接连半月，迟迟未愈，每天如厕不知多少次。肚腹越来越瘪，甚至觉得肠子越来越细，备受折磨。

某天傍晚，出了厕所，仰头问天："难道真的是我错了？"苍天无言，不免要去问四弟。韩冬强调："你我本是庄稼汉，应该老老实实做人，永远不要忘了本分！"韩秋问道："何谓老实？何谓不老实？"

韩冬回答："不抬高自己，不贬低别人，不让恶念在心里萌生，尤其不能算计别人，便是老实。如果牵三挂四，鼓噪恶念，就是不老实。人在天地间，再怎么自我膨胀，难道还能高于天？再怎么自我萎缩，难道还能萎缩成尘埃？如何妥当地安身立命？说到底，不可自我膨胀，不必自我萎缩，只宜横竖停当，站直了做人。且把一颗善心当作种子，埋入土中，再望着它破土而出，接受阳光，茁壮成长。"韩秋久经病体折磨，逐渐接受韩冬的说法。

按照郎中的叮嘱，仔细调理肠胃，韩秋病愈。某天早晨，迎着朝阳，前去赶集，步履不快不慢。一阵马蹄声传来，有人骑着马从他的身旁飞奔而过。韩秋抬眼望去，揣摩背影，只见那人像是刘长水，念叨了起来："他原本穷得如同过堂风，缘何会有一匹马？行色匆匆，难道是要离开霁月镇？"

就在一人一马即将消失在拐弯路口时，似有东西从刘长水的肩上褡裢里蹦出来，落在了地上，而刘长水全然不知，仍是骑马飞奔。韩秋迅速跑过去，发现落在地上的竟是一枚金元宝，黄澄澄的。张嘴就要喊，却又立即闭上了嘴，稍稍思考，还是大喊了一声："停一停，东西掉了！"怎奈刘长水早已跑远。

韩秋捡起金元宝，在手里掂了掂，坐在路边，埋头琢磨："能不能据为己有？算是刘长水对我的补偿。要么等着他回来寻找？"到底该如何，一时想不明白。转念又琢磨："刘长水缘何会有金元宝？难道是他去谁家偷的？以至于要骑马逃走。"无人能告知答案。

韩秋思来想去："无论如何，金元宝都不是我的。如果据为己有，恐怕不合适。万一失主没有找到刘长水，竟抓住了我，到时候，再怎么强调我是在街上捡的，说不准仍会被视为我在遮掩自己的偷盗行为。算了！算了！何必惹麻烦，莫不如弃置路边。"既然如此想，韩秋果然把金元宝丢在那里，起身便走。仍是自问："那人到底是不是刘长水？仅凭背影判断，实际上未必准确，亦有可能不是他！"

可巧韩夏赶完集，要回家，遇见了韩秋，打招呼说道："早知你要赶集，我就跟你一起出发了。"韩秋回应："你来来回回，可是够早的。"韩夏只说："早早来，早早回，不耽误上山干活。"兄弟二人再无其他话，各干各的。

韩夏走着走着，许是累了，一屁股坐在了路边，有意无意瞅了一眼侧旁，便看见了黄澄澄的金元宝。登时觉得眼前恍惚，再仔细看去，确定自己并没有看花眼，当即自问：“谁的?”扭头张望四周，尽管看到了不少人，但看不出何人像是在寻找丢失的财物。

韩夏想了想：“谁会故意把金元宝放在街上？应是有人丢失的！黄澄澄，明晃晃，难道其他人没有发现?”想不出答案，从上衣兜里掏出了一条手巾，拿起金元宝包了起来，甚至挽成了疙瘩，倒手又放在了地上。随即念叨：“用手巾包起来，可以避免其他人一旦发现，引起争抢。我能不能拿走？关键问题是，我若拿走，失主万一回来找，我岂不是成了罪人。毕竟是金元宝，何等贵重！莫不如坐等失主回来找。”

韩夏一等再等，迟迟不见有人来找。又开始琢磨：“要不要继续等下去？如果失主始终不回来找，岂不白等了。金元宝毕竟不属于我，拿回家，肯定不合适。算了！算了！回家吧。用我的手巾包住失主的金元宝，不让其他人捡去，就算是对失主有情有义了。至于金元宝能不能物归原主，就看失主回来寻找时，有没有足够的悟性，解开手巾疙瘩看看。除此之外，我还能怎样。”韩夏果真回了家。

韩秋赶完集，往回走，念叨了一句：“不知金元宝是否还在原地?”走着走着就到了那里，探身低头一看，没看到金元宝，心说：“想来早已被失主捡走。”再仔细看去，怎么会有一块手巾疙瘩？难道是金元宝的失主丢下的？抑或是其他人抛弃的？手巾疙瘩不值钱，拿回家洗洗，日后还可以当抹布，应该不会惹来什么事吧。庄户人家嘛，理应爱惜东西。

韩秋捡了起来，抬腿迈步，直奔家门。看见韩冬又在洗尿布，就把手巾疙瘩扔了过去，交代了一句：“我在路上捡的，你一并洗洗吧。”说着话，便朝后院走去。韩冬抓起手巾疙瘩要解开，万万没想到，黄澄澄的金元宝掉进了木盆里，赶紧捞出来看了看。扭头喊道：“三哥，手巾疙瘩里怎么包着金元宝?”

韩秋一听，转身又走到韩冬跟前，详细叙述了一遍路遇金元宝的事。恰巧被韩夏听见。盆前聚齐，说来说去，事情逐渐明了，只是不知金元宝的失主到底是谁。韩秋交代了一句，骑马者像是刘长水，紧接着又惊讶道：“金元宝拐着弯还是来到我们家，难道注定有缘?”韩夏却说：“有缘归有缘，但不等于它要成为我们家的资财。”韩秋接话说道：“我又何尝不知！如果原本想要据为己有，哪里还会再有后面的事。”

韩冬听了听，赞扬了一句：“二位哥哥，说得好！做得对!”随即又说：“我们家孩子多，固然亟须资财，但是，当取不当取，万万不可乱来。哪怕我们马上就要饿死了，若非自己的劳动所得，仍不可恣意获取。”说着还向两位兄长竖起大拇哥。

接下来该怎么处置金元宝？韩冬思考再三，告诉韩秋和韩夏：“莫不如交给我们村的教书先生陈扶摇。他为人坦荡，最不自私，极富温情，堪称楷模。时隔俩月，若无人来寻回，可让陈先生支配，充作办学费用。”韩秋和韩夏都表示同意。

韩冬去了一趟陈家，交托金元宝，坦陈心意。果不其然，陈扶摇极其愿意接手，跟韩冬商量了一番，似是不宜对外宣称捡到了金元宝。制作木牌，题写寻主启事，反复推敲措辞：“韩家兄弟偶拾贵重物品，丢失者可垂询陈扶摇。经查验核实，无条件奉还。俩月为期，失主若未现，即由陈扶摇用于办学。特向世人昭示。”

木牌在村口路旁长期竖立，竟无人垂询。俩月期满，陈扶摇每天给学童上完课，甚至还要刻意在木牌旁边久久站立。韩冬去赶集时，路过那里，揣摩了一番陈先生的用意，提醒了一句：“既已期满，不必再等。”

陈扶摇却说：“不妨再等等，万一失主今明两天会来。”韩冬又说：“我明天来替你。”陈先生言之：“听说你家儿媳又生一对双胞胎，可喜可贺，想来家里必忙。赶集采购，买布买菜，类似事项，难以数清，你怎会赋闲，故此不必来替我。更何况，如果失主还是不现身，金元宝的日后归途，就由我裁夺。我跑来站立，实属应当。”韩冬冲着陈扶摇鞠了一躬。直到仨月期满，陈先生方才收回木牌，不再去站立。

第五章

生育幸事

接连数年，魏竹庵总能生下双胞胎。这能否算奇事？背后是否藏有奇因？韩冬何尝不曾琢磨，难道是因为我家儿媳的身体有别于其他女子？可她母亲当年只生了她，按理说，她的身体不具备孕育双胞胎的特质。原因难道出在我们韩家？祖祖辈辈传言，明朝初年，洪武大帝曾血洗齐都，只留了我们一家。历经数百年，我们韩家扎根在丘山，早已树大根深，几枝几杈并发，说不准哪一根枝杈上便会结满果子，原是常理。

闲人们聚在街头巷尾，难免议论纷纷，韩寻异何其有幸，竟能拥有那么多儿子。追根溯源，甚至认为需要从韩家的前几代人说起。韩冬的父亲名叫韩椒，韩椒的父亲名叫韩流星。韩椒当年考中了状元，回乡祭母，按照风俗，理应在坟前竖一杆大旗，谁知无论怎么竖都竖不起来。情急之下，就问父亲是何缘由。韩流星支支吾吾说道："埋在眼前坟里的并非你的生母！"韩椒一时难以接受，踱步转圈，免不了要问自己的生母到底是谁，是否还活着，抑或埋在哪里。

韩流星扇了自己几巴掌，带着儿子去了远处的山坡。韩椒环顾四周，并未发现坟头，再次死死盯着父亲。韩流星结结巴巴说道：“别看眼前没有坟头，但的确埋着你的母亲。”韩椒自然要问：“既然埋着我的母亲，缘何没有立坟头？”韩流星蹲在地上轻声说道：“因为你的母亲不是人！”韩椒既气又急，非要知晓事情的原委。

韩流星吐露一番：“都怨我当年不知好歹，天天领着一只黄色的母狗，久而久之，就做了一些难以启齿的事情。后来发现狗肚子越来越大，我就牵着去了外地。那只狗生产时死了，我恰巧看见有人躺在不远处的路边上，走去打量，发现那人竟是疯疯癫癫的叫花子，于是就抱着你，拖着死狗，领着叫花子，回到了家里。前脚埋了死狗，回头只对外宣称你是叫花子生的。”韩椒一听，真不知应该说点什么，只觉得难以立于天地间，转眼工夫就倒了。韩流星在跟前的树上上了吊。既然从韩椒开始，丘山村韩家人就是狗的后代，生孩子岂不就跟狗下崽一样，生了一窝又一窝，窝窝都不单蹦。

或许正是因为家里人口众多，长辈们可以帮忙看孩子，韩寻异并非合格的父亲，每天只知道到处玩耍。听说了那些传言，颇感窝火，没有跟乡邻争吵，回家跟父亲说道：“那些人竟然认为我们是狗的后代，我真想撕烂他们的嘴。”

韩冬劝道：“说我们是狗的后代，有什么不好？圣人有言，仁者乐山，智者乐水。山静水动。想想那些狗，趴在地上，安静如山，活脱蹦跳，动则若水。既然兼得山水风范，怎能不被人所喜。”韩寻异随即便问：“难道我们真是狗的后代?”韩冬答说：“如果你我都是狗的后代，难道你的那些大爷就不是？你的大爷大娘为什么生不出孩子?”韩寻异想了想便释怀了。

韩冬又劝：“我们家里人口繁盛，难免会惹人眼馋。别人越说酸话，其实就是越发羡慕我们。你我只以惜福为宜，断不可去计较。”韩寻异谨记在心。仨月有余，魏竹庵再度怀孕。韩冬高兴不已，时常悄悄念叨：“我儿寻异到底有多大的造化？多子多福，我儿有福就是我有福。”

街上又有流言，故事的主角仍是韩流星。据说他当年擅长吹笛，时常在河岸吹奏。时间长了，消息传到了龙宫。龙王派虾兵蟹将来邀请。韩流星恰恰乐意前往，专司年节奏乐。龙王的三女儿一眼就看中了他，但又不敢明目张胆去接近，毕竟仙凡有别。韩流星每次吹笛时，龙女总是化作幼犬趴在跟前，直到周围再无他人，才变回仙女。

天长日久，龙王发现端倪。想要拆散，怎奈女儿已有身孕，便让他们一起离开龙宫，并且告诉女儿一年以后必须回来，否则会被雷劈死。一年时间何其短暂。龙女早已生下孩子，到期要回龙宫，临走前告诉韩流星：“等咱们的儿子即将科考时，那年三月初三，你把他带到河边。我会做好准备，到时候，你们会看到河沙聚拢成龙形，要让儿子骑到龙头位置。我会带着儿子遨游九天，确保科考得中。”

转眼就是二十几年，三月初三，韩流星父子果然来到河边，却发现一群孩子正骑在龙形的沙堆上。赶走了那群孩子，韩流星让韩椒骑到了龙头位置，左盼右盼，并未发现沙龙飞起。直到后来，韩椒的确中了状元，但因疾病缠身，并未入朝为官，更没有随着巨龙腾飞。

韩寻异在街上玩耍时，再次听说了流言，埋头思考，无非还是认为韩家人是狗的后代。不同于此前的地方，只是认为狗是仙女所变，继而甚至认为韩家人的身上自带仙气，没什么不好。

韩家越发兴盛，全家人度日，断然不受流言影响。因老魏当年的家教甚严，魏竹庵总是看丈夫的脸色行事。只要韩寻异想要同床，她从来不曾表达异议。接下来不到三年时间，又生下了两对双胞胎男孩。院子里和院门前搭满了竹架，架上晾满了尿布。韩冬瞅来瞅去，简直看不够。有的孩子哭了，有的孩子笑了。大人们穿梭不已，放下大的，抱起小的，喂饭喂奶，世上哪里还会再有让人觉得不痛快的事。即使又有流言风传，听了都会觉得欣喜不已。

故事的主角依然是韩流星。据说，他当年曾发现有一只癞蛤蟆总是陪伴在左右，或者跟在身后，无论怎么甩，都甩不掉。反复琢磨，其中必有缘由，索性养在了家里。每日必往水缸里投食，每隔三天就换一次水。养至三年，癞蛤蟆竟产了一枚蛋，大小和模样都跟正常鸡蛋差不多。

韩流星倍感诧异，一时不知如何是好。四处打听，能不能有人告诉他预示着什么，如何处置。半月有余，蛋仍旧是原来的蛋，既不敢吃掉，又不敢扔掉，心里甚至有了丝丝怕意。思来想去，莫不如打开看看，谁知无论是往地上摔，还是拿锤子砸，都打不开。

听说村里的教书先生有一根祖传的金针，无人能说清到底有何用。韩流星就去央求，想要借用开蛋。教书先生对那枚蛋极感兴趣，就借给了韩流星。他捂弄着蛤蟆蛋，用金针戳了几下，蛋上终于出现了裂缝，随即就是一阵烟雾。等烟雾散尽，只见竟有婴儿躺在桌上。那婴儿便是后来的韩椒。既然韩家人是癞蛤蟆的后代，癞蛤蟆产子岂是谁能数得清的。

韩寻异主动钻入街头人群，反倒听到了另一段故事。鹅湖韩老汉，育有仨女儿，后来便有仨女婿。大女婿唤作下唇，二女婿名为活捉，三女婿叫作正名。某年某日，女婿们一起给岳父祝寿。在酒席上，下唇问活捉，王八的正名叫啥？活捉回答，它的正名叫鳖。

三女婿一听，于心底默念：“两位姐夫分明是在取笑我叫鳖叫王八。”稍作思考，张嘴说道：“我们村南面有片水，边上有片地，是我家的。去年秋季，黍子快要成熟的时候，某天下午，我突然发现少了几穗。第二天一大早，就去了黍子地。发现有只鳖从那片水里爬来，正要准备偷吃黍子穗，我就拿起铁钩子，钩住了鳖的下唇，把鳖活捉了。”大女婿和二女婿一听，分别举起酒杯，给三女婿敬酒。包括韩老汉在内，全家人不曾红脸，哈哈大笑，其乐融融。

韩寻异听完了故事，暗暗琢磨：“口口声声说是鹅湖韩老汉怎样，难道不是在拐着弯地言说丘山韩老汉如何，而我迟早会成为丘山韩老汉。我已有儿子十四人，目前还没有女儿。乡邻聚在街上，难道不是在嘲笑我没有女儿？

且让你们看看，我迟早会有女儿。”

韩寻异匆匆跑回家，告诉妻子：“希望你能给我生女儿!”魏竹庵一听，愣怔了一下，只是应和了一句：“我尽量努力。”怀孕生产，怎奈生下的仍是一对双胞胎儿子。隔了几天，发现韩寻异的脸色不好，魏竹庵说道：“不妨寄希望于下一次。”韩寻异却说：“跟你过日子，着实没意思！除了生孩子，我们还能做啥？况且你只会生男孩，更让我觉得没意思。”

魏竹庵听之思之，悄然落下了几滴眼泪，觉得有必要为自己申辩，就质问丈夫：“一年又一年，我从来不停歇，怀孕生子，一次又一次，你每天都在做些什么？哪怕只说生孩子，你折腾一宿，撒丫子就走，我却要时时谨慎，怀胎安胎养胎，最终还要去鬼门关走一遭。生了孩子，一旦不符合你的心意，难道我前面的各种付出全都无意义？你竟然还要说，跟我过日子没意思。请问，你把我当成什么了？难道我是你的玩偶吗?”韩寻异没有接话，倒手拿起桌上的饭碗摔在了地上。

韩冬和杨兰兰闻声赶来，怎能不问缘由。听魏竹庵哭诉完，韩冬大怒，扑到韩寻异的面前，举起了右手，真真想要扇一巴掌，却又觉得心疼不忍，于是压了压胸中的火气，心平气和劝儿子：“竹庵在我们家任劳任怨，不挑吃，不挑穿，给我们生了一大群孩子，已是幸事。你该知足，何苦来滋事。”韩寻异不以为意，只是扭头冲着屋外。

杨兰兰想了想，拉着儿子出了屋，坐在朝阳的地方，讲起了故事，希望能启发儿子。韩寻异听得极其认真，当天晚上，倒头一梦，故事情节再现，只是其中的人物竟变成自己，还有母亲和妻子。他一时觉得饥肠辘辘，便跟母亲嘀咕了起来：“我们已经好几天没吃饭了，只怕明后天就会饿死，可怎么办？为了保住性命，我们把魏竹庵砸死，煮煮吃了吧。等日后我们飞黄腾达了，我还可以再娶一房。”杨兰兰一听，直呼，不可！不可！

韩寻异转身直奔屋里，寻找榔头。杨兰兰则扑向墙根，告诉魏竹庵：“寻异起了杀心，只怕我拦不住，你赶紧出去躲躲。等日后有饭吃了，我会想办法再把你找回来。”魏竹庵一听，颇为惶恐，转身扑向院外。

杨兰兰追着送至路口。魏竹庵给她磕头，迅速从身上扯下了衣服一角，交给了婆婆，算作分别留念，转身就跑。许是为了安全起见，把肩膀上的手巾包在了头上。一经收拢头发，转眼已是一副男人模样。跑来跑去，发现前方有亮光，直奔而去，看到了一家店面。

越是靠前，越是发现店内各房间似有人打斗，影影绰绰。魏竹庵站住脚，念念叨叨：“难道那是一家黑店？只为取财，不惜杀人。”刚刚后退了几步，却又念叨：“黑灯瞎火，我还能去哪？”急不急，恼不恼，仔细想想，继续念叨：“我入黑店，会有危险。韩寻异若追来，一旦入店找我，同样会有危险。索性入店，到时候，谁死谁活，谁能说得准。”魏竹庵果然入了店。

老板满脸横肉，挺着大肚，只是呵呵笑，把她领到了一间屋，安排住下。魏竹庵着实困乏，迷迷糊糊睡下，却还能隐约听到左右房间有异响。次日早晨，天刚蒙蒙亮，被拍门声吵醒。魏竹庵吓了大跳，刚刚从床上翻身到地上，摸起床头的手巾擦了擦脸，房门就被撞开。

老板带人闯入，一看眼前人，即是惊讶貌，念叨一句："昨晚住进来的明明是男人，前后大半夜，怎么变成了女人?"魏竹庵没吭声。老板想了想，率众撤退，还在念叨："男人变女人，肯定不是一般人，不宜招惹!"魏竹庵悄悄笑了，早已琢磨明白，睡觉时，原本包在头上的手巾脱落到了床上，刚才甚至还曾拿起来擦脸。

她抻了抻身上的衣服，走至店面大堂。老板迅速摆出了饭食。魏竹庵拿了两块饼，便要结账，谁知老板竟不收，紧接着又扯下了衣服一角，交给了老板，留作纪念，感谢收留。出了店，一直向前走。老板手里的衣服一角，经风一吹，登时变成了金元宝。老板大为惊讶。

魏竹庵费了半天工夫，七拐八拐，躲进了深山老林，见有一户人家，就去投奔，幸获收留。魏竹庵每天洒扫庭除，不停地忙活。那户人家只有一对母子，过着清贫的日子。时间长了，那位母亲跟魏竹庵商量："你来我家已久，应该早就看明白了我和我儿是啥样的人，你莫不如嫁给我儿子吧。不管到何时，我和我儿永远都会善待你。"魏竹庵点头答应。自从她和那家的儿子拜了堂，成了亲，那位老母亲隔三差五总能在院门口捡到金元宝。

眼前一晃，只见杨兰兰拿着衣服一角走到了院门口，念起了魏竹庵："你如今在哪里？还能不能回来？我们婆媳历来和睦，我当真想你了。"话音落地，手里的衣服一角，经风一吹，同样变成了金元宝。

韩寻异悄然睁开眼，走出了梦境，思来想去：“俗话说，兄弟如手足，女人如衣服。入梦出梦，那件衣服原是金衣！家有贤妻，丰衣足食。”不声不吭，扭头看了看睡在侧旁的魏竹庵，又琢磨了起来：“我俩搭伙过日子，终究沉闷无趣，倒是不妨在家外找乐子。”

日上三竿，韩寻异出了门，溜达来溜达去，实在无事可做。中午时分仍没回家，望了望天上的日头，心中忽生一计，边走边念叨：“过会儿要下雨，过会儿要下雨，各家赶紧收衣备柴。”路人听见后，望天望四周，难免要反驳：“显然是大晴天，全无一丝风，怎么可能会下雨！”韩寻异绝不搭话，仍是边走边说，走街串巷，甚至还蹦蹦跶跶，恨不能要让全村人都听见，且看各家是何反应。

说来倒巧，过了一会儿，天色突然变了。起先只是一块乌云遮住日头，不等那块乌云散开，其他云朵却要前去聚集。地面上略有微风席卷，紧接着便有几阵大风刮来，卷起的尘埃呼啦啦直扑人面。街上再无人，韩寻异刚刚回到家，一阵大雨落地，随即滂沱不歇，竟下了半日。

几天后，街上流言风行，韩寻异难道能呼风唤雨？有的人则问，他难道有未卜先知的本事？如若不然，那日明明是大晴天，他怎会知晓过会儿要下雨。隔了两三日，闲人们聚在一起，喊喊喳喳，韩寻异有那么多儿子，只怕原本就不是凡夫俗子。仔细想想，除了以前的皇帝，儿女无数，人世间的凡夫俗子怎会握有生育秘术。韩寻异即使能算是凡人，恐怕仍可算是奇人，想来奇人必有奇能。又隔了两三日，街上流言再无疑问句，全是肯定句。

某天傍晚，郭老汉端着一盆猪食，走到了猪圈门口，发现圈内空空，不见猪的踪影。一阵惊呼："猪跑了，猪跑了，去了哪里？赶紧找回来，要不然可就丢了。"放下猪食盆，怎能不琢磨："可让我去哪里寻找？"脑袋里嗡嗡响，胸腔里直扑腾。突然想起，最近村里早已传遍，韩寻异非同寻常，简直可以称得上是半仙，亦可唤作神算子。何不去一趟韩家，求他帮忙算算猪去了哪里。

郭老汉匆匆赶去，一顿央求。韩冬冲着韩寻异大喊了一声："切不可胡说八道!"怎奈郭老汉还是央求。韩寻异于心底默念："我怎么知道你家的猪跑到哪里去了。"见郭老汉想要下跪，韩寻异只是说："你先回家吧，等我算好了，就去告诉你。"郭老汉一再道谢，转身就走。

韩冬冲着儿子说道："你既然接了活，我倒要看看怎么兑现承诺。"韩寻异没说话，哪里还有心思吃晚饭，拎着马灯出了门。稍稍思考，村里民风不敢说十足良好，倒又未必尽差。郭家的猪总不能是被其他人家偷偷藏起来吧，莫不如先去村外找找。

前往丘山附近，在山脚下转了一圈。天色大黑，一团马灯光亮，似是在山野间飘荡。韩寻异找来找去，并未寻见。再仔细想想，一头猪，难道上了山？关键问题是，丘山颇大，上上下下，旮旮旯旯无数，怎么寻找？不得不感叹，一旦生事，事又生事，总有牵连。心力付出，体力大费，颇感乏累，岂能不悔。

整整一夜，在丘山上转遍，哪有猪的踪影。韩寻异又去了皇蹲山附近，转来转去，目不转睛，悄然已是东方泛白，只见一头黑白花色的猪正趴在前面的草丛里。终于松了一口气，念叨了一句："要不要直接把猪撵回去?"

自问自答："不必！不必！现在只宜回家睡觉。老郭要是再去问我，大可告诉地址，让他自己来撵。更重要的是，他最好还能去跟别人宣扬我非凡人，方不辜负我一夜没合眼。"果不其然，韩寻异轻手轻脚回了家。

韩冬瞪了他一眼。韩寻异放好马灯，刚刚睡着，郭老汉再次找来。韩冬叫醒了儿子。郭老汉急切说道："神算子，你算出来了吗？我家的猪到底在哪里？我可一整夜都没睡，求你赶快告诉我吧。"

韩寻异从炕上爬了起来，摇摇晃晃，像是入了水的面条，站不住，坐在了炕沿上，揉了揉眼。摆弄着右手，故作掐指之态，随即说道："你家的猪现在应在皇蹲山西侧的一处草丛里，跟前就是整座山上最高的堰头。"

韩冬提醒儿子："若能帮忙，就实实在在帮忙，切不可故弄玄虚！"韩寻异强调了一句："我说的都是实话！"随即冲着郭老汉说道："你去找吧，我保你能找着。"再无其他话。郭老汉一听，道完谢，扭头就跑。

临近中午时，几名村民来至韩家院门口，却不进门。韩冬迎去，客客气气说道："进来吧，我去烧水泡茶。"有人回应："没啥事，不进去了。刚刚听说你儿子的确不是凡人，竟能算出郭家的猪去了哪里。我就是好奇，前来瞅瞅你家的半仙。"

韩冬一听，颇感惊讶，想了想，免不了要解释："我家哪有半仙！我儿寻异昨晚一夜没睡，出门帮郭家找猪。

找准了地方，今早晨才回来。可巧老郭又来询问，按地址去找，自然能找到猪。我儿现在还在补觉。”那几人却纷纷言说：“我可不信！日后若是有事，说不准还要请你儿子帮忙。”无论韩冬再怎么解释，那几人仍是不信。郭老汉在街上总把韩寻异说得神乎其神。韩冬找了去，劝他不要再宣扬。郭老汉却认为，韩寻异明明做了一件好事，宣扬宣扬又何妨。

无需几天，消息传至邻村，三位老人有所质疑。几经商量，范老汉说道：“我负责去把韩寻异请来，你们做好准备，我们检验检验。”程老汉和吴老汉分头行动。范老汉见了韩寻异，上下左右打量，并没有觉得他跟其他人不一样，直接说道：“你敢不敢跟我去？让我们检验检验你的神通。”

不等韩寻异回答，韩冬催促道：“快去吧，且让大家看清你的本来面貌，免得再扯扯乌七八糟。”韩寻异似是赌气那般说道：“去就去，谁怕谁，在哪里溜达不是溜达。”范老汉前面带路，韩寻异步步紧跟。来到某路口，只见一张方桌摆在那里，桌上扣着碗，周围站满了人。

方桌和碗是程老汉带来的。吴老汉则去水塘边抓来了一只小蛤蟆，扣在了碗下。韩寻异站至桌前，还没琢磨明白到底要如何接受检验，吴老汉就问：“凭借你的神通，你能不能算得出碗下扣着什么？”韩寻异点了点头，于心底默念：“管它是什么，你问我答，一出闹剧而已。”张嘴说道：“应是一只小蛤蟆！”话音落地，吴老汉瞪大了眼睛，张大了嘴巴。程老汉和范老汉亦是如此。

韩寻异没听到一声回应，抬手拿起了碗，一只小蛤蟆蹦跳了起来。围观乡邻无不目瞪口呆。韩寻异挺直腰杆，扭头就撤，走出了十几米，拔腿便跑。三位老人和一众乡邻一直望着他的背影。韩寻异拐了弯，关于他并非凡人的传言越发风行。

半月有余，在韩冬的严密监控下，韩寻异没有出门。许是在家里憋久了，某天傍晚，他趁韩冬上厕所的工夫，跑了出去。在街上溜达来溜达去，脚步极轻，似是贼人那般。当走到唐家院门口时，隔墙听见有人说话，停住了脚步。

老唐说道："我父亲最近一病再病，我们兄弟几人正在准备后事。捎信请你来，无非想问问在哪里修坟合适。"老袁说道："你们村的山峦地貌，我并不陌生，无需再去山上探脉。你若信我，不妨在皇蹲山西侧打矿。具体位置便是，整座山最高堰头的东南角，有一棵柏树，单根独立，树前五米。"

老唐又说："修坟葬人，如同播种粮食。同样的种子，东西各撒上几粒，日后的长势却未必一样，因而应当谨慎考量在哪里播种。恕我眼拙，全然看不出那棵柏树前面五米有何奇异，能不能详细告知。"

老袁说道："今晚上，你可以去那里打探打探。据我所知，整座山上有且只有两棵芍药花，就长在树前五米的草丛里。你若果真要用那块地，需把芍药花拔掉。寓意在于，让它们腾出位置。拔花时要快！百步之内，无论有何动静，都不要回头。走出百米，任你如何，全无妨碍。后面事项，容我来日再告诉你。”老唐说道：“我们先进屋喝酒吃饭。等我腾出工夫，再去打探。”

韩寻异隔墙闻听，只在心里默念：“有且只有两棵芍药花，听上去倒有些诡异。把花拔掉，能有什么动静？为何会有动静？”越琢磨越好奇，转念又想：“且不管老唐今晚会不会去，我马上就去。”

韩寻异轻轻抬脚，急速快跑，回了家，拿上马灯又要出门。韩冬大喊：“你给我回来！”韩寻异只当没听见，天色越来越黑，直奔皇蹲山西侧。那里有一棵柏树，单根独立，原本就知晓。树前五米，抬脚丈量，用马灯一照，果然看到了两棵不起眼的芍药花，并排站立，彼此紧靠。

拎着马灯再走出五米，回头观望，似能看到芍药花闪闪发光。“难道不是眼睛出了问题？刚才若不曾拎着马灯走到跟前，只在山上无目的溜达，断然看不到哪里有两棵芍药花。”韩寻异如此揣摩。

拎灯走回去，弯腰用手薅住两棵芍药，原本打算使劲拔，谁知并没有用上那么大的力气，就拔了出来。起身看了看周围，并没有发生什么事。刚要转身，耳畔突然有响动，呜呜呜呜，似哭非哭，越来越响。仔细听，像从地下传来，又像从身后传来。无论怎么转身，身后似是总能传来呜呜声。

韩寻异赶紧跑出了一段距离，耳畔归于寂静。难道不是出现了幻听？不妨再去听听。转身朝柏树方向迈步，耳畔再度响起呜呜声。心里不曾害怕，倒又满是疑问，索性回家。手里还拿着那两棵芍药花，扔到桌上仔细查看，除了它们的根系足有一米多长，并无其他奇异可言。

无非两棵芍药，难道真能表明皇蹲山西侧暗藏玄机？整整一夜，韩寻异顶着满头问号，琢磨不出所以然。天色放亮，他反倒睡着了。迄至傍晚，方才睡醒，一心想要再去唐家院外偷听。韩冬见儿子又要出门，还想叫住。韩寻异搪塞道："我去外面寻花寻草，难道还不行？"韩冬没再说啥。

韩寻异蹑手蹑脚窜到了唐家院外，缩在角落里，迟迟没有听到院内传来说话声，一等再等。天色越来越黑，院内终于传出声音。老唐说道："袁大哥，我等了你一天，你怎么才来？"老袁说道："我总要安顿好家里的事，方可出门。况且我们石步拉村离着你们丘山村可不近。若不是家里最近缺油少盐，我才不会大老远跑来赚你的钱。"

老唐又说："据我昨晚仔细打探，皇蹲山西侧，柏树前五米，根本没有芍药花。恕我直言，你是不是在给我下套？反正你每来一趟，我都要支付五文钱，另外还要管酒管饭，你巴不得多来几趟。若要证明你说的话真切属实，莫不如再告诉我一些其他情形。"

老袁想了想，辩解道："我说那里是好地方，肯定就是好地方，怎么可能没有芍药花。你今晚可以再去，还是树前五米，挖坑三四米，必能挖出一匹石头马驹，长约一米，高约半米。我且告诉你，每逢阴天或者下雨时，你跑到那里，趴在地面上仔细闻听，甚至可以听到轻微的马蹄声和铃铛声。日后把你父亲葬在那里，定会让你家一马当先。"老唐连连答好，谦让老袁进屋。

韩寻异隔墙闻听，又在心里默念：“地面以上是芍药花，地面以下藏有石头马驹，当真那么神奇吗？芍药花和石头马驹有何关联？”心中满是疑惑，转念又琢磨：“莫不如还是赶在老唐的前面，把石头马驹扒出来，再埋到我们家的祖坟里，让我家一马当先。”打定主意，便要回家拿镐锹，还要拎上马灯。

韩寻异匆匆赶往皇蹲山西侧。来到特定地点，刚要甩开膀子，挥锹挖坑，老唐和老袁就赶来了。韩寻异见势头不妙，想要一跑了之。谁知唐家人合围包抄，堵住了韩寻异的去路。

老袁说道：“果然不出我所料，芍药花怎么会消失，必是有人背后捣鬼。我且告诉你，任凭你怎么挖，都挖不出马驹。因为地面以下根本就没有。我在唐家院里那样说，原本只是想下饵。”老唐怒不可遏，咬着牙说道：“原来是神算子在捣鬼！你怎么不算算自己做坏事会不会被人发现？可见你是狗屁半仙。”韩寻异哑口无言。

唐家人扑向前，摁住他，一顿暴揍。韩寻异全无招架之力，只是挣扎，只是嗷嗷叫。老唐喊了一声：“别打了，把他抬起来，送回家。”唐家人收起阵势，把韩寻异送到韩冬的面前，扑哧一声直接扔到地上。

老唐冲着韩冬说道：“在我们庄户人家看来，修坟葬人是何等重要。你儿子却要背后使坏！简直犹如我前脚刚刚选好地方，还没等撒下种子，他后脚就跑去偷偷往那块地里撒了一些石灰，还如何让种子生根发芽。我不怕得罪你，还要请你告诉我，你儿子该不该挨揍？”

韩冬一听，一再赔礼道歉，直言不讳：“感谢你们替我教训我儿子。”随即又说：“你们选定的地方，如果无法再用，我愿意出钱，供你们另选吉地。”老袁告诉老唐：“脉气犹在，那块地还能再用！”老唐点了点头，带着众人走了。

韩寻异还在地上躺着。韩冬冲着他说道：“神算子，怎么样？你的神通哪里去了？我早就告诉你，要惜福，不要惹事，怎奈你就是不听。我若揍你，我会心疼，但总会有人替我教训你。”韩夏和韩秋跑来，要把韩寻异抬到屋内炕上。韩冬却说：“不用管他，就让他一直躺在地上，好好清醒清醒。”韩夏和韩秋知道老四是在说气话，以最快速度把韩寻异抬到了炕上。

转过天来，神算子被揍的消息开始风传。有心人不免会顺带打听，袁老汉缘何会认为皇蹲山西侧的柏树前五米是吉地？说起来，他善于观测地形，推断地下有暗河，一条水脉宛若一条龙，而龙嘴冲上大张。若在那里埋坟，简直像把死者安葬在龙嘴里。基于象形和会意构思，可借龙气。芍药种子随着风吹，落在了滃润的地方，何止会生根发芽，自然还会颇显长势。因地面以下有水，免不了还会向下延伸出长长的根系。种子若落在其他地方，则未必同样有幸。

尽管韩寻异早已声名狼藉，但生育幸事却不曾中断。魏竹庵的腹部越来越膨鼓。孩子越多，大人越累。韩春等频感体力不支，但又总是相互笑着鼓励：“今时今日的每一份付出，都是在为未来做准备。只要拉扯好了孩子，我们必会老有所养，而且还会得到过继的孙子，可以弥补我们未曾生育的缺憾。”韩寻异养好了伤，仍是只做甩手掌柜。

全家人一如往常，只等着迎接孩子降生，谁知韩冬的干娘却一病再病。临终前叮嘱儿子：“等我死后，望你不要离开韩家，只宜帮助老四照看孩子。如若不然，你折腾起来，恐怕就连家门都摸不清了。”崔天赐点头答好。

韩冬痛哭了几场。想当年，毕竟得益于老人家奉献出了扳指，方才有了后来的幸福生活。如今病故，怎能不厚葬。跟崔天赐左右扶灵，前往十里以外的马头崖，料理各种事项，极其用心。诸如红棺、早头马、二次马等，凡是发送死者该用的器物，全都备齐。又如冥镜、驳杖、长明灯、长流水等，凡是棺材上和坟内应该陈设的物品，无一遗漏。

哪怕到了最后，赶在下葬棺材之前，韩冬又在驳杖上给棺材蒙了一层丝绸面料的棺衣，犹如给人穿上一件颇显体面的外套。让干娘风风光光赴西、入坟和升天。

第六章

宛若石子敲开的湖面

怀胎期满，魏竹庵又生下了一对双胞胎男孩。家里诸人越发忙碌，未必总能盯紧所有孩子。尤其是那些稍大的，怎会一直老老实实守着院子。韩四海在街上蹦蹦跳跳，迎面走来了一位白发老翁。就在擦肩而过的瞬间，老翁说道："你的哥哥比你小！"韩四海一听，只当是笑言，并没有打算停下来搭话。

老翁却又说："别看韩一棵才刚刚出生，但他分明就是你哥。一二三四往下排，你在他的后面。"韩四海站住了脚跟，拉住老翁辩解道："我家没有人叫作韩一棵！同辈中我就是老大。"老翁捻须说道："他的祖宗前不久偷偷住进了你家的丘山坟林里，眼下跟你同出一源。无论你是否认识他，你们都已经是一家人了。"韩四海一头雾水，扭头便走，回到家把事情告诉了爷爷奶奶。

杨兰兰想了想说道："韩一棵的祖宗肯定姓韩，但不属于我们丘山韩家。世上姓韩的人，原本就非常多，哪里的韩家人，会把自己的祖宗偷偷埋到我们家的坟林里？缘何非要如此？"韩冬寻思着说道："肯定是外地姓韩的人始终没弄清自己的祖宗根系在哪里，心里一直没有归属感，方才想要并根。我们家的祖宗毕竟从明代乃至以前就一直安居在丘山上，具有明确的归属。关键问题是，即使都姓韩，仍是各有各的家门，岂能相互乱入。如此并根，着实不妥！就如同把南方的一棵树和北方的一棵树栽到一起，难免会相互干扰。南为橘，北为枳，怎可混同！”

杨兰兰皱紧了眉头。韩冬又说：“当年给最大的孙子取名叫韩四海，既然后面会有五六七，那么前面免不了就会存在一二三的空当，给其他姓韩的人提供了加塞的机会。”杨兰兰接着话茬念叨：“到底是谁想要加塞？给孩子取名，叫什么不行，偏偏要叫一棵。细细琢磨，分明是故意为之，非要排在四海的前面，看来早已摸清我们家的底细。”

韩冬又言：“就像是在地里种庄稼，哪棵苗长得好，哪棵苗长得孬，地力会滋养哪些种子，岂能完全符合我们的事前估量。根系肥壮，未必会按照数字排列逻辑来助益于苗芽生长。”杨兰兰说道：“更重要的是，同一条根系上，突然多出了一根苗芽，必定会跟其他的原有苗芽分享根系和地力，原有苗芽可就成了受害者。”

韩冬以最快速度去了一趟丘山，回家后，拍着脑袋说道：“我们家的坟林里并没有多出一座坟头。外地姓韩的人到底把自己的祖宗埋在了哪里？”杨兰兰说道：“若要并根，其实未必需要立一座坟头，只要找地方埋上一点尸骨就行。我们家的坟林那么大，若要从中找出偷埋的具体地点，可不容易。”韩冬接连念叨了几遍，该怎么办？杨兰兰倒说，难道非要逼迫我们与人为敌？

韩冬扛起镐头，走出了家门，直奔丘山，来到了坟林里，念念叨叨："且等我把外地韩家人的尸骨找出来，扔到山沟子里。"转眼又想，若是偷埋到了坟坑里，那可真是不太好办，莫不如先在坟圈子里刨上一遍。紧接着便念叨："任凭别人怎么缺乏善心，我又怎能以恶制恶！"坟林里满是杂草，抡起镐头从脚前刨起。

接连数日，地面上尽是新土。各种杂草有的早已被新土压住，有的又在新土中冒了出来。家里的事，全都交给妻子和哥嫂，韩冬专心到坟林里忙活，刨了一遍，搜寻无果，就要再刨上一遍。何尝不知，别人既然偷埋，肯定不会埋在轻而易举就能被找到的地方。哪怕到了秋后，仍是搜找无果，都不曾放弃。

某天傍晚，天降大雨，直到淋得犹如落汤鸡，方才罢手回家，换了衣裳，坐在屋门前，不停地埋怨："雨水入地，地面上就会变得平整，岂不是白费了我的工夫。"大雨下了一夜，转过天来，乌云散尽，风和日丽，韩冬又来到丘山坟林。刚走到出入路口，打眼一瞅，只见东南角出现深坑，想来应是被山洪冲出来的。洪水奔涌下山，原本就有非常大的冲劲，加之周围的地面早已被刨得松暄。

他走了过去，发现坑里有一对陶罐露出了盖子，罐身还在土里埋着。跳到坑里，蹲到了跟前，拧开盖子，往罐里瞅了瞅，看到了几根大骨头，看样子像是腿骨。拧上盖子，扒拉周围的土，把罐子扒了出来。它们本来就不算太大，属于嘴细肚宽的那种，约有半米高。

韩冬拽了拽袖子，伸开双臂抱了起来，直奔远处的山沟，自忖了起来："偷埋虽然招人恨，但毕竟事关别人的祖宗，终究不好扔掉，莫不如找一处隐蔽的地方藏起来。"走着走着，走到了沟底，见有几株牡荆抱团成簇，干脆把一对罐子塞到了底下，摸起石块稍加垒砌，就藏好了，转身往回走，如释重负。

时隔半月，家里家外貌似全都无事，其实又有一事正在悄然发生。韩四海出门玩耍，在路上走着，总能听到有人在身后叫他。音量极微弱，若不仔细听，很难听得见，有时则又音量极大，乍一听，像是老汉的声音，告诉了爷爷。韩冬说道："以后不要独自出门。"谁知韩四海哪怕跟韩五湖结伴出门，却仍能听到。他何尝不曾询问弟弟。韩五湖则说没有听到任何声音。

悄然已是几天，可巧弟弟同样能听到。前一声叫唤韩四海，后一声叫唤韩五湖。那声音夹在街巷的两侧墙壁中间，似乎能从东侧弹到西侧，又从西侧弹到东侧，弹来弹去，总能灌到他们的耳朵里。兄弟二人赶紧回家，不敢再出门。韩冬说道："问题是不是出在听力上？莫不如带着孩子去找郎中。"做了各种检查，郎中告之，此前种种皆是幻听，服用药物，应能缓解。

回了家，看着俩孩子吃了药，杨兰兰念叨起来："我以前倒是听说过一些故事。据传闻，有些生命并不是我们的肉眼就能看到的，但不能否认它们的确存在。就像声音，我们看不到，不等于不存在。那些生命通常藏在山野间，缘何会跟我们有交集？其一，说不准是何缘由，我们影响到了它们的修行，它们就会找我们算账。其二，当它们修行到了一定程度，若要继续往上攀登，就需要找人帮忙。比如说，貔狐，比狼还要精明，不只是善于模仿人声，还会模仿人的各种举止。尽管并不是每一只都可以长久活着，但总会有一些能够突破极限。就像人一样，活到一百多岁的虽是少数，但不是没有。即使死后入了土，绝大多数都会烂掉，有的却可以千年不腐。诸事诸物，总有例外。那些生命同样有头有脑，何尝不曾思索看到的事情。活得时间长了，便有了修行，但它们毕竟不是人。人帮人是善举，人帮其他生命又何尝不是积德行善，只要它们无心害人就行。”

迄至故事结尾，杨兰兰叮嘱俩孩子：“但有一条，你们要谨记，切莫主动作恶！”韩四海和韩五湖分别点了点头。杨兰兰又叮嘱：“听到有人喊你们，千万不要急着应声，先扭头回头看看周围有没有人。”俩孩子谨记在心，每日仍是出门玩耍。谁知服药的效果并不好，他们还是能听到喊声，但从来不敢贸然答应。韩冬又去了一趟郎中家。获知，不妨让孩子继续吃药，一直吃下去，总有药到病除的那天。

转眼就到了来年夏天，俩孩子在路上走着。韩五湖觉得身上热，便把上衣脱了下来，发现鞋带开了，就光着背弯腰系起了鞋带，再次听到了喊他的声音，自是没有应声，紧接着又听到了两句话，说什么“我也脱了，我也脱了”。韩四海当时只是站在旁边等着，并没有听到异样的声音，更没有说话。

韩五湖却认为是哥哥在说话，接着话茬说了一句："你脱了就是了。"起身却发现韩四海并没有脱掉上衣，问了一声："你不是要脱了吗？怎么没脱？"韩四海反问道："我什么时候说过要脱了，我并没有觉得热。"说着话，哥俩对视了一眼，顿时觉得事情不妙。韩五湖稍作思考，干脆穿上了上衣，转眼又听到了两句话，说什么"我也要穿上，我也要穿上"。韩四海愣愣站在原地，仍没有听到异样的声音。

韩五湖哪里还敢再接话茬，转身就跑。韩四海匆匆追去。回到家里，把刚刚遇到的事情告诉了爷爷奶奶。韩冬和杨兰兰一时不知如何是好。直到晚上，奶奶才说道："你们未曾作恶，无需害怕！"转过天来，哥俩如同往常出门玩耍，并没有感觉到异常。接连数日，才发觉哪里似乎不对劲，仔细想了想，原来最近几天没再听到喊声。韩四海说了一句："肯定是好事，免得我们再疑神疑鬼。"韩五湖同样如此认为。

韩家总算恢复了平静，但村里频频出事。先是李家的耕牛死了，兽医诊断不出死因，只是发现牛身上的血液似是被什么东西吸干了。紧接着是赵家的耕牛同样死了，死状跟李家的雷同。两家都不曾刻意揣摩，只当是自然死亡。谁知不少人家的羊又开始接连死亡，就像牛一样，只能在脖子底下看到被咬的伤口。村民们无不感到惶恐。韩冬何尝不曾琢磨，村里发生的事会不会跟我家有关系？

韩家又发生了一件事，看上去与牛羊死亡全无联系。某天下午，韩五湖在街上遇见白发老翁。那人捻须说道：

“别看韩双株才刚刚出生，但他跟韩四海一样，都是你的哥哥。”韩五湖一听，拔腿快跑，回家告诉爷爷奶奶。韩冬念叨着：“外地韩家祖宗的尸骨，早已被我藏到山沟子里，韩双株跟我们没有任何关系。”杨兰兰却犯起了疑忌：“外地韩家祖宗的尸骨，跟村里的牛羊死亡有没有关系？”

眼瞅着各家的羊越来越少，无论人们把羊藏到什么地方，仍无法避免接连死亡。直到羊都死光了，大家仍没有查清真正死因。秋去冬来，天气转寒，村民们开始猫冬。韩家收拾粮食，玉米离秸落棒，花生脱壳，晾晒装囤。韩冬早已疲惫不堪，倚着炕沿睡觉了，从中午睡到了傍晚，迟迟没醒，早已进入梦境。

突然间，看见一只动物走到了跟前，大小犹如土狗，浑身上下全无皮毛，血淋淋的，每一寸皮肉还在向外渗血。眨眼工夫，炕前的地上满是血迹。韩冬吓了大跳，根本搞不清它的本来面貌，好在不曾发起攻击，反而把两只前爪握在一起置于胸前，一直在作揖。韩冬问了一句：“你想要干什么？”那只动物竟能口吐人言，结结巴巴说道：“求求你，救救我！”韩冬又问：“村里那么多人，你为什么要来找我？”

那只动物唉声叹气说了起来：“想当初，看见你家孩子脱了衣服，我就想模仿模仿，脱掉皮毛，凉快凉快，但我没有脱皮的能力，便引诱你家孩子说了一条指令，把皮脱了。又见你家孩子穿上衣服，我同样想穿上我的皮，但我仍是没有能力，巴巴盼着你家孩子再说一条指令，谁知孩子竟然没再接话，于是自那以后，我就一直没了皮。眼瞅着身上的血马上要流光，我就忍着剧痛，一直在偷喝牛羊的血。事到如今，牛羊都死光了，而且天气越来越冷，我实在扛不住了，只能前来求你给我发送一件棉衣。”

韩冬说道：“此前原来是你一直悄悄跟着我家孩子。村里那么多孩子，你为什么要跟着我家的?”那动物又说：“此前你把一对陶罐放到我家门口，那天我就跟着你，摸清了你家的位置。因为陶罐里放着人的尸骨，我没有能力把它们挪开，于是后来就想跟着你家的孩子，找机会把我的难处告诉他们，再让他们转告你，谁知我无论怎么叫他们的名字，他们就是不答应。时间长了，就有些麻痹大意了，万万没想到，发生了脱衣脱皮的事情。”

韩冬斥责道：“村里的牛羊全都被你杀害，哪怕你马上就要死了，都是活该！你竟然还有脸来找我求救。”那动物哀叹道：“孰对孰错，终难说清。你如果不给我发送棉衣，那咱们就鱼死网破。日后被我咬死的，就不再是牛羊，反正喝人血更有助于我增长道行。孰轻孰重，你可要考虑清楚。我的要求并不高，只要一件毛料的棉衣。在你的手里，无非几块布和几团棉花而已。”

杨兰兰开门进屋，房门上吱哟响了一声。韩冬立马从睡梦中醒来，急忙朝周围看去，无论怎么看，都没再看到那只动物。思来想去，感叹道：“全村地界宛若一片完整的湖面。包括村内人居和村外各处地头地块，谁都不敢说自己的抬手顿足之举不会影响他人。犹如石子入水，原本平静的湖面上，必将产生层层叠叠的涟漪，并非只有入水点的湖面能被敲开。”

发现丈夫瘪瘪症症，杨兰兰自然要问发生了何事。韩冬说了一遍刚刚梦到的事情。杨兰兰笑道："梦是心头想!"韩冬却问道："此前你讲过的故事是不是真事?"杨兰兰只是笑了笑。韩冬琢磨了起来，嗔怪归嗔怪，为了确保平安，不妨做一件棉衣发送过去，紧接着就找出了几块布和几团棉花。转过天来，悄悄前往山沟，在牡荆抱团成簇的地方烧了棉衣。风一吹，灰烬散尽。许久以后，据外地来的兽医考察诊断，牛羊死亡系因患病，脖子上的伤口是寄生虫所致。

立谈之间，斗转星移，又是一年。韩五湖在路上玩耍时，再次遇见白发老翁。那人捻须说道："别看韩三枝才刚刚出生，但他跟韩一棵和韩双株一样，都是你的哥哥。"韩五湖急忙拉住老翁问道："你到底是谁?"老翁答道："我是韩辟邪的二叔，你爷爷可以喊我叫韩二叔，你可以喊我叫太爷。"韩五湖回家告诉了爷爷奶奶。

韩冬张嘴就是一句："你有没有问问那人住在哪里?"韩五湖直吐舌头。孩子遇事，怎会考虑周全，无需责怪。韩冬念叨了起来："韩辟邪是谁? 韩二叔为什么屡次跑来告诉我们韩辟邪家的事?"杨兰兰猜思着说道："他肯定不同意韩辟邪的做法，但阻止不住，于是跑来相告。我们若能接受韩辟邪偷埋，韩二叔就不再理会。我们若不接受，那就要自己想办法解决。反正他已经告诉我们，算是仁至义尽了。"韩冬接连叹了几口气。

家人们又忙活了起来，除了看孩子，还要去地里播种、锄草、驱虫、追肥和浇水。稍大的孩子调起皮来，谁能摁得住。韩六江的手里有一本画册，原是在街上捡到的。韩七河想看，谁知哥哥却迟迟不肯交给他。兄弟俩吵来吵去。

韩六江最终提出一项独特要求：“今晚，你要是敢去山沟子里给死人喂一碗面条，我就让你看。”韩七河问道：“你提的要求为什么如此奇怪?”韩六江笑道：“因为画册上的内容很吓人，我要先锻炼锻炼你的胆量。”韩七河服从安排，趁眼前没有大人，找出了半瓢面粉，学着大娘大爷的样子和面切条，烧水煮面，盛到碗里，拿上一双筷子，天色擦黑时走出家门。

韩六江偷偷乐了片刻，舀了半瓢水，和了一团泥，抹到了自己的脸上，穿上韩寻异换下来的脏衣服，跑了出去。片刻后，韩冬和杨兰兰才回到了家里。韩六江抄近路，直奔山沟，赶在了韩七河的前面，把那里的原有死人拖到了隐蔽的地方，躺在了地上。

虽是同胎出生的兄弟，但韩七河的胆量赶不上韩六江，时而拖拖拉拉，时而快走几步，磨费了半天工夫，才端着面条走到了山沟子里。韩六江装作死人，躺着不动。韩七河哆哆嗦嗦，慢慢蹲到韩六江跟前。终因天色，根本分辨不清躺在地上的到底是谁。借着微亮的星光，用筷子挑起了几根面条，颤抖着右手放到了韩六江的嘴前，念念叨叨：“求求你，吃了吧，别吓唬我。等你吃完，我三哥才会让我看画册。”韩六江憋住笑，张开了嘴。

韩七河把面条送到他的嘴里，一口又一口。临了时，韩六江咂嘴念叨两句：“你做的面条，味道还行。要是再有俩鸡蛋的话，就更好了。”许是因为心里满是恐惧感，韩七河哪里还能分辨得清那是谁的声音，哇呀喊了一声：“死人活了！”当即扔掉碗筷，还没来得及起身，便昏厥了过去。

韩六江蹦起来哈哈大笑，边笑边说：“死人早就活了，要不然怎么还能吃面条。你可真是太天真，太可爱了。”笑归笑，玩归玩，韩六江背起弟弟回家，犹如虱子背虮子。韩七河迟迟没有醒来。韩冬一看便问：“你是不是又捉弄你弟弟了？”韩六江只是嘿嘿笑。杨兰兰摁住他，在屁股上扇了两巴掌。

躺在炕上的韩七河终于醒了，睁眼就喊：“死人活了，快跑！救命！”韩冬抱着他，好一番安慰，他才不再喊。杨兰兰不免要问：“哪里有死人？”韩七河回答：“丘山的山沟子里。”杨兰兰又问：“那里怎么会有死人？”韩七河回答：“昨天跟我三哥去玩的时候发现的，不知道那是谁。”杨兰兰不再问，扭头看了一眼丈夫。韩冬说道：“既然不知道是谁，那就报案吧。”杨兰兰点了点头，韩冬出了家门。

第二天下午，办案人员赶到现场，周围站满村民，韩冬身在其中。办案人员简单收拾一番带走了尸体。韩冬觉得自己的心头直打颤，因为死者所在的位置正是藏有陶罐的地方。接下来几天，他总去找探长打听情况。

时隔半月，方知死者名叫韩辟邪，家住拴牛镇骡马岭村。据勘察，现场没有打斗的痕迹，可以排除他杀。脚踝上有伤，想必曾跌过几跤，死前受到了石块撞击，以至于头部出现了大面积瘀血。至于他为什么要跑到丘山村的山沟里，据他二叔所言，他原是想要采药。

韩冬闷头琢磨，采药的说法恐怕未必真切，左思右想，甚至觉得韩辟邪的死跟自己有关，因而一心想要找韩二叔打听打听背后的故事，几经问路，就来到了骡马岭。见到了丘山韩家人，韩二叔说起了前后的事。

自韩双株出生以来，韩辟邪就总是认为哪里不对劲。因为孩子浑身的皮肉乌突突的，简直跟乌鸡似的。在他的观念中，后代不够排场，是因为先祖的尸骨受到了赃物的污染。就如同庄稼的根系不净，难保花叶光洁，断不肯琢磨是否因为遗传，于是曾怀疑被他埋到丘山坟林里的他父母的尸骨，是否被人动了手脚。谁知韩三枝一出生，又勾起了他的旧思想，因为孩子浑身的皮肉同样像乌鸡，实在不像样。

韩辟邪几次三番昼伏夜出，悄悄潜入丘山坟林。有一天，凌晨时分，天色微明，他原本想要动土查看自己父母的尸骨是不是还在他埋下的地方安然无恙，还没来得及动手，突然发现地面上出现了一缕子异样的狗皮草。有何异样，据他所言，那些草晶莹剔透，简直像是用白玉石雕刻出的。想来草上带有露水，看上去的确就是晶莹剔透的样子。

第二天凌晨，他沿着那缕草慢慢向前走，走出坟圈子，踏进了山沟子里，发现草线的尽头是一处牡荆抱团成簇的地方，越发琢磨，就越是觉得那里似是藏着何物。接下来的一段时间，他简直是疯了，前往那里探查，直到后来，迟迟没有回家。

终于有一天，警员几经打探，找了来，说要核对死者的身份，至此家里人方才知晓他已经死了。正是韩二叔，前去找探长把他的尸首领了回来。韩冬免不了还要询问，韩辟邪为什么要把他父母的尸骨偷埋到丘山？韩二叔告之，说起来又是一段早已不知真假的旧年往事。

骡马岭韩家，原籍两湖。明代末年，曾跟着闯王打天下，见过崇祯皇帝的尸体，但闯王人马在京城里只喘息了四十二天。一对父子，在当年定州的一场战役中各捡了一条命，开始奔逃。逃至第三十天，父亲的背上接连被射中。好在儿子安然无恙，岂能不安葬父亲，但后有追兵，怎能好好安葬。

正巧发现跟前有一眼朝天张开的树洞，树桩和树枝早已干枯，周围长满了比人还要高的杂草。若不是骑在马上，断然发现不了树洞，便把父亲的尸首藏到了里面，脚冲下，头朝上。更巧的是，树洞的大小正好可以藏得下整具尸首，简直就像是量身打造的。接地的界面正是尸首的头顶，薅一把杂草放在上面，便把尸首藏好了。即使仔细看，都断然看不出草下有树洞，做好了记号，随即上马继续奔逃。

半月有余，再无追兵，想要回去好好安葬父亲，却发现原来的树洞早已变化，洞口已经缩至碗口大。趴在上面倒是还能看到父亲的尸首，若要打开洞口，恐怕需要费一些工夫。望来望去，只见周围又发生了一些变化，树桩和树枝化为了碎屑，随着风吹，周围的杂草都趴到地面上。此番变化着实蹊跷。

儿子走到高处，向下观望，赫然发现树洞像极了人眼，一直望着苍天，不免自言，许是天意，就在树洞上方埋起了坟堆。自那以后，世世代代的骡马岭韩家人，从未再去那里埋葬先祖。想来当年的葬父之地早已随着岁月流转消失，只是还记得那里曾埋有一位先祖。

直至后来，韩辟邪一心认为，既然那位祖宗的事迹极其显耀，莫不如认祖归宗，怎奈那里早已是丘山韩家的坟林，大可不必争抢，不妨偷埋。按理说，祖先有祖先的章程，后人有后人的活法，实无必要满心里装着几百年前的祖先。任凭别人怎么劝说，韩辟邪就是不听，口口声声说："俗语有言，五百年前是一家，表面上是偷埋，其实是并根。"

韩冬听了听，长舒了一口气，感叹了一声："被石子敲开的竟是广阔无垠的湖面，还有原本早已无声的历史积水潭。"他回到了丘山，接连几天，始终惴惴不安，以至于夜里难眠，入了梦境，看到了些许画面。

韩辟邪低着头，在山沟里走来走去。牡荆团中突然蹦出了一只狗状动物，像人一样穿着一件棉衣。韩辟邪非但不曾感到恐惧，反而跺了跺脚，向它示威，想把它赶走。那只动物摆了摆前爪，貌似只挥赶尘埃，实际上却搅起了巨大的能量，眨眼间，就有一块石头从地面上蹦到了半空。韩辟邪一看，想要逃跑，转身时跌了几跤，那块石头奔着他的脑袋飞了过去。

梦到此处，韩冬就醒了，惊出了一身冷汗。思来想去，把韩辟邪父母的尸骨放在韩辟邪死亡的地方，似是不妥，莫不如抽时间拿出来，送到骡马岭交给韩二叔。稍稍片刻，韩冬又琢磨了起来，韩二叔是实诚人，韩辟邪恐怕不是。他未必会把自己的想法全都告诉韩二叔。他难道只是想并根？说不准还曾羡慕我家的人口，于是想要分享地力，以便他能养育更多子女。

第七章

远避圣贤爱流言

家中孩子众多，大人们忙碌不迭。除了韩冬夫妻，其他家人又何曾闲着。韩春和韩夏时常合计，许是数年来透支过甚，最近总感觉身体不受支配，说不准哪天就一命呜呼了。养孩子虽是好事，人人都盼着多子多福，关键问题是，我们家的孩子太多，谁敢保证多子一定就会多福。

万万没想到，最先倒下的竟是韩秋夫妇。两人的病症完全一样，每日拉稀数次。韩冬请来了郎中，怎奈服药未必一定就能救人性命。韩秋临死前，拉着韩冬的手说道："由你掌家，丰衣足食，我们帮你带孩子，算是还完账了吧。"韩冬只是在流泪。韩秋的嘴里渐渐只有往外出的气，没了往里进的气，吼吼的，有些细微的声音，声断命殒。韩冬自然要出资办理丧事。

看着满院满屋的孩子越来越大，韩春夫妇总觉得亲不够，而且那种感觉越来越强烈。俩月有余，身上越发不适，便商量着去山上跳崖寻死，以免老四还要出资请郎中，再去买药，就让他把钱留着花在孩子们的身上吧。韩春又言："老四待我不薄，视长兄如父，但我当年曾借着分家的名义把他扫地出门，后又一再犯错，心里有愧，巴不得做一件对他有益的事。”夫妻二人果然趁夜上了山。

韩冬何尝不曾琢磨大哥大嫂缘何死得那么决绝，办完了丧事，就叮嘱二哥二嫂：“你们俩可要好好的。若是有了病，只需治一治，不要心疼花钱。那么多孩子，人人都要吃喝拉撒，总需要有人帮我带着。”韩夏夫妇分别点了点头。

悄然已是半月，竟有枪声传入村内。村民们害怕极了，有些人家急匆匆向外跑。韩冬思来想去，我家孩子多，可怎么躲避？枪声越来越近，杨兰兰等大人搬出了一些棺材，扣在院子里，让孩子们三五结伴钻到下面，大人则纷纷坐到了上面。前后两队人马追着进了村，韩家院子周围响起了激战声，子弹飞来飞去。韩冬急速跑去，想要关紧院门，怎奈早已有子弹进了院子。

他的二哥二嫂、干哥干嫂，还有杨兰兰，各中了一弹。魏竹庵和韩寻异倒是无事。时间不长，两队人马奔向远处，韩家院子周围再无枪声。二哥二嫂、崔天赐和金姿都已没了气息。杨兰兰的前胸上受了重伤。韩冬跑出去，直奔郎中家，谁知全无一人，想来应是跑出去躲避战火了。

杨兰兰只能咬牙硬挺着，好在鲜血不再突冒。家里虽有四人死亡，但韩冬怎敢立即办丧事。直到两天以后，发现村里确已风平浪静，方才开始操持。他不想亏待了任何人，断断不会忘了大家曾帮忙带孩子的恩情，却早已拿不出那么多资金，怎能不愁。

杨兰兰说道：“我爹当年给咱们留下了一些银钱，该花的时候就要花，无需省着。”韩冬仰头望了望乌突突的苍天，心里默念，若干年来售卖丧葬用品，尽管赚了些许银钱，但孩子多，开销大，眼下实在是没办法了，恐怕只能花销岳父当年留下的钱了。

办完了四人的丧事，韩冬巴巴盼着郎中赶紧回来，怎奈却迟迟未能见到。满街上打听郎中到底去了哪里，一心想着，一旦打听到，就立马跑去请来，谁知却打听不到任何消息。杨兰兰每天都苦苦支撑着，伤口一直在化脓。

家有孩子一十八，魏竹庵哪能照看得过来。韩寻异至今却还是没有做爹的样子，断不肯待在家里，尤其不喜欢听到孩子们的哭声。韩冬出来进去，要么照看孩子，要么去找郎中，甚至要给杨兰兰准备后事，以便做好两手准备，忙得团团转。

六七天后，郎中仍然没回村。杨兰兰躺在炕上，嗓子眼里丝丝有声，只怕是支撑不住了。韩冬看了看她，心里想着：“无论是谁，唯有咽气之前穿在身上的衣物，才能带走。时常听人说，咽气之后才穿上寿衣的，亡者其实并没有带走衣物。到那边一旦觉得冷，免不了还是要给活着的亲人托梦，希望再行发送。”想到此处，赶紧拿出寿衣，要给妻子穿上。

杨兰兰迷迷糊糊看到了一些画面，抬手指着前方。画面中，一些蜗牛正在往葫芦架上爬去，慢慢伸缩脖子，探着头摸索路向。爬着爬着，其中几只突然掉到了地上，摔碎了背在身上的壳。另外几只继续向上爬，貌似非要看看葫芦架顶端的风景。离着地面约有两米左右的架子，一直爬，一直爬，终于爬到上面。刚刚停下，谁知刮来了一阵大风，架子开始摇晃。被风刮来的树叶直接砸到蜗牛的身上，虽不曾砸碎身上的壳，却砸破了脑袋。有的则躲到了葫芦叶的底下，毫发未伤。

杨兰兰盯着看来看去，发现坐在葫芦架上的竟是儿子，受尽了风吹，眼瞅着马上就要被吹下来。韩寻异使劲抓着木杆，口中念念有词："人人都说，上面的风光无限好。我就想爬上来看看，一路爬行，简直耗尽了所有精力。每每前进一步，都会看到有人掉下去，原以为自己足够强大，便带着自信乃至骄傲走到了最顶端，却发现上面的风景未必尽如人意。细细想来，人们为什么总是说上面风景好，大概是因为自己没有走到上面，就产生了美好的想象。上面到底如何，只有爬上来的才能看到。最顶端的平台上，其实肮脏不堪，满是脏烂的树叶，倒又被葫芦叶遮挡着，不易被发现。架子下面如果脏了，还会有人打扫。上面脏了，谁会打扫，估计只有等到架子倒了，才会引起人们的注意。但人们在搭设架子的时候，总想搭设得结结实实，以至于架子并不会轻易倒塌。人世间的一切，何尝不是凭借一套叫作规矩的架子支撑着。无论何种规矩，是否优良，并非只取决于能不能为所有人提供向上爬行的阶梯，更取决于会不会有人在爬行的过程中感觉不适。"

风越来越大，架子摇晃得越发厉害。眼瞅着韩寻异跌落了下来，而架子却依旧戳在原来的地方，杨兰兰一阵心疼，默默流泪，倍感无奈。描述了一番看到的画面，但说不清景致何来。大喘了几口，结结巴巴说道：“儿子虽已成年，但看上去远远还没成年，我不放心。”韩冬劝了一句：“我日后会好好教导他！”

临了临了，杨兰兰拉着丈夫的手叮嘱了一句：“不用给我大办丧事！”话落声断，一命归西。韩冬怎会不知妻子的用意，垂泪默念，我俩历来夫唱妇随，岂能亏待亡妻。各种事项固然可以从简，但不能省下必需环节。

办完杨兰兰的丧事，韩冬屡屡感叹人生无常，曾经的欢颜一去不返。更要思考，光是孩子，就有十八张嘴，每天都等着吃饭，如何才能讨来那么多口粮？隔了几天，有人找来，除了购买各种丧葬用品，还希望帮忙办丧。韩冬想了想，莫不如带着魏竹庵一起去，方可从速办完，但又放心不下孩子，自知暂时指望不上韩寻异，便让大的照看小的。

各家的丧事办理通常都牵连着一众亲戚集体出动，免不了需要操办伙食事项，丧事结束以后会有些剩饭剩菜。韩冬原本打算用一枚铜子买上些许，可巧事主家念他办事用心，任由他拿多少都不会收费。回到家里，孩子们齐刷刷扑向那些吃食，瞬间一扫而光。韩冬看在眼里，脸上挂满笑容。

天长日久，隔几天，就会有人找来。孩子们简直习惯性地等着晚上的那顿饱饭，甚至盼着十里八村谁家赶快有人亡故。韩冬何尝不曾劝导，大家吃的饭，都是事主家赏的，我们断不可盼着谁家有人死亡！

孩子们饿了，扑向父亲。韩寻异却只会讲故事，眼下又在讲："我昨天下午刚刚听说，离着我们丘山二十几里路的胡家沟，发生了一件怪事。周围其他村并不曾刮风，偏偏胡家沟总是刮大风，各家的屋顶甚至都被刮走了。大家都觉得奇怪，纷纷查找原因，却始终没查出。就在前几天，有人在山顶上放羊，发现有一只巨大的壁虎，正趴在半山腰的一块平地里冲着村庄张开了大嘴。细细想来，村里的大风应该是从壁虎的嘴里刮出的，那壁虎恐怕早就成了精。趁它不注意，放羊老头搬起一块大石头朝它的脑袋砸去，正好砸中。那壁虎终于闭上了嘴，被砸死了。放羊老头赶着羊回了村，发现村里的确不再刮风。"

故事怎能充当粮食，免不了还是需要韩冬想办法喂饱孩子，时常去乡邻各家借粮。次日下午，见韩寻异似乎又要讲些无稽之谈，韩冬喊道："你能不能给孩子们讲些有用的?"韩寻异想了想，讲了起来："我去年曾遇见一群学问家，那些人告诉我，出了我们村，北面那条大路，别看现在不像样，遇上大风，就暴土扬尘，跟其他乡间土路没有任何区别，实际上却是历史上著名的鲁道。据史书记载，鲁桓公、鲁哀公，还有秦末汉初的灌婴，都曾走过那条路。尤其是孟子，他的母亲亡故，自齐葬于鲁，再返于齐，止于嬴，走的同样是那条路。两千多年以来，曾有多少人在那里走过，想来应是无数。时至今日，我们还是要从那里出村入村。世上的诸事诸物，在历史的长河里总是千变万化，谁能想到，除了每晚悬在夜空上的月亮依旧如故，那条路同样成了永恒的存在。"

韩冬听了听，心下默念："人的命，天注定，难道我儿寻异天生就不是稼穑农耕的材料？既然记性甚佳，理应饱读诗书，考取功名，怎奈生不逢时。即使一心读书，还有何用。”展望未来，韩冬更是倍感担忧：“我儿的心思始终不在养家糊口上，日后可怎么办?”终因思虑过甚，大病了一场。即使如此，仍要苦苦支撑家业，以至于积劳成疾，一病再病。

深夜时分，独自站在院子里举头望天，念念叨叨：“老天爷，我一生光明磊落，从来不曾作恶，月亮可作见证。你既然让我得到了孙子十八人，我原本该知足，断不敢奢望看着孙子们成年，但我还没有教会我儿如何居家。他年仅二十八岁，想来还能补救，求老天爷再让我多活几年。”苍天不言，月亮躲到了云朵后面。

俩月有余，韩冬病得下不了炕。魏竹庵开始变卖家产，出兑田地，一来不能让孩子们挨饿，二来需要请郎中给公爹诊治。韩冬一直在吃药，效果却不好。有天晚上，猛咳了起来。魏竹庵赶来看了看，说了两句：“爹啊，你可不能撇下我们就走了。你若走了，我以后可怎么拉扯孩子。”韩冬边咳边说：“我怎能轻易就走！不敢违负你娘的临终嘱托。如果不得不走，必会做好准备。”魏竹庵转身离去，毕竟还需要照看孩子。

接连几日，家里如常。某天早晨，院子里全无咳嗽声，原以为韩冬可能已经大安，魏竹庵敲了敲主屋房门，迟迟没有听到回应声，便推门走到炕前，却发现公爹竟没了气息。只见桌上留有纸条，上面写着：“我儿当要谨记，既已为夫且为父，需努力持家，更需一日三省，切不可成了走错家门的孩子！我已跟教书先生说定，盼你日后听劝学好，一并谋生。”仅此几言，字迹斑斑，足见韩冬临死前还对韩寻异放心不下。

魏竹庵把纸条交给了丈夫。韩寻异看了一眼，嘟哝了一句：“我历来不喜欢陈扶摇，我爹竟把我托付给他。”魏竹庵重重叹了口气。再看韩冬，他的一条腿盘在另一条腿上，双腿都半弓着，并没有挺直尸身，一看便知，咽气前肯定还在挣扎，多么不想离开人世。魏竹庵抹着眼泪说道：“爹历来擅长办理丧事，岂会不知死时应该挺直尸身。如若不然，只怕后代会出现瘫子。既然爹没有挺直尸身，可见他走时匆忙。”

热心的乡邻前来帮忙，做好了各种准备，就把韩冬的尸首安置在了北屋正冲着房门的位置，并且自西向东横放在了地铺上。再去化解过梁咽气时，魏竹庵摆弄着纸挂，觉得轻飘飘的，唯恐魂并未抓住，想了想缘由，接连念叨了几遍：“爹啊，你就放心走吧，家里还有我。”直到觉得纸挂上似有百余斤重量，才不再念叨。诸如此类，民俗而已。魂者，终究无人得见。

办完丧事，就彻底送走了韩冬。家里再无任何值钱家当，魏竹庵时常带着孩子们去山上挖野菜充饥。韩寻异过不了苦日子，每到吃饭时间动辄发邪火。魏竹庵怎能不劝：“切不可忘了咱爹临死前的嘱托！”韩寻异摇晃着脑袋想了想，不妨去陈扶摇那里讨生计。魏竹庵又劝，在咱爹看来，好好学习如何做人更重要，讨生计倒是其次。细细想来，学习做人与讨生计一本一末。若是看低了前者，空有讨生计的本领，难保不会作恶。

韩寻异果然去了教书先生的家里。陈扶摇面带喜色，并排坐定，随即耐心说道：“那天雨夜，你父亲拄拐赶来，望其仪态，一路上，应是半爬半走。前些年，他没少给我送来粮食和银钱，托我教导你们韩家儿女。那天再度托付，实属信任有加。”韩寻异点了点头。

陈扶摇又说：“史上曾讨论，以德报怨，何如？孔圣人倒言，何以报德？以直报怨，以德报德。不能否认，以直报怨乃至以怨报怨，固然重要，你老是欺负我，不讲仁德，我岂能总是逆来顺受，故此应该以公平正直的姿态予以回应。但是，你若还有转善的可能和潜力，我又何尝不能以德报怨，激发你见贤思齐，无异于为你转善提供空间和机会。若非深仇大恨，实在没有必要跟周围人群剑拔弩张。我和你父亲早已就此达成共识。既已托我继续教导你，我又怎会违负你父亲的美意。”韩寻异似乎对学问探讨不感兴趣，要么把目光投向房顶，要么投向地面。

陈扶摇继续说道：“我和你父亲一致认为，人生在世，当要为心安家，方可免于彷徨沉沦。如何以家为家，以人群为家，以四海为家，以国为家，以天下为家，以天地为家，理应遵循圣儒教诲。”韩寻异打着哈欠问道：“接下来我能做点什么？”

陈扶摇想了想，不再讲授大道理，切近眼前说道：“你幼年曾跟我学习，日后倒不必只做学生。近些年来，我不甚了解你的心性。莫不如从明天开始，由你负责给学童授课，我借机先揣摩揣摩你的心性，再做合计。你若能胜任，我自不会独吞学童各家送来的束脩。”

说干就干，转过天来，韩寻异走进了学堂，俨然有了教书先生的模样。望见新人，一众学童颇显兴奋。韩寻异坐了下来，大声说道：“我念一句，大家念一句。”学童们齐声答好，巴巴等着先生赶紧开始。韩寻异念道，前面一行柳。学童跟着念道，前面一行柳。韩寻异又念，后面一排桑。学童跟着又念，后面一排桑。念来念去，连接起来便是：前面一行柳，后面一排桑，三间大瓦房，东西两扇窗。南山顶上一片奶奶树，北山顶上一片姥姥棵。高的砍成锄把儿，低的砍成斧把儿，浪荡油子砍成马勺。

半天时间，学童们学到的仅此几句。陈扶摇时不时走至学堂窗外旁听，屡屡摇头。迄至韩寻异下课，他便劝言，明天要改换内容。韩寻异却说：“我昨天晚上半宿没睡，好不容易才想起来今天要讲什么。讲课时，还有些紧张。你倒不满意。”陈扶摇说道：“你讲的那些内容，均是眼前即景，入了学童的心，提点不了善端，故此劝你改换内容。”韩寻异点了点头，回到家里，时时揣摩，莫不如讲诗歌写作。

次日，按时入学堂，一本正经讲了起来。某户人家，除了二老，还有二女一子。大女儿已经嫁人，二女儿还没出嫁，儿子还在念书，全家酷爱作诗。老父亲六十六大寿，女婿喝得酩酊大醉，扑到侧屋，趴到了炕上。过了半天，父亲让二女儿把姐夫叫出来喝点水。二女儿走去一看，发现姐夫把脸拱在枕头上，生怕捂坏了他，就走到炕前扶了扶枕头。姐夫翻身时，扯住了小姨子的衣裳。姑娘家想了一会儿，提笔在墙上写了一首诗。“扶枕是好意，你不该扯奴的衣。一母生二女，休让一人欺。”落脚：“妄想!”大女儿找来一看，觉得很难堪，索性同样在墙上写了一首诗。“姐夫见小姨，挤眼又弄鼻。这是谁和谁，此事从来有。”落脚：“无妨!”丈母娘发现女婿一直没出来，就找了去，望着墙上的诗句左思右想，提笔便写。“你不扶他枕，他不扯你衣。你俩都有责，休让外人知。”落脚：“闭口!”老头随后找来，看了看眼前的情形，同样诗兴大发，挥笔一首。“老汉今年六十六，女婿来祝寿。吃了我的酒和肉，还跟我的女儿斗。”落脚：“可恶!”女婿终于醒了过来，起身一看，羞愧难当，附上一首。“吃酒醉如泥，这事我不知。原想是孩他娘，不知是他二姨。”落脚：“休怪!”儿子放了学，回到家一看，便提笔挥舞。“吃酒假装醉，方法人人会。我打你顿皮锤，再往衙门拽。”落脚：“见官!”到了公堂上，县官看了看状纸，出口成章。“一家老和少，来把公堂吵。为的家务事，不管倒正好。”落脚：“退堂!”故事讲完，各位当知，诗歌写作的蕴意无非如此。

韩寻异讲得饶有兴致。有的学童嘿嘿发笑，有的则只是听着。学堂内的气氛看上去极其融洽，窗外的陈扶摇却一直在跺脚。等韩寻异下了课，他叹着气，直接说道：“小姨子跟姐夫的事，怎么能在学堂内宣讲!”韩寻异却说：“我哪里会教别的！所想所念，只能是我们庄户人家的往日流言。”陈扶摇一时不知如何是好，直搓自己的脸面。韩寻异转身就走。

到了晚上，陈扶摇吃完了饭，直奔韩家，刚刚坐定，就开始教导韩寻异："接下来一段时间，你要按照我教你的内容去授课。"韩寻异点头答好。陈扶摇眯着眼说道："史家司马迁曾记，孟夫子去见梁惠王，首推仁义。谁知梁惠王不果其言，见以为迂远而阔于事情。毫无疑问，在梁惠王看来，孟夫子推崇仁义，不切实际。到了《孟子》书中，开篇就提，梁惠王曾问，叟不远千里而来，将有以利吾国乎？孟夫子回答，王何必曰利，亦有仁义而已矣。按理说，孟夫子去见梁惠王，碰了满鼻子灰，不够光彩，但在写作《孟子》时，亚圣毫不隐晦自己的遭遇，那是何等的心胸坦荡。在我的理解中，孟夫子最似西洋《民约论》的作者卢骚。后者竟言，无论何人，生来平等且自由。试问，你我从娘胎里坠地，哇哇一哭，就自由了？就平等了？细细揣摩，生来如何应该不是指肉体出生，而是指天生。但天生又能如何？难道可以不顾父母亲情？不顾师长教诲？你我难道是从石头缝里蹦出来的石蛹子？那岂不是石蛹子成了精，变成了孙悟空。难道仅凭天生就能掌握世上的一切？卢骚和孟夫子的不少主张都经不住谨慎推敲，但他们颇富激情，巨擘描绘社会的善美图景，总能让人信以为真，催人奋进，呼唤真情。尤其是孟夫子，足可用可爱一词赞之，亦可见其赤子之心。"陈扶摇滔滔不绝，颇有陶醉之态，韩寻异却只是瞪大了眼睛。

陈扶摇继续说道："史上大儒邵雍，晚年居住洛阳，初至家贫。经诸位好友资助，购房置地，后来称其居所叫安乐窝。每日，旦则焚香燕坐，晡时酌酒，微醺即止。春秋时，出游城中，士大夫家，识其车音，争相迎候，童孺厮隶称其为吾家先生，不再称其姓名，那是何等的亲切。有的人家干脆沿途盖了房子，取名为行窝，随时迎候吾家先生来家里坐坐。由安乐窝引来行窝，正是邵雍的人格魅力吸引人们择善追随，那是何等的美景。”任凭陈扶摇怎么讲，韩寻异悄然间用手捂着嘴打起了哈欠。

陈扶摇仍是滔滔不绝：“友人自西洋归来，探访至我家时，曾告诉我，西儒康德每天下午按时在一条街道上散步。周围人群竟以此校正各自的钟表是否运行正常。曾有几日，康德未能准时出现，那是因为他在家阅读卢骚著作。此事在很大程度上恐怕只能体现出康德的日常作息极其规律，并不与道德心性相涉。反观我国邵雍，简直堪比行走的道德钟表，周围人群要借此比对的并非时间，而是各自的道德水准。中儒西儒，高下立判。”韩寻异听着听着，倦态毕露。

陈扶摇却还是那么有精神，真真像是想要道尽平生所学：“我国大儒周敦颐曾言，圣希天，贤希圣，士希贤。志伊尹之所志，学颜子之所学。诸繁圣贤，光芒万丈，遍照人间。一旦迎入你心我心，又恰似暖阳，促使我等凡俗每日必能感受到温暖。大儒张载曾倡导，要为天地立心，为生民立命，为往圣继绝学，为万世开太平。如此四为，全不为己！那便是放低小我，凭借一双眼和一颗心，支撑起无限大的大我。在纵向的天地间，审视横向的一切，在肯认往圣的同时，托举眼前的亿万生民，既要追古，又要直面未来。”发现陈扶摇似乎还想要继续往下讲，韩寻异赶紧喊了一声先生。

陈扶摇立即息声睁眼。韩寻异轻声探问：“您刚才说，圣人言表的大道理不切实际。我纵然学会，有什么意义？贤良如您，纵有掉书袋的本事，难道早已不是山野村夫？难道日后还能扶摇直上，入登龙门？”陈扶摇呵呵笑道：“问得好！孺子可教！孺子可教！”韩寻异反倒一头雾水。

陈扶摇重新眯起眼睛，泰然说道：“史上伊川先生，大儒程颐，做官曾被贬至涪州。按理说，心绪未必平静，难保不会满腔愤恨。出乎预料的是，伊川归来时，容貌气色皆胜平昔。门人问，何以至此？伊川曰，学之力！稍加追查，此前既已在心中储备下了学识，难道不是遇困时用来破除困境的吗？此番作答，无懈可击，直指学识储备说不准何时就能发显出它们的用途，以备不时之需，防范和抵御未来的不可知，避免出现书到用时方恨少的情形。”韩寻异听完，再度喊了一声先生。

陈扶摇睁开眼，接迎学生发问。韩寻异说道：“史上大贤如何如何，我都听不明白，转述给那些学童，他们能听懂吗？”陈扶摇答说：“现今我是专门讲给你听的，盼你时常揣摩，迟早能弄懂。况且我讲的都是故事，想来应该符合你喜欢闻听故事的心性。既喜闻听，何必只去听山野流言，不妨把圣贤故事转化为自身故事。等你在心中融会贯通，再转述给学童，怎知他们听不懂？转述一遍，若是效果不佳，那就转述十遍二十遍。”韩寻异稍作思考，吱呜了一句：“我要去一趟茅厕。”说着话，起身直奔门外。

陈扶摇一等再等，却迟迟不见韩寻异回来，便只能起身回家。转过天来，陈扶摇一大早，站在路口等着韩寻异，怎奈未见其人影。陈扶摇暂且撇下学童，走街串巷搜找韩寻异，最终在村北大路见到了他，直接劝言，切莫脱滑！

韩寻异却说："昨晚您教我的那些大道理，入了我的耳，未入我的心，只在我的身体里溜达了一圈，等我走进茅厕，早就随着屎尿一并排到了体外。"陈扶摇一听，当即愣住了。韩寻异扭头就跑。陈扶摇站在路上，一直望着他远去的背影，于心底默念，韩冬故友，我还能怎么办？

韩寻异不上进，家里家外，魏竹庵独自忙碌，总是悄悄落泪。半月有余，韩寻异在街上玩耍时，遇见一位中年汉子前来打听韩家住址。见韩寻异愣愣怔怔，似有话要问，那人便说自己名叫甘沛，家住胡家沟。

韩寻异问道："你为什么要找韩家？"甘沛回答："早就听说韩家人极能生孩子，而我家至今还没有一儿半女，我想取取经。"韩寻异自报家门，我就是你要找的人。甘沛高兴不已。韩寻异又言："生孩子的事，哪有诀窍，全看老天爷怎么安排。"甘沛却说："事在人为，岂能只是抬头望天。"韩寻异转身回家，甘沛紧追不舍。前后脚的工夫，魏竹庵领着孩子回了家。甘沛盯着她看了看，又打量了一番院内景致，发现韩寻异躺在磨盘上，只等着吃饭，孩子们反倒忙着择菜洗菜，拍着脑门琢磨了起来。

转过天来的上午，魏竹庵刚刚带着孩子出了家门，甘沛又来了，跟韩寻异说道："我能让你立即过上好日子。"韩寻异问道："什么意思？"甘沛说道："你家人口众多，眼下肯定正吃紧，莫不如你把你的媳妇出典给我，让她去我家，我可以给你一笔钱财。”见韩寻异拍起了脑门，甘沛直接掏出了一张出典文书。

韩寻异接过去看了看，琢磨了起来，让我媳妇去甘家，一来她每天都能吃饱饭，二来我和孩子们就能衣食无忧，岂不是好事！琢磨好了，便点头答应。甘沛给了十块大洋。韩寻异拿着钱直奔肉铺。甘沛急忙去追赶魏竹庵，径直追到山坡上。

半天工夫，韩寻异和孩子们先后回到家里，魏竹庵却没再回来。天天吃肉固然幸福，但坚持不了多久。韩寻异花完了十块大洋，大家依旧挨饿，便让孩子们去胡家沟寻母。家里彻底安静了下来，简直静得吓人。韩寻异岂能待得住，干脆锁上门，直奔远方，寻找热闹。

孩子们边走边打听，大的背着小的，走了一天一夜，终于赶到了胡家沟，见到魏竹庵。甘沛喊了一声：“出典文书上可写得清清楚楚，我不负责拉扯韩家的孩子。”魏竹庵想了想，即使让孩子们回到丘山，有什么用，只怕韩寻异就连自己都养不活。不让孩子们回丘山，又该怎么办？哭了片刻，前去央求甘沛：“让孩子们暂且在你家稍作停留，明天我就去找人领走。”甘沛家大业大，提供一天吃喝，本不是难事，就答应了下来。

魏竹庵一直在哭，简直哭干了眼泪，拉着四海、五湖、六江、七河等一众孩子，亲了又亲。似有一把刀，始终在剜心割胆还戳肺，那般疼痛，岂是任何人都能体会到的。第二天早晨，果不其然，带着孩子出了门，前去打听谁家无子。凡是想要领养的，可以挑选。转遍了十里八村，无子的人家终究是少数。但凡哪家店铺想要招伙计的，仍可挑选。

每有孩子离队，魏竹庵必会感受一番诀别的痛。孩子们又何尝不是如此。母子连心，儿是娘的心头肉。白白送人，岂是那么容易的，怎会等同于白白养了一场，毕竟还有血缘，还有亲情。孩子们的童年趣事固然早已定格为记忆，他们的日后成长又会怎样，难道只能诉诸想象？四海、五湖等稍大的孩子，走前总给母亲磕头道别，跪下便不想起来，只怕一旦起身就要加速分离，怎会不知今生今世可能不会再见，但亲生母亲的样貌和往日抚爱又怎能从心中抹除。街头拐角的最后一眼回望，难道只能算是今生作别的最终顾盼？泪花晶莹，冲刷不尽眼里原有的时刻顾念。

前前后后，曾有不少陌生人劝言，孩子多，眼下虽难养，但用不了几年，等孩子们长大了，齐刷刷的全都是壮劳力，保准能让父母过上好日子。魏竹庵又何尝不知，却只能抹着眼泪诉说："我等不了那么久了，眼下实在挺不过去了。若还有其他办法，我定当不做伤儿伤己的事。"

临了临了，身边只剩下韩涌潮。他在同辈中排行老八，按照亭台楼阁四字往下排，原应叫作韩十一阁。韩冬当年觉得此名不雅显涩，方才打破排序，唤作现名。因体弱偏瘦，迟迟没有被人挑中。魏竹庵便不想再送人。

回到甘家，甘沛断不肯接纳韩涌潮。魏竹庵跪在地上呜呜哭诉："如果非要让我把往日亲情剔除干净，实为不通人性的非人！"甘沛却说："要么把他送到青龙观去做道士，要么把他送到慈恩禅院去做和尚。我跟青龙观的道长甚熟，建议选择前者。”魏竹庵仍是呜呜哭。

甘沛想了想又说：“道士分为清居和荤居两种。你如果不忍心让韩涌潮一辈子住在青龙观，不妨让他只做荤居道士。等到日后，他的亲爹还可以把他赎出来还俗。”魏竹庵哭道：“去道观赎人，需要用一头牛交换，去寺庙赎人，需要用一头驴交换。他的亲爹日后能否有牛或者有驴，谁能说得准。只要你能让他留在我的身边，我保证让他给你当牛做驴，任由你使唤，而且我们娘俩每人每天只吃一顿饭。”甘沛迟迟没答应。魏竹庵便长跪不起。

第八章

他乡再娶

韩寻异出了一村，又入一村，始终在溜达，饿了就乞讨，遇到行军队伍便躲闪，中午时分，还要在田间地头睡一觉，眼下所在的地界名为桃花峪。村内大财主吴元谅，突发异状，就地打滚，不停地念叨：“天上的月亮明又明，我要去深山老林里修行。昨天逮了人家的鸡，今天抓了树上的鸟。抓来逮去，每天都吃现成的，总不负苍天厚土生养我一回。”吴家女豆禾一时不知如何是好，直奔村里年龄最大的老奶奶家求救。

老奶奶来至吴家，让吴豆禾赶紧找一根绳子捆住吴元谅。吴豆禾照做。眨眼间，吴元谅的手腕上竟鼓起鸽子蛋大小的包，正往胳膊肘方向移动。老奶奶从自己的发髻上拔下来了一根平时用来缝缝补补的针，抓住吴元谅的胳膊想要刺破那包，怎奈那包突然消失了。转瞬又出现在吴元谅的另一条胳膊上，再次从手腕往胳膊肘移动。

老奶奶仍要挥针去刺，那包总以极快的速度换地方，叹了口气，直奔院外。见街上清清亮亮，又奔向吴家院的后面。韩寻异正要路过那里，刚拐过路口就看见一只貔狐正在蹦蹦跳跳，便上前踢了一脚。许是貔狐没有及时清醒过来，只是躺在地上。韩寻异抬脚踩住它的头部，使劲碾了一阵，直到它无法再动弹。

老奶奶和吴豆禾赶了过来。看到眼前的情形老奶奶扭头便走，吴豆禾急忙追去。老奶奶说道："你不用再跟着我，现在有人替你出头。"吴豆禾站住脚跟，回头看了看韩寻异默念起来：我爹做事不叫人喜，谁都不愿意跟他打交道，故此老奶奶借机就要远离。

韩寻异正要继续向前走，吴豆禾却大喊一声："求你帮帮忙，快去救救我爹。"韩寻异果然跟着去了吴家。吴元谅还躺在地上，犹如那只死了的貔狐。韩寻异走到跟前，蹲下来，抬手晃了晃吴元谅。他依然没醒。韩寻异吩咐吴豆禾去端一碗水来，紧接着把水泼在吴元谅的脸上。他终于醒了，愣怔了片刻，急忙道谢。

再无其他事，韩寻异转身就要走。吴元谅说道："吃了饭再走吧。"吴豆禾反倒抬脚便走。吃饭对饮时，吴元谅和韩寻异闲聊了起来，彼此告知对方自己的姓名。吴元谅叹着气说道："我有儿有女，但不知道我儿子穷尽去了哪里。我女儿豆禾虽然每天都会回来，但她不喜欢我。家里的长工短工，更是从来不喜欢跟我聊天。感谢你，还能陪我喝酒。你如果没有要紧的事去办，莫不如留下来多陪我几天。"韩寻异巴不得多留几天，免得还要去乞讨，时常跟着吴元谅前往田间地头闲转。

有一天，他们来到凤凰山上。望着长势喜人的豆子，吴元谅的脸上挂满笑容。韩寻异却发现不远处有一座偌大的庭院，吴豆禾正在院门口做女红，旁侧站着两名老妈子。吴元谅呵呵笑道：“无需等到秋天，现在就能看到日后丰收的景象。你猜猜，光是卖豆子，我每年能赚多少钱。”迟迟没听到接话声，吴元谅扭头发现韩寻异正目不转睛盯着庭院那边，就摆弄着拐棍捅了他一下。

韩寻异回过神来，接话说道：“卖豆子其实赚不了多少钱，莫不如现在就把豆子割了。”吴元谅说道：“豆子还没长成，若是现在割了晒干，那豆粒恐怕只有谷粒那么小，岂不是白白浪费。”韩寻异却说：“难道你没发现近来又有行军队伍在十里八村出没？现在把豆子割了，只需稍加晾晒就是上等草料，可以卖给行军队伍喂马！”吴元谅一听，恍然大悟，觉得不妨一试，但又不敢把所有豆子全都割掉，只以割掉部分为宜。

时隔半月，就让长工短工把半干的豆秸装在马车上，在韩寻异的帮助下，前去寻找行军队伍。果不其然，卖了出去。吴元谅悄悄合计，如果等到秋后收获豆子，参考去年的卖价，每亩地能赚多少钱，现在能赚多少，后者竟是前者的五六倍，不得不佩服韩寻异独具慧眼。

思来想去，莫不如就让韩寻异长久留下来。怎么留？豆禾倒是正待发嫁，能不能撮合撮合？只怕豆禾不会听我的。若是让她必须遵奉父母之命，说不准她会以死抗婚。吴元谅其实早就问过韩寻异是不是已经婚配，韩寻异当时曾说自己早已结过婚，只是现在四海为家，前前后后的事一言难尽。吴元谅曾言，不怕男人三妻四妾，就怕没本事。

韩寻异本来就很喜欢吴豆禾，每次见到，都会直眉瞪眼盯着看。吴元谅琢磨着：就凭韩寻异的伶俐劲儿，只需点上一句，其实就会明白我的意思。晚饭时间，果然点了一句："我女儿豆禾平时喜欢住在半山腰的那座院子里，你可以去找她聊天。"

韩寻异一听，怎能不琢磨，既然老吴发话了，那就是鼓励我去近距离接触他的女儿。况且我还年轻，身边总不能一直没女人。说干就干，关键是怎么干。吴豆禾不同于魏竹庵，并不是只要父亲发话，就能服从安排的。莫不如先去悄悄接近，到时候见机行事。

转过天来，中午时分，韩寻异隔远望见吴豆禾在山坡上扑蝴蝶，匆匆跑了过去。吴豆禾扑累了，坐了下来，仰头冲着天，闭上眼睛，让阳光洒到脸上。韩寻异坐在了她的对面，攀谈起来，上有天，下有地，你知道天地是怎么来的吗？吴豆禾迟迟没有接话。

韩寻异又说："据坊间谣传，很久很久以前，世上一片混沌，孕育着一股灵气，历经氤氲化生，造就了女娲地母。她只需随意抓起一抔土，放在膝盖上拍一拍，就能拍出一张熟饼来，以此充饥。后来自己怀孕了，耗时三年，最终生了老子。且等此人长大，便让天浮于上，让地沉于下，但天地时常还会合二为一。再至后来，地母又孕育出了鲁班。长大成人，日夜操劳，逐渐掌握了生火炼铁的要领，大兴土木，造出了一座座山，支撑着天，让天地永远只能上下悬隔。为了纪念地母，至今还流传着几句古老的谚辞。地母经，地母经，地母三月十八子时生。俺要给她做次生，两碗开水两盏灯，一块豆腐白莹莹。"

吴豆禾听了听并不感兴趣，站起来又要追蝴蝶，径直扑向不远处的地里。韩寻异喊道："快停下吧！那片地里的豆秧比较特殊，是你爹刻意留下来打种的。你若是跑去踩坏了，明年还拿什么育植各种豆子。"吴豆禾回头喊道："留下一两垄就行，用不着留太多。"

韩寻异追到跟前说道："每种豆子都要留上一两垄，集中在一起，看上去的确不少。"吴豆禾质问道："豆子都是一样的，哪来的各种豆子？"韩寻异稍作思考，吴豆禾毕竟是大家闺秀，不懂得任何农事，并不稀奇。随即伸手揪了一枚豆荚，举到她的面前说："你猜猜，我拿在手里的是什么豆子。"吴豆禾直摇头。

韩寻异说道："是黄豆。"捏开豆荚，让她看看，果然是黄色的豆子。韩寻异又伸手揪了一枚豆荚，让吴豆禾猜猜是什么豆子。她还是摇头。韩寻异边说是绿豆，边捏开豆荚让她看。韩寻异再次揪豆荚让吴豆禾猜，她仍是摇头。韩寻异边说是红豆，边捏开豆荚。

吴豆禾登时捂起了脸，结结巴巴说道："你隔着皮就能看清瓤！我站在你的面前，穿着衣服岂不就等于什么都没穿！"韩寻异一时不知如何接话，只是愣愣地看着吴豆禾。她问道："你是不是看清我的身子了？"韩寻异答说没有，吴豆禾却说："你撒谎。"话音落地，扭头就跑。

韩寻异站在原地哈哈大笑。吴豆禾回到半山腰的那座院子里，坐在床沿上琢磨起来："都怨我爹当年做下了丢脸的事，只怕日后没人娶我。既然韩寻异看到了我的身子，莫不如就嫁给他。他若是不同意，我就去上吊。"韩寻异找了来。吴豆禾把自己的想法告诉了他。

韩寻异说道：“你愿嫁，我愿娶，我们择日完婚。”吴豆禾却说：“择日不如撞日，从今天起，咱们俩就在一起过吧。”韩寻异说道：“婚姻大事，岂能任由你我随意定夺。我的父母不在了，但你爹还在，难道不需要征得他的同意吗?”吴豆禾说道：“吴元谅既是我爹，又不是我爹，无需征得他的同意!”韩寻异怎能不问：“既是你爹，又不是你爹，到底是什么意思?”吴豆禾只说：“难以启齿！我不问你过去什么样，你又何必再问我家过去发生过什么事。我是不是干干净净的人，你日后便知。”韩寻异点了点头。

吴元谅正在院门口躲闪，迟迟没有入院。韩寻异无意中早已看见，就走了出去。吴元谅挥了挥手，示意他赶紧回到吴豆禾的身边。韩寻异果然往回走。吴豆禾又交代：“我们成亲，无需拜堂，免得别人会冲着我指指点点。如果有人问起来，你就说我们是拜过堂的。”

韩寻异一听愣住了，颇感别扭，想了想说道：“几年前，赶集时我曾听江湖团柴的说过，新郎新娘一拜天地，二拜父母高堂，三则夫妻对拜，都是有讲究的。缘何要拜天地？不仅是让天地见证婚姻，还因为人们要认天为父，认地为母。一二三排序，刻画着古往今来人们把天父地母看得更重。既然人人都认天地为父母，拜天地的衍生寓意就在于，新郎新娘并非只是夫妻关系，在天地面前，还属于兄妹关系或者姐弟关系。象征性指代二人结合并非只是借由婚姻关系和夫妻关系，还可以借由拟制的血缘关系，以便巩固夫妻情分，确保婚姻终生不破，犹如血缘关系无论如何都打破不了。唯有拜高堂时，方能明显体现出夫妻本不具有血缘关系。迄至对拜，便是要宣示夫妻日后理应相敬如宾。如果只是妻拜夫，那就体现出了对法家式夫权的确认。总体来说，拜堂仪式以儒学打底。因天父地母信仰还囊括着道教，故此还带有道教色彩。如果非要免却拜堂，终究像是没有结婚。”

吴豆禾说道：“我偏偏不信结婚非要拜堂。既然你我意见不一，我干脆去上吊，一了百了，可省却一切恼人的琐碎。”说着话，就要找绳子。韩寻异想了又想，吴豆禾可爱至极，便只说：“规矩是规矩，你我是你我。全听你的，全听你的。”当天晚上，同床共枕。两人过日子，好似一对鸳鸯。

韩寻异难免总是觉得自己的心里塞着一把茅草，时常想跟家里的长工短工打听打听吴家以前的事，谁知竟迟迟没有打听到。那些伙计断不肯跟他深聊。时间长了，只好暂且搁置，且待日后寻找时机。一年有余，吴豆禾生下了一对双胞胎男孩。因家里有老妈子，韩寻异无需亲自照看孩子。

桃花峪一半以上的田地，皆属于吴家。吴元谅总是劝韩寻异不能老待在家里，无事时要出去转转，以便于寻找各种商机。据韩寻异揣摩，其实不只是可以把豆秧卖给行军队伍，还可以磨豆油和出豆腐去卖，行军队伍又何尝不需要用油和豆腐做饭。

精力旺盛，既然要做生意，岂能只瞄准眼前。韩寻异某天去赶集，发现有人叫卖圆葱种子，就买了两大包，拿回桃花峪，便带着人寻找地块撒种。吴元谅站在地头上，满脸绽笑，似是又看到了日后售卖圆葱的景象。

时隔不久，种子开始发芽。看着那些半黄半绿的嫩嫩幼苗，足以让人抱怨一番，它们怎么天生就是一副讨人怜惜的模样，真是不敢轻易触碰，生怕把它们碰伤，而且越是不忍心触碰就越是想要把它们养好。看着它们慢慢长大，一株一株挤在一起，无法伸展各自的腰身，不免会让人有些心疼，于是韩寻异决定把它们移植到更宽阔的地面上，便带人忙活了起来，让它们成垄成垄地排好队，一株一株前后左右各保持一定的间距。刚刚移植过来的那几天，它们难免会打蔫，无非是要多浇上一些水，就把它们养过来了。看着满地秧苗长势良好，郁郁葱葱，株株茁壮，有些叶子甚至长得像是擀面杖那么粗，吴元谅满心欢喜。

韩寻异掌握着时机，浇水施肥，从来不曾亏待那些秧苗。立秋以后，眼瞅着就到了收获时节，一眼望去，甚至可以看到，一旦把它们一株一株拔出来，放在地头上，足可以堆成一座高高的山。万万没想到，当韩寻异带人把圆葱从地里拔出来的时候，却发现原本埋于土中的葱头其实很小，有的甚至如鸽子蛋，跟它们长在地面上的葱管显然不成正比。

吴元谅跟韩寻异说道："以前只是见过、买过、吃过，却没发现周围各村里谁家种过，我们的种植方法是不是不对？你买种子的时候，难道没有问问该怎么种植？"韩寻异回答："我原以为种植圆葱如同种葱，买种子时的确没问种植方法。”

可巧有陌生人路过，稍稍一看，热情告之：“若想让地下部分长得粗大，必须让地上部分长得半死不活的。只要地上部分不与地下部分争夺营养，势必就会在地下憋出粗大的葱头。”一语点醒梦中人，韩寻异当即决定，就让那些秧子烂在地里吧，反正我们拔不出大的葱头。让它们烂在地里，正好可以给明年的当肥料。

来年果真要重整旗鼓。韩寻异再次买种时，曾专门问过种植方法。让秧苗一株一株一垄一垄在地里排好队后，接下来该怎么伺候，如何才能让地上部分长得半死不活，他隔三差五就让长工短工前往地里，用脚去踩。明确告知，可以把地上部分全都踩烂。哪怕踩碎了都行，但不要踩蔫了，免得一下雨，地下部分会烂在地里。

吴元谅曾问：“当真可行？”韩寻异回答：“不妨一试。”紧接着又说：“卖种子的外乡人可真有意思，你不问他怎么种，他竟然不主动告诉，只管卖完了种子就走人。”踩来踩去，哪里还会有人夸赞满地圆葱长得如何好，反倒还会捏一把汗。到了秋收时节，出乎预料的是，每一株蔫巴巴的葱秧下面都憋出了粗大的葱头，有的甚至长得如同海碗那么大。吴元谅终于看到了葱头堆积如山的景象。韩寻异笑眯眯当众卖弄，大讲特讲：人就跟圆葱似的，表面上光鲜，不等于肚里有货；表面上蔫蔫巴巴，不等于肚里没货。

两年时间，吴家越来越发达。吴豆禾又生下了两对双胞胎男孩。韩寻异时常琢磨：“难道我此前的生命轨迹要重演?”某天晚上，微风习习，明月高悬。吴元谅匆匆赶来，把韩寻异拉到角落里轻声说道：“多少年以来，我晚上睡觉一直怕冷，总想再娶一房，但又害怕豆禾跟我撕破脸。如今你们俩有了一群孩子，想来她应该不会再把过多心思放在我身上。现在需要你给我帮帮忙，一来跟豆禾知会一声，二来你出去洽谈生意的时候，顺道把我想要再娶的消息散布出去。我对女方没有那么多的要求，只要比我年轻就好。”韩寻异听了听，一时不知怎么回应。

吴元谅拍了拍他的肩膀，转身就走。韩寻异左思右想，夹在中间真作难。隔了几天，只见吴豆禾抱着孩子咯咯直乐，方才试探着说道：“孩子的姥爷毕竟老了，要是再娶一房，每天都有老伴陪伴，想来应是极好的。”吴豆禾立即扭头问道：“是你想要劝他再娶一房，还是他自己想要再娶一房，让你来传话?”韩寻异笑道：“肯定是前者，我无非想要尽尽孝心而已。”

发现吴豆禾的脸上依然有笑容，韩寻异又说：“我俩现在有一堆孩子，哪里还有工夫去照顾老爷子。莫不如就让他再娶一房，既然有人陪着他，我俩就无需再把过多的心思放在他身上，各自安好，岂不更利便。”吴豆禾既没说同意，更没说不同意。

接下来一段时间，韩寻异每次出门在外，都要前往各家店铺，替吴元谅散布招亲信息，谁知总会发现有些人的表情极其诡异。直到半月以后，刚刚迈步到茶馆，就听见蔬菜流转商蔡老板正在跟其他人嘻嘻哈哈议论吴元谅如何，谁知那些人看见韩寻异便不再说话。更让人觉得心里不适的是，茶馆里骤然变得极静。韩寻异刚刚坐下，蔡老板等人反要起身离去。

韩寻异想了想，一不做，二不休，索性追去详细问问。蔡老板直奔自己的店铺。韩寻异追到跟前就说："蔡老板，难道您贵人多忘事？我曾把不少圆葱卖给你，你转运至外乡，可发了不少财。怎么今天见了我就跑？难道全然不顾往日情义？"蔡老板搪塞道："我们历来合作愉快，您是我的贵人，怎敢躲着您。只是家里有事，要急着回来而已。您追来又要跟我谈生意？可眼下并非圆葱上市的季节。"

韩寻异说道："无需再寒暄逃避，我是爽快人，喜欢直来直去，不妨把你了解的吴家的情形告诉我。你可千万不要再说自己不知。"蔡老板满脸堆笑，呵呵又嘿嘿，一再推说："当着你的面，泄露你岳父家的私密，只怕不好。"韩寻异却说："我完全能理解，包括你，还有吴家的那些长工短工，都不愿意当着我的面议论吴家的事，避免产生不愉快。关键问题是，我一直在吴家过活，却不了解吴家的过去，始终觉得心里有根刺。你若能告诉我，我非但不认为你不讲究，反而会对你感恩戴德。况且是我主动追着赶来，求你告诉我的，又怎会扭脸再说你不讲究。"蔡老板仍是摆手。

韩寻异想了想又说道："不谈道义，还可以在商言商。按照生意场上的做法，你看看眼下有什么事需要帮忙，然后我们交换。"蔡老板果真好好想了想，随即说道："既然你提到在商言商，我还真有一件事需要找人帮忙。原本打算晚上再办，莫不如现在就探问探问。你会写发言稿吗？"

韩寻异反问道："什么样的发言稿？"蔡老板回答："我明天要去齐都商会座谈，会长早就安排好了，想让我发言，可我属于大姑娘上轿——头一回。你能不能帮我写一份发言稿，我明天去读一读，免得我晚上再出去找人帮忙。"韩寻异只说好办。

蔡老板吩咐伙计，取来笔墨纸砚，转身去了后院。韩寻异构思一会儿，召人座谈的意义无非在于交友，以便于日后找机会合作。真切实际的生意洽谈只宜安排在单间，既然要在会场当众发言，其实只需说些客套话。构思至此，握笔写道："各位同仁台鉴，鄙人做生意最近几年稍有起色，一来幸赖会长提携，二来得遇各位共襄。鄙人时时谋求宏图大展，日后若有合适机会，望请会长和各位不吝赐教，在此先行致谢。生意场上相遇，如有不周，还请海涵。"

书写到此，韩寻异扭头看看周围，迟迟未见蔡老板回来，不知自己如此书写是否妥当，稍作思考，又在纸上加几句话。仍是不见蔡老板回来，便说了一句："我后天再来。"伙计走到桌前，拿起那张纸对折，放到了柜台显眼处，随即收走了书写工具。

转过天来，蔡老板并未提前看一遍那张纸上的内容，只是再度折叠装进口袋，出了门。座谈按时开始，会长主持，寒暄过后便让蔡老板发言。他掏出那张纸，展至面前，张嘴读道："各位同仁台鉴，念到此处停一停，应该有掌声。"未等他继续往下读，周围众人都懵了，稍稍片刻，果真奉上掌声。蔡老板继续读："鄙人做生意最近几年稍有起色，一来幸赖会长提携。念到此处停一停，面向会长点头致意。”谁知蔡老板并未点头，哪怕会长已经做好了承接的准备。

蔡老板继续读：“二来得遇各位共襄。念到此处停一停，可以向众人抬手作揖。”何须再往下读，蔡老板已然发现不对劲，连连说了几声感谢，捂住了自己的脸面。座谈会仍在继续，他始终觉得无地自容，恨不能立即散会。回家之后，拿起茶壶狠狠地摔到了地上。

韩寻异如期赶来。蔡老板怒目以示。韩寻异感受到气氛紧张，暂且寒暄说道：“恭喜您前去参会，又交到新朋友。”蔡老板却耷拉着脸说道：“你给我写的发言稿，可真是让我颜面扫地。”韩寻异怎能不问缘由。蔡老板稍作交代。韩寻异说道：“那些小字，是我对你的提醒，不必念出来。”蔡老板却说：“既然要提醒我，可以面授，何必写在发言稿上。”韩寻异辩解：“在发言之前，你应该先预习几遍。”蔡老板当真不想再争执下去，做着手势要送客。

韩寻异被店里伙计请到了街上，但他不肯离去，还在附近溜达。蔡老板索性出了门。转眼到了次日下午，韩寻异再次来到蔡记果蔬店附近，站在墙角埋头琢磨。蔡妻正在店面后院转圈，念念叨叨：“怎么办？怎么办？”见丈夫回来，急火火说道：“咱们家的牛少了一头，我让伙计去报官，谁知无人愿意出面帮忙寻找。我在前后几条街上找了半天，始终没找到。”

蔡老板灰心丧气说道：“若非警员出动，就凭你我，怎么能找到。警员如果不出动，还能想什么办法。”蔡妻又说：“每天扒下来的那些剩菜叶，正好可以供养两头牛，如今少了一头，难道只能再去买一头回来?”隔墙有耳，韩寻异早已听见，急中生智，立即穿堂过屋扑到了店面后院。

蔡氏夫妻惊讶不已。韩寻异开门见山问道：“伙计有没有说如何报的官?”蔡妻看了丈夫一眼，随即回答：“我问了，伙计自然是如实报官，说是丢了一头牛。”韩寻异二话不说，拉着蔡老板直奔镇公所。到了那里，按照在路上的商量，韩寻异替代报案，口口声声，蔡家的牛少了一半，请警员赶紧去帮忙寻找，断不可容忍歹人偷盗。

探长一听，怎能不问：“前面有人跑来报案，说是丢了一头牛，现在怎么又说丢了一半?”韩寻异回答：“当真是丢了一半。”探长立即派人去找。蔡老板和韩寻异往回走。直到天色擦黑时分，一群警员赶着一头牛去了蔡记果蔬店，明确告之，据贼人交代，今早晨通过你家后门，进院牵走了一头牛，仅此一头。那贼人原本已经把牛送往五里外的张屠户家中，现在已被送往公所。

韩寻异摁住蔡老板，替代接话：“那就对了！蔡家统共只有两头牛，一头就是一半!”警员们一听，惊讶且生气。其中一名说道：“把一头说成一半，糊弄我们。”韩寻异则言：“报案只说丢了一头，你们难免会认为只是一件小事，不必大费周章。唯有说丢了一半，你们才会觉得是大事，那还了得。关键问题是，一头便是一半，难道我说错了吗?”警员们纷纷指责韩寻异夸大案情。他最终支付了些许银钱，方才平息了风波。接下来全看蔡老板是否果真守信。韩寻异巴巴等着揭秘吴家往事。

第九章

纷乱姻缘

据蔡老板讲述，当年吴元谅因妻子早亡，原本只是带着儿子吴穷尽过日子，后来经人介绍，认识了栾凝霜和邵燕舞母女。那位介绍人正是蔡老板。吴穷尽断不肯接受父亲再娶，反倒被揍了一顿。吴元谅当时曾承诺：“我保证你的后娘会好好待你。”吴穷尽不敢再说反对的话，但还是不肯接受。

邵燕舞同样不接受母亲再嫁。栾凝霜苦劝了一番：“你爹生前欠了那么多赌债，一死了之。我们母女迟迟还不清，眼看活不下去了。吴元谅家大业大，我们去他家有什么不好。有我在，你的后爹肯定会好好待你。”邵燕舞只是哭。

时隔不久，吴元谅娶了栾凝霜，两家合成了一家。吴元谅何止代为还债，的确是要善待栾邵母女。吴穷尽看在眼里，越发讨厌父亲。一家人从来不曾同桌吃饭。栾凝霜曾劝邵燕舞：见了吴元谅要叫爹。吴穷尽却告诫邵燕舞：除非你是我的媳妇，否则我爹断不会是你爹。

栾凝霜的确想要好好对待吴穷尽，屡次主动示好，亲自下厨去做他平时最喜欢吃的饭菜，怎奈吴穷尽非但不领情，反而砸烂了锅碗瓢盆。见吴元谅又要揍儿子，栾凝霜赶紧扑去阻拦。吴元谅挥舞着擀面杖，直着脖子怒喊道：“不打不成器，你不要拦着。我今天要是不把他打地喊你叫娘，就不算完。”栾凝霜奋力劝言：“且让我们慢慢磨合，就算他是一块坚冰，迟早会有被我暖化的那天。”吴穷尽反倒冲着栾凝霜喊道：“少在我的面前装好人，要是没有你，我家里怎会屡起纷争。”邵燕舞听见此话，急速扑来，要把母亲拉走，边拉边说：“你何必多此一举，会有人念你的情吗？”栾凝霜果然被女儿拉走了。

吴元谅摁住儿子暴揍一阵。吴穷尽咬紧牙关，绝不喊疼。吴元谅直到累得打不动了，方才扔掉擀面杖。吴穷尽趴在地上，差点丢了性命。吴元谅让家里的老妈子把儿子抬到了床上。十天半月，吴穷尽都没能下床。吴元谅又开始觉得心疼，亲自把饭菜送到床前。吴穷尽喊道：“端走！端走！我宁可饿死，都不吃你送来的饭食，我们父子迟早会是恩断义绝。”吴元谅落下了眼泪，结结巴巴说道：“打在你的身上，疼在我的心里，只求你日后不要再惹是生非。”

许久以来，吴穷尽时常问父亲：“你娶了栾凝霜，得了什么好处？她会给你生孩子吗？她有怀孕的迹象吗？她能替你打理家内家外的各种事吗？她每天除了吃吃喝喝，在院内院外转转，还能做什么？你为什么不把她赶走？”吴元谅只是摇头。

吴穷尽还曾琢磨，一对母女，岂能让她们只是白吃白喝。老的不下蛋，就让小的下蛋。一对父子娶了一对母女，传出去，倒是一段佳话。再仔细想想，即使把此番打算告诉父亲，又有何用，倒是比较适合霸王硬上弓。

吴穷尽早就养好了伤，怀揣着自己的谋划，见到邵燕舞就要扑，如同公鸡遇见母鸡那般。幸好栾凝霜和吴元谅总能及时阻拦，吴穷尽才没有得手，一再冲着父亲大吼：“你不让我靠近邵燕舞，那你倒是让栾凝霜下蛋啊。”四口人终究难以在一起安宁度日。

吴元谅曾跟栾凝霜商议：“莫不如赶紧给燕舞找婆家。等她出了嫁，至少穷尽不会再跟她争来争去。”栾凝霜摊着手反问道：“让燕舞出嫁，一旦需要给她准备嫁妆，你敢保证穷尽不会大闹?”吴元谅又说：“你若能赶紧生下孩子，到那时，燕舞和穷尽见我俩的精力全都集中在照看孩子上，早已无心搭理他们，即使还要闹，闹上几次，或许就不再闹了。”栾凝霜说道：“生孩子的事，岂是我想生就能生的?”

天长日久，吴穷尽越发觉得心里不平衡，动辄提醒父亲：“难道你要一直白白养着那对母女?”吴元谅起先不曾入心，但架不住儿子总是那样提醒，又怎会不去琢磨儿子说的话是否全无道理。俗语有言，娶妻生子。娶来的妻子如果就连孩子都没生，娶妻的意义不能说是全无，至少可以说是折损了大半。

有一天，栾凝霜回了娘家。邵燕舞并没有跟去，毕竟大了，怎会天天跟着母亲。吴穷尽则跟着同伴去了新式学堂玩耍。中午时分，吴元谅走到西屋门口敲了敲门，走了进去，跟邵燕舞说道："家里只剩下了我俩，一起吃午饭吧。"邵燕舞正在做女红，抬头答了一声好。

就在那瞬间，吴元谅发现邵燕舞出落得越发好看，简直比栾凝霜还要好看不知多少倍。邵燕舞没有急于起身。吴元谅便没有急于离去，越发盯着邵燕舞观瞧，就越是不想离去，反而向前迈了几步，走到邵燕舞的跟前念叨了两句："既有付出，岂能不求回报！公鸡入了母鸡窝，管它是娘，还是娃。"转眼工夫，就扑到了大姑娘的身上。邵燕舞边挣扎边喊爹。吴元谅嗷嗷喊道："你现在倒想起来喊我叫爹了，但已经晚了。"

那天下午，时间过得似乎格外慢。邵燕舞躺在床上，始终在默默流泪。吴元谅一直在山上闲溜。天色擦黑时，栾凝霜和吴穷尽先后回到了家里。迟迟没有看到邵燕舞出屋迎接，栾凝霜便走进西屋，走到床前，发现女儿一动不动，自然要问怎么了。邵燕舞几经吞吐，只是说："身上不太舒服，许是着了凉。"栾凝霜转身就走了。吴穷尽当时还没有发现家里有何异常。吴元谅回来了，但迟迟没有进院，在院外仔细探听着院内是否有何响动，发觉院内非常安静，盘算来盘算去，终于进了院。院内情形似乎一如往常，邵燕舞未曾声张，吴元谅就一直像没事人一样。

转眼便是几天，邵燕舞跟栾凝霜提了好几次："我们离开吴家吧，要么赶紧给我找婆家。"栾凝霜总是说："离开吴家，还能去哪？还会有谁，比吴元谅更善待我们？即使要找婆家，你跟我不一样，我和吴元谅毕竟是二婚，可以速成，你的婚事，总要从长计议，岂能说嫁就嫁。"邵燕舞怎能不急不怕，可真是怕什么来什么。

她怀孕了，仍不敢声张，害怕影响了母亲和吴元谅的婚姻。邵燕舞倒是悄悄把情况告诉了老吴。吴元谅合计了几天几夜，认为不宜找郎中打胎，以免发生意外，最终决定派人去山上迅速盖一座庭院，让邵燕舞搬到那里去住，避免与栾凝霜见面。

邵燕舞最初搬到那里时，栾凝霜经常会去。好在邵燕舞还不显怀，曾告诉母亲："不知是何原因，我近来越发怕吵。每次听到周围有响动，都觉得脑袋要炸。恰巧吴元谅盖了一座庭院，原本想用来屯粮食，我几经央求，他才让我来住。日后你如果没事，就尽量不要来找我。我若有事，肯定会去找你。"

度过漫长孕期，终要分娩。那天下午，邵燕舞疼得嗷嗷叫，竟引来了吴穷尽。他原本只是在山上闲溜，听到不远处的院子里有些异样的声音，赶紧跑了过去，倒又没有直接进院，只是在院门口躲闪，却发现父亲在院内屋门口站着，像是在急切等待。不多时，接生婆把孩子抱了出来。

吴穷尽扑到父亲的面前，张嘴就问："谁的孩子?"吴元谅晃了晃脑袋，吱吱呜呜说道："邵燕舞前几天发现有人挺着大肚子在院门口乞讨，就把叫花子留了下来，眼下刚刚生产完了。邵燕舞还在屋里帮忙料理后续的事情。"吴穷尽点了点头，冲着孩子看了看，张嘴又说："既然是叫花子生的，孩子的长相怎么如此像你。"吴元谅赶紧提醒："可不要胡说。"吴穷尽转身就走了。

坐月子期间，邵燕舞时常琢磨，一头是我娘，一头是我跟吴元谅的孩子，让我如何兼顾？既然已经生完孩子，莫不如赶紧离开吴家。至于日后如何抚养孩子，就让吴元谅看着办吧。

出了月子，邵燕舞不辞而别。吴元谅拿着一些吃食赶来，发现屋里只剩了孩子，就抱起来回到了山下的家，把孩子交给了栾凝霜。她免不了要问孩子是哪里来的。吴元谅又把邵燕舞如何救助叫花子的话说了一遍，并且提议，既然叫花子不要孩子了，莫不如就由我们养着吧，只当是我俩生的。

栾凝霜没有表示反对，只质疑道："燕舞明明怕吵，甚至不让我跑去打扰她，竟然能做出救助叫花子的事？"吴元谅说道："自己怕吵事小，救助孱弱事大，燕舞终究善良，能做出舍己救人的事，并不稀奇。"栾凝霜笑了又笑。吴元谅转眼就给孩子取好了名字，叫作吴豆禾。

时隔半拉月，栾凝霜问了起来："燕舞最近可好？"吴元谅并不知道邵燕舞去了哪里，稍作思考，只是搪塞道："我最近没有看见她，倒是记得她以前曾说过，她想去出家做尼姑。或许她的确出家了。"栾凝霜一听，完全接受不了，登时呜呜痛哭，一再念叨："她怎么能撇下我。"吴元谅劝道："说不准哪天她就回来了。"栾凝霜想念邵燕舞，度日如年，好在身边还有吴豆禾。

吴元谅更是把吴豆禾视为掌上明珠。看着孩子慢慢长大，怎能不开心。吴穷尽却总说："豆禾那么像我爹，必有缘由。"吴元谅吼道："你有口无心，只会胡吣。"吴穷尽反驳道："那天下午，我在山下遇见了接生婆。曾问她，叫花子生孩子没有遇上什么险情吧？她反倒问我，谁是叫花子？哪里有叫花子？说过了前后的话，她告诉我，当时产房里明明只有邵燕舞。”

听吴穷尽如此说，吴元谅大为生气，摁住便是一顿暴揍。连日来，吴穷尽动辄就要大喊大叫：“到底是谁做了不要脸的事，凭什么要打我。”吴元谅越发要暴揍。吴穷尽思来想去，索性离家出走。

积年累月，迟迟没有见到邵燕舞回来，栾凝霜怎会不去琢磨此前到底发生过什么事，况且吴穷尽还曾那样说，她就越发起疑。眼瞅着吴豆禾越来越大，而且长得越来越像吴元谅，街头巷尾的闲人难免会猜测和议论，吴豆禾跟吴元谅到底是什么关系？若是从吴家的婚嫁上论，吴元谅是邵燕舞的后爹。如果邵燕舞是吴豆禾的亲娘，那么吴元谅就是吴豆禾的姥爷，栾凝霜就是吴豆禾的姥姥。关键问题是，如果吴豆禾是吴元谅和邵燕舞私通生下的，那么吴元谅无疑就是吴豆禾的亲爹。

那些议论迟早都会传到栾凝霜的耳朵里。她曾直接去问吴元谅到底是怎么回事。吴元谅只是搪塞：“如果把流言当真，反倒能增进我跟豆禾的感情！”栾凝霜总是独自默默念叨：“如果豆禾真是燕舞生的，在燕舞早已失踪的情况下，作为姥姥，我有责任把豆禾抚养大。关键问题是，如果吴元谅牵涉其中，我还有什么脸面活在世上。”终因多年积郁未曾化解，栾凝霜一病再病。临死前，还曾询问吴元谅：“豆禾跟你到底是什么关系？”吴元谅仍旧只是搪塞：“豆禾从小到大一直喊你叫娘，喊我叫爹，有什么可问的!”

那些流言又何尝不曾传到吴豆禾的耳朵里。随着年龄增长，她越发不敢往人群中凑，又怎么可能会喜欢老吴，甚至想要远离，苦于找不到时机。某年某月某日，坐在院门口晒太阳，有人背着一捆草从吴豆禾的面前缓缓走了过去。她登时站了起来，一直瞅望着那人的背影，直到那人消失在远处的拐弯路口，感叹一句：“那男子可真清秀，浑身上下尽是抖不掉的阳光。”

转过天来，吴豆禾早早坐在院门口，左右张望，巴巴盼着再次相遇。当那人由远及近走来，反倒抬手捂住脸，只从手指缝里观望。那人上了山，吴豆禾真想跟去，但又颇感羞涩，便在原地死等。半天工夫，那人原路返回，还是背着一捆草。吴豆禾直眉瞪眼盯着看。接连七八天，总是如此相遇。想来那男子早已发觉吴豆禾投来的目光着实灼热，便同样投去灼热的目光。

春心萌动，彼此呼唤，难道只能擦肩相遇？隔了几日，那男子上山时，走至吴家院门附近，望着吴豆禾，越发放慢脚步，口中念叨：“鄙人李慕白，父母离世，孤身一人，独居在村内陋巷。你我天地悬隔，往日不熟，若有奇缘，又能如何!”吴豆禾怎会听不见，但不知如何是好，频频跷脚，连连叹气。

李慕白原路返回时，吴豆禾似是无意却又有意，挥手一甩，丢出手帕，随即去捡。借机凑到了李慕白的面前，低头看向地面，说一句：“只怕周围有人观望，晚上你悄悄去我家屋后。”话音落地，捡起手帕，转身就走。周围即使有人看见，总不至于要去诟病捡手帕的行为。

到了晚上，明月高升，李慕白果然来至吴家屋后。吴豆禾踩着凳子，趴在窗台上。二人对望，各有满腹心意想要表达，但彼此迟迟都未张嘴。且不知李慕白正在作何思考，吴豆禾直接说了两句：“我愿意跟你走，离我们村越远越好！若能在他乡安家，长相厮守，岂不更好！”李慕白回应：“正合我意！若不远离我们村，你爹怎么可能会让你下嫁。好在我还有两只羊，可以卖掉，换一匹快马。穷家富路，如果钱数不够，还可以把我的两间房和两亩地卖掉。三天后的晚上，我带你走。”吴豆禾答好。

李慕白转眼又问：“到时候，我怎么接你？”吴豆禾回答：“若走正门，极易被我家的人发现。我爹一旦知晓我要离家出走，百分之百会阻拦，说不准还会拿你是问。莫不如到时候你再来这里，我听到动静，立即钻窗户出去。”李慕白答好。如此约定，各做准备。

三天时间，吴豆禾简直度日如年。既然要出走，不宜携带太多东西。家里虽然不缺钱，但不由她支配。只需片刻工夫，就能收拾好包袱，包上几件衣裳即可。前脚收拾停当，后脚却又要打开，生怕没有把自己的梦想放在包袱里。惴惴不安，但只要想起日后能和李慕白长相厮守，脸上总归还有笑容。

李慕白忙来忙去，因急于拿到现钱，卖羊卖房卖地，远远低于市面上的常见价格，买马却没有少花钱。满心里想着，幸福已在前方招手，眼下作何牺牲，全都值得。按照约好的时间，来到定好的地点。突然觉得腹部一阵绞痛，且把马留在窗外，直奔远处的旮旯解决内急。许是因为近来忙碌没有刻意留心饮食，吃坏了肚子。

吴豆禾早已站在凳子上等待，听见窗外有声，立即扔出包袱，钻窗户。让人意想不到的是，窗外墙根原本躺着一位醉汉，下半晌就躺在那里，不吭不响，只是沉睡。天色擦黑时，吴豆禾才站上凳子，全然没发觉窗外墙根是何情形。李慕白摸黑赶来，满心里只想着接人出走的事，加之前脚赶到，后脚腹痛，同样没顾上墙根情形。

吴豆禾把包袱扔到窗外时，就惊醒了醉汉，随即从窗户上跳下。随着扑哧一声，醉汉甚至站了起来。天色虽黑，但吴豆禾隐约看到一匹马，便以最快速度爬上去，倒手一甩，确实摸到一人，急切说道："快上来！"醉汉没说话，只是听从吩咐。就那样，二人到了一匹马上，吴豆禾在前，醉汉在后。

前者一拖缰绳，后者用脚蹭了几下马的腹部，便要开溜。快马如飞，何止把吴家院子甩在后面，稍稍片刻，还把桃花峪甩在了后面，急急向前。二人都没说话，跑了半夜，少说跑出了二三十里路。吴豆禾只觉得满心畅快无比，直到看见前方有亮光，方又扽了扽缰绳，让马放慢了脚步，想要去投店住宿。

店家闻声迎了出来。醉汉早已醒了酒，迅速下了马。吴豆禾从马上跳到了地上，把缰绳递给店家，甚至没回头，直奔店内，只顾着整理头发。店家把马拴至马厩，追来把吴豆禾领到一间空屋里，转身向外走，关上房门。

吴豆禾扭头一看，哪里还能看到李慕白，眼前人倒又不陌生，正是家里的长工刘长水，惊讶不已，甚至颇感惊恐。吴豆禾定了定神儿，不免要问："你怎么来了?"刘长水回答："我醉得迷迷糊糊，听见你让我上马，我就上了马，一路被你带来了。我倒想问问，你为什么要把我带来?"吴豆禾一时明白过来，出走匆忙，致使巧合交织。

刘长水说道："我在你家干活，满打满算，只不过一年时间。你我以前虽不曾密切接触，但时常遇见，难道是你看上我了？方才想要带着我离家出走。"吴豆禾驳斥道："你秃瓢秃脑的，头顶上没有一根头发，我能看上你什么?"刘长水无言以对。

两人各坐在一条凳子上休息。吴豆禾倚着墙壁，一直在琢磨，接下来可怎么办？许是身上太累，迷瞪了起来，但又担心眼前的男人会借机作恶，终究没有睡死。刘长水倒是倚着墙睡了半夜。第二天早晨，除了要退房离店，吴豆禾当真不知还能做什么。若是回家，只怕日后再无法出走。如果继续向前扑奔，难道要跟刘长水在一起?

吴豆禾没带银两，刘长水亦是如此，店家岂会让人白白住店。吴豆禾告诉掌柜的："你可以去桃花峪，找吴元谅要钱。"掌柜的却说："你可以请人捎信到桃花峪，让吴元谅来送钱。"吴豆禾为难道："周围没有熟人，怎么捎信!"掌柜的告之："你们俩可以先在店里帮工，等哪天遇见熟人再捎信回去。"吴豆禾拗不过，只好同意暂留帮工，转眼就发现店内几人虎视眈眈，想要逃走，哪有那么容易。刘长水倒是觉得，只要有饭吃，在哪打工不是打工。

半月有余，吴豆禾扫地洗碗，晚上在大堂里打地铺，全然不曾遇见熟人来住店。心里还念着李慕白，但无法见到，颇感绝望。转眼已是俩月，仍旧如此。以前都是别人伺候她，现在反倒让她卖力气，未来似是不可期，简直不想活了。某天下半晌，因她不小心摔破盘子，旋即被关进马厩。

那天晚上，吴豆禾缩在角落里，仰头望天，又想起了李慕白，恍惚间甚至看见意中人正向自己走来。风姿洒落，宛如一道白光。吴豆禾揉了揉眼，突然发现旁边地上的确像是有些白飒飒的微光，仔细朝那里看了看。又揉了揉眼，确定自己当真看到了一些微光，白里带黄。

望向马厩门口，只见把守者似已睡着。吴豆禾赶紧挪到旁边，用手拍了拍地面，紧接着扒拉了几下，不得不感叹，天无绝人之路，土里竟埋着一金一银，赶紧抓起来装进了口袋里。埋头想了想："是谁把金锭银锭埋在这里的？如果是店家，把我关进来，难道不怕露了馅？因此应该不是店家。管不了那么多了，只要到了我的手里，就归我支配。"

天刚蒙蒙亮，吴豆禾便不停地喊着要结算一应费用。掌柜的说道："人吃马嚼，费用滚雪球，难道你有钱了？是否够数？"吴豆禾说道："够不够，总要有数，你且开价。"掌柜的说道："你给我十两银子，便可两清。"吴豆禾问道："我若盘下你的店，需要多少钱？"掌柜的懵了。吴豆禾又说："除了你，其他的一切，全给我留下，开价吧。"掌柜的想了想说道："金银各一锭！"不多不少，吴豆禾如数拿出，店铺便换了掌柜的。

内外如常，客来客往，不愁吃喝。若能等来李慕白，就可以算是在他乡安了家。吴豆禾盘算来盘算去，莫不如让刘长水回一趟桃花峪，把李慕白叫来。刘长水骑上马就要出发时，吴豆禾又叮嘱：“只宜悄悄去找李慕白，千万不要去见我爹。等你带来李慕白，不论我爹以前每月给你多少工钱，我都给你翻一倍。”刘长水岂不高兴。

吴豆禾回到店里，坐在桌前，盯着伙计们忙里忙外，于心底默念：“赶走了老掌柜，包括账房先生在内，按理说，都会看着我的脸色行事。我带来的刘长水不在身边，伙计们总不至于要借机害我吧。李慕白快快来，我怕自己撑不住。等你来了，我每日还是只做女红。”内心越是不安，就越发盼着意中人快来。

当天下午，刘长水倒是回来了，但他没有带来李慕白。吴豆禾怎能不问缘由，刘长水只是搪塞没见到李慕白。吴豆禾觉得哪里不对劲，没再细问，转身就走。刘长水盯着吴豆禾时，目光中的确像是透露着别样的寓意。

厨子端出了一碗面条，放到了刘长水的面前，张望周围，没看到掌柜的，轻声嘀咕：“我给你放了俩鸡蛋，面条下面还有一些肉。”刘长水一听一想，呵呵笑道：“店里伙计，只有我是吴豆禾带来的，大家免不了会把我视为她的心腹。你是不是想要讨好我？领情！领情！”厨子只是笑。

那一幕，正巧被吴豆禾看见。二人对话，亦被她听见。吴豆禾转身又回自己独居的屋，紧闭房门，静坐沉思。刘长水端着面条去了隔壁房间，心里有事，想跟吴豆禾聊聊，没来得及吃面条，便出了屋。可巧有一条青蛇在房梁上盘卷，探头冲下，吐了吐蛇信子，几滴液体落入面条。

刘长水摸了摸自己光光的脑袋，终究没有去找吴豆禾，回屋端碗，吃起了面条。片刻工夫，就从凳子上倒在了地上，方才看见房梁上有条蛇，每次吐出蛇信子，随即便有液体滴落，猜到自己腹痛的缘由。蛇非狼，张张嘴，竟有液体滴落，此前未曾听说。刘长水就地打滚，折腾了一阵，腹部终于不再那么疼。

转过天来，吴豆禾还是想让他去把李慕白找来，怎奈刘长水身体抱恙。吴豆禾一再琢磨："我毕竟是外乡人，若亲自回桃花峪，且不论会不会遇见我爹，就怕店内伙计会借机夺店，更怕大家跟着刘长水造反，再瓜分变卖店铺。我倒是不在乎钱财。难就难在，若没了店铺，日后就没了落脚的地方。能不能派其他伙计去找李慕白？万一那人回头找来一群强盗夺店，可怎么办？"各种担忧在心中纠缠，看来只能等刘长水病愈再作安排。

吴豆禾深刻感受到了在外谋生实属不易。半月有余，刘长水的身体彻底康复。让他颇感意外的是，头上重新长出头发，乌黑浓密。说起来，脱发只是近两年的事，未曾查找缘由，如今因祸得福，岂不开心。更让他感到惊讶的是，浑身皮肤正在换新，由黑变白，犹如蛇蜕了一层皮。

吴豆禾做出安排，给刘长水一天时间，去把李慕白找来。刘长水嘿嘿笑了片刻，随即大大方方说道："以我今日之相貌，并不比世上的其他男人差。你嫁我娶，岂不两全！在年龄上，我固然比你大许多，但你不必觉得委屈，岂不知大男人疼老婆。”吴豆禾一听，立马懵了，以最快速度躲进自己的屋。任凭刘长水追来怎么敲门，始终不开。

吴豆禾揣摩来揣摩去，直到第二天早晨，方又跟刘长水说道：“只要你替我把李慕白找来，我愿意把店铺让给你，我和李慕白另找地方落脚。”见刘长水仍显犹豫，吴豆禾又说：“只要你有了固定产业，赚到了足够的金银，难道还用担心娶不上媳妇?”刘长水想了想，便答应了，骑上马，直奔桃花峪。

吴豆禾一等再等，迟迟未见刘长水回来，一天两天，心里越来越凉；三天四天，心里凉透了。那日晚上，店内清净，见账房先生无事可做，吴豆禾走到跟前闲聊了起来。一问家中还有何人，二问父辈祖辈是否曾有产业。

账房先生说道：“我家祖上曾做豆腐生意，在十里八村，一时显富，难免遭到贼人惦记。第一次洗劫，未曾抢走多少钱财。我祖父刚刚把一生赚到的金银藏好，贼人便第二次赶来。因我祖父拒不交出金银，就被贼人活活打死了。自那以后，全家老少无人知晓我祖父把金银藏到了哪里，家道中落。因我幼年便善于算账，自长大成人，一直在做账房先生，赚取衣食，转眼就白了头发。”

吴豆禾边听边琢磨，最终说了一句：“我明早就回故乡，店铺归你。”账房先生一听，便是一愣，回过神来，想要磕头。吴豆禾扶起他说道：“你长我幼，怎能承受你下跪。”再无二话。次日，账房先生一大早就雇来了一辆马车，要送恩人回乡。

中午时分，吴豆禾在桃花峪村口下了车，没有急于回家，一心想找人打听打听，最近可曾见过李慕白，他是否还安好。恰有村民迎面走来，像是要下地干活去。一打听，那人抬手指向了路旁。吴豆禾顺着手势看去，眼睁睁看到了两座坟堆，刹那间，晴天霹雳降至头顶。

村民告之，那座新坟里埋着刘长水，旁边的坟里埋着李慕白。吴豆禾哗哗落泪。追索起来，李慕白死于腹部染有恶疾。第一次发病，正是想要带吴豆禾出走的那晚。他低价出卖家产，以原价买不回来，终致无家可归。拿钱治病，未能治愈。俩月以前，死在了乡邻家里。因没有亲人，村民凑钱将其安葬。吴豆禾望着那座坟，念叨了一句："你如流星，哪怕只在瞬间便已陨落，却给我带来了何其璀璨的一束光亮。"

至于刘长水的死因，那天，他骑马回到桃花峪。万万没想到，马不再服从指挥，跑到李慕白的坟前倒地不起。刘长水发狠，好一番死拖硬拽。马倒是站起来了，却是一顿折腾，何止踢死了刘长水，还搭上自己的性命。几位村民见状，稍作商量，就地掩埋刘长水和那匹马，只是未曾给马立坟头。

往事匆匆尽去，吴豆禾无可奈何回了家，说不尽的心伤。

风梭穿行，尽显涤荡。吴家以前如何，难道早已被彻底遗忘？吴元谅曾散布消息，谁要是胡乱议论我家的事，就休想来我家租地耕种，或者来做长工短工。他又想娶妻的消息一经散布，反倒又激发人们议论旧事。吴家父女各有各的经历，大致可以表明吴家人整体的姻缘走势不佳。极易引发追问：凡是跟吴家缔结姻缘者，是否都会演绎一段非同寻常的故事？该说不说，自韩寻异跟吴豆禾结缘以来，又何尝不曾引发议论和观望，只是各界当着矮人不说短话罢了。

韩寻异问蔡老板："无论是吴元谅的过往，还是吴豆禾的过往，你都了如指掌，说得异常清晰，难道没有添油加醋的成分?"蔡老板呵呵笑道："诸事发生时，尽管我不在现场，但可以依据传言还原真相。况且我跟吴家颇熟，完全可以根据一对父女的性情和做事风格，比对着传言，推测出此前事态的全貌。信不信由你，亦可只当故事，听听作罢。"韩寻异渐显哑然貌。

蔡老板又说："男男女女的事，在老老年间其实早就注定纷乱至极。地母捏土造人，原本需要在晒干之后，再分成一对一对的。谁知还没等晒干，就来了一场大雨。地母急急忙忙就把土人全都收拢到了一起，哪里还能分成一对一对的，自然会让男女混合。即使后来有了月老，专门负责牵线分对，但男女混合的事难以从根上彻底免除。"

韩寻异不再继续聊，起身要回吴家。虽然知道了吴豆禾的过往，倒又没有什么不能接受的。想来吴元谅招亲的信息早已传遍大街小巷，或许正是因为一对父女的往事在前，可以作类比，竟迟迟没有人提供相关线索。悄然间就是一年，原本以为不会有人来结亲，直到吴豆禾生下了第四对双胞胎，韩寻异和吴元谅在家里忙活时，方才有人找上门。来者自我介绍，名叫艾竹菊，月亮湾人士。最近几年一直在街上乞讨，听说吴家招亲，特意赶来，只求日后能吃饱，不在意男方是否年老。

吴豆禾忙着跟老妈子一起照看孩子，的确没有过多心思去关注父亲娶妻。吴元谅原本就不打算大办，以免引起女儿反感，只是跟艾竹菊拜了天地。新婚夫妇和和美美，吴元谅似是终于尝到了人世间的甜头，每天都悠哉悠哉的，哪里还顾得上家里的农事和生意，全都交给了韩寻异。接下来整一年，除了吴豆禾再次生下了一对双胞胎男孩，算是一件喜事，家里再无其他喜事发生。倒是好在岁月无声，全家人安宁度日。

谁能说得清哪天又会发生什么事，终将打破原来的安宁。吴穷尽回来了，带着他的队伍，还有他的妻子艾梅兰，直奔父亲家门。见了儿子，吴元谅总归还是高兴。艾梅兰和艾竹菊一见面，各有疑惑。话不多说，吴穷尽转身就要去安置自己的队伍。既然吴豆禾和韩寻异住在凤凰山的前坡上，那就让队伍现搭帐篷，驻扎在后坡上，各不相扰。

艾梅兰并未跟去，而是留在了家里。吴元谅跟艾竹菊说道："赶紧让人去做饭，第一次跟我们的儿媳妇见面，总要好好招待招待。"艾竹菊却说："哪里是我们的儿媳妇，分明是我的亲姐姐!"吴元谅一听，不知接下来再说点什么。

艾竹菊叹着气又说："不得不感慨，造化弄人！如果是一对父子娶一对母女，倒还好办，现在竟是一对姐妹嫁给一对父子。妹妹成了婆婆！姐姐成了儿媳！可怎么论?"

说起来，艾梅兰和艾竹菊已有四年没见过面。她们认为母亲做过一件不该做的事，当初因为负气，选择一起离家出走，旋即失去联系。各自结婚时都不曾带着丈夫回过月亮湾。

她们的母亲名叫宋瑞雪，守寡多年。家里没男人，有些重体力劳动就难以完成。好在艾云行时常来帮忙，无论是修缮房屋，还是扬场晒麦，若有十分力，断不会只出九分。艾梅兰和艾竹菊原本对二叔颇有好感。宋瑞雪又何尝不曾感激小叔子。

某天中午，请来吃饭。为了避免饭食被老鼠偷吃，一直把盛饭篮子挂在高高的房梁上。宋瑞雪搬来凳子，站在上面，踮起脚摸篮子时，身上的衣服抖动几下。艾云行看到嫂子的衣服下面，登时扑了上去。

宋瑞雪挣扎不已。艾云行却说："俩姑娘现在不在跟前，还有什么不好意思的。"宋瑞雪说道："我们不是夫妻，怎么能干只有夫妻才能干的事。"艾云行哪里还能听得进去，快活完了，就跑了。宋瑞雪在家里收拾了一番。艾梅兰和艾竹菊回来后，不曾发现任何异常。

不出俩月，宋瑞雪就怀孕了，思前想后，暂且不宜告诉任何人，曾试探着询问女儿："你们二叔迟迟找不到媳妇，但又不能总是单身，我们能不能凑在一起过日子。"艾竹菊曾言："兄终弟及，小叔子娶嫂子，不是不行，只是好说不好听。"艾梅兰则言："就怕别人议论我们一家子不正经，凑在一起胡搞，影响我和竹菊日后婚嫁。"宋瑞雪便去找艾云行商量。

艾云行抓耳挠腮说道："我若是一直没有钱娶媳妇，我哥偏偏又没有留下男孩，难道要等着我们艾家绝户吗？你不妨先把孩子生下来，万一是男孩，可就太好了。不用太在意俩姑娘的看法。发现你的肚子迟早会越来越大，她们慢慢会接受。"宋瑞雪不停点头。

事情的发展怎会尽如人意。眼瞅着母亲的肚子越来越大，艾梅兰和艾竹菊断不肯接受。即使宋瑞雪一再重述艾云行此前的说法，俩女儿每天仍频频大发牢骚。况且寡妇怀孕的事本就极易引起乡邻关注，无法避免街头巷尾传起流言。

宋瑞雪盼着赶紧生下孩子，再跟艾云行结婚，但她许久没见到艾云行了。直到她生产时，艾云行都未曾露面。宋瑞雪一直在琢磨，艾云行或许是出远门赚钱去了，有了孩子，毕竟需要各种挑费。

艾梅兰和艾竹菊始终不开心，想要去赶集散闷，走到半路上的时候，见街边有一家正在大办婚事，便在人群外围上观瞧，一时没有搞懂怎么会是新娘迎娶新郎。再仔细看去，方才发现原来是男方要入赘女方家，而且新郎竟是艾云行。姐妹二人顿时都觉得头皮发麻，彼此看了对方一眼，就分别挤进了人群，扑到了新娘和新郎的面前。

艾梅兰冲着艾云行直接喊一声二叔，随即说道："我娘在家里给你生了孩子，你可倒好，现在却要跟别人结婚。"此言一出，围观的人群立即沸腾。艾云行愣怔了一下，先是看了看新娘和岳父，转眼就冲着人群喊道："是我的寡妇嫂子先勾引我的！她把饭食挂在梁上，当着我的面，搬凳子去拿。她的衣服上下飘浮，貌似是无意中让我看见了她的前胸，其实都是她故意为之。为了避免一直被她勾引，我才想要赶紧结婚。我早就跟我的岳父大人和媳妇备了案。若不是为了彻底躲开我嫂子，我怎会入赘到岳父家。”艾梅兰一听，哪里还能再说啥。艾竹菊赶紧拉着她撤退。

二人回了家，把事情告诉母亲。宋瑞雪起先同样懊恼至极，转念却说：“你们二叔原本不坏，肯定是因为你们让他当众出了丑，他才故意那么说的。”艾竹菊劝母亲：“醒醒吧！醒醒吧！你眼中的他，终究只是你按照自己的理解重新包装过的，而他怎么可能只会表现为你所理解的那样。”

宋瑞雪又说：“他入赘的那家，肯定颇有家资。入赘的目的，无非想要日后过上富足的日子。”艾梅兰却问母亲：“你当真做过故意勾引的事？”宋瑞雪辩解：“我们一直把饭食挂在梁上，我要去拿，怎会关注衣服是否抖动，哪里就能算是故意勾引了？”艾竹菊问道：“你当时为什么不让二叔先在屋外等着？”宋瑞雪难以作答，只是又辩解：“寡妇门前是非多，人们只把假的当成真的说。”艾梅兰又言：“依我看，你分明就是想要跟二叔纠缠到一起。”

艾竹菊拉着姐姐简单收拾一番，片刻工夫，拿着包裹就跑。二人一路乞讨，某天下午，原本商量好了各占一条街巷，在前方路口碰面。艾梅兰直奔前面那条街，进了一户家门，谁知竟遇到了绑匪，把她捆绑了起来，拿破布堵住了她的嘴，送到了青楼。艾竹菊赶往路口等姐姐，还如何能等来。

艾梅兰起先奋力反抗，但被老鸨等人硬是灌了迷魂药，在沉睡中接了客。自那以后，就始终没能离开。直到后来，吴穷尽带着人进了青楼，一来二去，甚是喜欢艾梅兰。老鸨怎肯放人，除非能拿到赎身的钱。吴穷尽掏出了一把枪，拍到了桌面上。老鸨吓了大跳，哪里还敢讨价还价。

艾梅兰便跟着吴穷尽走了。二人说起往日的伤心事，无非是你父我母都不成器，害得儿女只能离家出走。越聊越投机，伤从一处来，心往一处去，最终结了婚。艾竹菊还在满世界寻找姐姐，时间长了，原本以为早已看不到希望，方才想要把自己嫁出去。事到如今，虽然团聚了，但彼此总觉得别扭。若非必须凑到一起，都在刻意回避碰面。

第十章

路线图和牵引线

吴穷尽想要在凤凰山上建造营房，以便长久驻扎，却没有积蓄，就去跟父亲讨要。吴元谅说道："你能回来，想必是冲着我们家的资财吧！你带领的队伍属于什么性质？为何没有人给你划拨经费？"吴穷尽回答："我前几年曾跟着上峰行军打仗，说来惭愧，接连吃了几次败仗，逐渐跟上峰失去了联系。"吴元谅说道："既然是一群残兵败将，莫不如就地解散，何必再去建造营房。"吴穷尽则说："我岂能置我的生死兄弟不顾。且等我们好好休整，日后必会大有作为。"吴元谅不以为然，断不肯出钱。父子又陷入了僵局。

吴穷尽琢磨了一阵子，想让妻子出面帮忙。艾梅兰听从吩咐，果然去找艾竹菊，想让妹妹给吴元谅吹吹枕边风。艾竹菊反倒被吴元谅批评了几句。姐妹二人见了面。艾竹菊直接说道："你去劝劝吴穷尽吧，让他不要再做无用功。"艾梅兰却说："你再去劝劝吴元谅吧，他可不缺钱。"姐妹二人各有各的说辞。艾梅兰又言："我是姐姐，你听我的。"艾竹菊则说："我是婆婆，你听我的。"话语交锋至此，二人都不再吭声。

吴穷尽又琢磨了一阵子，想要跟父亲分家。吴元谅何尝不明白，儿子无非还是想要要点钱，断不肯答应。吴穷尽再次让妻子帮忙。艾梅兰直接去找吴元谅说道："我和穷尽毕竟早就结了婚，提出分家的要求，实属常理常情。"吴元谅并没有立即回复，而是让艾竹菊去劝劝艾梅兰。

艾竹菊却迟迟没去。艾梅兰又去找公爹。吴元谅问道："难道你婆婆没去劝你?"艾梅兰反问道："谁是我的婆婆?"吴元谅大为生气，吼了起来："我不管你跟艾竹菊以前是什么关系，现在你们都在我吴家，那就必须按照我们吴家的伦理纲常论事。若是从你们姐妹的纲常上论，我是你的妹夫，你有什么理由跟妹夫要钱?"艾梅兰扭头就跑，直奔山上去找吴穷尽，呜呜哭了一阵。

吴穷尽琢磨来琢磨去，既然无法从父亲那里搞到钱，那就只能另寻他法。他时常带着队伍下山，而且每次出动都是晚上。折腾了大半年，直到艾梅兰生了孩子，方才不再折腾。时隔不久，吴豆禾又生了一对双胞胎，艾竹菊则给吴元谅生了孩子。

家里热闹非常，无人再起纷争，但好景不长。吴穷尽开始谋划建造营房。吴元谅找到了韩寻异，想让他去劝吴穷尽放弃。韩寻异思前想后，颇感头疼，怎么劝?一旦去劝，说不准就会卷入吴家父子的纷争，甚至还会在艾氏婆媳之间引起不必要的麻烦。

吴豆禾反倒曾提醒韩寻异，我俩最好是关起门来过日子，不要去管别人的事。一家人亲上加亲，终究是物极必反。血缘原本是先人留给后人用来寻找和确认家门的路线图；姻缘则是各代人在当世用来搭设和建造家门的牵引线。两者唯有清晰如常，方可引导着人们各归各家。一旦杂乱交织，且不论是有意，即使无意，都足以使人陷入困局。就好比在一间奇大的屋里子盖一间小屋子，再在小屋子里盖一间更小的屋子。盖来盖去，就盖出了迷宫，处处都是死角，何止会把人死死困住，甚至会使人终因窒息而亡。

韩寻异果然没去劝吴穷尽，只在自己的房里用心用力。吴豆禾又怀孕了。韩寻异除了照顾孕妇，总不能不再开拓家业，免得吴元谅追查时陷入窘境。耐心琢磨，前几年，只是冷眼旁观，长工短工把谷子或者高粱的种子撒到地里，接下来只等着下雨，那可真是彻彻底底靠天吃饭。若要提高出苗量，其实还需要补做一项工作。在把种子撒到地里之后，再去地里用脚踩上一遍。何以至此？因为谷粒或高粱粒比较轻！如果只是撒在地里，难保全都实落落地被埋在土中，有些恐怕会被悬置在土粒与土粒的间隔缝隙里，还如何能及时吸收水分，若非大水漫灌，又怎么可能会发芽。唯有用脚踩上一遍，方可确保所有种子都不会被悬置在间隔缝隙里。除了谷子和高粱，想来种植荞麦和芝麻同样需要用脚去踩。至于其他庄稼，诸如玉米和麦子，则大可不必。

时隔不久，长工短工竞相传言，别看韩寻异干不了农活，谁知他竟懂得许多道理，的确适合只做指挥。吴元谅又何尝看不到地里庄稼的长势，频频念叨，此事不成彼事成，将功补过，无需发异声。韩寻异坐在山坡上，恍然追忆往昔，想当年，在我家，我爹我娘那么能干，断不给我提供施展才能的机会，否则哪里还会再有后面的事。一切的一切倒又尽在想象和假设中。

吴穷尽带着人在后坡上放炮采石，爆炸声不绝于耳，整座山都在打颤。韩寻异时常琢磨，凤凰山可不是普通的山，山体内外的生灵会不会允许吴穷尽建造营房？说起来，无论哪里的山，只要有名字，而且名字并不与它所在的地理位置直接相关，必会有故事。

据传说，很久以前，桃花峪一带曾出现旱情，半年有余，滴雨未下。眼看庄稼即将枯死，人们商量着要背井离乡去逃荒。有一位老婆婆，晚上梦见自己被一只凤凰驮到了东海，恳请龙王搭救。龙王见她诚心诚意磕头，便答应三天之后送雨。转眼间，凤凰驮着老人家往回飞。梦境至此，老婆婆就醒了，次日早晨，出门把梦见的事告诉了乡亲们，并且劝大家无需离乡，再等三天。有的人扬言，怎能把梦见的事当真；有的人则说，即使要走，再等三天又何妨。全体村民的确还没走。果不其然，三天后下起了大雨，挽救了庄稼。雨过天晴，老婆婆带着大家在村前祭祀行礼，一要感谢凤凰，二要感谢东海龙王。突然间，天空中映出了一只凤凰，慢慢飞走了。即使如此，人们却通过给山命名的方式把凤凰带来的生机留在了山上。

如今放炮采石，全无任何顾忌，岂不是要破坏山上的生机！吴穷尽仅凭一己任性，用了大半年的时间就把营房建好了。后坡上不曾发生意外，前坡上却有情况发生。当时，吴豆禾恰恰正在生产。因为又是一对双胞胎，耗时稍长。产床对面放着粮囤，突然竟有粮食从囤里飞了出来，犹如几条水柱，丝丝有声，高高飞起，甚至能蹭到房顶，转瞬就哗啦啦落在周围的地上，一阵接着一阵，似乎粮囤里藏有喷泉。

吴豆禾和接生婆都吓了大跳，但又顾不上那么多。等生产完了，接生婆才走向粮囤，奇怪的是，周围的地上并没有粮食。谁都不知道那些粮食去了哪里。韩寻异起先还曾犯疑忌，但时间长了就淡忘了。况且吴穷尽早已不再放炮采石，想来不会再有意外发生。

世上的事无非只是一波平一波起，纷纷扰扰，总不能让人觉得平静，进入梦乡，一觉沉睡，似是躲避纷扰的一种绝佳策略，但又不敢保证梦中不起波澜。更何况，嘈杂的是是非非，像极了站在梦境门口的看门人。梦外一旦有事发生，势必非要把睡眠者叫醒不可。

韩寻异明明已经睡着，但听见屋门外有些动静，吭吭唧唧，一时不曾大惊大喊，立即起身扑到了门后，只想暂且隔着门板继续听听到底是什么在发声。那声音越来越响，由远及近，简直就像是有什么东西马上就要扑到跟前。转眼间，门板晃动了一下，猜思着一定是有东西在外面拱门。眼瞅着门板马上就要从门框上掉下来，方才抬手拉开了门闩，随即打开了屋门，只见外面有一头牲口。

猪抬头看了看韩寻异，转身就要走，走到院门口时就消失了。韩寻异闷头自问："哪里来的猪？刚刚还在跟前，眼下又去了哪里？怎么不声不响就走了？如何出的院门？

难道是从门板上钻出去的？怎么没有发出丁点钻门的声音？”他想不明白，倒手关上屋门。

东方泛白，反倒被外面的鸡叫声吵醒了，揉了揉眼，坐了起来。只见躺在侧旁的吴豆禾同样醒了，韩寻异说了起来：“我好像做梦了，梦见一头猪来拱咱们的屋门。会不会是要发生什么事，做梦只是预兆。”吴豆禾却说：“能有什么事要发生，我们一直都是老老实实的。你可不是那种眼里没活的人，从来不会偷奸耍滑。若说有事发生，我好像又怀孕了。”

韩寻异的心里仍在犯疑忌，穿上衣服下了床，走到屋门口打开了屋门，只见院子里并没有什么异常，抬脚走到院门口打开了院门，发现院外同样是昨天的样子，刚要转身往回走，却见门口地上似有什么物件，仔细看去，只见是一匹布。

走出了院门，站在街上向四周看了看，并没有发现周围有人，不免自问：“哪里来的布？是谁的？是谁故意放在我家门口的，还是何人路过我家门口不小心掉到地上的？想必会有人回来寻找。莫不如先拿回家里，且等着失主来找。”韩寻异弯腰拿起布，转身回到家里。老妈子做好了饭。韩寻异吃罢，背着手出了门。

三五天，十天半月，并不曾有人来找布，夫妻二人并没有多想。转眼又是深夜，韩寻异仍像往常一样，躺在床上大睡，再次入了梦境。屋外吭吭唧唧的声音又传到了耳畔，乍一听，依然像是猪在拱门。韩寻异不慌不忙穿衣下床，打开屋门，只见跟前的确有一头猪，乍一看，貌似仍是上次那头。

猪转身就走，行至院门口消失了。韩寻异猜思了起来：“到底是怎么回事？为什么总有猪来拱门?”他站在那里一动不动，想把前前后后的事情琢磨清楚。谁知又传来了鸡叫声，躺在床上的韩寻异一下子就醒了，拍了拍脑门，真真觉得梦见的事情何其真亮，分明就是刚刚发生在眼前。

吴豆禾刚一睁眼，就问了一句：“你是不是又做梦了?”韩寻异回答：“我梦见的还是有猪拱门。”吴豆禾催促着又说：“赶紧去院门口看看，说不准又会捡到什么东西。”韩寻异穿衣下床，打开屋门扑向院门口，打开院门一看，只见地上有一篮子鸡蛋，篮子的提把上还挂着一瓶白酒，朝四周打探，仍没有发现任何人影。

他拎起篮子，转身回了屋。吴豆禾念叨起来：“猪给我们送来了布匹和鸡蛋，可我们并不缺，莫不如去集上卖掉。”韩寻异竟说了句：“是福是祸，谁能说得清!”吴豆禾不再说什么。

韩寻异出入田间地头，虽不曾张嘴说什么，但心里何尝不曾打鼓：“在我的血管里流淌着的，何止是先人给我的血脉，想来应该还有滚滚财运。”韩寻异看了看周围和远处，只见长工短工各有所忙，终究没有把心头所想说出口，转念又想：“前一次送来布匹，后一次送来鸡蛋，分明是让我衣食无忧，日后还会送来什么?”想来想去，怎能想明白。

三四天以来，每天晚上都难以入眠，辗转反侧，似是总能听见屋门被拱的声音。一旦仔细听去，却又听不到任何声响。稍有睡意，刚要发狠捂起耳朵，怎奈却又觉得有声音隐隐传来，折腾来折腾去，越是劝诫自己不要去听，反倒越是想去听。晚上无眠，白天无神，昏昏沉沉。

半月有余，许是早已疲惫至极，终于安安静静睡着了。睡至下半夜，韩寻异又进入梦境。耳畔再次响起猪拱门的声音，他立即从床上跳到地上，转身就蹦到屋门口，打开了屋门，只见眼前仍是那头猪，张嘴就问："你是从哪里来的？是谁让你来的？"

猪转身就走，韩寻异一心想着扑去抓住，只见那头猪又消失在院门口，怎奈早已来不及转身，不折不扣扑到门板上，碰得胳膊生疼。疼着疼着，就从睡梦中醒来，谁知仍觉得疼，转身之际才发现原来是自己把胳膊压疼了。终究又梦到猪拱门，韩寻异穿衣下床，径直向外跑去。

站在街上，只见有人正在不远处的街角井上打水，哪有心思打招呼，赶紧瞅了瞅门口周围，什么都没发现，地上只有黄土。韩寻异悄悄念叨了起来："猪明明来拱门了，怎么没送东西来？"念叨了几遍，就愣住了。

水井那边传来一声："大哥！"此声入耳，竟把韩寻异吓一大跳。那是张家媳妇在叫他，随即传来一句："过来给我帮帮忙吧。"韩寻异清醒了过来，直奔着街角走去。张家媳妇又说："我今早晨带来的水桶太大，扔到井里，水一满，就提不上来了。"韩寻异走去帮忙。

吴豆禾走出院门，抬手踢腿，伸展肢体，无意中扭头，只见一男一女似是在井边搂搂抱抱。韩寻异弯腰拽着绳子，想把井下的水桶提上来，张家媳妇则弯腰看着井下。若不是在近处，侧脸看去，的确像是两人在弯腰搂抱。

吴豆禾喊了一声："你们干什么?"边喊边向井边走来。张家媳妇一时不知如何是好，身体直打晃，井边原本就少不得有水，脚下打滑，眼瞅着就要掉进井里。韩寻异赶紧拉了一把，她一扭身，不折不扣扑到了韩寻异的怀里。

吴豆禾当即火冒三丈，破口大骂："不知羞耻，我那么喊，还拦不住你们搂搂抱抱。都是有家有口的人了，还敢私通，丢人现眼。"韩寻异赶紧松开手，张家媳妇立即后退了几步。吴豆禾冲着韩寻异喊了起来："你就那么喜欢张家媳妇吗？难道你没有老婆吗?"韩寻异免不了想要解释："全是误会，我是赶来帮忙的。"张家媳妇原本同样想解释几句，但又不好意思张嘴，转身就跑，甚至丢下了水桶。

吴豆禾耷拉着脸，又冲着韩寻异喊道："劝你摆正自己的位置！既然在我们吴家过活，那就不能往吴家的脸上抹灰！吃着吴家的饭，砸着吴家的锅，你以为你是谁?"韩寻异一听，气得简直要爆炸，但不想惹事，忍气吞声转身就走。吴豆禾又喊了一句："你给我等着!"韩寻异匆匆向前迈步。

吴豆禾继续喊道："你是不是又梦见猪拱门了？我明确告诉你，今日不同于以往，第三次猪拱门，给你送来的想必是一顿暴揍。"韩寻异转身往回走，走到妻子面前，抬手就是一巴掌。吴豆禾呜呜哭了起来，咬着牙质问了一句："张家媳妇就那么好吗?"韩寻异又扇了她一巴掌。

吴豆禾不停抹眼泪，没有去追韩寻异，而是前去寻找吴元谅。见了面，掂掇了片刻，只说道："且不管怎么论，我始终姓吴。韩寻异欺负我，你不能不管。"吴元谅一听，火冒三丈，张嘴就说："谁要欺负你，那是不要命了。"转眼就问："韩寻异为什么欺负你？"吴豆禾交代了一番缘由。吴元谅抬手拍起了脑门。

吴豆禾不再多说，抬脚就走，思考再三，又去找吴穷尽，见了面就说："且不管我俩到底是什么关系，总之我和你都姓吴。韩寻异竟然敢打我，你不能无动于衷。"吴穷尽踱步转圈，捏着下巴说道："不管怎么论，前后若干年，你第一次开口求我，我岂能罔顾。"吴豆禾转身就走了。

傍晚时分，一群年轻人排着队踏步前进，片刻后就押解着韩寻异来到了场院里。吴穷尽早已在那里等候。吴元谅随即赶来。双方像是约定好了。艾梅兰和艾竹菊各在侧旁。吴元谅指着韩寻异说道："往日我念你的好，始终把你视为自家人。万万没想到，你竟敢跟别人家的媳妇私通。劈拉着双腿，就要往上扑，难道你是狗吗？"韩寻异想了想，吴家人尽数在眼前，似乎只有自己是外人，即使要辩解，恐怕仍是难逃一场讨伐。吴家父子往日再不睦，眼下倒又能齐心合力。我又能如何？莫不如静观事态。

吴元谅又说："你在我们吴家虽然不是入赘女婿，但忙里忙外，我岂能看不见。关键问题是，你该知晓收敛！如果豆禾跟着你在你们韩家过日子，无论发生什么事，我都不方便说啥。但你跟张家媳妇的事毕竟发生在我们吴家院门口，而且你竟敢打豆禾，我岂能容许你张狂。”韩寻异低着头，真想找一条地缝赶紧钻进去，哪有脸面立于人前，几次三番想要张嘴辩解，谁知竟有人大喊：“于我方不利者，必叫他灭亡。”

吴家的长工短工和附近乡邻纷纷赶来围观。吴穷尽指着韩寻异怒道：“必须交代清楚事情的前后经过，避免别人误以为我家都是软柿子。”韩寻异悄悄扫视了一圈周围，并没有发现张家媳妇，琢磨了起来：“天色渐黑，许是火把上的光不足以完全照亮偌大的场院，说不准张家媳妇就躲在哪处角落里。我该怎么交代，才不会影响到她的名声？”

见韩寻异迟迟没有张嘴，吴穷尽喊一声：“若不交代，罪加一等。”韩寻异想了想，莫不如实话实说，于是大声说了起来，昨天晚上，是我第三次听见有猪拱门。因前两次拱门，都给我留下了些许东西，我原以为，第三次拱门仍是来给我送东西的，一大早就跑到了院外，可巧就遇到了张家媳妇。

吴穷尽一听，当即就问：“猪拱门是怎么回事?”韩寻异从头到尾交代一遍，周围众人边听边哈哈大笑。吴元谅说道：“你竟然总想着不劳而获！俗话有言，饱暖思淫欲。前两次猪拱门，你认为意在让你衣食无忧，第三次猪拱门，果不其然，你就琢磨起了谋求淫欲的想法。”韩寻异又急又气又懊恼，简直要哭要诉，只怕远处的群山无耳，近处的众人有耳不听，哪里能说得出一言半语，恨不能立即就死。

张家媳妇突然拱进人群，竟指着韩寻异大骂：“衣冠禽兽，挨千刀的下流痞子！我活得清清白白，你却想要祸害我。包括吴家，全村人岂会容忍你作恶！”韩寻异一听，当即觉得晕头转向。

井前事发，大半天工夫，早已在村里传得沸沸扬扬。张家媳妇在家里，免不了要接受张家人的一再拷问。男女之事，有时难免会是越描越黑。张家媳妇怎会掂量不出孰轻孰重，何尝不想完全洗掉罪名，于是避重就轻只说自己属于受害人，全然不曾与恶人有过任何交情，固然会牺牲掉韩寻异的声誉，自己却可以在村里摆脱掉坏名声，以便日后继续在张家过活。

韩寻异何尝不知张家媳妇力求自保，但又觉得委屈，真真要感慨，只可惜人世间的善恶对错，总是难以被描摹清楚，无非是顺我意者被我视为对，逆我意者被我视为错，谁又能客观公正地批驳一番一直自私的自我。

张家媳妇偏偏又要撒泼打滚，寻死觅活，非要把戏演得足足的，越是把自己清洗干净，就越是把另一方衬托得罪大恶极。韩寻异挣扎了起来，想要挣脱开捆绑，哪怕眼前的地上并无缝隙可入，拿脑袋撞去，鲜血洒地，岂不是更痛快，好在难以扯断绳索，而且身旁站着俩人，否则早就一死了之。

张家人匆匆赶来，拱入人群摁住韩寻异便是一顿暴揍。吴穷尽率领的众人又怎会只是站立撑势，等张家人收了手，差点把韩寻异打死。一场纠缠，直至下半夜，张家媳妇得安，韩寻异的左右嘴角上却始终挂着血迹。

等众人散尽，刚刚还极其拥挤的世界，一下子就变得空空荡荡。场院里只剩下了一人。韩寻异感慨万千，若要在人群中立足，真是不易！好在眼前的世界暂且都属于自己。他弓着背，弯着腰，抬手砰砰捶打着前胸，简直是要把胸中的恶气捶出来，一步一停，向家走去。

吴豆禾并未赶往场院，见丈夫走进了屋门，嗷嗷喊上几嗓子，只有声音，全无说辞。韩寻异哪能受得了回到家里再受气，抬脚就要踹门，边踹边念叨，我可真是可怜，简直就是走错了家门的孩子！门板和门框差点被他踹碎，那响动岂是猪拱门所能比的。

时隔三天，张家媳妇背着包裹离开了桃花峪。张家人又何尝不明白，且不论如何，都不宜跟吴家人产生瓜葛，唯恐韩寻异只是一时吃亏，难保吴豆禾不会再秋后算账，赶走自家媳妇可保全家平安。张家媳妇亦知，唯有离开桃花峪，方能彻底摆脱往事，前往他乡谋生，并非最坏的打算。

接下来的两年时间，韩寻异哪里还敢在男女关系问题上惹事，一直老老实实，身边孩子越来越多。单是吴豆禾，按照每年一胎的节奏又生了两次，而且次次仍是双胞胎。艾梅兰和艾竹菊又各生了一胎。稍大的孩子们凑在一起，说话言谈，简直像是往烂泥潭里抛下一块块石头，难免砸得烂泥四溅。

吴豆禾早已告诉自己生的孩子，艾竹菊生的娃娃，跟艾梅兰生的不一样。见了前者要叫舅舅，见了后者要叫弟弟。孩子们岂能没有疑问，明明都是年龄相仿，见了后者固然要叫弟弟，见了前者为什么要叫舅舅？更何况，同样是舅舅，吴穷尽多大年纪了，艾竹菊生的娃娃才多大。无论吴豆禾怎么解释，孩子们却未必都能听懂。更让人担忧的是，孩子们一旦听懂了，恐怕就会认识到自己原来一直在关系混乱的烂泥潭里成长。等长大了，怎么可能还会有清晰的伦常观念。

就目前的情形来看，孩子们见了艾竹菊生的娃娃，其实并没有单纯地叫舅舅，而是叫舅舅弟弟，误以为“舅舅”二字还是弟弟的名字，于是又有疑问，为什么不给艾梅兰生的娃娃取名叫舅舅？难道只是因为吴穷尽的名字已经叫舅舅，父子不能重名？吴豆禾只是回答，等你们长大了，慢慢就明白了。关键问题是，真真担心他们长大了说不准就要照猫画虎，有样学样，重蹈吴家的覆辙。眼瞅着孩子们一天天长大，她固然是满心欢喜，但心里终究塞满了茅草。

两年以来，吴穷尽不曾遇上任何战事，但他总喜欢带着队伍操练。隔上十天半月，就会下山一趟，筹备所需物资。最近正在搞实战演习，后坡上频频响起爆炸声。吴元谅曾琢磨，早就听说哪里的大户人家遭到了土匪打劫，我儿驻扎在凤凰山上，想来足可以起到震慑作用，断不会有人敢来进犯。

韩寻异依旧喜欢出门去转转，若能寻见商机，自然更好。某天傍晚，正要回家，路过一户人家的门口，突然听见有人喊了一声，我饿了，给点吃的吧。只因那声音就在耳畔，立即扭头转身，却发现周围并没有人，倒是有一尊石狮子，稍作思考，难道是石狮子在说话？石狮子怎么可能会说话？

既然听到了求救声，莫不如就帮一把，以免发生不测。果然从肩上的褡裢里拿出来了一张烧饼，塞到了石狮子的嘴里。想来石狮子的肚子里是空的，烧饼早就掉了进去。拍了几下脑门，继续向前走。夜雾袭来，前方一片黑漆漆，走着走着，觉得后背发凉发麻，总有回头看看身后的冲动，却又没有那么大胆量。直到看见前面有灯光，知道已经临近家门，才不再过于紧张。

那夜什么事都没发生，韩寻异第二天中午又出了门，转来转去就到了傍晚时分，抬脚回家，行走路线与昨天的一样，再次路过那户人家的门口时，又听见有人喊道，我饿了，给点吃的吧。扭头转身，还是没有发现周围有人，不妨再往石狮子的嘴里塞一张烧饼。继续向前，仍有夜雾袭来，韩寻异总觉得身后有东西跟着，但不敢回头，一路上一直在琢磨：不知道其他路人有没有听到石狮子说话？难道要发生什么事？

匆匆回了家，整宿没怎么合眼，一心想要探清查明到底是怎么回事。转过天来，时值傍晚，韩寻异特意来到了石狮子跟前，围着转了几圈，并未发现此处的石狮子不同于其他地方的。耳畔似乎又有声音传来，钻到石狮子的肚子里。韩寻异琢磨了琢磨，周围无人，声音必是来自自己的心间。

索性爬到石狮子上，发现腹部当真是空的，就钻了进去，还看到昨天和前天掉进来的烧饼。窝在里面，可真是越来越冷。抬起头来向外看了看，透过夜雾，只见街面上偶有人影晃过，似是女人正领着一群孩子在逛街。

夜雾越来越重，念念叨叨："还是回家吧。"谁知钻进来容易，钻出去难。韩寻异想要喊人帮忙，但街上空空荡荡，再无人影晃过。近处的那户人家早就关紧了院门。接下来可怎么办？突然觉得饿了，倒是可以把那两张烧饼吃掉。吃完了，就继续窝在里面，迷迷瞪瞪睡着了。再睁开眼时，阳光悄然射来。韩寻异喊了几声救命。果然有人跑来，爬到石狮子上要把他拉出来。韩寻异自己同时用上了最大的力气，好一番折腾，终于爬了出来。

除了道谢，再无其他事。哪怕前来帮忙的人一再询问，你怎么钻到石狮子的肚子里去了？韩寻异都无心回答，匆匆忙忙要回家。走了片刻，无意中听见路人念叨了几句，好好的一座凤凰山，怎么在一夜之间就塌了？难道底下是空的？有人在上面放炮，就震塌了。

韩寻异一听，顿时觉得心头直打颤，以最快的速度往前跑，一口气跑到了山上。原来的庭院早已消失，眼前只有深不见底的大坑。韩寻异哇呀一声，一屁股坐在了地上，想来吴豆禾和孩子们一旦落入深坑，哪里还能保得住性命。

说起来，昨天晚上，山体塌陷时，伴有火星迸发，引燃干草，有些火苗烧到后坡，有些则直奔山下。吴元谅和艾竹菊所住的院落，迟迟没有燃尽，里面的人恐怕同样会殒命。吴穷尽率领着自己的队伍，艾梅兰抱着孩子，正站在火场的外围上。

第十一章

向着本真的心性回归

韩寻异离开桃花峪，一时不知该往哪去，要么出入村庄，要么漫步在原野上，总觉得自己的心头在颤抖，脑海中频频浮现出一群孩子围绕着自己嬉戏的画面，怎能忘得了吴豆禾。浑浑噩噩，念念叨叨，所谓人生，无非只是不停地向前奔。未来可期，或许只是时间问题。

转眼又想："父母在时，我有十八子，迄至后来，我自己向前奔，同样有十八子。父母在与不在，我的人生反正都只是归于无常，何须留恋，何须空等，莫不如再去找一户人家，说不准日后还会再有一群儿子。"韩寻异走走停停，四处打听谁家有女待嫁，而且家境殷实，打听到了就要奔去，见人便扬言，凡是跟着他的女人，都极能生孩子。

交谈片刻，闻听前后言，人家说道："光是能生，有什么用？关键是，你有没有能力和福分把孩子抚养成人。再有就是，魏家女和她生的孩子当年被你抛到了脑后，难道你从来不曾想念他们？难道你就不会担心他们后来过得好不好？竟然还有脸宣称自己在吴家过得多么舒心。"

韩寻异被龇得够呛。人家又说："吴家老少当年咋能接纳你？可真是应了那句老话：不是一家人，不进一家门。谁能保证你日后不会再次抛妻弃子？谁家还敢把闺女嫁给你？说句不好听的，只怕你的心当真就是一颗煮不烂的豆！任凭风雨多大，只会麻木待之。更何况，你已经不年轻了，若非积累下了万贯家财，还有什么资本谈婚论嫁？"

韩寻异转眼却洋洋自得地说道："纵然是一颗煮不烂的豆，有什么不好？世上风雨本来就大，在你看来，我麻木；在我看来，我乐观！"人家又说："我们坐在台下看戏，发现台上的演戏人明明在犯错，而且硬着脖子，不计后果，不知敬畏地不认错，我们都替他们害怕未来会遭受惩罚。"双方话不投机。

韩寻异迟迟没有找到能认可自己的人家，站在街上，思来想去："既然无法再娶新媳妇，索性去找魏竹庵。想来她已经把孩子拉扯大了，日后就让孩子们伺候我。"韩寻异匆匆直奔胡家沟。

魏竹庵当时正在甘家的院子里洗碗筷，见韩寻异找来，冷笑着说了一句："难得你还能想起我来！"韩寻异张嘴就说："快把我们的孩子叫来，跟我回家。"魏竹庵喊了一声老八。韩涌潮从马棚里跑了过来，直眉瞪眼盯着韩寻异。儿子毕竟大了，韩寻异简直不敢相认。

魏竹庵说道："你带着老八回去吧。"韩寻异问道："其他孩子在哪里？"魏竹庵说道："当年不是早就被你抛弃了吗？"韩寻异苦哇着脸，哑然以对。魏竹庵落了泪，轻声答道："早已各奔东西，各有各的命途！"韩寻异愣怔了片刻，又问道："你不想跟我回去吗？"魏竹庵埋头说道："我在甘家生下了甘续韩，跟你回去，我会惦记。若是不跟你回去，我又会惦记老八，真是两头作难，可让我怎么办？"韩寻异一听，仰头就喊甘沛。魏竹庵一再叹气。

甘沛从后院走了过来。韩寻异说道："我当年只是把媳妇典给你，出典文书上并没有写着，要让我媳妇给你生孩子。你明显违约了！"甘沛却说："若是不让你媳妇给我生孩子，那还叫典妻吗？跟雇佣老妈子还有什么区别？文书上固然没写，但典妻二字本身就带有让出典人之妻给对方生孩子的意思。"韩寻异想了又想，终难反驳。

甘沛说道："把你儿子领走吧，我可不想一直替你养着。在我家，并非只有你儿子能替我放马。"韩寻异看了韩涌潮一眼，琢磨了起来，把儿子领回去，完全没问题。关键是，家里没有女人可不行。身上倒是还有十块大洋，都是在吴家时赚下的，索性把魏竹庵赎走吧。

甘沛自知不能不放人。甘续韩扑到魏竹庵的怀里，呜呜痛哭。韩寻异把那十块大洋交给甘沛，硬是把甘续韩拖到了旁边，拉着魏竹庵就要走。又是一场难舍难离的母子告别。甘沛只是观望。韩涌潮跟在后面。

回到了丘山村，不妨重打锣鼓另开张，旧屋旧院虽已破败，好在还能暂且栖身，日后再修缮。当年曾从韩冬那里得过实惠的人家，不约而同送来了一些日常用品。魏竹庵前往大户人家，表明想要租种土地，一家子总算落了脚。

韩寻异只是坐等吃饭，饭食不合心意，就大发雷霆，掀桌子，摔碗筷。魏竹庵劝道："今时不同于往日，作为家里的大男人，你应该挑起大梁，但你每天只等着吃饭。我没有任何抱怨，就对得起你了，你还有什么理由发脾气？年轻的时候，公婆宠着你。从今往后，我可不会宠着你。你当年竟然还把我典出去，我还能跟你回来，就已经不错了。"

韩寻异仰头吼道："把你典出去，难道你在甘家过得不好？缺吃了，还是少穿了？何必跟我翻旧账！"魏竹庵又说："谁都知道吃糠咽菜的日子不好过。你要是真有本事，就让我和你儿子过上顿顿吃肉的日子。"韩寻异没再说话，当天晚上，躺在炕上反复揣摩，难道今时果真不同于往日了？

悄悄然进入了梦境，发现自己回到了年少时，正在山坡上玩耍。有位黑脸大汉由远及近，走到跟前问道："你多大年龄了？"韩寻异答道："十九了。"黑脸大汉哀叹道："可惜了，年仅十九，寿限到头。在你生日那天，你就会死。"韩寻异一听，惊出了一身冷汗，立即跪了下来，边磕头边说："先生既然知道我的寿限，自然就会有办法救我。求先生搭救，我还不想死。"黑脸大汉扭头就走。

韩寻异赶紧追去，追了许久，走进了一座幽冥大殿，只见大汉走到桌案前翻起了生死簿。簿上某页写得清清楚楚，韩寻异寿限十九。大汉只是摇头叹息。韩寻异却说："只需在十九的前面添上九字，我不就能活到九十九了嘛。"大汉瞪大了眼睛，扭脸盯着看。韩寻异见桌上有毛笔，就拿起来塞到了大汉的手里。

大汉的确在十九的前面添上了九字。韩寻异跪了下来，磕头道谢，随即起身就走，高高兴兴，蹦跳着直奔前方更明亮的地方，还没走到大殿门口，又想到了什么，迅速折返了回来。嬉笑着告诉大汉："既然能改生死簿，索性给我改成一百吧。"大汉再次瞪大了眼睛。

韩寻异又拿起毛笔递了过去。大汉没接，反倒把生死簿交给了韩寻异，并且说道："你想怎么改，就怎么改吧。"韩寻异提笔勾掉了九十九，写上了一百。改好了就走，甭提心里有多美。眼前只是一晃，就出现了过生日的场景。家里大摆寿宴，父母和孩子都穿上了红色的衣服。韩寻异端坐在北屋门口，等着众人给他拜寿。说时迟那时快，头顶上掉下来了一根木头，不偏不倚正好砸在脑门上，韩寻异嗷嗷喊了几声，眼看就要断气。

那位黑脸大汉飘飘悠悠，又来到了面前。且不知其他人能不能看见，韩寻异却看得清清楚楚。大汉指着他说道："从十九改成九十九，你明明已经白赚了八十岁，只可惜人心不足蛇吞象，竟然还想活到一百岁。纵然让你活得一百岁，又有什么用，莫不如早早地跟我去地府，免得你在世上再生罪孽。"韩寻异一心想要喊，求先生给我改回九十九，我万万不敢再起贪念，但始终没喊出来，只觉得头上无比疼痛，想来自己必死无疑。

梦境到此，一下子就睁开了眼睛，深呼吸了几口，稍作思考，人生在世，理应知足，好在刚才是在梦中。接下来半夜，一直在心里默念，知足常乐，才是乐观的应有表现。贪念又何尝不是一种恶念，简直像一种毒素。每一次在心中浮现，都会让心里的毒素增加，久而久之，怎可避免使人患病。且不知命亡之后魂归何方，活着时应当回归良善，不贪不占。

第二天早晨，韩寻异赶紧起了床，早已抛开梦中的黑脸大汉，直奔教书先生家，见了陈扶摇，稍作寒暄，随即说道："求先生教我！如何才能不贪不占？心绪若要朝着良善回归，该怎么避免日后再有恶念在心中涌现？"陈扶摇起先愣怔了片刻，还以为认错了人，洗罢脸，认认真真说道："孺子可教！孺子可教！圣人曾言，朝闻道，夕死可矣。如此如此，随时回归，并不算晚。"韩寻异当真虚心求教，没有逃离。

陈扶摇捻须说道："昔日大儒张载曾言，大其心者，能体天下之物。物有未体，则心为有外。变化气质与虚心相表里。究竟何意？据我想，人人都具备的那颗心，岂能只是一团血肉，原本就具有承载天下万物的潜能，端赖人们是否会去挖掘。只要用心体察和体悟，万事万物就不在心外。所谓虚心，即是心内虚位以待，以便于迎接心外万物来填充，促使心胸开阔，趋于无限大。经由体察，面对的若是自己未必能顺心顺意即可接受的事物，反求诸己，接入心内，难免就会与容忍和克制发生勾连，因而容忍和克制同样可以算是挖掘潜能的重要环节。究其实质，即是回归自身，挖掘出容人容事的心态潜能，由内里转至外在表现，就会让为人处世的态度发生变化，随时随地都能向交往对方输出亲切感，塑造乐观的正面形象。圣人云，克己复礼为仁。克己并非灭己！克字何尝不是意指适度的自我克制，切莫只求自私，以便于焕发和昭示出你我的脉脉温情，免于对人对己剑拔弩张。彼此温润相待，更会让你我展示出蓬勃的仁爱关怀。”

韩寻异边听边点头。陈扶摇继续讲述：“昔日孟夫子曾教导，仁义礼智，你我固有之，何须从外向内给人灌输。既然是固有，那就是本然。阳明先生亦曾陈言，一念发动即是行。发动时有不善，就将不善的念头克倒，且要彻根彻底，不使一念不善潜伏在胸中。知善便要积极行善，理应知行合一。如果无力行善，至少要保证不能作恶。明明知道某件事不该做，却非要做，那就是任性和张狂，自己竟然指挥不了自己，反倒被不善绑架。曾有人说，见父当孝，却不能孝，知与行分明是两件。阳明却说，此已被私欲隔断！未有知而不行者，知而不行，只是未知。又有人问，既然人人都有其心，何以有善与不善之分？阳明回答，恶人之心，失其本体。阳明还曾强调，良知在人，随你如何，不能泯灭。人有才力大小不同，如同金子有分量轻重，但是，人人都有本真的心性，堪称足色的精金，圣人和凡夫俗子就此是一样的。思之，阳明此言是何等的鼓舞人心，哪怕你我只是草芥，随时随地都应向着本真的心性回归。”

韩寻异毕恭毕敬又问：“一日三餐，洒扫庭除，该以怎样的心态看待？”陈扶摇当即给出答案：“昔日孔圣人，粗茶淡饭喝白水，枕着胳膊睡觉，虽不能算是富且贵，但乐在其中，安贫乐道。君子固穷，穷困却不是君子的标签。不义而富且贵，于我如浮云，破除穷困，理应合道合义。君子爱财，取之有道，亦是此意。孔圣人还曾赞扬颜回是贤人，因为他一箪食，一瓢饮，身在陋巷，但不改其乐。朱子曾坦言，饮食者天理，要求美味者人欲。革尽人欲，复尽天理，方始为学。天理与人欲并无硬性界定，人欲中亦有天理。究竟何意？据我想，粗茶淡饭喝白水，就能满足身体的需求，何必非要谋求美味。饥渴时，欲食欲饮无疑是一种本能，且是天理，即使圣人，又何尝不需要满足。有必要革除的就只是超出基本身体需求，而要求美味的人欲。无论是在先秦和宋代，还是在时下，人仍旧是那人，都以血肉之躯面对七情六欲，而又谋求实现心性超越。”

韩寻异听了听，顿时觉得心胸豁亮大开，简直可以出口成章：“拂晓破，万物生，朝露散，夕颜开。万事匆匆而去，徐徐而来，故人依旧，煮水煎茶，暖阳遍洒。”念叨完了，直给先生连连鞠躬，道别时一再致谢。陈扶摇把他送到了院门口，望着他的背影远去，仍是频频点头。

韩寻异回到家中，望见妻子像往常一样在做饭，赶紧蹲至侧旁不停递柴。魏竹庵惊讶不已，怎能不问：“你怎么了？跑出去又听到什么让你开心的故事？前后仅仅隔了一夜，竟然知道心疼人了。”韩寻异说道：“陈先生的一席教诲，蕴含着化死为生的温润力量，当真让人受益匪浅。史上往圣的言论一经入耳入心，人的成熟有时只在瞬间，宛若放下屠刀，立地成佛，我又不是只会走错家门的成年孩子。身为男子汉大丈夫，理应达权知变，既然能过好日子，那又何尝不能过苦日子。日子甜不甜，全看自己能不能占风使帆。”魏竹庵听了听，简直像是望见了陌生人一样看着丈夫，倒又悄悄笑了。

韩寻异走出饭棚，站在空地上，闭着眼，仰头接受阳光照射。魏竹庵思考再三：村里人如何看待我家，难道只能靠旧年公爹赚下的好名声？如今既然要安居，应该树立我和韩寻异的良好形象，莫不如模仿一番他人的类似策略。随即叫来丈夫，吩咐道：“你去周围的邻里家借点钱吧，无需太多，每家只借一枚大钱，说好十天后必还。”韩寻异怎能不问缘由。

魏竹庵只说：“日后便知。”韩寻异果真出了门。闻知数额不大，邻里无不出借。韩寻异前脚拿回来，魏竹庵后脚就要束之高阁，并不曾花销，过了十天，的确还了回去。时隔半月，再次让韩寻异去借，数额涨到了三枚大钱，借来仍是不曾花销，按照事先约定，过了两周，还了回去。又是时隔半月，又要去借，数额涨到了十枚大钱，借来仍是束之高阁，按期归还。

几经磨合，村里早已无人不知，无人不晓，韩寻异一家极其守信，并非不良人。魏竹庵叮嘱丈夫，好名声易立者，自然易破，不求别人捧着你我，只求别人不会看低我们，因而你我需要谨言慎行，不可张狂，不可凌弱，不可冷漠，不可傲视，但求与人为善。韩寻异谨记在心。

魏竹庵每天都要叫上丈夫下地操忙。韩寻异哪里曾亲手干过那些农活，不妨现学现干。韩涌潮一直跟着他们，但始终隔着好几丈远，似乎故意不想靠近。韩寻异何尝不曾琢磨：“我原本有子三十六人，现在身边只剩下了涌潮。

若是再不好好待他，任凭是谁，都会觉得心里拔凉。”想到此处，喊了一声：“儿子，我们到地头上坐坐，我给你讲讲我们的家史。”韩涌潮扭头看了一眼父亲，并没有前往地头，而是扔下镐头朝相反的方向走了。

韩寻异喊问道：“你要去哪?”魏竹庵说道：“别喊了。前些年，他跟着我在甘家过日子，不干活，就没有饭吃。出来进去，还要看人脸色，从来不曾自在地玩过，就让他去玩吧。”韩寻异不再喊。

接近中午时，有乡邻跑来告之，韩涌潮做了一件让大家都不能接受的事，想让韩寻异或者魏竹庵前去管管儿子。说起来，韩涌潮原本只是在山下闲转，转来转去，就来到了一处清泉跟前，望着泉眼无声无息不停地涌冒着清水，起先还蹲下来，用手捧着喝了几口。片刻工夫，就有几人拿着水壶来取水，以便拿到山上口渴时饮用。韩涌潮站在旁边看着，看来看去，就脱下裤子往水汪里尿了一泡，听着哗啦啦的声音，放声大笑，笑得前仰后合。其他人还如何取水饮用，转身就走了。韩涌潮接下来又开始往水汪里大便。

韩寻异和魏竹庵迅速找了来，一看就要制止。见韩寻异不停地挽袖子，似乎要打儿子，魏竹庵赶紧拉着劝道：“儿子在原本调皮的年纪不曾调皮，总需要让他补做调皮的功课，否则他的心里难免就会一直倍感压抑。”韩寻异终于没有发火。

既然泉水已被韩涌潮破坏，魏竹庵说道：“赶紧用铁锹铲土把泉汪填平，再在五米以外挖掘泉眼，看看原来的水脉能不能重新涌冒。从明天开始，我们每天挑一担水来，放在泉边，让乡亲们饮用，直到水脉重新涌冒为止。”韩寻异无不答应。

每天往那里挑水，魏竹庵总让韩涌潮跟着一起去，在路上就会告诉儿子：“你可要知道，我累死累活的，都是在替你赎罪。谁家的儿子，谁家不心疼，我怎么舍得让你挑水，只求你能明白，泉水是村里大家伙的，你不能随意破坏。”韩涌潮不停地点头，时隔五天，他自己就主动承担起了挑水的任务。

地里的活越来越多，锄完了草，还要浇水。韩寻异和魏竹庵每天早晨醒来就要前往，让韩涌潮负责在家里做饭，做好了送去。韩涌潮一开始哪里会做，魏竹庵则有言在先，做着做着就会了。吃着儿子做的饭，无论是玉米面糊糊，还是大饼，且不论味道如何，心里总归是美滋滋的。

半月后的某天，有乡邻悄悄问魏竹庵：“你们儿子给你们送的饭，你们吃的时候有没有嗅到异味?”魏竹庵自然要问出了什么事。乡邻告之：“那天我悄悄地要到路边堰头的旮旯里去解手，刚刚拐过堰头，就发现你们儿子躲在旮旯里脱了裤子。让屁股冲外，打开了装饭的罐子，把罐子放到了屁股上，只听见扑扑几声，原来他要把屁放到罐子里。放完了，才又把盖拧到了罐子上。”魏竹庵听了听，稍作思考，只是叮嘱：“不要告诉别人。”乡邻点了点头就走了。

魏竹庵左思右想，拿定主意，无论我儿到底想要干什么，都不宜声张，只可悄悄化之。见韩涌潮又来送饭，韩寻异扑上去就吃，一如往常。魏竹庵发现儿子竟然一直盯着韩寻异，寻思着儿子心中的小九九，同样吃起了饭。边吃边说：“尽管我儿做的饭总是有点臭豆腐的味道，但我觉得越来越好吃，真不知我儿是怎么做出来的。细细想来，父母下地干活，儿子负责做饭送饭，一家人可真是幸福极了。”韩涌潮一听，当即拍起了脑门。

魏竹庵全都看在了眼里，又说了起来：“见我儿如此孝顺，我竟然想起了一段我们韩家先人的故事，是你爷爷当年告诉我的。”听着母亲讲述，韩涌潮的面前出现了一些画面。早已说不清是何年何月，瓢泼大雨呼呼直下，山洪暴发，街头屋檐下挤满了人。待到雨小，洪水逐渐平稳，众人纷纷扑到了水里，想要捞取漂木。那些木头来自山上，谁能捞到就算谁的，在乡间早已是约定俗成的规则。

韩郎同样扑到了水里，水深没腰，艰难地向前走着，直奔前方的一根极粗漂木。那根木头黑黢黢的，早已没有枝杈。其他人皆有自己的目标所向，许是水下还有些涌动的猛劲，难免就会有人被洪水卷走。捞取漂木本来就是一件比较危险的事。韩郎奋力爬到了那根黑黢黢的漂木上，死死抱着，绝不撒手，任由水流鼓荡着奔向下游。

路边有人发现他身处危险中，就喊了起来：“韩郎，松手吧，再不松手，可就被大水卷走了。”韩郎早已听见，但已经无法松手，一旦松手，就会被洪水吞没，以至于那根漂木俨然成了救生的凭依。水面以下似有一只大手，翻弄起了洪峰。

路边有人喊道：“快去告诉他的父母，只怕那孩子没救了。”洪水来得快，去得更快，不多时，便泄尽了。韩家父母闻讯赶了来，扑到水边上不停地喊：“我儿，你在哪里？快回来吧，可别吓唬我们。”父亲直接扑到了水里，沿着水流前去寻找。母亲站在水边上，吓得呜呜哭。

韩郎继续抱着那根漂木，随着水流向下，念念叨叨：“家里有父母，未能尽孝，怎能被淹死，求求老天爷，赶紧救救我吧。”他念叨了一遍又一遍，奇迹发生了。被他抱住的其实并不是一根木头，而是某种体型庞大的怪兽，长条状，似蛇，但又不像蛇那样表皮上光滑，而是极其粗糙，犹如槐树皮。那只怪兽似有所感，起身一甩，就把他甩到了路上。

魏竹庵讲到最后，刻意强调了两句：“人生在世，最重要的事情，便是孝敬父母。无论是谁，只要心存孝道，那便是以德配天，必会受益，苍天不欺，怪兽不侵，神佛护佑。”韩涌潮听了听，不停地点头。

魏竹庵总感觉身后似乎有东西在跳跃，稍一扭脸，当即发现一条蛇正悄悄扑来，大概只有一米左右，但比墨汁还要黑，赶紧拉着儿子躲闪。谁知那条蛇竟弹跳着蹦到韩涌潮身上，刹那间又蹦起来逃走了。韩涌潮嗷嚎喊了一声，倒在地上，像蛇一样匍匐起来。魏竹庵一时慌了神。

韩寻异背起儿子，拔腿就跑，以最快速度直奔家门。魏竹庵在后面跟着。回到家里，韩寻异把儿子放到了炕上。韩涌潮反复打滚，还频频吐舌头。魏竹庵赶紧从窗台上拿了一根针。韩寻异摁住儿子，扯开他的上衣，只见他的腰间发了黑，皮下鼓鼓囊囊。魏竹庵挥针去扎，在儿子的腰间刺了一片红点。

韩涌潮终于不再打滚，睡了过去，接连三天，迟迟未醒。韩寻异和魏竹庵一直守在跟前，动辄就要给儿子灌点解毒的药，哪里还有心思下地干活。迄至第四天，韩涌潮的眼皮动了几下，但他还是没有醒来，而是进入了梦境，竟发现自己正站在院子里抬头仰望。

天色昏暗，乌云密卷，突然间，一串炸雷犹如炮仗从天上骤落到跟前，韩涌潮急忙蹦跳着躲闪。眨眼间，又有一串从天而降，直奔向他头顶，真是逃无所逃，躲无所躲。即使韩涌潮钻到了屋里，仍有炸雷透过房顶炸向他，以至于房顶打晃。

他念叨了起来："怎么回事？我无非是往装饭的罐子里放了几回屁，难道老天爷不肯放过我吗？"天何言哉，只是投放响雷。韩涌潮想了想，扭头扑进了饭棚里，跪到了墙上灶王爷的画像前，边磕头边念叨："救救我！救救我！各家福祸，灶王爷可不能不管，上天言好事，下界降吉祥。"

画中的灶王爷果然开了口："求我不如求你娘！你把你娘背在背上，你在下面，你娘在上面。老天爷若是还想炸你，难免就会把雷投到你娘的身上，但老天爷怎会炸你娘。不炸你娘，就无法再炸到你。"韩涌潮起身就去找魏竹庵，怎奈眼下母亲不在家里，仍有炸雷落下来，真真让人着急，难道今天非死不可？

转来转去，恨不能地上立即裂条缝，以便于钻进去躲起来。可巧魏竹庵回来了，背着一捆柴。韩涌潮扑到跟前，已经来不及接过那捆拆，直接把母亲背了起来。魏竹庵反倒吓了大跳。韩涌潮慌慌张张喊道：“娘啊娘，我日后一定好好孝敬你。”片刻工夫，天上放晴，落到跟前的终于不再是炸雷，而是一束阳光。梦到此处，韩涌潮睁开眼睛，看到了母亲，微微笑了。

第十二章

穿行在人群中的苦难

经过大半年的努力，那年的收成非常好，除了交纳地租，还有不少结余。眼瞅到了年关，各家各户都在准备年货，韩家亦不例外。有天晚上，韩寻异吃完饭，交代一句："我出去打听打听有没有人家要杀猪，看看能不能用粮食换点猪肉来。"说完此话，就出了屋门院门。

隔了一会儿，韩涌潮走到院子里，拿扫帚打扫卫生，挪步走动时总觉得有人在磨盘周围躲闪，扔下扫帚进了屋，跟母亲悄悄说一声："磨盘周围好像有人。"魏竹庵一听，悄悄走到了院子里，但没有直接冲过去抓人，而是躲到磨盘跟前，借着屋内油灯射来的一丝光亮迅速晃动几下脑袋，发现躲在磨盘另一侧的竟是邻村的老朱。

魏竹庵琢磨了起来："他什么时候偷偷潜入到我家？想当年，他爷爷去世，我曾去他家帮忙办理丧事。自那以后，并无往来。他现在想要干什么？难道是要等着我们全家人都出门之后再行窃？看破不宜说破，以免贼人急了可能会行凶。"

韩涌潮站在屋门口，喊了一声："娘，院子里是不是藏有飞贼?”声音足够大，老朱同样能听到，怎会不知自己已经被发现，但又不好马上就逃跑。一旦逃跑，难保韩家人不会紧追到底。一跑一追，再伴有喊声，在十里八村可就臭了名声。老朱待在原地，急得跟什么似的。

魏竹庵稍作思考，立即回应了一声：“院子里哪有飞贼！分明是你大舅，一家一户要得财。”说完此话，站起身来，走到韩涌潮的跟前，叮嘱了一句：“不要再喊!”边说边拉着儿子直奔院外，走到院门口时，从门后拿起了一根棍子，扔到了磨盘附近。

来到街上，韩涌潮不免要问：“我们为什么不去抓贼?”魏竹庵回答：“一旦抓贼，说不准就会把事情闹大，容易结仇。冤家宜解不宜结，莫不如让贼人自行离去。更何况，我已经往磨盘附近扔过去了一根棍子，其实就是告诉贼人，我们完全可以用那根棍子打他一顿，可我们不仅没有打他，反而还要放他一马，但愿他能明白我的良苦用心。”

韩涌潮听了听，不得不佩服母亲竟能想出如此精妙的策略。母子二人在街上溜达了一圈，就要回家。韩涌潮又说：“不知道贼人是不是已经走了。”魏竹庵回答：“那人又不傻，怎会不知我们是故意让他赶快离去，他怎能赖着不走。”母子二人回到家里，何须再去磨盘周围探查，直接进了屋。韩寻异后脚赶了回来。一家人当夜再无话。

第二天早晨，魏竹庵一心想着，庄户人家过年，怎能少得了豆腐，就端着一簸箕豆子直奔磨盘，发现磨盘跟前竟有一坨大便，琢磨了起来：“想来应该是昨晚老朱刻意留下的。他的用意无非是要告诉我，我昨晚若是用棍子打他，肯定会把他的屎尿打出来，而他还没有理由还手。我既然不曾打他，他的心里终究有愧。留下一坨大便，其实就是要表明他象征性地受了一顿毒打。”

魏竹庵赶紧拿来了一把铁锹，把大便铲到了茅厕里。刚要转身往回走，突然间，竟有半袋子粮食从院外飞到了院内，落到了跟前。抬脚就要奔向院外，刹那间，又觉得不妥，当即停住了脚步。既然那人不想进院，何必非要追至院外，想来那人应是老朱。

魏竹庵走到袋子跟前打开看了看，只见里面糠多米少，细细揣摩：“老朱此举，无非具有三层寓意。一来赔罪，二来不想让我把他的行径告诉别人，以送粮的方式提前表示感谢，三来是要告诉我，他家里实在是揭不开锅了，方才想到我家行窃，即使赔罪和表示感谢，都只能拿出半袋子糠米。”魏竹庵想得明白，进屋跟韩寻异说了一声：“你赶紧去邻村悄悄打探打探老朱家近来发生了什么事。”韩寻异即刻前往。

魏竹庵继续前去磨豆子。中午时分，韩寻异就回来了。因邻村只有一户姓朱的，若要打听他家的各种事情，并不难。朱家老太太刚刚去世不久，老朱卖了粮食，好不容易办完了丧事，眼下正吃紧，甚至想要带着女儿艺红出门要饭去。

魏竹庵埋头琢磨：“如果不是活不下去了，老朱怎会行窃，想来他原本并不坏。他家有女，我家有儿，在他家吃紧的时候，若能通过结亲的方式帮一把，待到他女儿嫁到我家以后，自然会更加实心实意地跟我儿过日子。”想到此处，魏竹庵喜上眉梢，把自己的想法告诉了丈夫。韩寻异怎能不同意。

魏竹庵又琢磨了一番，拿着那半袋子糠米，赶紧去找村里的牵线人。媒婆去了朱家，只说撮合姻缘的话。老朱怎能不认识那半袋子糠米，思来想去：“韩家人无非是要告诉我，我们两家本来就是一家，何须送米赔罪。原封不动送回，实际上就是想要把此前的非友好交往一笔勾销，日后不会再提。韩家的善意，怎能不接受。”

既然结了亲，到了年根，韩寻异推着农用独轮车给老朱送去了一块猪肉、几块豆腐，还有一袋子玉米面和麦面。老朱感动得直落泪，甚至跟亲家商定好了儿女的婚期。朱艺红完全服从父亲的安排，韩涌潮起先则不是那么情愿，一再扬言自己不想结婚。

魏竹庵劝了一番，不孝有三，无后为大，并不是教条，而是蕴含着人生处世的深刻道理。其一，由父辈到子辈，血缘关系已经在纵向轴上获得了传承。子辈若是不想结婚，哪里还会再有孙辈，血缘传承的纵向轴就会断裂，还如何能守得住一家人的血脉来源和联系。其二，前人是否曾存在，端赖后人的记忆。如果没有后人，谁还曾记得前人的存在。其三，若是没有孙辈，子辈年纪大了，终究没有依靠，父辈又总不能一直在世陪着，恐怕到死都会担忧子辈。子辈一旦让父辈死不瞑目，那可真是最大的不孝。

只见韩涌潮的面目表情仍显僵硬，魏竹庵继续劝言，父辈并不是因为冥顽不化，方才执意要求子辈传宗接代。

想必你是知道的，在咱们乡下，有的村明明叫马家庄，但村里并没有姓马的，有的村明明叫牛家庄，但村里根本没有姓牛的。类似情形，固然不能说比较普遍，但至少可以说并不少见。如今没有，不等于以前从来不曾有过。如今之所以没有，无非是原来姓马的全都死于战乱，要么就是在传宗接代上出了问题。后来的人之所以知道村里原有姓马的，只能借助于墓碑上的文字。正是原来的那些姓马的，当年在自家坟前立了墓碑，把先人名字刻在上面。说到底，一旦没了子孙，就只能由荒郊野外的那些墓碑，记录着姓马的曾在村里存在过，说起来，要多么凄凉就多么凄凉。更让人觉得凄凉的还在于，即使当年立了碑的，若是没有子孙，自然就没了前去上坟的人。至于当年那些没有立碑的，还会有谁知道，他们同样曾在村里以饱满的热情描绘过自己的生命蓝图。虽说黄土埋骨，但黄土所埋下的何止尸骨，甚至埋下了与那人相关的一切，包括当年的开怀畅饮与痛苦饮鸩、一日三餐与终生志向、各种幸与不幸。

韩涌潮听了听，怎能不动容，吱吱呜呜说道："我不想结婚的原因，其实是担心自己日后没有足够的能力守好家，说不准还要典妻，弄得妻离子散。"魏竹庵又说："各人有各人的命，你的怎会跟你爹的一样。既然你已经开始担心自己的未来，那就说明你有足够的忧患意识。只要你自始至终高度警惕，怎会重蹈你爹的覆辙。"韩涌潮仔细想了想，觉得母亲所言完全在理，便不再拒绝结婚。

到了日子，就要把朱艺红迎娶进门。见儿子和儿媳妇每日里出双入对，韩寻异和魏竹庵怎能不喜欢，真真盼望着尽快抱上孙子，有时还会咂着嘴念叨。有一天，韩寻异竟火急火燎去了邻村的陈家，张嘴就说："今天特意赶来，是想替我儿子给我孙子结亲。"老陈笑着问道："你儿子不是刚刚结婚不久吗？紧接着就要给你孙子结亲，是不是太着急了？"

韩寻异一本正经说道："如果可以，我想让你的孙女去我家做望郎媳。插朵花儿望郎来！既然我已经把孙子媳妇招进家门，我的儿媳妇日后更有可能会生下男孩。"老陈只是在笑。韩寻异又说道："望郎媳并不等于童养媳！让你的孙女去我家，我肯定会好好待她，绝不让她干活。再者说，她才三岁，即使想要让她干活，她能干什么。只要咱们两家结了亲，让她经常以孙子媳妇的名义去我家转转玩玩就行。按照常规的结亲程序，逢年过节，我肯定会替我的孙子前来给你送节礼。"

老陈问道："如果你的儿媳妇日后生下女孩，那可怎么办？"韩寻异答道："按照我们乡下的老规矩，那就让我的孙女跟你的孙女结拜成姐妹。"老陈又说："你跑来要跟我家结亲，看样子早就琢磨清各种事情。如果你逢年过节非要往我家送节礼，我可不拦着。"韩寻异以异常自信的语气强调："放心吧，我的儿媳妇日后生下的肯定会是男孩！"果不其然，自那以后，老陈时常打发孙女去韩家转转玩玩。

居家度日，积年累月，朱艺红竟迟迟未孕，不折不扣，愁坏了韩寻异，急坏了魏竹庵。韩寻异耐心整理了一番心绪，旧年曾闻听，天地之间最初缘何有了万物，是因为天上往地上下雨，土地就会像母腹那样孕育生命。天上的太阳把阳光洒向地面，如同男性在爱抚自己的妻子和子女。万物最终都要归入大地，则恰似母亲吞服食物，储备营养，以便继续孕育和吐露生命。大地有吞有吐，表明母亲自身极富生命力。正所谓，天地之大德曰生。天为父，地为母。父者养人命，母者养人形。芸芸众生尽为子，无不受命于父，见养食于母。泉者，地之血；石者，地之骨；良土，地之肉。如同果木，若要让其结果，必先养其根系。根系何在？在土里！土里所埋为何物，是祖先！丘山上的祖坟虽多，倒又没有必要全都迁走。莫不如就把我爷爷和我父亲的迁走，重新安顿养护。

韩寻异把自己的想法告诉妻子，在魏竹庵的催促下，特意前往肖官屯请来窦先生。十里八村，谁人不知他喜欢吃豆油拌豆腐。魏竹庵便做好准备。窦先生吃了饭，喝了酒，要去丘山。韩寻异提醒道："丘山未必是首选，只要能找到好地方，不在乎远近。"窦先生想得倒是周到，极力反驳："昆仑山倒是万山之祖、龙脉之源，但距离齐都太过遥远。若不能像旧时皇家一样，居一隅，辐射全舆，怎能借力，因而只能集中精力就近探穴，还方便日后上坟。"两人出入林间丛中，转来转去。

韩寻异无论怎么观望，都看不出何处藏有玄机，窦先生探穴恰恰未必只是靠眼睛，还时常侧着耳朵听。韩寻异没有问过他到底听到了什么。窦先生在一块不方不圆的洼地里站住了脚。韩寻异看了看，只见地上除了石头就是杂草，又模仿窦先生的举动，支着耳朵听了听，只能听到鸟叫，还有丝丝风声。窦先生跺了跺脚转身就走。韩寻异跟在后面回了村。

晚饭时间，窦先生只顾着吃豆腐，一言不发，吃饱了就睡在韩家的侧房里。韩寻异看了魏竹庵一眼，只说了一句：“明天再去。”第二天早晨，两人再次上山，走走停停，向四下里看看。走着走着，韩寻异发现似是在重复昨天的路线，简直就像是在故地重游，于心底琢磨，窦先生许是有自己的用意，悄悄跟着即可。两人果然又来到那块洼地上，停留片刻便转身往回返。

第三天，依旧如故，窦先生晚上没有再在韩家留宿。临走前，问韩寻异：“上山的时候，你有没有听到有人在那块洼地里唱戏?”见韩寻异摇了摇头，窦先生又说：“戏台上可真是热闹，隔着老远都能听得到。”韩四海不免要问：“哪有人在唱戏？我们不是已经去看过了吗？戏台在哪里?”窦先生捻须答道：“你回头再仔细揣摩揣摩，脑海中是不是一直飘荡着一阵阵的锣鼓声，还有咿咿呀呀的唱戏声。”

韩寻异觉得有点发懵，认真说道：“那块洼地离着我们家祖坟的原来位置并不远，当真确定是一块适合养根的好地方?”窦先生说道：“依循民俗，不怕青龙高万丈，就怕白虎抬头望！一定要让坟地四周呈现出左青龙右白虎的气象，还要让坟前墓碑正面冲水，方才是养根之道。你好好想想，若论峻秀程度，丘山是不是好于皇蹲山？三条巨大的附设山岭连成一脉，左边的高于右边的，中间的最高。那块洼地正好在中间那条岭的脚下，面前还有一片积水。在那里打矿，足可算是，后有靠，前有照，照中有泡，两边来抱。更重要的是，人世间的血脉传承最似芝麻生长。先人们难道只会等人死了再临时找地方埋葬？若是果真如此，坟墓只可唤作盲坟，断然不同于祖祖辈辈选定的祖坟，越是集中葬人，就越是扎下了根。只要在特定的地点或者临近不远处葬人，即可等着地面以上的茎叶节节蹿冒。”

韩寻异还有疑惑要问，怎奈窦先生却走远了，回头跟妻子念叨了起来：“接连三天，那块洼地都像是一日闲游的终点站，当真适合养根？”魏竹庵说道：“我们好心好意伺候窦先生，他没有理由骗我们。细细揣摩，接连三天，敲定了同一块地方，说明窦先生是谨慎的。况且他言之凿凿，颇有道理，完全不像是故弄玄虚。十里八村从来不曾传出坏名声。”韩寻异念念叨叨：“为了子孙后代，当需谨慎再谨慎！”

既然只是迁坟，倒又不必再次打制大号棺材，只需把先人的尸骨从原本的坟里取出来，装入小号棺材再埋到新坟里。傍晚时分，韩寻异带着韩涌潮悄悄赶到祖坟原址，在齐人高的茅草丛中动工。先是用铁锹铲去坟头土，直到地面上露出一些石板，再把案石掀开，便能看到原本埋在里面的棺材。就在掀开案石的一刹那，坟里突然冒出一道紫金光。

韩涌潮吓一大跳，急忙往后退。韩寻异倒是极其镇静，说了几句：“坟里难免会暗藏着何种杂物，开坟时就会短暂燃烧。更何况，都是自家的亲人，害什么怕，难不成你的爷爷奶奶会害你?”韩涌潮拍了拍心口。

韩寻异跳进了坟坑，把手搭在棺材上使劲推了一把，借着儿子用马灯照来的光，发现棺材里居然有一只用来装蛐蛐玩耍的笼子，笼子里却空空。不免有些纳闷，想当年，给我父亲收拾棺材的时候，怎会往里面存放蛐蛐笼子！眼前的笼子是从哪里来的?难道是某种杂物在棺内生长，竟缠绕成了笼子状?

就在他疑惑不解时，笼子突然间从他的眼前消失了。他使劲晃了晃脑袋，随即趴到棺材上，小心翼翼翻开了里面的棉被和衣物，抓出了一些尸骨，直到把小号棺材填满，最后则把棺材盖推到了原来的位置。韩寻异又掀开了侧旁的坟穴案石，开棺时没有发现里面存有蛐蛐笼子，又抓出了一些母亲的尸骨，同样直到把另一具小号棺材填满。

虽说是迁坟，倒又没有必要把里面的所有东西全部取出来，恰似挪移植物那般，实无必要取出它的全部根系，只需取出其中的一部分即可。既然迁坟，倒又没有必要保留原来的坟头，只把原来的坟坑再掩埋好就行。

父子二人来至另一座坟前，都是同样的程序。就在韩涌潮掀开石板的那一刹那，坟里同样冒出了一道紫金光。在韩寻异推开棺材盖的时候，同样发现棺材里有一只蛐蛐笼子，而且那笼子同样于眨眼间消失了。韩寻异把自己爷爷的尸骨装进了一具小号棺材里，把自己奶奶的尸骨装进了另一具棺材里。

在祖坟旧址做完了工，父子二人分别抱着两具小号棺材，赶往新址，尽快安置妥当。新址上的两座坟较为简易，并没有修得极其宽敞，每座坟里只要各自能放得下两具小号棺材即可。甚至没有在新址堆出太大的坟头，只让新坟头稍稍凸起于地面。

接连数日，韩寻异天天盼着下雨，时常念叨："就像是挪移果木，挪移完了还需浇水。只要浇透了水，再由阳光一晒，挪移来的果木就会生根发芽。"回头去想，那些蛐蛐笼子恐怕不是好东西，就如同能笼住蛐蛐，让它们无法再在广阔的天地间撒欢，笼住我家的根系亦不是好事，好在已经消失。

隔了半月，天降大雨。韩寻异高兴得合不拢嘴，雨后便催促着韩涌潮赶紧要孩子，并且曾问："我跟你说过，你们夫妻要多运动，多吃青菜少吃肉，你们到底有没有按照我说的去做?"韩涌潮支应了一句："我俩都快变成兔子了，天天晚上都使劲活动。"韩寻异一听，嘿嘿一笑。

见父亲笑得那么灿烂，韩涌潮又言："俗话说，媳妇臀大，易生男娃。你知道为什么吗?"韩寻异摇了摇头。韩涌潮娓娓道来："我听街上闲人说过，男孩在母亲肚子里的时候，通常是向前长的，不像女孩似的，通常是往左右长的。越是往前长，就越是顶着母亲的肚皮，顶得就像是肚皮里揣着球似的，于是就会让母亲不方便走路。若要行走，势必需要让肚前肚后保持平衡。原本就是大屁股的母亲，自然更容易保持平衡。原本屁股小的母亲，恐怕就不容易保持平衡。反推回去就是，臀大的媳妇易生男娃。"韩寻异嘿嘿笑言："看来你媳妇一定会为我们生下男娃。"

韩涌潮同样嘿嘿一笑。

天长日久，在殷切期盼中苦苦等待，怎奈朱艺红依旧未孕。韩寻异断断接受不了，时常捂着脸哭诉："我能办到的事，我都办了。可让我以后怎么活着，如何向先人们交代。死了倒好，但又不能马上就死，只因我没脸去见列祖列宗，到头来，只能默默忍受生不如死的煎熬。"韩涌潮何尝不曾悄悄念叨，穿行在人群中的原本就是各家的苦难，怕只怕苦难早已扎下了根。

老朱曾赶到韩家劝言："切莫着急，总会有峰回路转的那一天。"韩寻异和韩涌潮只是各自点头，全不接话。老朱怎能不琢磨，俗话说，二月二，打老婆，看你养活不养活。怎么打，如何打，其实就是让小姑子爬到磨顶上打嫂子。好在韩涌潮没有妹妹，要不然我家闺女可就受苦了。

许久以来，韩家人似是早已性情大变。魏竹庵动不动就要翻查儿媳妇换下来的裤子，全然不曾见到裆上带血，免不了时常自问，裆上一直无血，按理说，应是怀孕了，却又始终看不到怀孕迹象，到底怎么回事？跟儿子嘀咕了起来："你老实告诉我，你媳妇每月到底会不会按时来月经？"

韩涌潮竟反问一句："什么是月经？"魏竹庵告之："就是女人每月都会有或多或少的鲜血从两腿之间流出来。若无月经，怎会怀孕。"韩涌潮直言："从未见过！"魏竹庵恍然大悟，念叨了一句："难道你媳妇是女人身子男人胎？"

韩涌潮突然想起了一段原本并不曾在意的往事，告诉母亲。就在他和朱艺红结婚的当天，二人牵驴骑驴朝家里赶回来。尤其是那些红妆红绸，一旦出现在扬尘古道上，简直就像是一股血液在血管里流淌，真真切切昭示出，半黄半灰的山川之间蕴藏着孜孜不息的生命力。迎亲人员敲锣打鼓，吹着唢呐，引来了众人围观。潘笑尘挤站在人群中，望着新娘看了又看，竟然说了一句："只怕她要吃一辈子干净饭！"此言恰恰传到了新娘的耳朵里，朱艺红感觉不像好话，直接回顶了一句："胡说八道！信口开河！"新郎同样早已听见，但没有说话，只是呵呵笑了。

魏竹庵听完了往事，就要去找潘笑尘，见了面，直截了当说明来意："难怪大家都说你的医术比当年你爹的还要高超，简直就是神医！我儿结婚那天，你只是看了几眼我家儿媳妇，就发现她身体异样，想必你能帮忙救治。"潘笑尘呵呵笑道："不妨一试，但不敢确保疗效！"无需多长时间，便开出了药方。

魏竹庵想了想，又虚心问道："我家儿媳妇的娘家就在邻村，难道你以前没见过她？为什么等她结婚的时候，你才说她的身上有问题？为什么不提前告诉我家或者朱家？"潘笑尘答道："男男女女的许多事，唯有到了结婚当天，才会显露出来。结婚时，谁不需要在天地间穿梭一遭，身上有何问题，全看苍天是否开示。"魏竹庵道了谢，拿着药方回了家，让儿子以最快速度去镇上抓药。

韩涌潮跑了一趟，回来又要煎药，最终把一碗汤汁递到了妻子的嘴前。朱艺红却不想喝，大声说道："我没有病，平日里吃得下，睡得着，身体好得很，不疼不痒，洗衣做饭，无所不能，为什么要喝药？"见韩涌潮始终端着碗，定死不动，朱艺红想了想，干脆接了过去，但倒手摔在了地上。

几次三番，僵持不下。韩涌潮挽了挽袖子，想要上手开打，好在被魏竹庵拦住了。朱艺红嚷道："自从嫁到你们家，我忙里忙外，家里田里，没少出力，难道你们盼着我早死吗?"韩寻异闻声赶来，看了看眼前的阵仗，直接跪到了儿媳妇的面前，仰着头一通哭诉："跪在你面前的并非只是我，还有我们韩家的列祖列宗。说起来，谁都不愿意喝那些苦药汤。若是还有其他办法，我们又怎么忍心让你喝。"朱艺红想了想，终于和软了下来。韩涌潮又去端来了一碗药。直到看着儿媳妇喝下，韩寻异才站了起来。

别看只是接连喝了三天，朱艺红就发觉自己的身上似有变化，总能感觉到有股热力在体内流窜，明明想要泄于体外，但又像是一时找不到出口，肚子便鼓来鼓去且胀来胀去，悄悄告之丈夫和婆婆。魏竹庵听了极高兴，一再言说："快快鼓出来吧，女人的身上哪有那么多外泄口，只要有了第一次，就会有第二次，迟早会被治愈。"接下来几天，时常问儿媳妇："裤裆里有没有血?"半月有余，竟迟迟不见预期效果。

魏竹庵再次赶往潘家问询。潘笑尘只是劝告："不妨最后再喝三天，若是依然不见效，就不要再喝。"魏竹庵哪里肯罢休，一心想让药物赶紧打通儿媳妇的身体，早已顾不上潘笑尘的劝告。时间长了，朱艺红心生厌烦，不想再喝。

有天晚上，时至深夜，她突然感觉到身体不适，躺在炕上打起了滚，虽不曾喊疼，倒是一直在喊身上胀得难受。韩涌潮赶紧起身，点燃油灯。灯光一亮，赫然发现朱艺红的鼻孔里正在往外流血，势头越来越猛。她捏住了鼻子，怎奈鲜血穿堂过洞又从嘴里流了出来，断不是用手就能捂住的。松开鼻子，倒是可以止住鲜血在嗓子眼里直冒，却又止不住通过鼻孔外泄出来。

转眼间，炕上满是血迹。韩涌潮心生恐惧，推开西屋房门，急速奔向北屋门前，重重拍门板叫醒父母。魏竹庵起身直奔西屋。韩寻异不方便进去，就在门外等着。韩涌潮按照母亲的吩咐，取来一瓢面粉，抓了一把塞到妻子嘴里，又抓了一把堵在她的鼻前。

朱艺红原本一直在挣扎，但因失血过多不再大幅度周转双手，最终直挺挺躺在了炕沿上。魏竹庵见自救无效，就跑出西屋，让韩寻异以最快速度去请潘笑尘。韩涌潮又按照母亲的吩咐取来了棉花，把棉团塞到朱艺红的鼻孔里，折腾了好一阵子。眼瞅着东方泛白，潘笑尘赶了过来，只见西屋里像是被血洗了一番，扑到朱艺红的跟前，发现她早已没了气息，摇了摇头就离开了。

韩家失落不堪，痛苦难言，只能给朱艺红办丧事。朱家并未表达任何意见。韩寻异何尝不曾琢磨，祖坟新址恐怕未必尽善，就让韩涌潮把朱艺红葬在旧址老林里，并且不宜埋在中央位置，而是应当埋在边缘上。如何埋葬，自有讲究。

妻子一旦先于丈夫亡故，不可避免会先入坟，民间传言，于家于坟唯恐不利。追索原因，妻子二字又名老婆。

老婆的婆，在读音上接近破坏的破。若要化解，当需按照民俗，葬妻时要由丈夫先行跳入坟坑躺上片刻。取其寓意，首先入了坟的并非老婆，而是丈夫。

按照旧俗，一对夫妻迟早都要同躺一墓。既然妻子已被埋在边缘位置，日后丈夫便同样如此，无法靠近中央的列祖列宗，甚至可以算是此前未曾好好善待妻子以致亡故的间接惩罚。

第十三章

被抛弃的痴心人

送走了朱艺红，接下来又该怎么办？心里还有痛，韩家当真不想再提婚育事务。让人颇感难耐的恰是，越发不想提，就越会提起。韩寻异曾跟妻子念叨：“如果不想让我们家恓恓惶惶，眼下有三条路可走。其一，由我俩做主，再给儿子操持一回婚事，但我们很难弄清谁家的闺女到底能不能生孩子。总不能一见面就直接问人家，只怕又是到了婚后才能表现出来。如果再把不能生育的女人迎娶进门，那可真是白白耽搁工夫。其二，我们想方设法聚集财富，只要家里能有万担余粮或者盆满钵满的金银，就可以给儿子广为纳妾。迎娶一人进门，固然难以保证一定就能完成生育任务，如果迎娶十人进门，总不能全部都是女人身子男人胎吧。只要其中一两人能生下子女就行。关键问题是，我们如何才能赚到足够的金银。若是依然像现在一样，单靠种田，肯定不行。其三，让儿子自己想办法，且不管是偷，还是骗，哪怕去抢，只要能延续香火，就算是大功告成。”

魏竹庵倒是劝言：“切不可乱来！凡事都要合道合义，

岂能乱了章法!”围炉坐在旁边的韩涌潮，怎能听不到父母所言，但始终没吭声。魏竹庵哀叹道：“儿子似是不同于往常了，最近几天总是发呆。”

韩寻异冲着儿子大声说道：“你自己可要上进才行!”魏竹庵又哀叹道：“明明是急不得的事，偏偏又不能不着急。的确有三条路，但每一条都不是那么好走的。其间的难处，并不在于迈步时会不会碰上绊脚石，而是怎么迈出第一步，简直欲哭无泪。”

韩寻异揉了揉眼睛，几次三番，欲言又止，哽咽片刻又念叨起来：“想当年，哪里曾刻意谋划，孩子们就一双一双排着队赶来。现如今，我们谋天谋地谋人，却谋不到孩子。难道是因为我当年做错了什么事，走错了路，老天爷把惩罚放到儿子身上？反正我跟儿子处在同一条血脉上，无论惩罚谁，其实都是在惩罚我们家的血脉。”

魏竹庵哀叹道：“我们既是父母的孩子，还是苍天的孩子。苍天要惩罚我们，就如同父母教育子女。无论轻重，免不了会有缘由。只是孩子未必尽知，而苍天恰恰又是我们的哑巴父母。凡事都需要我们反思。”

韩寻异又说：“难道我们韩家人多多产子的福分只是落在了我身上？难道老天爷早已在冥冥之中做好安排？细细想来，福分，福分，有福则有分。只怕是父辈的福分太盛，子辈就会缺少福分。天地间的万事万物无不有所遵奉，一曰道，二曰理，无非都是有意无意谋求平衡。”此后再无话，那一夜着实漫长。

次日早晨，村外竟响起枪炮声。家家户户一时紧闭院门，且不敢外出。有位母亲正领着仨孩子在山沟沟里躲闪，虽是忍饥挨饿，好在不曾被枪炮伤及，以最快速度直奔街巷。韩寻异念念叨叨："不妨到街上看看，是不是要跑到山上避难。"前脚刚刚走出院门，后脚就遇见那母女四人。

母亲走到跟前，满眼泪花，张嘴祈求："你家有没有吃剩的饭，能不能给我们一口，可怜我的孩子快要饿死了。"韩寻异立即转身，回院回屋，拿来了一些发面饼，递了过去。那位母亲哭着又说："我叫谢承谊，仨孩子唤作孟一梦、孟二梦和孟三梦，月朗镇集吉园村人士。你可要记住，如果哪一天有事需要找人帮忙，那就去找我们。孟家必会报恩。"韩寻异说道："举手之劳，不必客气。"话音落地，转身回了家。

望着仨孩子大口大口吃饼，谢承谊擦了擦眼泪，露出满脸笑容，随即琢磨："战火又起，能去哪里？莫不如先在附近找地方住下来，日后再去看看谁家需要用人。"张望四周，只见村庄边缘有两面墙挺立在大地上，上方有几根房檩支撑着，许是一间早已被弃置的老房子，夹角处似可存身，母亲便领着孩子朝那里走去。

当大家走到墙根时，发现地上竟有一团东西，状如棉花，只是红通通的。谢承谊寻思着念叨："难道是一块红豆腐？"仨孩子一听，立即兴奋了起来，吵着留待明天吃掉。路旁正好有一块瓦当，中间位置向下凹陷，似是从土盆上掉下来的。母亲恰巧又在墙根捡了一盒火柴，就把瓦当放到了两块石头上，把那块红豆腐放到了瓦当上，就地抓了一把树叶塞在两块石头中间。眼下还需归置树枝树叶，总算弄出了可以算是窝的容身之地。

第二天早晨，天刚蒙蒙亮，孩子们早已等不及。谢承谊索性擦着火柴点燃了树叶。仨孩子巴巴等着母亲赶紧把红豆腐烤熟，纷纷流着哈喇子，直眉瞪眼盯着看，没承想那块瓦当经火苗一烤，竟炸了。只听见嘭的一声，红豆腐就被炸得四分五裂。没等母亲说什么，仨孩子顿时蹲在地上捡拾碎块，塞进各自嘴里。

肚子里有了东西，仨孩子便老老实实围坐在母亲身边。万万没想到，过了一会儿，纷纷捂着肚子喊疼。谢承谊开始自责："那块血豆腐恐怕不是好东西，难道是马血？难道是人血？难道是某种蘑菇？只顾着满足孩子们的愿望，竟没来得及我先尝尝。等我尝了没事之后，方能让孩子们吃，眼下可怎么办。都怨我！都怨我！"见孩子们躺在地上打起滚来，母亲决定去韩家求救，站在院门口向院里喊。

韩寻异听了一番哭诉，送了一盆热水。谢承谊端着往回走，让孩子们赶紧喝水。挨过了一天，仨孩子虽不再喊肚子疼，但肚子里依然不舒服。谢承谊只好再次去韩家乞讨，幸亏韩寻异又给了一些发面饼。半月有余，孩子们仍难以起身行走。

谢承谊思考良久，跑到了韩家，特意跟韩寻异说道："我们母女不是你家的人，倒是一直在吃你家的饭，算来算去不合算，莫不如就让我的闺女留在你家做童养媳吧。"魏竹庵在屋里早已听见，走出来说道："你们母女四人落了难，我家怎能乘人之危。”谢承谊扑通跪下，呜呜哭诉：“有恩难报，我可怎么做人。”魏竹庵只是说：“不必报！不必报！我帮你一把，你帮我一把，原是应该！”谢承谊起身就走了。

韩寻异跟妻子合计了一番：“那母女四人既已落难，按理说，你我应该全力帮忙。关键问题是，如果接到家里，都还年轻，男男女女出入不便。况且我们恐怕担负不起四人的衣食住行，莫不如留下一女，暂且养在家里。等她再大大，如果同意嫁给我们儿子，那就再论婚嫁。更重要的是，留下一女，既能减轻谢承谊的负担，还能成全她一心想要报恩。”魏竹庵一听，此法可行。

韩寻异想了想，找出一条布袋，装满地瓜干，叫上韩涌潮，前去见那母女四人。谢承谊满脸笑容。韩寻异交代了一番来由。谢承谊立即转身冲着女儿们说道：“大家赶紧起身，并排站好，且让韩家儿子挑选挑选。韩家人行善，帮我们脱困。被挑走的日后能吃上饭，被挑剩的至少还有地瓜干可以吃。”仨孩子果然起身并排站好了。

韩涌潮仔细打量，挑中孟一梦带回了家。谢承谊长舒了一口气，扭头又想：“既然大妮儿去了韩家，固然妥帖，我如果再带着二妮儿和三妮儿去其他地方，难免又会念想大妮儿，莫不如暂且在此栖身。地瓜干，省着吃，说不准就能等来转机，好在战火似是熄灭了。”

每到吃饭时间，谢承谊总会跟二妮儿和三妮儿念叨一遍：“大妮儿在韩家想必能吃饱。”接下来的一段时间，反倒越发犯了难。因为眼前的俩孩子一直在喊肚子疼。半月后的某天傍晚，竟同时蹬腿没了气息。谢承谊边哭边自责："都怨我，不该让孩子们吃什么红豆腐！"前往韩家探问，尽管孟一梦同样时常觉得腹部不适，好在没有大发作。许是因为当时吃得少，想把更多吃食留给俩妹妹，又得益于到了韩家吃了饱饭，身上能抵抗过去。

谢承谊自责了好一阵子，心里不免生出了病根。有天晚上，她原本一直躺在地上的草里，到了下半夜，突然坐起来自言自语："是你吗？我的死鬼男人！是你来叫我吗？你的手里拿着什么？难道你想要用麻袋把我装进去？你在麻袋里放了什么物件？怎么那么像是貔狐子灯。貔狐怎么一直张着大嘴？嘴里怎么一直点着一盏油灯？"

转过天来，魏竹庵一大早赶来探望，见事不好，哪里还能再顾男男女女出入不便，接入家中，请来潘笑尘救治。谁知谢承谊自言自语了几天几夜，说的始终都是那些言辞，直到当月十五的傍晚，咽下了最后一口气。韩寻异和魏竹庵颇感不安。按照孟一梦的意愿，把谢承谊埋在了孟二梦和孟三梦的坟的侧旁。

孟一梦颇懂事，自知不能在韩家白吃白住，便任劳任怨，起早贪黑，推磨碾粮。韩涌潮似是对她颇有好感，但又总是想方设法捉弄她。许久后的一天，把窝头放在磨盘上，只让她看着，却不让她赶紧吃上一顿，口口声声说道："你要是敢碰一下，我可就不客气了。"孟一梦怎会发作，毕竟是寄人篱下，只当眼前没有发生任何事。

韩寻异看见后，喊了起来："你把窝头放在磨盘上，那窝头自己就能让磨盘转起来吗？"韩涌潮不再说话。孟一梦只顾埋头干活，等其他人都去屋里吃饭，方才把窝头以最快速度塞进嘴里赶紧吃完。魏竹庵倒是劝丈夫："涌潮和一梦恰似一对兄妹，每日玩耍嬉闹，是在培养感情，你我不必事事插嘴。涌潮若是看不上一梦，又怎会主动挑事儿。"韩寻异连连答是。

到了晚上，孟一梦本可以住在侧房里，但她总喜欢住牛棚，许是因为自己不想欠下韩家太多。坐在草堆里，望着夜空上的旧年冷月，抬手捋着头发，怎奈头上奇痒无比，便把头发拽到胸前。因眼前无灯，若想捉一捉虱子，实无可能，于是就把头发塞到了嘴里，用牙使劲咬去。只听见头发上传来吱吱巴巴的声响，想必上面的虱子都被咬破了肚皮。片刻后，进入了梦乡，因身上积攒着太多劳累，以至于一旦睡着，势必等到第二天早晨才能醒过来，自是不会感知到接下来发生的事情。

正在堂屋睡觉的韩寻异和魏竹庵，突然同时被屋外声音吵醒。韩寻异从炕上坐起来，仔细听了听外面，感叹了一句："一梦可真是一把干活的好手，大晚上都要起来推磨。"魏竹庵则说："快别让她干了，她暂时还不算咱们家的人，更不是来咱们家打长工的。"

韩寻异披上外套，下炕走到屋门口，刚要开门，借着皎洁的月光，却发现外面的情况似乎不大对劲。透过门缝仔细看去，并没有发现有人在推磨，而是磨盘自己在那里转动。月色撩人，天地间尽显蓝洼洼的景象，院内的房屋和树木似乎都披着一层蓝色外衣，磨盘周围同样如此。

韩寻异起先以为自己看花了眼，便使劲揉了揉眼睛，再次看去，依然没有看到磨盘周围有人，心下大惊，唤了一声妻子。魏竹庵马上披上外套，走到了屋门后面，隔着门缝向外看去。紧接着，二人对视一眼，皆屏住了呼吸。磨盘在那里转起来没完没了，不停地发出些哧啦哧啦的声响，磨盘底下似有豆子。

魏竹庵轻声问道：“一梦现在在哪里？她会不会遇上危险？”韩寻异轻声答道：“她恐怕早就在牛棚里睡着了。”魏竹庵又言：“到底是什么东西在推磨？难道是一股气流？关键是，磨盘那么重，任凭气流多大，都不可能推动。”韩寻异则说：“有可能是磨盘坏了！”

转眼工夫，只听见磨盘周围传来了一些对话声。似有人说：“吃了吧，吃了就好，把一对男女抓走。”韩寻异和魏竹庵又对视了一眼，赶紧蹲在了地上。漫漫长夜，一直缩在那里，再不敢挪窝。直到外面传来了一声鸡叫，韩寻异才走出了屋门。

孟一梦睁开眼就要干活，恰巧端着满满一簸箕豆子走到了磨盘跟前。韩寻异问道：“你昨天晚上有没有听到有人推磨？”孟一梦摇了摇头。韩寻异又问：“你昨晚是不是大半夜起来推磨了？”孟一梦还是摇头。

韩寻异越想越害怕，整整一天，寸步不离跟着韩涌潮。魏竹庵追着丈夫讨要主意，怎奈韩寻异迟迟说不出什么。只是说：“今天晚上再看看，若是再次出现异事，我们再作打算。”短短一天时间，转瞬即逝。孟一梦从早忙到晚，早已筋疲力尽，稍微坐了坐，就进入了深度睡眠。月亮照旧把蓝色的光芒洒向人间。今晚如同昨晚，韩寻异和魏竹庵整夜未眠，悄悄嘀咕着商量对策。

第二天早晨，刚刚听见鸡叫，魏竹庵就叫上韩涌潮去了丘山，简简单单搭起了窝棚，暂且躲避。韩寻异请来十名壮劳力，让他们把上下两扇磨盘分别抬到了两辆农用独轮车上，每辆必是前有两人拉着纤绳，后有一人驾着车，另有两人分列左右帮忙扶着车把，运出了家门，一直运到了丘山半腰，想把石磨安置在朝阳的山坡上。韩寻异喘着粗气说道："丘山之名，可是借自孔子。子不语，怪力乱神。就让起因不明的现象在丘山上展示给孔圣人看吧。"

孟一梦睁眼醒来，发现院子里的石磨不见了，而且早已看不到韩家人，自言自语起来："难道外面又起战火？韩家人出门去逃荒了？哪有带着石磨去逃荒的？我是不是同样要赶紧逃命？在我的记忆中，我一直走在逃荒的路上，似乎从来不曾停下过。"

直到中午时分，韩寻异才回到了家中。孟一梦一直呆呆地坐在院子里，手里摆弄着专门用来在磨盘上翻扫粮食的笤帚。韩寻异一进门就说："日后你就到丘山上去磨面吧。"孟一梦不敢多问，只是应答了一声。半月有余，每天都端着簸箕等物来来回回，匆匆忙忙，从来不在路上耽搁工夫。有一天，拐过路口，正要继续向前走，却被同龄的孩子叫住了。那些孩子七嘴八舌问她："你当真什么都没听见，什么都没看见？"孟一梦当即被问懵了。

那些孩子便把韩家发生的怪事告诉了她。韩寻异请人帮忙搬运石磨时，想必会把搬运原因告诉那些人，于是韩家曾发生怪事早已不是秘密，只是孟一梦此前并不知道而已。她一听，就觉得受了委屈，拔腿直奔韩家，一进院就看见韩寻异正拉着韩涌潮，魏竹庵在跟前嬉嬉笑笑，一家三口真是幸福至极。

孟一梦几次三番欲言又止，直到忍不住才张嘴说道："你们只顾儿子的死活，却完全不顾我，可我明明离着石磨最近，比你们的儿子更危险。"魏竹庵立即解释道："告诉你去丘山上推磨，难道不是想要保护你？况且那天，我们听见似有人说，要把一对男女抓走。你想一想，只要把你和涌潮暂时分开，就凑不成一对了。哪怕你离着石磨最近，仍是安全的。"韩寻异则说："哪有什么危险！我早已打听明白，石磨自转，许是因为惯性，毕竟你每天都会推它。你不推了，它自己还是不闲着。院内有声，何尝不是院外路上传来的。"孟一梦没再说话。

时隔几日，天还没大亮，韩涌潮起早出门遛弯，隔远望见一支全副武装的队伍似要进村，扭头就往回跑。到家中叫醒父母，急急说道："快快起来去逃命。"韩寻异和魏竹庵果然以最快速度下了炕。出门时，韩涌潮扭头大喊了几声孟一梦，谁知竟没有把她叫醒。魏竹庵说道："快去通知乡亲们。"一家三口扑到街上，大喊："恐有战火又要起，各家速速去逃命。"不多时，街上人头攒动，似乎只宜去爬山，再绕梁逃命。

魏竹庵边跑边念叨："切莫丢下一梦，她能不能跟上来？"韩寻异说道："村里一时炸了锅，自然会把她吵醒。我们再往前跑跑，说不准何时就能等到她追上来。"一路奔跑，直奔山口，却迟迟不见孟一梦追来，韩家三口站住脚，回头张望。韩涌潮想了又想："孟一梦在我们家任劳任怨，当真过得舒心吗？恐怕未必愿意跟着我们一起去逃命，趁村里大乱，说不准早就独自去逃命了。"韩涌潮把自己的想法告诉了父母。魏竹庵说道："但愿她日后能过得舒心，不想跟我们一起去逃命，又何必强求。"韩寻异点了点头。三口人转身又开始奔逃。

孟一梦实际上还在睡觉，醒来时，早已不知韩家人的去向，走到街上，满眼望去尽是行军队伍，简直吓破了胆。左思右想，抹着泪哀叹道："我一直以自己的满腔赤诚和一片痴心对待韩家人，奈何换来的却是再次被抛弃。"

枪支前端的刀片亮闪闪，当真让人害怕何时就会飞起来刺到身上。孟一梦哪里敢在街上久站，索性回到了韩家院。内心翻涌："自己的亲娘不在了，我终究是没人管、没人疼的孩子。难道还要再去奔逃吗？如果真是那样，说不准哪天就会像是我的亲娘和妹妹一样抛尸路旁。如果迟早都要死，莫不如现在就找地方上吊。"

孟一梦在南墙根捡了一根绳子，拿着走出了院门。心里求死，断不会再怕街上随处可见的枪支。走着走着，迷迷糊糊来到了一片山坡上。抬头看见眼前正好有一棵奇大的柏树，便搬了一块石头用于踮脚，站在了石头上，把绳子搭在了树杈上，又在绳上挽出了死扣。当她想要把脑袋伸进死扣的时候，突然觉得有什么东西拽了一下她的裤子。

孟一梦拽着死扣，回头向下看了一眼，什么都没看到。当她再次想要把脑袋伸进死扣的时候，又感觉到有什么东西拽了一下她的裤子。回头向下，同样什么都没看到。第三次时，奇怪的事情依然发生了。

孟一梦扭头回头向四下里张望了一番，自言自语："难道是风吹了一下我的裤子？若是有风，为什么不吹我上身的衣裳，偏偏只吹我的裤角？可眼下明明没有风。到底是谁在拽我的裤角？"她再次向四下里张望，突然发现隔着两三米远的草丛里有一座土包。若不仔细看，还真是不容易发现，毕竟周围的茅草长得足有人高。若不是上面压着一摞黄纸，断不会认为那是一座坟。

孟一梦稍作思考，又自言自语了起来："忘了具体是何时，倒是无意中听韩寻异念叨过他家祖坟在什么地方。"一下子清醒了过来，仔细看了看周围，发现眼前正是丘山，而且正是韩家坟林所在的地方。转眼间，反倒又觉得自己的精神状态出了问题，思来想去："难道是坟里的先人不想看着我上吊寻死，方才通过什么办法拦着我？或许只要挺过了眼前的难关，未来仍可期。"思考至最后，索性放弃了自杀的念头，甩开绳扣，从踮脚石上迈到了地上。

孟一梦回到了韩家院。好在那些队伍只是在村里驻扎，未曾伤害她。只可惜韩家的粮食早已被人动过，所剩不多。孟一梦念念叨叨："不怕！不怕！以前又不是没吃过树皮草根。"可巧在西墙根发现了一束高粱穗，高兴不已，于心底默念，俗话说，娶妻不娶活人妻，饿死不吃抱窝鸡！以此类推，饿死不吃当种子的米。把高粱米留下来，只需找一块空闲的地方撒上，自然能有收获。哪怕一束高粱穗上只有一百粒米，好好种植侍弄，就可以收获一百束高粱穗，再往后就可以收获成千上万束。今年的种子哪怕受了潮气，到了明年，即使无法长出很多正常的穗头，至少还可以吃乌麦。想那乌麦，高挑挑长在高粱秸的最顶端，切不可等到完全长熟，否则就会长出一把干巴巴的没有米粒的蓬乱穗头，只要看见穗头鼓鼓囊囊的却是向下扭着头，就可以撕开看看。若是乌麦，就可以折下来生吃，独有一股怪怪的香味。即使不生吃，折下来晒干，同样可以度日。

许久以来，孟一梦时常琢磨："难道是因为韩家祖先把我认作韩家人，方才想要提醒我不要寻死？只要把我视为韩家人，不把我当作无家可归的孩子，无论让我在韩家受多大的委屈，我都觉得值得。"紧接着又自问了起来："我若是去其他地方上吊，韩家的祖先会不会想办法阻拦我？若是其他人在韩家的坟林里上吊，韩家祖先会不会阻拦？"仅此两问，孟一梦赶紧阻绝向下延伸的思绪，免得问出一些自己不愿意想到的问题。任凭时光流逝，在她的眼里，居家过日子无非只是一如往常。

驻军撤离，孟一梦反倒又害怕起来。因为村里只剩她自己，街头巷尾空空荡荡，各处角落里似乎随时都能跑出不被人知的魔鬼。某天中午，孟一梦坐在牛棚的草堆里，无事可做，简直如同磕头虫，迷迷糊糊有些睡意，恍恍惚惚进入梦境。

似乎身在丛林中，一时找不到路向，急得要哭。突然间，树丛里跑出来了一头狗熊，挥舞着爪子，就要向前扑。孟一梦捂着眼，嗷嗷喊道："不要吃我，我给你画一座大山，山里要啥有啥。"狗熊顿时不再向前扑。

孟一梦慢慢蹲下来，捡一根树枝在地面上画了座山。只觉得眼前一晃，那头狗熊果然去了山上。孟一梦刚要起身继续寻找路向，树丛里竟又跑出来了一头猛虎，张着大嘴一声叫，周围的树上哗哗啦啦落下了无数树叶。

孟一梦又嗷嗷喊道：“不要吃我，我给你画一眼山洞，洞里要啥有啥。”猛虎果然不再向前扑。孟一梦在地面上画了一眼山洞。又一次觉得眼前一晃，只见那头猛虎去了洞里。前后惊出了两身冷汗，孟一梦哪里还有睡意。

韩家三口回来了，迈步走进家门。孟一梦看了他们一眼，眼前恍惚，迷迷瞪瞪说道：“狗熊要害我，我可以画山。老虎要害我，我可以画洞。你们若是要害我，我该给你们画点什么?”魏竹庵看了一眼孟一梦，扑至跟前就说：“感谢老天爷，你还安然无恙！阿弥陀佛！阿弥陀佛!”孟一梦却急忙躲避。

韩寻异进屋出屋收拾了起来。韩涌潮盯着孟一梦，似有千言万语，但又迟迟没张嘴。到晚上，魏竹庵跟孟一梦仔细聊了聊。韩寻异和韩涌潮就在侧旁坐着。魏竹庵跟孟一梦说道：“都是我们不好，离家前，即使叫不醒你，其实仍可以拖着你一起奔逃。我们出门在外，每次去谁家要到饭，都会想起你，真真担心你又在哪里挨饿。既然你对我家有情有义，莫不如就嫁给涌潮，我们再不会丢下你。”孟一梦低下了头，颇显羞涩。

韩涌潮却说：“我可不娶她!”韩寻异责怪道：“自古以来，婚姻大事，由爹由娘不由子，岂能任由你胡思乱想。”孟一梦颇感委屈，直接问道：“你为什么嫌弃我?”韩涌潮回答："你的脚太小！万一哪天战火又起，带着你逃命，不是给我们添累赘吗?"孟一梦辩解道："我小时候的确裹过脚，但后来又放开了，并不能算是三寸金莲，总比绝大多数女人的脚要大出不少。"韩寻异把韩涌潮轰到了屋外。

第二天早晨，魏竹庵突然想起张二嫂以前曾想办法把三寸金莲变成大脚，便带着孟一梦前往张家。问询起来，当时曾如何操作？无非只是杀了羊，把羊的胃摘了出来，并不曾倒出被羊吃进去的草料，张二嫂直接把脚放到了羊胃里，进行暖脚。

孟一梦最关心的自然是到底管不管用？张二嫂说道："羊吃了各种草，说不准其中的哪一种就会有药效。当时家里有二十几只羊，全都杀了，摘胃暖脚，多多少少管些用。若是想要完全变成从来都不曾裹过的那种大脚，全无可能！能放大多少就放大多少。"孟一梦看了看自己的脚，琢磨不明白要不要仿效。

张二嫂又说："再怎么放大我的脚，恐怕都不会像你的那么大。"孟一梦没再说话。魏竹庵带着她回了家。那天当真难熬，孟一梦不停地干活，以便排遣烦恼。到了晚上，独自坐在牛棚里，恍恍惚惚听见头顶上似有人言："屋里有朵仙草，采了吧！采了吧!"转眼间，一条绳套落到了眼前。

孟一梦拽了拽，听见有人喊道："上来吧！上来吧!"果不其然，把脑袋伸进了绳套里，紧接着闭上眼睛，真不想再看到眼前的一幕幕，只等着直登极乐。等着等着，却迟迟没有等到自己想要的结果，她的周围其实根本没有绳套，头顶上没有人。次日早晨，魏竹庵没再看见孟一梦，只在门板上看到了一行字：“前去投军，勿寻。”那些字是红色的，想来应是滴血为墨写下的。

第十四章

磨盘姻缘

因孟一梦出走，魏竹庵可没少责怪韩涌潮。韩寻异请人把搬出去的磨盘又搬运到了家里，盼着日子能恢复正常。某天早晨，天刚蒙蒙亮，韩涌潮就坐在西屋的炕头上冲着屋外喊娘，随即问了一声：“咱们家有没有那种穿在身上觉得滑溜溜的衣裳?”

正忙着打扫庭院的魏竹庵明明听到，但没有搭话，怎奈韩涌潮再问一遍，还加一句：“赶紧给我拿一件来吧。”魏竹庵用扫帚划拉着地面，头都没抬，就应着喊两声：“寒窑破屋，要什么滑溜溜的衣裳！光着身子最滑溜！”

韩涌潮马上又冲着屋外喊问：“咱们家有没有那种背在身上觉得沉甸甸的值钱物件?”魏竹庵拔高嗓门反问起来：“既要滑溜的衣裳，又要值钱的物件，难道你要去相亲吗?”紧接着又支应了几句：“什么物件值钱？粮食和沉甸甸的磨盘最值钱！那是咱们庄户人家的命!”韩涌潮不再发问。

魏竹庵刚回了北屋，韩涌潮就从西屋跑出来，身上全无衣物直奔磨前，抬手就把偌大的磨盘抱了起来，倒手扛在肩上跑出院门。魏竹庵端着一盆水走到了北屋门口，刚想把水泼出去，当即发现磨盘不见了，西屋开着门，放下盆直奔西屋，只见里面无人，心里咯噔一下，转身就往院外跑。

韩涌潮在街上跑来跑去，发现前方似有人影，不免要躲藏，就跑到了巷角旮旯里。恰恰又听见似有脚步声传来，终究需要躲到隐蔽处，转身看到草丛里有窨井，放下磨盘，以最快速度钻到井里。幸亏井底有蒲草，就抓一团堵住井口，以免被别人发现井下藏着谁。

转眼工夫，有人同样走到了草丛里。因茅草长得足够高，当即脱下裤子，蹲下来就要大小便。似是全然不曾顾虑到一团蒲草，倒又不曾用脚踩到上面，只是蹲在了窨井沿上，却把屁股对准了井下。韩涌潮正仰头看着上方，恰巧有些尿液透过蒲草直接入了他的嘴，随着他稍一甩头，手臂上免不了一抖，又有一块屎橛掉了下来，同样入了他的嘴。终因最近一直在犯魔怔，哪里还弄得清入了嘴的东西是什么。

井上的人只顾着解决内急，哪里会想到井下有人。韩涌潮赶紧吐出口中之物，喊了起来："你是谁?"井上的人吓了大跳，赶紧起身提裤子。韩涌潮扔掉蒲草，又喊了起来："你横竖不能前脚往我的嘴里倒醋，后脚又把醋瓶子上的瓶塞放到我的嘴里吧。"说着话，就要爬到井上，刚把头伸到井外，只见井上的人是潘家寡妇。

没等韩涌潮再说什么，潘家寡妇直眉瞪眼，轻声问了一句："你是不是全都看到了?"韩涌潮爬到了井上，许是一时忘了自己的身上一丝不挂，竟然直挺挺地站在了潘家寡妇的面前。潘家寡妇看了他一眼，当即抬手捂住了脸。正巧魏竹庵找来，直接扑到了韩涌潮的面前。潘家寡妇趁机扭头就跑。

魏竹庵拉着儿子要回家。韩涌潮倒是没忘了自己背出来的磨盘，于是又背了起来。在回家的路上，魏竹庵严厉告之："你可千万不要去招惹潘家寡妇！大家都说，潘家儿子死的时候皮开肉绽，正是因为他媳妇的名字叫袁绽，本来就是克夫的命，要不然怎么年纪轻轻就没了丈夫。潘笑尘虽是名声在外，但他当时根本治不了自己儿子的伤。其实不是神医无能，只是徒有医术却无法救命。"

韩涌潮跟着母亲回到了家里。韩寻异把他摁到了椅子上，魏竹庵给他拿来衣裳，强行让他穿上。韩寻异把潘笑尘请了来。认真把脉，认为韩涌潮发病原因在于思虑过甚，伤到心神，只以静养为宜，最好能让他看到所念所想日后还有希望。稍稍片刻，开出了用于提神解郁的药方。

抓药煎药都好办，难办的是如何让韩涌潮看到希望。两天后，院外传来小号铜锣发出的清脆声。一根细竹竿，连接着一老一少。老的目盲，少的在前方带路。韩寻异赶紧跑出去，把那二人请到家里。

细听近来事端，目盲者说道："天底下的事往往会从巧字上来！且让你们的儿子背着磨盘到处逛游，无需等待多久，就会遇上一段缘分。待到上下两扇磨盘合到一起时，自然会迎来你家婚育事务的转机。切记！缘分天定，谁家的磨不需要上下两扇磨盘，务必要珍惜！"韩涌潮一听，当即来了精神，原来的病一下子就去了大半，直奔院内，背起磨盘跑出了院门。

韩寻异和魏竹庵索性没有去追。送走了那二人，老两口免不了要合计。魏竹庵有言：“不知道目盲者预料得准不准。”韩寻异则说：“准不准的，总要往前走走看看。即使不准，我只是给了那二人一顿酒的钱，算不上有损失。”魏竹庵又说：“但愿能准，且看儿子到底能有怎样的造化。”

接下来几天，韩涌潮每时每刻都在外面寻找缘分，哪怕深夜时分，都不想回家。怎奈竟迟迟没有遇见，不免有些懊恼，以至于总觉得心里如同烈火烹油那般，难免又发了病，还是要吃药。

直到半月后的某天下午，他才摸索到些许门道。那时，袁绽正在丘山主峰的半山腰斜坡上，拿着锤子不停地敲打着钳子，边干活边哭诉：“死鬼啊死鬼，你死得那么早，真是把我害苦了。推磨碾粮食，才是女人干的活。谁家的媳妇会在山上打制磨盘，唯独只有我吧。我自己不干，可又找谁来帮忙。别看你爹还活得很旺相，但他从来都不会给我帮忙，反而时常骂我克夫。听我爹说，只因我当年出生时，一落胎胞就带着满脸笑容，我爹就盼望着我日后能像花朵似的一直绽放，于是才给我起名叫袁绽，哪里是你爹和村里人所理解的那样。”

袁绽愣怔了一下，又是一段悲伤涌上心头，只可向苍天倾诉：“我从来没做过对不起潘家的事！韩家的儿子若看到我身上的私密处，全然不是我主动让他看的。我的确看见他光溜溜地站在我的面前，但那不是我主动要求他脱光衣裳的，想来只是巧合而已。他本就没有穿衣裳，猛然出现在我眼前，我即使不想看，都需要我看见之后再捂住眼。责任全在苍天，定是苍天又在捉弄人。”

袁绽似是唯有出了家门，才可倾诉满心的委屈和所费思量。乱石堆周围有些直挺挺站立的柏树，能否担当倾听者的角色，实在是不可知。袁绽擦了擦汗和泪，仰头望了望天，又自言自语了起来：“我昨天晚上做的梦，当真奇怪，竟然梦见月老。按理说，我早已守寡，哪里还能再次遇见缘分。但是，月老却明确相告，看你最近一直在山上敲打石头，想必很累。磨盘自是需要两扇，莫不如就让人给你送一扇去吧。”袁绽说着说着便有些魂不守舍，刚把稍稍成型的磨盘扶着竖起来，一不留神，就让磨盘从手底下溜了出去。谁知那磨盘简直像是攒足了力气，咕咕噜噜滚动着直奔山下。

韩涌潮正躺在路边的草丛里休息。起先只听见有些声响越来越近，一时不知发生什么事，待到磨盘滚到跟前早已来不及躲避，只能就地蹦跳着躲闪了几下。被他带来的磨盘，原本就在路边上放着。可巧从山上滚下来的磨盘，前脚刚刚滚到路边，后脚便不再滚动，两扇磨盘碰到了一起。韩涌潮心下大惊，当即发现，无论是厚度，还是尺幅，两扇磨盘明明就是一对，真真要感叹，天底下竟有如此巧合的事。

袁绽追了下来，就跑到韩涌潮的面前，同样看到两扇磨盘似是一对。韩涌潮悄悄看了一眼袁绽，赶紧低下了头，生怕看见她投来目光。袁绽又何尝不是如此，两人啥话都没说。韩涌潮搬起了自己带来的磨盘，扛在肩上转身就走。袁绽似是不着急，直到韩涌潮走远了，才滚动着自己的磨盘要回家。

等拐过了前方路口，韩涌潮自问了起来：“潘家寡妇柔弱得很，肯定搬不动死沉死沉的磨盘，我要不要去给她帮帮忙？”回头一想：“我娘说了，不让我惹她。算了吧，她肯定自有她的搬运办法。”心里终究揣着疑惑，免不了又嘀咕起来：“目盲者曾说缘分天定，能与我并蒂开花的，难道就是她吗？到底是不是她？”韩涌潮回家后，不声不响钻到了西屋里。

袁绽边滚动磨盘边琢磨：“月老牵线，一头是我，另一头难道就是韩家的儿子吗？他倒是年纪轻轻就没了老婆，难道我俩当真是一对？”回到家里，哪怕忙活着洗衣做饭，袁绽都没忘了琢磨此事。

傍晚时分，韩寻异出屋去茅厕时，发现院门口蹲着两只金黄色的狗，有些疑惑：“谁家的？怎么跑到我家院门口来了？一左一右，不摇不晃，并不像是饿了跑来找食的。”刚要朝院门口走去，赫然发现那里空空荡荡，心下自问：“难道是我看花了眼？”正要避开转身，却又再次看到了两只狗。不妨先入厕所，解完了手再去瞅望，确切无疑看到了两只狗。索性走到院门口，只见跟前空空荡荡。心里说不清是何种滋味，明明想要弄清楚到底发生了什么事，但又有些怕意，最终便提溜着悬在半空的心回了屋。

天色渐渐大黑，韩寻异吧嗒着旱烟，魏竹庵做些针线活，两人紧挨着坐在炕沿上，甚至不敢再提傍晚发生的怪事。屋外突然传来了怪声，两人当即互看了对方一眼。那怪声只是嗡嗡嗡嗡的，虽不像是什么物件突然爆炸，吓人一跳，倒又足以让人觉得震耳欲聋，还因久久绵长，而且越来越响，让人听了心焦不堪。老两口先后冲着窗台上的油灯看了看，终究不敢凑到窗前探视窗外。

谁知那声响始终没有停下来，魏竹庵又看了老伴一眼，下了炕，走到门后摸起了菜刀，凑到了窗前，隔窗看了看西屋，只见西屋那边全无亮光，想来儿子早已睡下。韩涌潮的确早已躺在炕上，但始终没有睡着，辗转反侧，念想着两扇磨盘相合的事，必是太过认真，哪里还能听得见屋外有什么声响。

魏竹庵和韩寻异整夜未眠，巴巴等着夜幕破晓。天色尚未大亮，韩寻异就急不可耐扑到了窗前。隔窗隐隐约约发现院内的半空中全是飞舞的小黑点，仔细看去，只见黑点上似是长有翅膀。随着天色越来越亮，终于看清了那些黑点原来是蜜蜂，嗡嗡嗡嗡的响声正是蜜蜂发出的。

韩寻异拍着脑门自问了起来："春天早就过去了，哪里来的蜜蜂？院子里的树上眼下可没有花，成千上万的蜜蜂为什么要来我家？"魏竹庵同样琢磨不明白里面的门道。无论怎样，都要出屋去探看究竟。韩寻异找出了擀面杖，把一条破布缠到了一端，又往破布上泼了一些灯油。点燃之后，拿着火把打开了屋门，走到了院子里，只见蜜蜂直往饭棚和马棚里钻，就挥舞着火把走到了饭棚门口，发现蜜蜂正在里面筑巢。

在院子里溜达了一圈，随即想要去院外看看情况，就在他打开院门的那一瞬间，赫然发现门口两侧各有一只金黄色的狗。两只狗扭头仰起看了看韩寻异，见他举着火把，就汪汪叫了起来。火把上的火苗逐渐变小，待到再无火光，两只狗直奔远处。因韩家住在村庄外围，院内的响声并没有影响到其他人家。韩寻异一时不知如何是好，就回到院内屋内。

几天时间，韩涌潮全然不顾院子里发生的事，出来进去，要么到北屋里拿吃食，要么上厕所。韩家院里发生了怪事，岂能藏得住，难免会被路人发现，一传十，十传百，就被当成了一道景观，以至于总有人特意来看。

闲聊时，韩寻异总是在问："谁能说清其中的缘故？"有人曾说："蜜蜂断不会轻易就进谁家的门，要进必进福报大的人家。两只金黄色的狗，想必是蜜蜂的引路向导。"有人则说："偏偏是金黄色的狗，明明就是金黄色的钱。把蜂蜜取出来，即可拿到外面卖钱。"韩寻异听之思之，觉得大家说的都有道理。

日子久了，便不再觉得院子里飞满蜜蜂是坏事，有时还会偷偷乐上一阵子，而且心里早就没了怕意。细细想来，金狗现身，蜜蜂进门，貌似带来了财运，只要卖了蜂蜜，无疑就能赚到钱，可以用来给儿子娶媳妇。

夫妻二人合计了一番，魏竹庵负责在家里取制蜂蜜，韩寻异则要到十里八村去叫卖。蜜蜂本来就勤劳，断不会偷懒，直到霜降前后才悄悄离开了韩家院子，倒是给韩家留下了几十木桶蜂蜜。魏竹庵和韩寻异全然不知蜜蜂去了哪里，只顾着制蜜卖蜜，暂且顾不上儿子的婚事。

韩涌潮早已数不清自己去过丘山脚下多少次，总是坐在两扇磨盘曾相遇的地方，似是在等人，但又不敢贸然把等人的话说出口。路人若是搭话，他只说想要看风景。难免会有路人笑他痴，他全都不在乎。甚至曾以石子为笔，在一块平整的白石上写了一首题为《良缘记》的诗：

望你不似蛾眉螓首，倒像一块鹅卵石头。
只需轻轻地回转眼眸，
于我心海，便是一片涟漪悠悠。
往日风，不再吼；旧年雨，早已收。
滚滚暖流，一条红绸。
空窗不守，庭院两株柳，白莲生脆藕。
桌前一杯酒，携手共白头。

袁绽虽不曾前来，但心里未必不想来，以至于在洗衣服的时候总是走神，思来想去，就嘟囔了一句："既然我早已是活死人，难道还怕再死一回!"此话正巧被潘笑尘听见，但袁绽并没有看见潘笑尘正好从跟前路过。

潘笑尘望着袁绽蹲在地上的背影，打量了一圈，摇了摇头，又点了点头。袁绽把洗好的衣服晾晒到竹竿上，随即走出了院门。起先只是慢慢向前走，等拐过了几处路口，干脆匆匆跑了起来，直奔丘山脚下。

韩涌潮看到了袁绽，心头大喜，甚至想要拍手起跳，但不知该说什么，立即低下了头，只觉得脸上发烫。袁绽更是不知该说什么，刹那间，满脸通红，巴巴等着韩涌潮先说话，但又迟迟等不来，真真恨不能自己先搭话，但又怕给韩涌潮留下不好的印象。单单只是站在那里，两人都觉得双手似是无用之物，只能用于甩来甩去。

韩涌潮费了好大的心力，才结结巴巴问道："你来做什么?"袁绽同样费了好大的心力，才结结巴巴回复道："是月老让我来的，许是让我来找磨盘。"话音刚落，就觉得哪里似有不妥，既然说是来找磨盘，哪能只是站着不动，转身就往山坡上走去。

韩涌潮低着头憋了片刻，又结结巴巴说道："目盲者同样让我来找磨盘。"抬头却发现袁绽早已不在原地，马上追去。袁绽走着走着，就钻到柏树林里。韩涌潮跟着走了进去。发现周围无人，说不清哪里来的一股力量，只在心底稍稍促动，韩涌潮就扑到女方身上。袁绽没有拒绝。

半月有余，两人天天按时在山上相会。韩寻异和魏竹庵早已发现儿子近来精神焕发，只当他身上再无病症，并不曾问什么。潘笑尘同样早已发现袁绽似是枯木开了新花，曾跟老伴合计："她还年轻，怎能没有需求，但她依然是我们潘家的儿媳妇，怕只怕她在外面做出丑事，会影响我们家的声誉。不能不劝她就此打住，但又不好直言相告。"老太太趴在潘笑尘的耳畔嘀咕了几句。

当天下午，见袁绽又要出门，潘笑尘立即叫住了她，把自己捏在手里的缰绳递到她的眼前，吩咐了一声："你顺便去放放马吧。"袁绽并没有多想，接过了缰绳，牵着马走出了院门。许是因为急着去见韩涌潮，终究没有顾得上仔细听听街头巷尾的人在说些什么，尽管早已发现总有人冲着马指指点点。

来到山上柏树林里，两人一见面，不免又要缠绵一番。天气虽已转寒，但两扇磨盘一旦上下叠加在一起转动起来，就像各家平时碾豆磨面那样，哪里还会觉得冷。直到天色擦黑，才想要下山。

那匹马原本就被拴在一棵柏树上。树周有些干草，可供啃食。眼瞅着袁绽解开了树上的缰绳，韩涌潮赫然发现马背上竟放着两副马鞍，自然要说："你缘何要把两副马鞍放在马背上？即使想要跟我同骑一匹马，用一副马鞍就够了。"袁绽说道："并不是我放上的，原是我公爹让我顺便放放马，想必是他放上的。"韩涌潮大吃一惊，想了想又说："咱们俩的事，恐怕早已被你公爹发现了。"袁绽却说："想来他应该不知道，因为他从来不会问我出门要去哪里，今日下午只是让我顺便放马而已。"

韩涌潮分析了起来："俗话说，好马不配二鞍，好女不嫁二男。你公爹貌似让你放马，其实是在给你提醒。"袁绽当即回想了起来："怪不得我牵着马走在街上时，总有人冲着我指指点点。"话锋一转，抱怨了起来："该死的潘笑尘，竟让我牵着配有二鞍的马在大街上走，分明就是让我自己告诉路人，我最近正在谋划着要嫁二男，可让我以后还有什么脸面见人，摆明了是要把我置于死地。"

抱怨完了，就央求韩涌潮："你赶紧娶了我吧，免得我日后会遭人唾骂。"韩涌潮表达了一番难处："虽说一婚由父母，二婚由自己，但你目前毕竟还是潘家的儿媳妇。嫁出去的女儿，泼出去的水儿，我家没法去你的娘家提亲吧。至于能不能去潘家提亲，只怕不好办。"见袁绽似是要哭，韩涌潮又劝了起来："再往前走走看看吧，说不准日后就有机会。"二人再无其他话，下山时不再像往常那样有说有笑，只是闷头走着，分别回了各自的家。

潘笑尘发现袁绽此次回来全然不再喜形于色，心里盘算着，原定的计策，看来已经奏效。袁绽虽认认真真做了饭，但只是胡乱吃些，便钻进院内的南屋，躺在炕上。

韩涌潮在家里吃饭时，心里同样有些不自在，但不曾表现在脸上。韩家父母至此还不知道儿子和潘家寡妇的事。韩寻异抿着酒说道："我们家靠卖蜂蜜发了财，自然就会有不少女人愿意嫁到我们家。"韩涌潮赶紧接住话茬说道："我能不能迎娶袁绽？只要我们多给潘家一些钱财，想来潘家不会不放人。"魏竹庵立即说了一句："简直胡闹！"

韩涌潮认认真真说了一遍自己跟袁绽交往的源起和经过，特意强调："目盲者此前明明曾说缘分天定！难道你想要违抗天命？"魏竹庵却说："袁绽是克夫的命！在你看来，到底是保命要紧，还是生儿育女要紧？"韩寻异似是宣布命令那般说道："缘分终究要由人来定！我已经跟镇上的老王约好了，下月初二就是好日子。到时候，你直接去把王家女迎娶进门就行。"

韩涌潮反问了两句："我们家若是从来没有发过财，袁绽是不是就会成为我娶妻的首选？你要不要去问问你最认可的陈先生的意见？"韩寻异却说："些许家务，何须劳烦陈先生。我们家明明已经发了财，那就不要再按照没有发财的路子考虑事情！"韩涌潮丢下饭碗，抬起屁股，转身去了西屋。

既然已经把儿子的婚事提上议程，韩家父母自是要为此做好各种准备。韩涌潮依旧像往常一样，前往山上的柏树林，却没见到意中人。袁绽在潘家受尽白眼，若不是苦苦支撑，恐怕早就憋屈死了。

韩涌潮竟跑到了潘家，但被潘笑尘推到了院外。韩涌潮倒是痴情，非要见到袁绽不可。潘笑尘拿出菜刀，扔到了院内南屋的门口。潘家老太太拔高嗓门喊道："明明做了些见不得人的丑事，竟还想着见面，看你有没有脸面出屋，看你有没有脸面进屋。"此话自然是同时说给袁绽和韩涌潮听的。

韩涌潮终究没有走进南屋，袁绽始终没有走出来。三五日过后，韩涌潮不再闹腾。婚期将近，家里十分热闹。尽管他并没有感觉到丝毫喜悦，但最终只能按照父母的安排，前去迎娶王家女。就在他结婚的当天早晨，袁绽趁着潘家院里空无一人，走出了南屋，走到了院外，直奔人群涌集的相反方向。潘笑尘和老伴在街上看完热闹，回到家里发现儿媳早已不见，倒是没说什么。

韩涌潮俨然就是一具木偶，任由父母怎么提线摆形。炕上帷帐内固然有些乐事，但他哪里曾跟媳妇谈过真挚的感情，反倒时常哀叹，若不是出自自我选择的生活，究竟值不值得去过？细细想来，谁都拿不出一种足够完备的解说，无对亦无错。如果每天都浑浑噩噩，不必再为逐梦与否做出艰难定夺，只满足于一时的吃喝拉撒和行立坐卧，倒是能获得快乐，至少免去了因思索如何抉择而不可避免都会遭遇的困惑。所有思考储备其实都可以用来掌控自我，一旦发现人世间对人生百态的描摹，原本就并非只能借助于同一套模具即可展开重复印刻，哪能少得了徘徊、彷徨和不知所措。到底是思考储备得不够多，还是自己思考得过于满格，甚至穷追不舍，日日夜夜，总要自我究责，把自己弄得简直就像是身上沾满罪恶。

时隔俩月，王家女就怀孕了。父母简直乐开了花。韩寻异又搬弄出了要给孙子缔结望郎媳的想法，谁知却迟迟没有找到门当户对的人家。即使有些人家同样颇有资财，家里未必有女孩。有些人家倒是有女孩，但没有多少资财，或者女孩的年龄已经偏大。王家女最终生下了一女。韩寻异和魏竹庵刹那间就把曾经的喜悦之情一扫而光，立即开始张罗儿子的下一桩婚事。

张家女遂又嫁给韩涌潮，全由父母做主。张家女曾向其父抱怨："看来韩家给的彩礼，让你很满意!"老张没有接话。

张家女平日里喜欢读书，深夜时分，拿出《孝经》，坐在床上，翻到《谏诤章》。望着孔子说过的几句话，朗读了起来："天子有争臣七人，虽无道，不失其天下；诸侯有争臣五人，虽无道，不失其国；大夫有争臣三人，虽无道，不失其家；士有争友，则身不离于令名；父有争子，则身不陷于不义。子不可以不争于父，臣不可以不争于君。当不义，则争之!"张家女仔细揣摩，曾想据此抗争。

犹嫌依据不够充分，又拿出《孔子家语》翻至《六本》，借孔子说过的话告诉自己："小棰则待过，大杖则逃走！"无可辩驳，依循圣人此言，父亲若轻微惩戒，子女不妨接受，借机思考自己是不是果真做错了什么事。父亲若严刑拷打，子女则可以逃走。同样道理，父亲如果硬按自己意愿安排子女婚事，子女并非不可以反抗。

张家女思来想去，仍是满心顾虑，随即拿出《韩非子》，翻到《忠孝》部分又读了起来："臣事君，子事父，妻事夫，三者顺则天下治，三者逆则天下乱，天下之常道。忠臣不危其君，孝子不非其亲。"昭昭此言，分明是在告诉读者，唯有接受父母的一切安排，方能算是尽孝。甚至可以认定，若要做孝子，父母说一，断不可说二。哪怕父母想要暴打一顿，都不能躲避，而是应该老老实实接受。

韩非子的说法跟孔子的何其不同！张家女长吁短叹，感慨了一番："世人已忘真孔子，尽是韩非子的论调在世间通行。我的命运又能好到哪里去！恐怕只能步我母亲和我祖母的后尘。婚前从父，婚后从夫，断不可表达自己的主张。好在我读了书，知晓自己的命运缘何如此。哪怕到死都算是明明白白，胜于不读书的女子未必明白命运趋从的真实因由。关键在于，既然读了书，知晓了真孔子，原本可以跟滔滔世俗反抗，但又不敢，甚至更需要压抑自己，当真不如不读书的女子。"任凭婚前怎么挣扎，婚后便开始沉默。

张家女怎会不知，嫁为人妇重于嫁为人妻，首要事务便是生育。自她怀孕以来，韩寻异早已搞不清到底还要不要给孙子寻求望郎媳，魏竹庵更搞不清自己到底是喜还是忧。张家女最终生下的同样是女孩。韩寻异和魏竹庵打定主意继续给儿子娶媳妇，非要抱上孙子不可。

张家女和王家女何尝不明白，若要在韩家长期立足，势必需要生下男孩，否则就会一直被冷落。一家人原本要一起围桌吃饭，但韩寻异和魏竹庵总板着脸，韩涌潮通常一言不发。两位儿媳妇哪能受得了冷战般的氛围，于是每天只负责做饭，前脚把饭菜端到桌上，后脚就会拿上一点大饼或者馒头，回到院内南面各自所住的屋里。韩涌潮原本就不怎么顾及媳妇们的感受，近来倒又不敢看父母的脸色，只是勤于出入南屋。

张家女刚刚嫁到韩家时，曾被王家女视为仇敌。哪怕抬头不见低头见，但历来都是互不搭言，眼下早已不再彼此抱有敌意，许是念起了同病相怜的情分。眼瞅着两位儿媳先后又怀了孕，公婆的脸上又露出了难以名状的表情。随着俩女孩的降生，全家又陷入了冷战般的氛围中。感到失望乃至落寞的何止韩寻异和魏竹庵，更包括韩涌潮。王家女和张家女对未来似是难以再看到希望，巴巴盼着各自生命早点结束。

恰恰有一支队伍，趁夜色闯进韩家院。韩寻异看得清楚，领头人正是吴穷尽。韩家颇有资财，盖因蜜蜂连年送蜜，早已是远近皆知的事情。且不用吴穷尽派人来打听，光是韩家自己向外大肆散布的招亲信息就足以露富。树大招风，难免会引来烧杀抢掠。面对吴穷尽等人高高举起的大刀，王家女和张家女甚至没有挣扎。随着抢砸声越来越响，村里的狗狂吠不止。

魏竹庵怎能忍受被抢，奋力抵抗，但成了刀下鬼。吴穷尽死死踩住了韩寻异的脖子。老韩脸面贴着地面喊了一声：“不管怎么论，我跟吴豆禾昔日毕竟曾是夫妻，咱们俩算是沾亲带故，你怎么能祸害我家!”吴穷尽却喊道：“我早就不是人了，你还要跟我论什么亲戚!”韩寻异又喊了两声：“老天爷是要绝我啊！我儿涌潮，日后应向陈先生求教，切不可沦为走错家门的孩子!”吴穷尽直接把大刀挥向了韩寻异的脖子，咔嚓一声。

韩涌潮哪能打得过众人，躲来躲去，逃到了院外。吴穷尽等人只顾着敛络财产，没有去追，撤走前放了一把火。乡亲们闻声赶来，钻入火场救出了孩子。火光越来越亮，火团越来越大，直到次日凌晨，火苗才不再蹿高。韩涌潮躲到了丘山上，隔了一天，因饥饿难耐，才回到了村里，发现原来的家早已面目全非，放声大哭。

乡亲们闻声带着孩子赶了来。韩涌潮看都没看，更不要说是问一问孩子的安危，直接说了一句：“你们若是愿意养着，就抱去养着吧。”乡亲们一时不知如何是好。韩涌潮先是把父母的尸首埋到了丘山上的坟林里，紧接着又把俩媳妇的尸首运到了山上。父母的坟位不是现成的，免不了需要费上一些工夫。至于俩媳妇的，只是紧贴着原来朱艺红的坟堆挖了下去。

隔了几天，韩涌潮终究还是想念父母，以至于夜里睡不着。折腾了半宿，好不容易有了睡意。刚刚睡着，稍稍片刻，竟又起身找东西，拿着纸香出了门。借月色走着走着，迷迷糊糊，望见前方有坟堆，就跑去祭拜。烧完了纸香，原本打算回家，怎奈却抬不动腿脚，索性坐了下来。睡意猛袭，便躺在了地上。

悄然一梦，耳畔似有人言：“昨天还听韩寻异和魏竹庵说起来，他们安家颇耗资财，现在急需儿子再给送去一些。”韩涌潮愣愣地听着，全无任何回应，哪怕耳畔人言接连几遍。一阵风吹来，登时乍醒，只见东方早已泛白。

我在哪里？韩涌潮看了看周围，自问了一句。拍着脑门想了想，隐约记得自己出了门，要去给父母上坟。发现跟前有些纸灰，毫无疑问，当真是上了坟，可眼前的坟堆并非父母的。难道上错了坟？仔细看看，果不其然。

昨晚到底怎么回事？难道出现梦游症？韩涌潮埋头思索，恰恰还记得梦中曾听见有人说话，又自问了起来：“我父母现在缺钱吗？需要我去给他们烧纸钱吗？”望着冉冉升起的旭日，切切念叨：“我父母那么会赚钱，若有急需，何必让我去送！”韩涌潮回了家，的确没有再去给韩寻异和魏竹庵上坟。守着残破的院落，一天两天，还能抵抗孤寂感和落寞感，三天四天，哪里还能兜得住内心的酸苦，不免落泪。

第十五章

活财神

韩涌潮犯了旧疾，昏昏沉沉出了村，根本弄不清走了多远，只知道继续向前。走着走着，发现有人在前面的田里割麦子，把麦裹子运走后，田里仍有些遗落的麦穗，便顶着毒日头拾穗。他的心里有时倒又不糊涂，至少还知道，若要把麦粒从麦穗里弄出来，以便于日后磨成面粉，势必需要先把麦穗放到碾盘上，推着碾磙子碾压一番。

韩涌潮抱着一捆麦子走进了前面的村庄。只见路口就有碾棚，棚门口早已站满等着推碾的中老年妇女，便挤站到跟前。万万没想到，那群妇女竟要把他赶走，一再告之，既然是我们村的碾，我们断不肯让外乡人使用，更何况是外来的叫花子。

韩涌潮大声说道："且等我日后有了自家的碾，你们若是想要借用，哪怕用来碾大便，我都会让你们用。"那群妇女只是冲着他哈哈大笑。此时的韩涌潮哪里还记得丘山的自家院里其实不仅有磨，还有碾。好在怀里还揣着一张饼，是昨天从一家烧饼铺里讨来的，一直没舍得吃，一时倒又不用担心马上会饿死，不到万不得已，是不愿意啃上一口两口的。

在街上走着走着，走到了天黑，隐隐约约发现前方拐角处似有一只狗正在垂死挣扎，原本想要视而不见，转身走开，但明明已经听到了哀嚎声，就走到了跟前。只见那只狗没了尾巴，想必疼得要命，迟疑片刻，蹲了下来。

仔细一看，发现狗的肚子早已瘪了，干脆掏出了那张饼，撕下来了一块，塞到了狗的嘴里，念叨了起来："可怜的我遇见了可怜的你，我俩同病相怜。我若是不怜惜你，还会有谁怜惜你。"说着话，倒是没忘了继续撕饼喂狗，眼瞅着只剩下了半张饼，最后又说道："我连自己都养不活，哪能养活得了你。你若是吃饱了，就赶紧找地方藏身吧，免得再有人害你。"那只狗似是听懂了，摇晃着身体站起来，慢慢向前走去，却是一步一回头。

前脚目送狗远去，后脚就发现身后起了亮光。不知谁家院里起了大火，火舌冲天。传来了刀枪厮杀的声音，韩涌潮有些害怕，似是惊弓之鸟，拔腿就跑，直奔村外高山。天色已晚，山空月明，不知不觉竟倒头睡着了，许是此前太累。

第二天早晨，天色刚刚放亮，睁开眼时，发现有人躺在不远处，赶紧扑了过去，只见那是一位白发老翁，早已奄奄一息，明明张着大嘴，倒又像是喘不上气来。韩涌潮琢磨来琢磨去，不免有些为难，念叨了起来："你是不是饿了？但我眼下只有半张饼。若是给你吃了，说不准什么时候，我就饿死了。"老翁似是用上了全身力气，才喘了一口气，睁开了眼睛。

韩涌潮又说了起来："可怜的我遇见了可怜的你，但我眼下还能活着，而你似乎马上就要死了，索性让你吃饱了再上路吧。"说着话，就撕了一块饼塞到了老翁的嘴里。转眼间，一群狼扑到了他们的面前，把韩涌潮吓得直哭。那些狼向他们慢慢靠近，随时都有可能发起进攻。

韩涌潮已经看见每一只狼的嘴角都流出了一些唾液，怕虽怕，但又不想白白送命，莫不如搏上一把。站起来就想跑，看了一眼老翁，终究不忍心丢下不管。刚把老翁扶起来，还没来得及跑，山下却又传来了喊声，说什么山上的杨某人速速下山，否则我们就要放火烧山。

老翁盯着韩涌潮轻声说了一句："你干脆把我丢下吧，免得受连累。"紧接着又说："我叫杨景昭，霁月镇人士，年岁早已近百，曾在镇街上开当铺。恳请你日后留心留意，若能遇见我的亲人，就告诉他们一声，我如今一身将去，此生无憾。"韩涌潮说道："都是快要死的人了！理应相互为伴，要走就一起走。"

他们哪能走得了，跟前还有一群狼。就在他们不知所措时，眼前突然又跑来了一只狼。那狼先是看了他们一眼，紧接着就把头拱到了地面上，呜呜吼吼叫了起来。片刻工夫，其他狼竟收起了阵势，纷纷撤离。韩涌潮一时不知到底发生了什么事，只见眼前剩下的最后一只狼没有尾巴，于是想起了曾救过一只没有尾巴的狗，现在想来，此前救下的分明是狼。

那只狼前脚刚走，后脚就有火苗蔓延过来。韩涌潮扶着老翁直奔山顶。山上长满了松柏，树上的脂油遇火便着，虽是浓烟滚滚，但烟中包裹着熊熊火焰。加上狂风大作，顷刻间，整座山就变成了大火球。韩涌潮和老翁眼瞅着大火烧到了跟前，哪里还有办法逃离出去。

狂风卷来的火炭落到了他们的身上，二人同时倒在了地上。山火怎会一时就灭，势必会让整座山全都化为灰烬。原本绿油油的山体，次日早晨，就已是面目全非，到处都是草木灰。韩涌潮睁开了眼，望着苍天问了一句："我是不是已经死了？"扭头只见老翁趴在地上，面目向下，赶紧扑过去拉了起来。

老翁睁开了眼，一字一顿说道："感谢你，在我临死之前，让我感受到了温暖。剩下最后一口气，莫不如助你鉴往知来，算是对你的报答。"韩涌潮没说话，只是悄悄听着。老翁又一字一顿说道："你本性良善，必是大富大贵的命，苍天夺不去，厚土埋不住。想来早已有后，曾有家业，望你儿孙日后为国为民。不管你来自哪里，理应回老家守业。"韩涌潮听了听，念叨了一句："看来我日后还会有儿有孙。"无需再多说，便回过神来，顿时觉得心间脑际爽利了不少。老翁一命归西。

韩涌潮觉得身上湿漉漉的，看了看周围，不曾发现似是下过雨，而且自己仿佛坐在一座孤岛上，外围皆是土坑。正是由土坑围成的圈，隔离开了身下与其他地方，身下的草不曾被烧掉。打眼一瞅，足有二十几只狼，皆躺在土坑外围，只有那只没有尾巴的，孤零零地站在不远处。

韩涌潮想了又想，似是想明白了，估计是那些狼在大火中救下了他，不只是围着他挖了坑，还去哪里弄来了水，浇在了他的身上，于是他的跟前还有很多荷叶。那些狼许是忙活了大半夜，以至于都累死了。那只没有尾巴的狼最后冲着韩涌潮点了点头，就奔着远方跑去了。

韩涌潮频频摇晃脑袋，似能记起某些幼年闻听，总感觉自己就是眼前老翁的亲人，便奋力挖坑，好好安葬。摸索着来时的路向，走了三天三夜，回到了丘山村，来至自家院门前，所念所想早已不同于离家之前，进院又收拾了三天三夜。

某天晚上，韩涌潮死死盯着院子东南角的碾，想起了曾经经历的不愉快，反倒只是笑了笑，胡乱吃了几口，就在北屋的炕上睡下了。下半夜，迷迷糊糊似是听见外面有人喊了一声："家里有人吗?"韩涌潮登时坐了起来，披上了一件外衣，走到屋门口，一并打开了屋门。

夜空上无月无星，眼前黑乎乎的，完全看不清外面那人是何模样，只听见那人又问了一声："我能不能用一用你家的碾?"韩涌潮接话问道："你要用来碾什么?"那人回了一声："碾大便!"韩涌潮当即想起了此前曾经说过的话，稍作思考，马上说了两句："那就用吧！想怎么用就怎么用!"

转眼间，竟有亮光从远处投来，忽闪了一阵。只见那人端着簸箕，朝碾盘方向走了过去，紧接着似是果真往碾盘上放了一些大便，还拍了拍簸箕，韩涌潮始终没有吱声。刚要转身回屋，突然发现碾盘方向似乎没有人，更是迟迟没有听到那里传来推碾的声响，而且亮光早已彻底消失，不免有些纳闷。特意回屋点上了马灯，拎着走到了碾前，发现碾盘上一片金黄，哪里是大便，似是黄金！愣了愣神，又仔细瞅了一圈，始终没发现周围有人。寻思了起来：“难道是有人趁着天黑来给我送黄金？或许是因为我兑现了此前的诺言？”

韩涌潮回屋拿来了簸箕和扫碾笤帚，把碾盘上的金物扫到了簸箕里，端到了屋里，坐在桌前端详起来，哪里还能睡得着觉，坐至天亮，待到旭日东升，端着簸箕走到阳光下，只见簸箕里的金物的确是黄金。

望着巨额财富，念叨了起来：“会不会是有人曾聚财做事，可惜未能成功，不贪财的首领就把没用完的钱财给我送了来？”转眼工夫，便又发起了愁，最难想清的无非是怎么花掉。若是用来娶妻生子，偏偏又急不得。莫不如雇请一些用人来，可以解决自己一直不会操持家务的难题。倒是还曾考虑，要不要分给别人一些，用于资助贫困，但犹豫不决，琢磨了起来：“在我落难时，有谁帮助过我？顶多只是给过我半拉馒头或者一张烧饼，我凭什么要送给别人很多钱财？若是遇见叫花子，倒是可以施舍一些吃食。”

时隔半月，正巧有人家想要出兑田地，韩涌潮就买了下来，每日里指挥着长工短工去田里拾掇庄稼。无意中听老妈子念叨了一句，养蚕可以赚钱，便要派人采购蚕种。田间地头原本就有一些桑树，把桑叶采来，抛撒到事先准备好的苇席上，再放入蚕种，即可等着蚕宝宝孵化。那些白白的小生命，真是可爱极了，每天都在成长，起初只是细如针，短如麦粒，用不了多久，就会粗如筷子，长如鸡粪。每天只需投喂三次，防止苍蝇叮咬，护理起来并不费事。

奇怪的事情发生了。前一天晚上，临睡时，韩涌潮还曾去蚕房里查看，并未发现异常。第二天早晨，再去查看时，只见蚕宝宝早已不再是白色的，而是金黄色的。若非一直在蠕动，真真会让人误以为几张苇席上撒满黄金。哪里能说得清昨夜蚕房里无人时发生过什么事。

老妈子说道："难道我们养的竟是金蚕？"韩涌潮却说："蚕宝宝极有可能是生了病才变成了金黄色的。"紧接着就吩咐道："从今天开始，一定要仔细清洗桑叶！避免蚕宝宝吃了会病死！"老妈子自是听从吩咐，相较于此前，清洗时总会多换上几遍水，甚至还会用凉白开清洗，仔细再仔细。

万万没想到，蚕宝宝并未再变回白色，直到结茧时，就连吐出的丝，都是金黄色的。迄至最后，望着苇席上撒满了金黄色的蚕茧，韩涌潮一时甚至舍不得卖掉，琢磨来琢磨去："与其卖蚕茧，其实不如卖蚕种。一旦对外宣称我家的蚕种可以孵化出金蚕，蚕种可就值钱了。"说干就干，果然卖起了蚕种，确有不少人前来抢购。韩涌潮又发了财。

到了冬天，已无新鲜桑叶喂蚕，韩涌潮便开始谋划着娶媳妇。转过年来的春末，桑树上早已挂满鲜叶，他又养了一拨。蚕宝宝长着长着，再次变成了金黄色的。同样的蚕种到了其他人家，自始至终却不曾孕育出金黄色的蚕宝宝，无人能说得清原因。

只要有足够的新鲜桑叶，每年大可养两拨，甚至还可以在夏季把桑树上的部分枝干砍掉，即可催生出新枝新叶。韩涌潮怎会不知，已是无法再卖蚕种，倒是不妨售卖金黄色的蚕茧。售价比普通蚕茧哪怕高出二十倍，仍会有人抢购。用天生金黄色的蚕丝织成的衣物，自然价值不菲，穿在身上，简直就是一件金衣。打定主意，来年定要扩大养殖规模。秋去冬来，除了忙于再娶一房媳妇，其他心思全都花在为来年养蚕做准备上。

转眼又是春天，暖风轻拂，满山植被都在发芽，唯独韩涌潮家的桑树越发干枯。更让他疑惑不解的是，树周地面上缘何有些鲜土，还有些黢黑的木炭。老妈子猜测道："极有可能是有人在树根挖坑埋入了一些火炭，自然而然就烧坏了树根。挖坑掩埋时潦潦草草，难免有些木炭落在地上。"

韩涌潮一听，生气说道："谁会那么坏？竟敢偷偷捣鬼。"老妈子说道："想来应是十里八村的养蚕户！你家的蚕茧越来越多，越来越好卖，他们的蚕茧可就没了销路，于是就要想办法阻挠你继续养蚕。具体是谁背后使坏，那可真是不好查。"

韩涌潮想了想，倒是不曾大发脾气，只是说道："发财的门路千条万条，何必非要在同一条上挤来挤去。"话虽那么说，但他哪里还曾选择其他门路，无非只是遇见有人出兑田地，仍是继续买来而已。闲着无事，要么指挥短工在场院里晒粮，要么带着长工去田边割草喂牲口。

某天下午，坐看夕阳，突然发现一群芦花鸡排着队大摇大摆走到了院子里，而且鸡的腹部各有一只金黄色的黄鼠狼。韩涌潮一看，立即瞪大了眼睛，心下默念："黄鼠狼拖鸡原来并不是先把鸡咬死再拖走！想来一只鸡的体重未必会比黄鼠狼更轻，黄鼠狼哪有那么大的力气拖走。既然要吃鸡，自然会有自己的办法。钻到鸡的两腿之间，用嘴咬住鸡的腹部，把自己挂在鸡的身上，再翘起尾巴拍打着鸡的后背，即可驱赶着鸡前进，一并随着鸡同时前进。"

韩涌潮坐在那里并未起身，反倒是那些黄鼠狼纷纷扭头看了看他，似是极其警觉，倒又不曾马上散去，而是探头探脑审视了片刻，似乎是要确认眼前人到底是不是韩涌潮，等确认清楚了，方才扔下鸡向院外跑。那些鸡早已被咬伤，还如何逃走，只是戳在原地无序振翅。

韩涌潮稍作思考，念叨了一句："黄鼠狼来我家并不是要偷鸡，而是来送鸡的。"转眼就站了起来，一蹦三跳，哈哈乐道："我不想发财都不行！挡不住，拦不住，非要给我送来，我能有什么办法！"笑完说完，就要喊老妈子，把那些鸡拿到饭棚里，每天吃一只。接下来仍是闲着无事，思来想去，不妨再娶上一房媳妇，做新郎哪能做够。

韩涌潮何尝不曾琢磨，家产越来越多，总需要防御土匪来抢！到时候，除了可以率领长工短工一起抵抗，其实还可以放狗咬人，但眼下家里没有狗，不妨养上一群。当机立断，派人买来了狗崽，格外喜欢其中金黄色的那只，时常带着出出进进。

尤其是夕阳西下时，一人一狗穿梭在田间地头，的确是一幅美丽的画面。日子久了，感情越甚，那只狗绝不允许其他人靠近主人。韩涌潮高兴极了，简直要把自己的身家性命全都托付在狗的身上，动辄就要煮猪肉去喂。那只狗越来越壮硕，异常凶猛。

有一天中午，某位村民追着韩涌潮说道："大兄弟，求求你，就让我租种你家的地吧。"说着话，就要靠近。那只狗起先只是狂吠了一番，谁知那人并没有止步。紧接着，那只狗一跃而起，扑了上去，把那人扑倒了，张嘴咬了一口。那人的腿肚子上哗哗流血。

韩涌潮瞅了一眼，阴着脸喊了起来："早就听说，哪只狗咬人，就把它身上的毛剪下一些来，烧成灰，敷在伤者的伤口上，即可化解狗牙之毒，犹如原汤化原食。你明天去我家拿狗毛就是了。"喊完了话，不等伤者说什么，韩涌潮领着狗继续向前走。

傍晚时分，一群人堵在了韩家院门口，纷纷喊着要拿狗毛。韩涌潮立即办理。紧接着，那群人又喊着让他赔偿伤者，并且打死那只狗。细细想来，村民们的要求合情合理，那只狗既然能咬伤甲，日后难免还会咬伤乙，谁还敢在村里走动。若要避免那只狗再次伤人，似乎只能打死。

韩涌潮思忖了片刻，加倍赔偿了伤者，但村民们仍是要求处死那只狗。韩涌潮岂能答应，但又承受不住沸腾的民意，犹豫了一阵子，只好举起了铁锹，当众拍去。那只狗死前并未反抗，甚至一直在摇尾巴求饶。韩涌潮伤心极了，连连哀叹，但还是让家里的用人扒狗皮，煮狗肉，招待村民们。大家围着狗肉锅，边吃边笑，饱餐一顿，终于不再有意见。

韩涌潮想了又想，决定去狗群里再寻一只自己能看上的，挑出来驯养。瞅望了半天，却始终没找到自己格外喜欢的，于是又派人出去买来了一群狗崽，还是挑出了一只金黄色的。出入田间地头，煮肉投喂，望着它慢慢长大，越来越通人性，甚至觉得世上跟自己最亲近的顶数那只狗。

可巧它同样咬伤了村民，引来众人堵在了院门口。除了要拿狗毛和索赔，还要求韩涌潮打死那只狗。扒皮煮肉，村民们又集体饱餐了一顿。陈扶摇正巧路过，望见大家吃饱了还要唱上几嗓子，大喊了起来："莫把煮肉群食视为好事，那只狗可真是委屈！咬人的责任其实只在养狗人的身上！"大家一听，赶紧散开，各回各家。

韩涌潮思前想后，指着自己的影子念叨："你完全可以认为你想要的东西何其珍贵，但别人没有义务必须接受。"既然养狗容易惹事，索性就不再养，把家里的狗全部杀掉，一天一只，自己吃肉。

接连半月，心情不畅，后来的某一天，突发奇想，派人买来了一堆羊绒和鸡蛋，随即亲自动手，把鸡蛋敲壳摊在了碾盘上。无论近看，还是远看，原本就少不了一些金黄色的蛋黄。碾盘上毕竟又出现了金黄色物什，韩涌潮咯咯直乐，拍手蹦高，接下来就把羊绒塞到了碾盘底下，想要把羊绒点燃。

听见有人问他想要干什么，他只是说了一句："要在碾盘上烙一张大大的鸡蛋饼。"碾盘的直径足有两米左右，把鸡蛋摊开抹匀，的确可以让鸡蛋饼的直径同样达到两米，但碾盘的厚度足有一米，在下面点火，到底能不能把青石碾盘烤热，实属疑问，而且到底能否点燃羊绒，同样是疑问。

韩涌潮哪里能点燃，只是糟蹋而已，倒又不觉得心疼。任凭他挥金如土，花钱如流水，但他的资产却有增无减。说来真是奇怪，有几只羊一直被拴在院外场院的角落里。其他人都不愿意凑到跟前投食，总是隔着八丈远就要把草料扔过去，只因角落周围总是湿漉漉的，不小心就会打滑而跌上一脚。

韩涌潮却发现其中似有门道，有一天傍晚，悄悄走到那里。正巧有一只羊看见他拿着草，就想要以最快速度扑到他的跟前，许是因为用力过猛，不仅扯断了原本拴在脖子上的绳子，更把绳子另一头的木桩拔了出来。韩涌潮一眼就看到了原本埋着木桩的地方似是有些金色物件，走到跟前，便发现了黄金，当即脱下大褂，把黄金捡拾到了褂上，兜回了家里。

长工短工和乡亲们全都得知韩涌潮又发了财，人群中难免会引发议论。有人曾言："早已说不清是何朝代，准是有人在场院的角落里埋下了资财，历来不曾被人发现，恰巧被韩涌潮发现了。"大家一起聚到那里，但只是看见一些蹦来跳去的大小蛤蟆。

如此一来，免不了有人有所眼气，心生不平，抓起一只溜溜跑到韩家院门口，倒手扔到院内。其他人纷纷效仿。韩涌潮正在院内喜兴得不知如何是好，突然间却发现半空中落下不少蛤蟆。没过多久，此事竟演变成传奇故事。

曾有人在街上传言："院外人当时扔出的明明是蛤蟆，

一旦落到韩涌潮的面前，就会变成金钱。韩涌潮躺在地上蹬着腿哈哈大笑。院外人跑进去观看，方知自己反倒给他帮了忙，暴跳如雷。”有的人甚至传言：“韩涌潮原本就是天上的财神爷下凡，在凡间便是活财神。他发起财来，任凭是谁，全都阻挡不住。”

有的人更是曾说：“天上的财神在下凡的时候，正巧听见有一只公鸡接连叫了三声响响喽，于是落到了凡间便一分为三。人世间原本有三位活财神，韩涌潮只是其中之一。此前从未听说，哪里的财神会有子孙相伴，顶多只有财神奶奶相随左右。且看韩涌潮，终究没有抱上儿子，迎娶进门的媳妇只会给他生闺女。他的宿命只是在于聚财，任凭他把自家庭院越盖越大，以便储存更多财富，恐怕迟早都会是到头一梦，万境归空。”

哪怕并无流言入耳，韩涌潮自己又何尝不曾备受熬煎。深夜时分，总是长吁短叹，世人谁知我的心头滋味！甜的少，苦的多，且酸且辣且咸，难成一统。无论是在房檐草舍，还是在林间，总有些生命悄悄地出现，悄悄地消失在人前。谁的生命不曾是一页美丽的诗篇，且来且去，只是在世上走了一遍。欢声笑颜，泪流满面，哪些不会成为过眼云烟，哪些不会在心中塞满。院内院外的月季、椿树和蓝天，谁不曾有一段还没有走完的路途，充满期待，又满怀忧愁。

某天下午，几名村民在街上扎堆。有人提起了话茬：“不知道大家有没有发现，在我们村，姓马的和姓陈的，眼看就要断根了，家里都没有男孩。你们想不想知道原因?”周围几人一听，越发向前凑。

那人分析了起来：“明面上看去，貌似只是事关姓马的和姓陈的，其实却还涉及姓王的。老祖宗留下话了，无马不成店，无王不成庄。意思就是说，天下各村，名字凡是叫作什么店的，村里必有姓马的。凡是叫作什么庄的，村里必有姓王的。若是违背了此种灵性法则，叫什么店或者什么庄的村，迟早都会败落，断不会久存。关键问题是，各种姓氏共存于同村，其间还有讲究。姓陈的陈，取其谐音，便是臣子的臣，就难以在村里称王，除非村里没有姓王的。一旦有，两家必会争夺周围山川的脉气。同时，姓马的若是与姓王的同村，姓马的终究难以兴盛，因为马要被王骑，故此姓马的通常不愿意与姓王的同村。更重要的是，在我们村，三姓人家偏偏都把自家的祖坟安置在了皇蹲山上。那座山因韩家先祖搭救洪武大帝而得名，原本叫皇藏山，但容易叫成荒草山。哪里的山上不长荒草，索性改叫皇蹲山。在那里安置先人，无非想沾沾皇家灵气，于是陈家的在顶部，王家的反倒在半山腰，马家的则在山脚下。如此一来，按照上上下下的分布，马甚至主动被王骑，王家就会更加得势，但又被陈家压了一头。再反观陈家，难免会被视为悖逆。回头来看，在我们村，目前谁家人口最繁盛，不就是姓王的嘛，全族男丁上下几代多达近百人。姓马的和姓陈的缘何要断根，正是因为受制于姓王的。”

韩涌潮在街上溜达，早已隔墙听见那些话，立即走到了那几人的面前，张嘴就说：“你们接下来是不是还要议论议论我们韩家为何缺乏男丁?”那几人断不接话。韩涌潮又说:“你们凑到一起,只会满嘴喷粪。我们村的名字,一不带店字,二不带庄字,跟老祖宗留下的话有什么关系!日后我若听说,有人针对我们韩家东拉西扯,就一棍子打死!”话音落地,韩涌潮转身便走。

他虽那样告诫乡邻,但心里免不了会犯嘀咕。每次听见街上响起铜锣声,必会询问目盲者:“人活一世,草木一秋,我缘何至今还没有儿子?”目盲者都曾告之,你的儿子迟早会出现,只需暂且等待。

韩涌潮何止一次两次把满心的块垒诉之苍天:“白发老翁同样说我还会有儿有孙,到底准不准?我的儿子在哪里?天不语自高,地不语自厚。洞明世事,练达人情,为了我所坚持的志业和道路,我甘愿肝脑涂地。粉身碎骨浑不怕,只留不悔在人间。”除了继续迎娶,哪里还会再有其他办法,于是一年之内又娶了两位。经年至此,韩家已有五房媳妇,分别是黄家女、房家女、汪家女、常家女和桑家女。

第十六章

富者的霸业

团柴的在集上摆摊念叨："一年十二月，起居睡觉，必有讲究。按照《西方记》上的说法，正五九月不进东，二六十月北房空，三七十一西边凶，四八腊月不进南。"韩涌潮凑在跟前听之思之，轮番出入四面房屋，若是每次都要拿着枕头和被褥，岂不是很麻烦，莫不如让媳妇们多多做一些厚薄的棉被，放在四面房屋的床上预备着。

转过天来，派人赶紧去购买棉花、针线和棉布，买来就要去后院，分发至媳妇们，给大家几天时间，把各自做好的棉被送到前院北屋。媳妇们开始忙活起来。眼瞅着又闹了笑话，做棉被原本只需在上下两条棉布之间塞铺棉花，并且穿针引线，黄家女忙着忙着，就把自己包在被子里。

韩涌潮前来巡查时，她正在大喊大叫，想要让人把她从被子里弄出去。韩涌潮拿起扫帚来揍，她在被子里一阵扑棱。踢蹬坏了棉布和棉花，韩涌潮指着她大骂："身为女人，竟然不会做女人们应该会做的活计。"

说起来，她早已不是第一次犯拙。前几天，韩涌潮曾让她做一条裤子，谁知她却不会。韩涌潮告之：“人有两条腿，树有两根杈，难道你就不会模仿着树杈去缝?”黄家女仔仔细细端详了一番院内的树木。

韩涌潮出门玩耍去了，等回来的时候，发现黄家女把布片包在了树上，穿针引线简直是给树缝了一条裤子，抬手就要打她。她却说：“我已经很努力了！尽管有些慢，但马上就要缝完了。”韩涌潮怒吼着问了一句：“我怎么穿上你缝的裤子?”黄家女回答：“我立即就把裤子拿下来!”当她要去拿的时候，才发现若要拿下来，就只能再把缝在树身上的布片撕下来。

她自知难免要挨揍，索性跪到地上撅起了屁股。韩涌潮脱下了鞋，边用鞋底抽打边斥责：“当年你爹听说我要招亲，就上赶着把你送来换取粮食。你在我家里吃得饱，喝得足，却只给我生了女儿，偏偏还不会干活。你若是能给我生下儿子，我就不揍你了。”黄家女嗷嗷痛哭。韩涌潮发泄完了，哈哈大笑说道：“不哭不笑不热闹。”

在韩家做媳妇，谈何容易。除了黄家女，桑家女做事同样让人啼笑皆非。她此前风评就不佳。据传言，某年某日，她慢慢腾腾在街上走着。认识她的人难免会问：“你要去哪里？要不要到家里坐坐?”她扭头回答：“家里虽穷，但要过年了，我赶紧去集上买点东西，孬好都算是过一回年。哪有过年不赶集的!”跟她打招呼的人一听，当即有些懵，自问了一句：“到底是我等俗人弄错了，还是她弄错了?”

随即又自言自语了起来：“都说她是神仙，而神仙怎会弄错，但镇上各村的人明明前天就去赶集了。人山人海，至少好几万，难道好几万人都弄错了?”扭头只见桑家女还没走远，喊了一声：“今天不是大年初二吗?”桑家女立即回过了头，愣愣地站在那里。

跟她打招呼的人赶紧又喊了两声：“年集不是大年三十吗？你要去哪里赶集呢?”桑家女看了看周围，嘟哝了起来：“怪不得通往年集的路上怎么没人！原来是我过错了年，错把大年初二当成了大年三十。”一阵大风吹来，卷起了团团沙土。等沙土散尽，早已不见桑家女的身影，只是留下了一句笑谈，说什么神仙的确不是俗世凡品，自然不会按照俗世中的算法过日子。

若干年以来，桑家人何尝不曾对外宣称，自家的女儿不疯不傻，只是性子有些慢而已，但免不了还是会担心她日后能不能嫁得出去。好在后来韩涌潮愿意娶她。结婚当日，偏偏又闹了笑话。

韩涌潮牵着马，刚把她接入韩家院门。她竟然把蒙在自己头上的红盖头扯了下来，扔到了人群中，并且直接从马背上跳到了地上。见院内有棵树，立即就要爬树。转眼工夫，就爬到了树顶上。无论别人怎么喊，断不肯下来，在枝杈间窜来窜去，紧接着又蹦到了屋顶上。

韩家院里一片哗然，众人皆言，哪里是娶媳妇，简直就是在耍猴。韩涌潮怎能不生气，琢磨着：“桑家女的性子到底是快还是慢?”一时想不明白，但终究还是忍住了火气，扭头又琢磨了起来：“无论谁家的女子，娶来的目的，只求她能生育，或疯或傻，倒是次要的，现在还不宜马上就要揍她，且看她日后有何表现。”

转至时下，让她做棉被。韩涌潮背着手前来巡查，发现她迟迟没有开始，只是在埋头观望棉布和棉花，不妨催促催促。桑家女却说道：“你只需给我仨月时间，我一定会给你做出棉被。”

韩涌潮每日里紧锁愁眉，苦闷感一阵接着一阵涌上心头。若不能想方设法疏解，就会觉得乌突突的苍天似要下垂，真真让人逃无所逃，胸腔里偏偏还想要爆炸。另外几房媳妇倒显伶俐，何不跟她们过过手。关键问题是，怎么才能寻到开心？

辗转几日，憋好了主意。某天傍晚，把她们叫到院子里，站作一排。拔高嗓门，疾言厉色，吩咐房家女，给我找一种无论如何都捆不紧的东西来。吩咐汪家女，给我找一种可以叫作纸包火的东西来。吩咐常家女，给我找一种用水泡不软的东西来。各就各位，限时三天。谁若办不到，必受惩罚，禁食三日。

既然知晓各位伶俐，又何必折腾。最终万一打了谁的脸，那该怎么论？当天晚上，家里极其安静。且不知各位是否在做准备，或者有何打算。韩涌潮倒是觉得自己的心里似有花朵要绽放，默念了一番：“用绳捆，哪有东西捆不紧！纸里包不住火，我偏偏要看纸里包火！无论什么东西，放在水里泡，怎么可能泡不软！一天两天，若还坚硬无比，十天半月，迟早会泡得像是面条。”

伶俐人办事，当真颇显伶俐。第二天早晨，就要交差。房家女拿出了一把雨伞；汪家女拎出了一对纸灯笼；

常家女拿出了几枚鹅卵石。三人大大方方站在院子里，啥话都不说。韩涌潮一看，便觉得脸上滚烫，自己心里的那朵花非但没有完全绽放，反而瞬间打了蔫。

三房媳妇转身就走，回了各自的屋。韩涌潮站在院子里一再念叨：“跟伶俐人过招，甚是无趣。”苦闷感重新涌上心头，简直犹如滔滔洪水。整整一日，翻滚来翻滚去，却迟迟无法一泄了之。

到了晚上，迷迷糊糊进入了梦境。韩涌潮发现自己正坐在山顶悬崖的边上赏月，突然听见周围的草丛里传来了一些嗤嗤啦啦的声响，便朝左朝右，扭头看了看。稍稍片刻，有只貔狐钻了出来，贴着地面趴在了他的面前。韩涌潮坐在那里仍像石头一样纹丝不动。

貔狐竖起身子坐在了他的对面，竟能口吐人言，问了一句：“我的出现是不是让你感觉到了恐惧？”韩涌潮回答：“无论你采取什么方式害我，我都不会反抗，又怎么可能会怕你，反正我不想活了。”貔狐抖搂了一阵身体，幻化成了人形，性别归属于雄性组。

即使瞪大眼睛，趴到跟前仔细端详，都足以让人断定，影影绰绰坐在那里的肯定是人。在月光的映衬下，只是很难说清它身上的衣服到底是黄色的，还是白色的。韩涌潮直眉瞪眼看着，并没有做出其他反应。貔狐捏着下巴又问：“你怎么了？是不是遇上难事了？”韩涌潮没有吭声。

貔狐一本正经又说：“想必你能听得出来，尽管我的声音很清脆，但已经带有了沧桑感。不妨跟你实话实说，我已经活了接近一千年了，见过的人，比你吃过的米都多。你眼中的那些难题，在我看来，或许根本就不是难题。”韩涌潮仔细看了貔狐几眼，怎奈月光并不十分明亮，终究看不出貔狐的面部表情。

貔狐继续说道：“你帮我一把，我帮你一把，咱们俩互帮互助吧。”因韩涌潮迟迟没答应，貔狐又说：“你肯定在想，既然我见过的人比你吃过的米都多，我似乎没有自己解决不了的事情。我实实在在告诉你，你的想法是错的。我在山野中修行，每隔三百年，就会获得一次成为人的机会。但天地之间人为贵，人是万物之灵长，我要想成为人，必须获得人的认可。我已经努力过三次了，每次都以失败告终。原本已经无法再成为人，但我去天上苦求天神再给一次机会。天神见我心诚，就应允了，但提出了一项条件，让我择定一人，无论那人提出何种要求，必须助其实现愿望，断不可一人不成再选第二人。就在刚才，我隔远看见了你，就奔着你来了。且等着一块乌云遮住月亮，我会问你，你看我像人吗？你只需回答一句，我就是人，或者非常像人，就可以了。趁着乌云还没遮月，你赶紧想一想自己有没有一心想要实现的愿望。”

韩涌潮心下默念，以前倒是听说过貔狐讨封的故事，难道会是真事？紧接着张嘴说道：“无论是谁，只需上嘴唇轻轻地碰一下下嘴唇，说一句你像人，完全不费吹灰之力。你前三次讨封，难道就从来没有人帮过你？”

貔狐说道：“在我第一次获得机会的时候，发现马路上有孩子正在玩耍，我就躲在近旁的草丛里喊了一声，你看我像人吗？谁知那孩子竟喊了一句，我看你像驴粪蛋子。我就变成了驴粪。时隔三天，才变回了原形。第二次机会来临的时候，只见路上有位书生正在行走，我就趴在草丛里喊了一声，你看我像人吗？怎奈那位书生竟喊了一句，放眼看去，天下人尽是猪八戒或者袭人，人模狗样谁是人。我就变成了人模狗样的怪物。同样需要三天，方才变回原形。在我第三次获得机会的时候，发现路上出现了一位白发苍苍的老翁，我还是那样喊，你看我像人吗？谁知那老翁竟冷冷地喊了一声，做人不易，不做搅屎棍子就行。我就变成了搅屎棍子。”

韩涌潮叹着气说道：“做人有什么好的，你为何偏偏想要变成人？穿梭在山川林间，无拘无束，自由自在，难道不好吗？雪当被，地当床，大地、远山、村庄、树林、江河，万物皆在沉睡，你何必醒来！”

貔狐说道：“做人好不好，只有做过了才知道。”韩涌潮问道：“你当真非要变成人不可？”貔狐抬起自己的双手放在胸前，随即握在一起，不停地向月亮作揖，又说了一句：“赶紧把你的愿望告诉我吧！”

韩涌潮说道：“我想让我的媳妇给我生儿子！”貔狐一听，当即愣住了，似是有话要说，但又迟迟没有说出来，只是在摇头晃脑，叹了口气，起身走到悬崖边上，冲着崖下看了看，干脆跳了下去。

韩涌潮大喊了起来：“明明说好的，你帮我，我帮你，你怎么能寻死？”喊完就从梦中醒了过来，唉声叹气，自言自语：“任凭谁有大能，都帮不了我！”说着话，便有泪水涌出眼眶。

深夜难眠，思绪纷飞，仔细揣摩，祖祖辈辈取名，本身就颇有学问。通常蕴含着三部分内容，最前面是姓氏，中间要加上辈分，紧接着再加上补字。有些人的名字哪怕只有俩字，或者仍是仨字，但没有加上先人早已选定的辈分，当事人却未必不知晓原本应有的三部分内容。就像我，名叫韩涌潮，实际上叫我韩续潮，未尝不可，我的辈分是续字。追索背后的寓意，在家族内部，祖祖辈辈的名字以共同的姓氏打头，意在表明大家的血脉皆来自对同一位祖先的继承，而姓氏本身就是你我血缘归属的标记，以此跟其他家族区分。再来看辈分，它存在的意义，则是要在家族内部标记出上一代与下一代。认定血脉传承如同芝麻节节生长，当真可靠。每一代人犹如每一节芝麻茎叶，代代传承，全靠辈分用字标记出来。横向的同一代人，又该如何区分彼此，不妨再补上一字。总体来看，名字区区仨字，依次排序，更能表明在人们的心中何为重、何为轻。有时还会出现貌似混乱的情形。诸如张本源、张本流，随着血脉繁衍，人口繁盛，补字如果已经用尽，甚至还可以把同一代的后来人唤作张源本、张流本等。显而易见，辈分不可丢！我的儿子应该是再字辈，可我的儿子在哪里？迟迟没有人承祧我下一代的辈分，难道我家的芝麻不会再拔节生长？

心头所愿，终难实现，久而久之，韩涌潮越发积郁，少不得要在解闷的玩意上花些心思。想来想去，派人从外地买来了十只鹰，特意放在一间大屋子里，让它们绕梁翻飞。起先只是投喂猪肉、羊肉或者牛肉，后来就想要喂人肉。

韩涌潮琢磨了几天，想到主意，在院门外立起了一块木牌。上面写着：“自愿被鹰啄食者，自负死亡责任，家属可获黄金百两。”赶上饥馑年月，的确有人愿意以死换来亲人的口粮。

韩涌潮总喜欢站在窗前，瞪大眼睛欣赏窗内的群鹰啄人景象，倒又不曾让人入屋收拾白骨。到了后来，变换了玩法，以更加积极的态度出借粮租。区别于以前的地方在于，借粮者可以通过两种方式偿还租子。要么还是像以前一样，只是以粮还粮，但要提高偿还的数量。以前只是借一斗还两斗，现在却是借一斗还三斗。要么就是入屋被鹰啄食。的确有一些还不上租子的人主动选择后者。韩涌潮养的那些鹰何止健壮，尤其是眼睛似乎还带着血色。

陈扶摇忧心忡忡，曾琢磨：“一夜暴富，难免会引发祸事。购并土地，致使贫富悬隔。富者称霸，设饵害命，殃至乡邻。史上不乏重农抑商的呼声，想来不无道理。”老人家凭借一身担当，曾向韩涌潮劝言：“前有韩冬，后有韩寻异，全都跟我相交深厚。韩家眼下由你执掌，何不听听我的建议。既然发了财，理应苦读孔孟文章，磨砺心性，或者资助办学，造福一方，方才是人生正途。”谁知韩涌潮举棍就打。

陈扶摇堪称传说中的倔县人士，哪怕被打得头破血流，仍要苦苦相劝。韩涌潮嗷嗷喊起来：“且不论你我两家曾经如何交好，那都是过去！韩家眼下既然由我执掌，我想怎样就怎样！你纵有指点江山的本事，却指挥不了我！你走你的阳关道，我走我的独木桥，走对走错全由我。任凭你怎么铁肩担道义，但我不需要你来指手画脚。再者说，你以为我是傻瓜吗？难道我自己就没有好好想过。且看孝字怎么写，一抔黄土区隔上下，土上遮应着土下，土下供应着土上，上下根叶紧相连属。我眼下无子，怨只怨我家的地下祖先根系不好，无需追责于我。等到日后，我到了土下，依旧无子，何须再顾及土上。既然土上土下全无顾忌和牵扯，我现在若是不折腾，更待何时。”

陈扶摇想了想，竟落下热泪，于心底默念：“我等乡村读书人，纵有满腹经纶，但生不逢时。若是在以前，还可以考取功名，治理一方，断不会让富者成就霸业。望天苦叹，天又能如何？当真是今非昔比，富者的霸业已成，我还能怎么办？”老人家哭罢回了家。

接下来难道只能坐视？不可！不可！总还能想到办法。大家都说韩涌潮非常喜欢跟目盲者交谈，既然没法跟他讲道理，莫不如就找人扮成目盲者给他讲上一段故事。但愿他能听进去，并且有所悟。想好了计策，选定了日子，果然让人出现在了韩家院门口。韩涌潮接人入院，搬出了太师椅，起先未曾起疑。那人便讲起了故事。

据传说，某地老韩，天赋异禀，能听懂鸟语。某天晚上，听见鸟在窗外的树上说了一句，“山顶的石板上有只兔，明早快快去，快快去”。第二天一大早，老韩的确去了山顶上，捡回来了一只受伤的兔子。杀兔的时候，树上的鸟又叫了起来：“你吃肉，我吃肠。”接连叫了几遍。老韩确实把兔肠扔到了树上。

时隔三日，吃晚饭时，又听见鸟在叫唤，“山顶的石板上有只羊，明早快快抢，快快抢”。转过天来，老韩跑到山上把羊扛回了家里。扒羊皮的时候，鸟又叫了起来：“你吃肉，我吃肠。”仍是接连叫了几遍。老韩想了想，把羊肠子洗净煮熟，满院飘香，可不能留给鸟。果不其然，的确没有把羊肠子扔到树上。

又过了三天，下半夜，鸟又叫唤，“山顶的石板上有只狼，明早快快抢，快快抢”。老韩一听，高兴不已，心底念叨：“此前我从未吃过狼肉，看来能尝尝鲜了。”第二天早晨，天刚蒙蒙亮，就跑到了山顶上。只见那里确实有两只狼，而且是大活狼。没等走到跟前，两只狼就朝他扑了过去。逃无所逃，片刻工夫，就被狼活吞了。

老韩的死因无疑在于自私，只求自我得利。故事中的老韩，何尝不是故事外的韩涌潮。随着故事讲述由前到后，他其实早已发现眼前目盲者的言谈举止像极了陈扶摇，稍作思考，张嘴就说：“我喜欢极了自己自私的样子！你有什么资格劝我不要自私？难道你就不自私吗？你是不是陈老头的学生？你们口口声声教人行善，但又何尝不是通过教育别人的方式谋求一己口粮。”话到此处，韩涌潮扭脸就命人轰走前来讲故事的人。那人急速快跑。

韩涌潮埋头琢磨：“我既然要折腾，那就要翻新花样。唯有如此，方才更加有趣。”说起来，同村的张家二子常年在韩家干活，年底却拿不到工钱。韩涌潮曾告诉张大：“若要领到钱，必须先回答我出的题。你若答得上来，我就立即解囊。若是答不上来，日后就不要再跟我提工钱的事。”

不等张大表达自己的意见，韩涌潮就说道：“第一题，我家北屋的地面上总是湿乎乎的，你能不能帮我把地面放到太阳底下晒一晒?”张大反问道：“那地面在屋里，怎么能拿到屋外?”

韩涌潮嘿嘿笑着摆出了俩瓷坛子，一大一小，张着大嘴说道：“第二题，你能不能帮我把大坛子放到小坛子里?”张大说道：“依我看，你分明是在故意刁难人。”韩涌潮又说道：“且听第三题，我的脑袋几斤几两重?”张大说道：“你的脑袋长在你的身上，我怎么知道重量。”

韩涌潮狂笑不止，指着张大眉飞色舞说道：“瞧瞧你都笨成什么样了。我即使给你结算工钱，你能数得过来吗?”张大的确觉得自己实在是太无能了，就灰头土脸回了家，把事情告诉了二弟。张二责怪了起来：“你不是太无能了，而是太窝囊了。区区韩涌潮，且看我怎么对付他。”片刻工夫，兄弟二人一起来到了韩涌潮的面前。

张大有言：“你能欺负得了我，看你能不能欺负得了我二弟。”韩涌潮心底念叨：“且不知古今是否历来如此，各家各户若是有子二人，不老实的往往就是老二。追查原因，在老二出生以前，老大曾享受过一段独子时光，颇受父母长辈喜爱，随着老二出生，亦会帮助父母操持家业。既然有老大帮助父母，老二便会把更多心思花在维护自我上。况且老大和老二难免相争，老二若要战胜老大，自小就要琢磨各种策略。即使出门惹了事，甚至还可以推到老大身上。长此以往，老二的智慧积累自然而然就会胜于老大。张家正好有子二人，原不该招惹，都怨我此前失算。话又说回来，老二当真就比老大强吗？其实还有待于检验！”

张二如何知晓韩涌潮内心的盘算，直接说道：“且看我怎么回答你出的第一题。”说着话，扭头看了看周围，只见东侧墙根正好有一把镐头，便走过去，扛到了肩上，以最快的速度爬到了墙头上，直奔房顶。韩涌潮仰头喊问：“你想要干什么？”张二回答：“等我把你家北屋的屋顶扒开，阳光就能照到屋里的地面上，估计只需一两天，就能晒干。”

韩涌潮一听，赶紧喊道：“下来吧，下来吧，第一题，就算你答上了。”张二迅速下了墙，去看了看那俩瓷坛子，拿起大的就要摔。韩涌潮又喊道：“你想要干什么？”张二答道：“等我把大的摔了，再把摔碎的渣渣放到小的里，岂不是就把大坛子放到了小坛子里。”

韩涌潮一听，败兴说道：“无需搞破坏，第二题，就算你答上了。”张二放下了坛子，扭脸便说：“经我仔细计算，你的脑袋的重量是六斤七两。”韩涌潮不免要问：“你是怎么计算出来的？”张二直奔厨间，拿来了菜刀，以不容置疑的口气说道：“你若不信，不妨让我把你的脑袋割下来，再放到秤上称一称，看我算得对不对。”韩涌潮想了想，总不至于为了验证一道题的答案，还要让我把命搭进去，只好说道：“第三题，就算你答上了。”

张二说道：“那你赶紧给我们兄弟二人结算工钱吧。”韩涌潮耷拉着脸，只能如数支付，念念叨叨：“我最不缺的就是金银，怎会计较工钱。”随即就问：“你们俩明年还想在我家干活吗?”不等张家兄弟答话，韩涌潮又说：“既然你张二如此聪明，那你去给我买两斤甜瓜来。若是买不到，你们俩明年就不要再来我家赚钱。”

张大说道：“现在是大冬天，可让我们去哪里给你买来。等到明年夏天，行不行?”韩涌潮却说：“可我偏偏现在就想吃，等不到明年夏天了。”张家兄弟没再说话，回了家。没过多久，原本无法破解的难题，似是早已迎刃而解，但只是发生在了故事里。

曾有人在街上传言，张大后来只顾着念叨，若是不去韩家干活赚钱，还能去哪里?若是去远处，就难以照顾一家子老幼。张二又何尝不曾觉得头疼，但还在想办法。即使天降大雪，仍是出了门。在茫茫的天地间行走，翻山越岭，走到了某块平地上。突然感觉到此处不同于其他地方，尽管地面上同样有积雪，但升腾着丝丝热气。

稍作思考，扭头往回跑，回到家里，翻箱倒柜，找出夏季穿的衣裳，换下身上的冬衣。想起堂屋的橱柜里还有些甜瓜种子，跑去找出来装到口袋里，扛上镐头出了家门，折返到了那块平地上。

挥镐整理起了地面，念念叨叨：“我要让天上的玉皇看看，我已经在按照春夏时令忙着耕种了，但愿玉皇能够有所感。”张二果然把种子撒到了地里，坐到了地上。片刻工夫，天上降下了一条火龙和一条水龙。火龙化雪，地面升温；水龙灌溉，把雨水洒到了地里。天地间黑了又亮，亮了又黑。

张二冲天默念了起来："天黑天亮是一天，我把种子来种上。天黑天亮又一天，瓜苗出土长了秧。天黑天亮第三天，秧上果然结了瓜。天黑天亮第四天，甜瓜悄悄长大了。天黑天亮第五天，甜瓜终于熟透了。"说来真巧，不多不少正好摘了两斤。故事里的韩涌潮当真吃了甜瓜，到了故事外，张家兄弟第二年的确没能获得再去韩家干活赚钱的机会。

春风拂面，天气越来越暖，心头如同枝头，一并蓬勃。韩涌潮闲来无事，又有了奇思妙想，买轿坐轿，让四人暂且丢开地里的农活，抬着他在街上溜达了一圈又一圈。心里痒痒酥酥，暗暗默念："被人高抬的感觉，可真美妙。"只在村里转悠，怎么能尽兴，还可以去镇街上转转。

四名轿夫配合默契，行走速度不快不慢。轿上抬杆一颤，韩涌潮便悄悄一乐，总能感觉到自己的头顶似要顶破天。抬杆颠来颠去，简直就是要用头顶一再顶天。心头暗想，顶来顶去，即使不能把苍天顶得粉碎，至少能顶出窟窿。且让我看看苍天外是何景致。

转来转去，肚里饿了，指挥着直奔前面的店铺。韩涌潮下了轿，带人进了店就要吃食。店家怎能不问："您要吃什么?"韩涌潮回答："我吃烧饼，轿夫吃肉包。"理由很简单，自己吃啥不打紧，随意即可，让轿夫吃肉包，方有充足的力气继续抬轿转悠。

店家说道："烧饼有现成的，包子得现做。"紧接着问道："要吃多少?"韩涌潮回答："烧饼要俩。至于包子……"话没说完，心头花朵登时绽放，嘿嘿笑道："按面粉的重要计算，一两半，二两半，三两五钱四两半，去做吧。”店家一听，就懵了。

烧饼到桌，韩涌潮拿起来就吃，转眼又叫来店家，板着脸问道：“烧饼上的黑点点是什么？难道是烤煳了的白芝麻？”店家回答：“那是黑芝麻！”韩涌潮却说：“你以为我不知道那是黑芝麻？我要告诉你，从今往后，不许你说那是黑芝麻，要说是烤煳了的白芝麻！”店家答好。

韩涌潮又说：“我能在天上顶出窟窿，难道还不允许我给黑芝麻改名？”店家连连答说：“允许！允许！”四名轿夫埋头盯着各自眼前的桌面，看那架势，当真不想让任何人发现他们跟韩涌潮有何牵连。店家看了看，又何尝不会琢磨，主子吃饭，如此难伺候。你们抬轿跟随，是如何伺候主子的？

肉包到桌，四名轿夫狼吞虎咽。韩涌潮哪有心思去计算包子的数量。店家走到跟前说道：“前三百三，后三百三，三七二百一，七六一百三，结账吧。”韩涌潮一听，就懵了。店家又说：“您如此精明，简直可以算是人中之龙，定能检验出我的报价是否准确无误。”韩涌潮反倒说道：“少给我啰唆，报一整数。”店家又说：“正好一吊钱！”韩涌潮直接甩出了一吊。

等轿夫吃完肉包，抬着轿走了片刻，韩涌潮才琢磨过来，问了两句：“我是不是被店家戏耍了一通？把我当成什么人了？”四名轿夫中，岂能无人琢磨，若要回去跟店家争执，难保韩涌潮不会命令我们大打出手，多一事不如少一事。老马便接话：“分明是您戏耍了店家一通！临走时甩出一吊钱，那是何等的雷厉且潇洒!”韩涌潮一听，咯咯笑了一阵。

继续向前，走着走着，轿中央一串响动，噗噗噗腾腾腾。若没有人吭声就罢了，只需一阵风，便会让响动消解，韩涌潮偏偏问了一句：“谁放的屁?”如此问，可真是让人琢磨不透发问者想要干什么，难道是想要追查何人搞得周围臭气熏天？四名轿夫依次回答：“不是我!”韩涌潮先是在鼻腔里哼了一声，紧接着说道：“既然你们都不承认，那就无异于拐着弯说是我放的屁咯。”四名轿夫都不知该如何接话。

韩涌潮又说：“好吧，好吧，回家!”轿夫们加紧步伐，一路慢跑。到家下了轿，韩涌潮让四人并排站好，随即宣布：“既然你们认为屁是我放的，那你们就把屁给我找回来，且不管采取什么方法。”四人登时面面相觑。

韩涌潮又说：“仔细想想，可真是一件怪事，不管我愿不愿意放屁，那些气流总会从我的身体里自主往外跑。难道它们恨透了我？以至于想要离我而去。关键问题是，既然出自我的身体，我宣称它们属于我，无疑合情合理。就如同我出门丢失了二两银子，谁敢说丢失物不属于我!”四名轿夫可真作难。

韩涌潮转身进了屋，拿来俩罐子。折返一趟，又拿来了俩。毫无疑问，他想让人拿着罐子去找屁，再装在里面拿回来。四人既然想要在韩家赚钱，与其直接拒绝，莫不如先应承下来，回头再想办法，因而果真拿着罐子出门。

如何交差？谁人不知，应是无论如何都交不了差！那四人每天都拿着罐子在街上溜达，简直成了一道景。三天四天，十天半月，总不能一直陪伴着韩涌潮犯蠢。老马便跟诸位商量了一番，每日拿着罐子出门，何必再去街上溜达，不妨去韩家的地里干活。时间长了，韩涌潮或许就忘了。

如此应对，还真是有效，春去夏来，悄悄然，四人便不再拿着罐子出门。每天早晨都赶在韩涌潮睡醒之前下地干活，中午不回去，只在地头上休息，傍晚回去，仍需躲避，能不见面就不见面。韩涌潮当真忘了？恐怕未必。

彼此的生活规律，说不准哪天，就会因为何种缘由而打破几次。某日傍晚撞见，原本擦肩而过，却把老马叫住了，问了一遍："我丢在路上的屁，你们找回来了吗?"老马稍作思考，只是搪塞："正在寻找，应该快了。"再无其他话，韩涌潮扭头就走。老马长舒了一口气。

许久以来，韩涌潮得意洋洋，其实早已暗暗揣摩了无数回，屁是一阵风，来去皆无踪，如何抓住它？真真觉得自己何止给家里的长工出了一道难题，简直可以算是面向天下人的智慧发出了终极诘难。且看何人能破解！正是因为得意，又怎会忘记。

双方第二次撞见，韩涌潮还是那样追问，老马还是那样作答。再一再二不再三，既然韩涌潮没有忘记，总要想办法解决。苦思加商议，办法倒是有，却需冒险。迄至第三次撞见，老马果然回答："找回来了，找回来了。"说着话，就要喊同伴把屁拿出来。

韩涌潮反倒瞪大了眼。老马等人早已做好了准备，同伴拿来了罐子。解开罐口一层一层的破布包裹和荷叶，只等韩涌潮探头查看。一股臭气升腾而出，他立即捏住了鼻子，发现罐子里有几块干粑粑。老马说道：“我们把屁的老祖宗找来了！自然而然就顺带着把屁找来了！”韩涌潮看了他一眼。

老马又说：“坏了，坏了，怨我没有及时提醒您。当您看屁的时候，理应使用什么家什把它抓住。话又说回来，您是何等的精明，肯定知晓需要用家什抓屁，许是一时着急，竟忘了拿家什来抓。刚才您一捏鼻子，只怕屁又飞走了。想来您已经看见它，只是没抓住而已。一半责任在我，一半责任在您。”韩涌潮想了想，转身走了。

老马跟同伴面面相觑，岂能不担心会被解雇，或者要挨一顿毒打。韩涌潮坐在桌前，独自喝起了茶，暗暗琢磨：“老马分明是把找屁的任务推到了我的身上。我若把他赶走，岂不表明我没有能力找屁，因而还不能把他赶走。既然就连屁的祖宗都回来了，难道还要焚香烧纸再把屁请回来？如此说，的确无懈可击！更重要的是，老马主动承担一半责任，并没有让我下不来台，还算是会办事。”找屁事件，至此便不了了之。

夏去秋来，老马负责领着人在韩家的地里收割豆子。两亩一大片，十几堆豆秸，皆是一人多高。韩涌潮则坐在地头树下乘凉。有一位跑江湖的汉子奔着跑了来，气喘吁吁说道：“能不能让我喝点你们带来的水？我快渴死了，求你了。”韩涌潮看了他一眼，并未经过仔细思考，答复道：“我们带来的水还不够我们自己喝的。前行不远，就有一条水沟，你到那里去喝吧。”

汉子扭头就走，满头大汗。就在擦汗的瞬间，扭头瞥见韩涌潮正摆弄着罐子捧水洗脸。顿时念叨了一番：“让我喝几口，能救我一命。你却不让我喝，自己反倒洗起了脸。到底是洗脸事大，还是救人事大？既然你毫无怜悯之心，就不要怪我无情无义。”念叨完了，从肩上的褡裢里摸出了一块毛巾，在手里鼓弄了几下变戏法，手掌间竟然跑出来了一只兔子，直奔豆秸堆。

汉子喊了一声：“快看，有只兔子钻到豆秸里去了。”老马扭头就看见了，发现那只兔子的毛色跟豆秸无异，扔下镰刀，拿起扁担就跑了过去。其他人紧随其后。韩涌潮跑来大喊一声：“打死兔子，晚上吃肉。”众人纷纷举着扁担砸豆秸，扑哧扑哧作响。

汉子一直站在远处，盯着老马和韩涌潮等人。眼瞅着那堆豆秸被砸得紧贴地面，挥了挥手，指挥着兔子又钻到了另一堆豆秸里。老马率众立即转移目标，又去砸另一堆豆秸。砸来砸去，并没有砸到兔子。巧的是，天上的乌云正在往一处聚拢，遮住了日头。老马等人早已再次转移目标，反正共有十几堆豆秸，兔子有的是地方可去藏身。等大家砸完了最后一堆，发现豆秸中并没有兔子，只有一块毛巾。

汉子哈哈笑着转身就走。天上开始落雨点。韩涌潮喊了一声：“赶紧把豆子收起来，拿回家里。”意想不到的事情发生了，老马等人翻开豆秸，发现豆子早已被砸进了土里，断不是轻易就能收拢起来的。瓢泼大雨说到就到，韩涌潮只能带着人往山下跑。

大雨竟下了整整半月。连阴天结束后，韩涌潮和老马赶往地里，发现那些豆子要么早已生了芽，要么早已烂掉，一年的收成尽毁。二人何尝不曾寻思，肯定是汉子使了变戏法，否则怎么突然会有兔子跑进地里。

老马曾言："汉子当时来讨水，你要是能让他喝上几口，或许就不会遭此大难。"韩涌潮并不认可此种说法，当即要赶走老马，断不肯支付工钱。老马拿不到报酬，哪里肯走，反倒遭到毒打，仍是没能拿到工钱，只好作罢离去。收成尽毁，韩涌潮并不曾觉得可惜。雇人种豆收豆，原本就只是借事打发时间而已。如何发财，早已不靠田地。

第十七章

天地间的一颗豆

来年春季，平白无奇的一天，不知从哪里来的一只母鸡，咕咕咕咕叫着，领着一群刚刚破壳不久的鸡仔，出现在了韩涌潮的面前，围着转了几圈。他跺了几脚，想要赶走，谁知竟赶不走。直到抬脚踢飞了一只鸡仔，其他的才躲到了墙根的一团草里。

次日早晨，母鸡又带着队伍来了。鸡仔原本就是嫩黄色的，阳光洒落，越发显得黄澄澄的。长工短工同样早已发现，但无人理睬。追索原因，此前都曾听闻传言，任凭日后是否又有金银现身，唯独到了韩涌潮的面前才会显露真相。即使去抢，恐怕毫无意义。

接连十天，那群鸡日日出没在院子里，大家早已习以为常。直到某一天，没再出现，众人反倒觉得不太适应。韩涌潮扑向墙根，抬脚拨开草团，果然又发现一堆金锭，断然不知何时何人所藏。

接下来，仍是挥霍无度。想了又想，年少时，曾在胡家沟的甘家见过，祭祀先祖或者求神赐福，更或者还愿，摆在桌上的供品，回回都少不了猪鼻子肉和一刀割的羊肉。既然大家都说我是活财神，我似是有必要尝尝其他神仙都喜欢什么口味。

果不其然，派人买来了猪和羊。杀之煮之，只留下猪鼻子肉，还有一刀割下的羊脖子肉，其余部分以市价出卖。若是卖不掉，任由烂掉。甚至刻意让人摆出了供台，还给自己制作了牌位，把香插入香炉，坐在供台后面，用双手捧着供品啃食。众人视之，无不惊叹，果然是一尊神，但世界上的神哪有自己给自己烧香摆供的。韩涌潮心满意足，拍着肚皮，洋洋自得："神仙的口味果真不同寻常。"

悄然数日，村里发生一件怪事。老熊去世，子女自然要办理丧事。其女告诉其子："按照旧俗，只有死者是女性，方才需要往她的手里塞上一条红色和一条绿色的汗巾，两头缝接。眼下是咱爹死了，理应往他的肩膀上搭一条蓝色的汗巾，搭在寿衣的外面就行。"其子马上要去办，拿着一条蓝布，刚走到尸首跟前，老熊却突然站起来。

其子吓了大跳，以最快速度从屋里跑到院子里，喊了两声："诈尸了！诈尸了！"院子里的人无不骇然，纷纷逃跑。老熊摆动着寿衣，慢慢挪步到院子里。那些寿衣明晃晃的，尤其上身，原本就是宝蓝色的，下身则是栗红色的。里三层外三层，许是摆动起来有些费劲，老熊干脆脱了下来。上下只穿着两件白色内衣，直挺挺地站着。

胆子大的人，拿着一根木棍跑回来。见老熊要靠近，就用木棍顶在他的前胸上。老熊的身体内似是聚集着无比巨大的力量，哪里会是一根木棍就能把他顶住的。那人扔了木棍，扭头就跑。

消息传得飞快，村里人纷纷关紧了自家院门，唯恐诈尸者会扑来害人。老熊果真扑到了街上，在巷子里游走。韩涌潮似是不怕，并未关紧院门。老熊便去了他家。韩涌潮问了一句："你到底是死人，还是活人？"老熊只是瞪着眼，全然不曾答话，直奔着向韩涌潮扑去。

他躲躲闪闪，大喊了起来："金宝字，金宝念，走金桥，过金殿，打开神门去修炼。你该去哪就去哪，切莫走错了家门。"老熊似是全没听见，仍是向前扑去。韩涌潮干脆跑到院外。老熊又追了出去。

直到傍晚时分，方才有人拿着桃木剑，出现在了巷首。等老熊走到跟前，便把一张写有红色符号的长条黄纸贴到他的脑门上。原以为老熊会就此躺到地上，谁知他竟把黄纸撕了下来，继续向前扑。

随着夜色越来越黑，哪里还有人胆敢出现在街上。老熊扑向各家院门，就要猛拍，啪啪啪直响。院子里的人吓得直哭，但又不敢哭出声。老熊闹腾了整整一夜。即便天色大亮，村内各家传出鸡叫声，仍无人敢出门。

老熊的子女怎能不在街上寻找尸首，怎奈竟迟迟没有找到，谁都不知老熊去了何处。山上山下的树林里、乱石堆里、柴草跺里、杂草堆里、碾棚里、早已无人居住的荒废院落里、水井里，皆找了一遍，仍是没有找到。

天色擦黑时分，老熊突然又出现在了街上，仍是去拍各家院门。他的子女闻声探源赶去，借着马灯散发出的光亮，只见老熊的嘴里长出了獠牙，龇着伸向嘴外，吓地嗷嗷喊叫，转身就跑。

韩涌潮走到街上，甚至直接走到了老熊的对面，张嘴就说："我是神，你是鬼，我岂会怕你。"老熊仍是向前扑，韩涌潮扭头就跑。他们一前一后，抬脚的步伐简直一致。想来老熊其实跑不快，至少追不上韩涌潮，更不曾跳起来将他扑倒。

韩涌潮跑来跑去，倒是始终没听见老熊的喘息声。反正夜里无其他事要忙，索性一直跑。闻听谁家院里传出第一声鸡叫，韩涌潮放慢了脚步，回头看了看，只见老熊早已消失得无影无踪。熊家人又到街上来找尸首，仍是迟迟没找到，何尝不曾琢磨，一旦找到，不妨放火去烧，或者用狗血去泼。准备火把和木柴，并且杀狗取血，忙活了大半天。韩涌潮同样没闲着，只当是借机打发时间。

待到天色擦黑，各方皆已做好准备。老熊果然又出现在街上，正要去拍谁家的院门，韩涌潮跑到跟前。任由老熊扑来，直到他们面对面时，韩涌潮拿出一把锤子和一枚钉子，先是挥舞锤子狠狠地砸了一下尸体的脑门。只见老熊晃了晃身体，紧接着就要把钉子敲入他的脑壳。老熊终于倒在地上。

那锤子倒是普通的锤子，那钉子却不普通，是韩涌潮前往山上扒了谁家的旧坟，从棺材上取下来的。棺材的打制若非借由木料的榫卯结构，原本就会使用钉子固定上下左右的木板。敲碎棺材取下钉子，并非难事。老熊的子女找了来，一看便知，父亲眼下的确死了，怎能不琢磨，此前若是没死，眼下恐怕就会算是死于被杀。韩涌潮只是站在那里哈哈直乐。熊家人抬走了尸首。

转过天来，几名办案人员来到韩涌潮的家里，说要让他承担故意杀人的责任。想来老熊的子女报了案，韩涌潮不慌不忙说道："谁能证明我后脚要把钉子敲入老熊的脑壳，他前脚还活着？如果当时他早就死了，被我制服的就连活人都不算，还谈何我故意杀人？"

其中一名办案人员极力反驳："老熊当时若是死了，把黄纸条贴到他的脑门上，他怎么没倒在地上，可见他当时并没有死！"韩涌潮辩解道："如果当时他还活着，他的嘴里怎么可能会长獠牙？活人的嘴里能长吗？"双方各执一词，谁都说服不了谁。

韩涌潮转身就让老妈子去准备酒席，并且强调："不惜花费多少钱财，只求入口的皆是美味。"扭头就跟办案人员说道："我们不妨边喝酒边探讨。"到了酒桌上，办案人员只顾着品尝佳肴，哪里还有心思探讨案情。

韩涌潮举着一杯酒，哈哈大笑道："我明明做了一件为民除害的大好事，并不盼着谁来表扬我，只求没有人干预我玩耍。"老熊的子女在院外躲躲闪闪看了看院内情形，自知无法跟韩涌潮对垒，还如何继续深究。

日居月诸，似水流年，韩涌潮玩够了各种创想，但总要把资财花出去。回头又琢磨："我既然可以为民除害，是不是可以去参加什么革命力量？问题的关键在于，眼下的革命力量不少，我能参加哪一支？谁会接纳我？"

恰巧早已有革命力量盯上他，来到了他的家里。明确告之："既然你有钱花不完，完全可以用来资助我们。等到日后我们成功了，你就是功臣。到那时，你还会有终生都花不完的钱。”韩涌潮只是说：“我们县的县太爷都拿我没辙，任由我想怎么折腾就怎么折腾。那些衙役见了我，更是想要下跪。在我看来，那些人全都不顶用。等到日后，你们要让我当上更大的官才行，且让我在官场上好好耍耍。”来者无不答应。

丘山上有底洞，革命力量不想暴露，就在洞中生产武器弹药。韩涌潮总是喜欢背着手出入那里，俨然就是一副群龙之首的架势，但根本弄不清革命力量的性质。除了出资，什么忙都帮不上。时间长了，免不了就觉得乏味。

某天早晨，想到集上溜达溜达，突然听见路边的老妇人正在哄孩子，说什么再哭就把麻虎引来了，麻虎一来，要吃小孩！韩涌潮当即扭头问跟班：“麻虎是谁?”跟班转着眼珠子说道：“以前听我爷爷说过，隋代的时候，有一位朝中大臣，名叫麻叔谋，相传他喜欢吃小孩的心肝。想必是关于他的传说流传到了民间，方才产生了麻虎吃小孩的说法。”

韩涌潮哼了一声，吩咐了一句：“回头你去给我弄一副小孩的心肝来，我要尝尝!”跟班吓了大跳，但不敢回绝。突然间，韩涌潮竟想起了前几年曾在街上听闲人们讲过一段故事。哪里还能弄得清楚是什么年代的皇帝，许是唐代的或者宋代的，见自己的女儿越长越好看，粉嘟嘟的，喜欢得不得了，怎奈女儿的脚极其难看，就像鸡爪子一样，跟其他女人的没法比。甚是苦恼，时常念叨：“我的女儿理应是人世间最好看的，岂能让一双丑脚影响了美貌。既然太医有言，没有办法救治，莫不如就让全天下的女人都变成鸡爪子脚。如此一来，在脚上全都一样的情况下，我的女儿仍旧是人世间的头号粉黛。”自那以后，女人裹脚就成了主流。想到紧要处，韩涌潮吩咐跟班：“我要吃就只吃男孩的心肝，让更多的人陪着我无子。”

走着走着，赫然听见有人在路口窃窃私语，说什么老天爷怎么还不灭了韩涌潮。嘀咕的人想必不认识他，自然不会因为他已经走到跟前而收住嘴。其中一人又言：“早就听说，他正带着人制造武器弹药。恰巧又有一股革命力量要来，专门对付韩涌潮那样的坏人。”

韩涌潮没吱声，带着跟班往回走。来至底洞，只见里面空空荡荡，甚至早已看不到任何枪支弹药，让跟班立即去镇集上召集人马。半天工夫，洞里又聚集了很多人。韩涌潮让大家以最快速度盖一座佛塔，不惜花费多少金钱。

半月有余，果然又有一支革命力量入了底洞，合围包抄。首领要究问韩涌潮助人制造武器的罪状。韩涌潮趾高气扬说道：“我哪里是要制造武器弹药，分明是想要修造一座佛塔。半人高的塔基就在眼前，你总不能听信各种谣言吧。”首领没再说什么，率领队伍撤出了底洞。

韩涌潮拔高嗓门，冲着众人喊了起来：“我历来不偷不抢，又何尝不是一介草民。且不要说是老天爷不想灭了我，革命力量同样不会伤害我。”回头他就带着众人回到了自己的家，哪里还顾得上修佛塔，而是让人就地施工，打造一座陵墓。

韩涌潮扬言：“金窝银窝不如自己的老窝，等我将来死了，我还要住在我的家里。至于朱艺红等人，既然没有给我生儿子，日后无需把她们的尸骨迁来跟我合葬。”大家按照他的吩咐，挪移院中央的各种物件。

就在磨盘刚刚被挪开的瞬间，韩涌潮发现磨底似有门道，走到跟前只见地上有一堆金黄色的物件，又是黄金万两。众人嘀咕起来：活财神既然是财神爷，哪有不会发财的道理。何止命中注定，世间的财富本来就是人家散布的。眼前的院子本来就是财神爷生产金银的作坊。

韩涌潮听了，嘿嘿一笑，赏给了每人几两。如果只是修一座普通的陵墓，用不了几天时间就能完成。既然又发了大财，自然而然想要修一座豪华的，不惜耗时耗力，越豪华越好。

转过年来，村外频起战火，枪林弹雨，轰轰隆隆，空中时有飞机盘旋。修墓的工匠何尝不曾念叨：“前些天，日本鬼子不曾入侵我们村。现在看来，我们村恐怕无法幸免于难。到时候，说不准谁死谁亡。”韩涌潮倒是并未生出半点怕意，迟迟没有宣布停工，院内叮叮当当。他动不动就要分发赏银，工匠怎能舍得发财的机会。加上院内全无枪弹飞入，无需出院逃命。

时隔不久，一群日本鬼子排着长队，哐哐当当闯到了院内，举着枪拉开了阵势。韩涌潮稍作思考，凑到长官的跟前，似是遇到了熟人那样，呵呵笑道：“你若缺钱，只管开口，无需动用枪炮。”长官呜里哇啦说了几句。

翻译官告诉韩涌潮：“我们需要一些优质木料，越多越好。眼下集市上的店铺已纷纷关门，各村居民更是逃的逃，跑的跑，我们到处都找不到。给你三天时间准备。三天之后，我们来取。山上固然有树，但那不是我们想要的木料。”再无其他话，那群鬼子又哐哐当当出了院门。

韩涌潮思来想去：“我虽有金山银山，但眼下能去哪里购买优质木料?”一时不知所措，在院子里踱来踱去，看着眼前的巨大土坑，即已经修了接近一半的陵墓，急地直跺脚。念叨了起来：“我又何尝不需要木料，只是眼下还用不到而已。此前恰恰没有准备好。”转眼又说：“世上哪有我韩涌潮办不到的事！天灵灵地灵灵，各路神仙快显灵，给我出出主意。”

吃饭的时候，他依旧像往常一样，守着满桌子饭菜大吃大喝，脸上全无一丝愁云，有意无意看到了眼前的房门，瞬间有了主意。想来各家哪怕没有家具，总会有院门和屋门。那些门都是木头的，经久耐用。若要论木料的质量，肯定是上等。

第二天早晨，韩涌潮带着修墓工匠出了院门，指挥着众人把村里各家的院门和屋门取来。各家皆空无一人，自然无人阻拦。倒是有些工匠悄悄嘀咕，鬼子都没想到要去各家摘门，韩涌潮简直比鬼子还坏！

何尝不曾有人劝言：“咱们把各家的门取走，等到日后各家回来，还怎么住人？咱们总不能趁大家出去逃命，就切断大家的后路吧。况且有国才有家。国家遭难，我们怎么能给日本鬼子帮忙。”

韩涌潮说：“得过一时，就且过一时，哪里还顾得上那么多。既然都出去逃命，还能不能回来，谁能说得准。”

有人又说："就像某人那样，原本早已走到人生尽头，但尽头往往会有一线生机，说不准各家马上就会回来。"韩涌潮却说："某人能在绝路上获得生机，是因为命大造化大，世上的所有人怎么可能都会有一番命大的造化。"

摘门取门，并不是多么复杂的事情，哪里能用得了三天。只需一天，就已足够。各式各样的门，在韩涌潮的面前，被堆积成了一座不算矮的山，他颇有成就感，以至于看上几眼就要拍着手直跳。

那些鬼子再次赶来，一并带来了满满几车斗尸体。在长官的指挥下，几人一组要把门板铺排开来。随即便是活人搬运死人，并排放在门板上。再往上面泼洒些许汽油，最后再点上一把火。死人遭炼，股股黑烟腾空冒起，四周弥漫着呛人的浓烈怪味。

韩涌潮并没有回家躲起来，而是一直站在那里观看，甚至不曾像那些鬼子似的捂起鼻子，似是非常喜欢那种味道。等到大火熄灭，那些军人又从车上取下了一些拳头大小的瓶子。钻到灰烬堆里，抓一把骨灰塞到瓶中，看上去似是只给每一具尸体留下一把。剩余部分，且等着大风吹来，只做最后一次飘飘洒洒。直到天色擦黑，那些鬼子才开始往回撤退。

接连数日，韩涌潮无事可做。有一天，夜半三更，躺在床上，睡得原本就不实落，似是听见有人翻墙入院，一下子就醒了，甚至还觉得有些兴奋，立即穿衣下床。点上灯，转身扑到屋门口，打开屋门。来者扑到了跟前。

韩涌潮一看，打了一圈寒颤。吴穷尽急速进屋，坐到了椅子上。韩涌潮追着说道："你当年杀我爹娘，我们不共戴天。我不曾去寻你，你反倒自己送上门来了。"吴穷尽冷言冷语说道："你动我一下试试！我的队伍正在赶往丘山，只需我招呼一声，马上就会跑来把你家荡平。"

韩涌潮问道："你悄悄潜入我家，意欲何为?"吴穷尽回答："早就听说，你是活财神。我来找你，难道还会有其他的事?"韩涌潮站着一动不动。吴穷尽起身扑向前来，掏出了一把匣子枪，顶在了他的太阳穴上。

韩涌潮干脆说道："桌上左边的抽屉里有些金银。"吴穷尽转身就要去拿，拿着便走了。韩涌潮扑到了院门口，打开院门，看了看外面，发现的确有队伍正在奔向丘山。关门回屋，方才生着气念念有词："若干年以来，没有人敢在我的头上动土，你算老几！原以为我不惹你，你就不会再来惹我，毕竟我爹跟你沾亲带故，我们各行其道。就连大仇，我都还没想好到底要不要去报，该如何去报。现在看来，终究还是我太善良了。是你不仁在先，那就不要怪我不义在后。"

丘山上驻扎着几百人，村民们哪里还敢上山，甚至不敢出门。大街上空荡荡。韩涌潮时常琢磨："吴穷尽可真是会找地方，丘山奇大奇险，易守难攻，的确利于保存兵力。我一无兵二无枪，该怎么去跟他作战?"

隔了几天，有队伍匆匆赶来，驻扎在山下。双方隔河相望。吴穷尽怎会发现不了山下有兵，一直让弓箭手盯着，只要发现对方靠近河边，就要放箭。山下队伍只有百余人，怎能贸然去攻。做好警戒，切断山上与山下的一切联系，让吴穷尽断粮，直至最终困死在山上，自然是首选。

且不知吴穷尽带上去多少粮食，许久以来，队伍中倒不曾发生恐慌。在山下甚至能看到山上总有人冲天射箭打鸟。秋去冬来，天降大雪，想来山上比山下更寒冷。山下队伍趁机去攻，谁知吴穷尽仍能组织人马抵抗，未曾动用枪炮，而是从山上往下滚石头。轰轰隆隆的声音断断续续，厚厚的积雪能阻止住石头无序翻滚，无人伤亡。韩涌潮在家里听见动静，就要去观望，颇为山下队伍发愁。

到了春季，吴穷尽何尝不曾让人挖野菜食用，以免断顿。不得不承认，他前些年长期驻扎在桃花峪的凤凰山上，如何保存人马，如何带兵，的确已经有些经验。山下队伍曾想着以退为进，悄悄撤走，引诱吴穷尽下山，回头再反扑，谁知吴穷尽并未下山。

山下队伍干脆做好了打持久战的准备，战时为兵，不战时则为农，开垦荒地耕种。山上的吴穷尽怎会看不到，琢磨着："难道山下的人马两年三年都不会撤走？要跟我彻底死耗？"思考至此，心里免不了会恐慌。山下队伍简直像是安了家，曾告诉乡亲们，除了半山腰以上，仍可在其他地方耕种。

吴穷尽眼下极其珍惜弹药，断不会随意开枪。双方对峙，悄悄然早已是大半年。霜降过后，眼瞅着满山的草木逐渐发黄变干。韩涌潮在家里琢磨几天，来至山下营帐中，万万没想到竟见到故人，迟迟没说话。孟一梦见了他，脸上一下子没有任何表情，稍稍片刻，便又笑了。

故人见面，且不论往事如何，有时只需一笑，足可破冰。韩涌潮同样是满脸绽笑，大大方方交代了两句：“你们就放开手脚，大干一场吧！即使毁坏了我家的田地，我都不会心疼！不可强攻，只可智取！”紧接着就把自己想到的妙计告诉了孟一梦。随后几日，且等着一场大风。

山下队伍分成两组。甲组负责去村里各家找来一群鹅，在每一只的尾巴上各绑上一把棉絮，再浇上火油。乙组负责把装满火油的木桶送至河流上游。估摸着两组皆已准备齐当，一只带有火球的令箭朝天上飞去。乙组赶紧把油倒入河中。甲组急忙点燃棉絮。那群鹅纷纷奔向河里。

山上一方虽然已经看见有鹅入河，却未发现山下一方派人来攻，便没有太在意。接下来的战事走势便是，鹅入河恰恰引燃了顺河而来的漂油。大火在河面上升腾，随风扑向山上。山下一方借着火势立即去攻。无需多时，山上一方溃不成军。死的死，逃的逃。吴穷尽在逃跑时被击毙。

转眼到了春节，各家各户像往年一样，纷纷请起了家堂。所谓请家堂，是指后人要到离着祖坟不远或者来往必经的地方，设下香案，焚烧纸钱，把祖先请回家中，跟后人一起过年，多是在大年三十的下午请来，最迟要在大年三十的晚上。同宗同族的各家要把共同的祖先请到同一家，以请到在世辈分最高的一家最常见，亦有请到其他掌事族人家的。

接请之前，通常需要事先摆好供桌，掌事族人会在供桌正上方的墙上挂出一副以素雅色调画着高楼的画，并且会把家谱摆在画的跟前。族内各家夫妻如果只有一位去世，逝者的名字暂时不会被写入家谱，只能写在纸质牌位上。若是男性，牌位上会写全名。若是女性，牌位上会写某门某氏。门字是指婆家的姓，氏字是指娘家的姓。各种牌位会被摆在左右桌沿上，围着供品。等另一方去世后，一对夫妻的名字会被同时写入家谱，无需再被单独写在牌位上供奉。供桌正前方摆着香炉。

前去接请的人，会把接请香案上冒着烟的香带回来插到香炉内，就把祖先领入了家门，自此香炉内香火不能断。不等前一根燃尽，就要点上后一根。祖先只可回来留宿一夜。等到大年初一的下午或者晚上，要把香炉内冒着烟的香拔出来，拿着前往昨天接请的地方，设下香案把祖先送走。同宗同族的各家势必会在大年三十和初一展开密切交往。摆在供桌上的煮肉、炸肉、炸鱼、炸豆腐和水果等供品，原本都是同宗同族的各家端来的。送走祖先后，还可以再各自端回各家。

请来祖先的当天，此前没有参与接请活动的族人，可以赶来给祖先磕头。或者在大年初一赶来，亦无不可。无论是接请，还是送走，原本都无需所有族人全体出动，只需三四人或者六七人即可完成，全凭自愿，更取决于自己能否腾出工夫。以男性居多，但不排斥女性参与。请来时需要放鞭炮，送走时同样如此。鞭炮和香烛火纸同样是同宗同族的各家送来的。人来人往，先人与后人交织，一家子团圆，同时伴着认祖归宗，煞是热闹。

送走了自己的祖先，大年初二的早晨，各家男人纷纷带上一些物品，开始跟着自己的女人入登岳父家门。路上又是一片车水马龙的景象。因是新的一年第一次出门，大家都会在路边、碾旁、井边乃至桥头上放鞭炮，并且焚香烧纸，祈求出入平安，到处都充满了浓浓的年味。从大年初三开始，各人自去姑舅叔姨家走一走。祖辈依然健在的，倒是可以免去给父母辈的姑舅叔姨拜年，自然还可以去姑奶舅爷等亲戚家走一遭。到底要去谁家，都取决于熟识程度和交情。初四、初五和以后，随着亲缘关系的淡化，人际交往的积极性就会慢慢弱化，年味就淡了。俗话说，庄户手，三六九。凡是家里置有产业的，就会在初六、初九或者初八，开始新一年的营业。除了要在院内院外放鞭炮和焚香烧纸，还会邀请亲朋吃喝一顿。

举凡各种事项，韩涌潮一概不办理，而且前些年就如此。若在平时，他无心体会世间亲情，那就只能任由他任性。过年时，村内村外尽被亲情笼罩，他岂能毫无所感。许是随着年岁积淀，心硬到了极致，便有可能会走向另一端。如今孤零零站在街上，举目四望，看遍了乡邻忙着交织亲情，眼里竟有泪花，好一番感慨。

任凭我是天地间的一颗豆，煮不烂，捶不烂，踩不烂，摔不烂，但我终究不同于风，有血有肉有体温。风来自气流的震动，没有故乡，没有爹娘，更没有根系。随意出入千家万户，无对亦无错，所来所去曼妙自由，潇洒自如，但又何尝不是一夜吹尽，全无所剩，堪比流浪，甚至彻底的放逐。没有停靠的抓手，更找不到可以作为最终归宿的家门，迄至最后的那一声嘶吼，像极了魂飞魄散时遭遇着难以忍受的疼痛，更像是无家可归而发出的悲鸣。

第十八章

洪武大帝和韩家先人

往事潺潺，韩涌潮目不转睛，盯紧远方，自言自语：“我原有同父同母的亲兄弟十八人。想当年，母亲无奈要把我们送人，而我是被人挑剩的。或许从那时起，早已注定我最不争气。四海哥、五湖哥，你们在哪里？跟我同胎出生的十楼哥，又在哪里？我想你们应该就在人群中，但我识别不出。你们快回来吧，韩家的家业，我承祧不起。”

韩涌潮说着话便擦泪，随即又说：“再加上我们同父异母的兄弟十八人，如果能聚在一起，每年春节，且不说节后，光是请家堂就该多么热闹。只可惜往事尽去，哪有如果！甘续韩倒是跟我同母异父，我知道他在哪里住，但他终究不是韩家人。时至今日，我能挂念的只剩下了乡间旧年的风、一望无尽的田野，还有澄澈的蓝天。我儿时的玩伴、在街上陪我长大的大黄、成群结队的鸽子，还有我最爱的人，难道只能停留在旧年？”

许久以来，韩涌潮总是仰望着苍天，不停念叨：“我固然没有亲生儿子，但不意味着我始终没有儿子。按照旧俗，其实还可以谋求过继。当年的兄弟十八人，一朝送走，的确不宜再去谁家要回来。关键是，眼下韩家后继无人。只当是权宜之计，不妨把那些兄弟寻回来。不管他们现在姓什么，他们的身上总归还流淌着韩家的血液。若有儿子，正好可以过继给我。如此一来，我就有了儿子。”

深夜难眠，埋头思索，如何把我的兄弟们寻回来？若是出门去寻，能去哪里寻？旧年往事，距今太久远了，根本不知道下落，还能如何去寻？思考再三，似有两条策略，不妨一试。一则派人前往十里八村散布信息，二则在家门口立一块牌子，上面写清：寻找韩家旧子！凡能提供信息，并且促成韩家人相认者，皆可获银百两。

想好了策略，便要照此行事。时隔几天，果然有人赶来认亲。韩涌潮看看来者，问了一句：“你如何能证明你是我的亲兄弟？”那人回答：“我爹名叫韩寻异，我娘名叫魏竹庵，我爷爷名叫韩冬，我奶奶名叫杨兰兰。再往上，我太爷名叫韩椒，我太太爷名叫韩流星。我是你的十四弟。”

韩涌潮一听，高兴至极，既然全都对得上，想来应该是亲人，便把来者留在家里。只等着到了黄道吉日，就要过继儿子，甚至准备好了过继文书。万万没想到，接连数日，竟屡屡有人赶来认亲。大家的说辞几乎一样，无非就是背诵家谱。

韩涌潮思来想去，把那些人全都留在家里，大摆宴席，每天三次，次次都有酒有肉。那些人倒是不拘谨。韩涌潮数算了一番，赶来认亲的已有十几人，而且人人都带着自己的儿子。琢磨来琢磨去："侄子众多，且等我好好看看，细细挑选。唯有我能看得上的，方可给我做儿子。过继有带产出嗣和不带产出嗣两种。前者是指已经由生身父亲出资，给盖了房甚至娶了妻的，并非我的首选。盖因他们的年龄通常偏大，难以再跟我培养感情。只有那些年龄小，还易于跟我培养感情的，才会成为我的首选。无需他带产出嗣，由我全盘负责他日后的各种事务。"

接下来的一段时间，陆陆续续又来二十几人，人人都说自己是韩涌潮的弟弟。家里越来越热闹，韩涌潮免不了起疑。有人反倒曾说："我娘名叫吴豆禾，我出生在桃花峪，我是你同父异母的弟弟。既然我们同父，又何尝不是亲兄弟。"韩涌潮愣怔了一下，问了一句："我爹当年在桃花峪生下的十八子，不是因为山体塌陷，全都死了吗?"那人说道："山体固然曾塌陷，但未必就会把人全都砸死。我可是死里逃生。"

韩涌潮想了又想，只怕是真假难辨，干脆把那些人全都召集到院子。当众说道："我算是琢磨明白了，你们看我如今家大业大，就要跑来蹭吃蹭喝，还白白住我家。鬼才知道你们到底是不是我的亲兄弟。谁若是认为自己跟我果真有血缘关系，那就拿出足够证据。"话音刚落，就有人蹦了出来，张嘴又要背诵家谱。

韩涌潮大喊一声："无需再背!"紧接着又说："就我们韩家的那些事，因为我爹我娘当年极能生养孩子，而且胎胎都是双胞胎，早已在十里八村传遍了，谁人不知，谁人不晓。无法确保不会有人想要滥竽充数，浑水摸鱼，在赶来认亲之前，现学着背诵我家家谱。现在看来，通过背诵家谱的方式确认是不是亲人，并不可靠。”

那些人挤来挤去，议论纷纷，嗡嗡嘤嘤，有的甚至开始哭爹哭爷爷，有的则提议滴血验亲。韩涌潮又喊了起来：“我听集上的说书人讲过，刘备、关羽和张飞并非亲兄弟，桃园结义时，把各自的血液滴到碗里，那些血本来就容易凝融到一起，足以说明滴血验亲同样不可靠。”

有人直接扑到了韩涌潮的面前，说了起来：“让大家看看，咱们俩的长相是不是一模一样，足以说明咱们俩原是一对双胞胎。你老八，我老七，我就是韩十楼。”韩涌潮一下子愣住了。有人喊道：“你们俩怎么就一模一样了，依我看，完全不一样。”

韩涌潮再次喊道：“我们刚刚认识，即使是亲人，按理说，彼此原本该有些拘谨，但看你们每日的表现，何曾拘谨过。饭菜上桌，扑上去就要大口吞咽，像极了叫花子。照此看来，你们全是骗子，都给我滚出去。”那些人哪里肯走，还是吵着要认亲。

韩涌潮忽生一计，仰头就喊：“谁若是认为自己的确是我的亲人，那就请你走向前来，立即死在我的面前，或者用刀抹脖子，或者用脑袋撞墙，还可以拿绳子上吊。等你死后，我会善待你的儿子，视如己出。”果然有人向前迈步。韩涌潮想了想，顿时发觉此计仍不够稳妥。难保不会有人想以自己的死换来儿子日后的幸福。

终究想不出足够可靠的认亲策略，索性把大家全都赶走算了。不等有人果真抹脖子或者撞墙，韩涌潮就把家里的长工短工召集到了一起，让他们每人拿上一根棍子，向外撵人。撵走了大家，院子里恢复了平静，韩涌潮反倒又觉得有些失落，稍有反思：我若只是一介贫民，每日里衣食无着，跑来跟我认亲甚至想要救济我的，说不准真是亲人。既然过继之法无从谈起，哪里就能有儿子。

悒悒不欢，苦熬着度日，一日三餐，一年四季，胸中的念想简直犹如田里的庄稼，且等着枯败，且等着再生，一茬又一茬。韩涌潮时常念叨："想想我们韩家自元末明初就一代一代扎根在丘山，到了我的身上，难道就要断子绝孙吗？我如何对得起列祖列宗。"念叨来念叨去，眼前似乎总是浮现着一些画面，画中人物除了祖先，甚至还有朱洪武。

恰恰就在朱洪武出生那天，发生了一件怪事。无论是远处的群山，还是近前的街路屋院，皆像是被鲜血洗了一遍，到处都红通通的，而且弥漫着血腥味。有位游方道士匆匆赶至朱家院外，几经揣摩，认定朱家婴孩日后必成祸患，一心想要除害，但又何尝不知自己怎能与天地相抗，最终便摇头叹息离开了。

时隔若干年，朱洪武满世界乞讨。某天中午，饥饿难耐，偷偷潜入军营，钻到了一顶帐篷里。刚要去拿灶台上的大饼，却被赶来的伙夫发现，赶紧逃命，专拣险要的山路奔逃。军营首领带着一只狗和一队士兵追来。朱洪武跑着跑着，就跑到了丘山，看到前方农田里有一位老汉正在耙地，便直奔着前去求救。

老汉名叫韩犁，不免要问：“我如何救你？”朱洪武急急答说：“你跟我一起在地上刨坑，等我钻进去蹲下，你马上把我埋起来。”他们一人一把镐头忙活了起来，速度足够快，片刻就刨出了足以让人藏身的坑。

那只狗拐过山口，狂奔扑来，比那些将士快得多。韩犁刚把朱洪武埋到坑里，并把柳条筐放到正上方，狗就扑到了跟前。顷刻间，首领带着将士拐过山口，隔远看见狗跑到了农田里，就追赶过来。狗围着筐转了几圈，死死盯着脚下，划拉爪子，想要扒开地面。

韩犁顿时挥起镐头砸去，狗被砸倒，躺在那里嗷嚎蹬腿。首领带人扑到了跟前。没等他张嘴说什么，韩犁赶紧说道：“该死的狗，竟敢抢食我放在筐里的半张饼。若是你的，你该喂饱了再带出来。”首领说道：“隔着老远就看见我的狗跑进了你家的地里，我还以为它发现了什么线索，原来只是为了一口吃食。”韩犁不再多说，首领带着人继续奔向前方。

韩犁故作镇静，继续耙地，过了一会儿，不见那队人马再返回来找人，才把逃难者扒了出来。朱洪武千恩万谢，承诺日后必会报恩，免不了要问老汉尊姓大名。韩犁答说：“丘山韩家!”自那以后，两人再没见过面。

朱洪武在霁月镇盘桓了许久，照旧乞讨，但在战乱连年的光景里，从普通百姓那里讨不到什么。有的时候，真想去大户人家偷，怎奈大户人家会想尽一切办法守好院落。终因吃了上顿没下顿，时常饿晕，四仰八叉躺在路上，望着天上的毒日头。

就在他发觉自己马上就要死了的时候，眼前出现了两人。那二人皆穿着绫罗绸缎，摇摇摆摆，似是谁家的公子哥，边走边啃西瓜。朱洪武见他们跟自己年龄相仿，就喊了一声兄弟。那二人停下脚步，其中一人斥责道："哪里来的叫花子，竟敢跟我们称兄道弟!"依然躺在地上的朱洪武，自是发现眼前的人似乎头顶着天，高高在上，于是低声下气说道："求你们把吃剩的瓜皮丢给我吧。"那二人的确把瓜皮扔到了地上。

就在朱洪武翻身去捡的时候，他们却又抬脚踩到了瓜皮上。朱洪武立即把手伸到了他们的脚前，谁知他们非但没有抬脚，反而使劲碾了碾，把瓜皮碾成了碎渣。朱洪武生着气说道："原以为你们是读书识理的人，万万没想到，朱门酒肉臭，路有冻死骨，你们竟如此冷漠无情。"

其中一人回应道："既然酒肉是朱门的，朱门如何处置，原本就是自家的事情，跟院外的路上是否躺着冻死骨，没有任何关系。"朱洪武哪有力气争辩，只能眼睁睁看着他们甩袖而去。等他们走远了，朱洪武把那些碎渣一点一点捡了起来，放入口中。尽管碎渣里夹杂着一些土沙，但早已顾不上，总算是吃了一顿饱饭。

转眼又是若干年，朱洪武坐在金銮殿上，打着盹听臣僚们奏报国事。一位大臣奏言："黄河泛滥，齐都受灾，国库并不充盈，最好的赈灾方式，就是发动当地富商出资出粮。正所谓，朱门酒肉臭，路有冻死骨，人皆有不忍人之心，想必当地富商不会无动于衷……"

没等那位大臣说完，朱洪武打了一圈寒颤，醒过来说道：“当真是人皆有不忍人之心吗？朕看未必！史上列位，最让人不喜的便是孟子。他竟会认定人皆有不忍人之心，着实荒谬！”满朝臣僚无人敢反驳。

朱洪武紧接着问了一句：“哪里出现水患？”大臣答说：“顶数齐都受灾最严重。”朱洪武吱吱呜呜说道：“怪不得昨天晚上朕又梦到了当年在齐都经历的一些往事。散了吧，朕要好好想一想该怎么办。”

三天后，洪武大帝下旨，除了丘山韩家，齐都不留！

办事臣僚悄悄念叨：“看来是要血洗！”哪怕于心不忍，但不敢抗命。就在齐都百姓巴巴盼着朝廷赶紧派人来赈灾时，屠杀队伍却扑进各村。仅是血洗一词，就足以让人联想到一幅幅吓人的画面。画面中混杂着喷涌的人马、晃眼的大刀、围追堵截、无辜的眼神、手无寸铁的百姓奋力逃窜却逃无可逃、死前挣扎、人头乱滚、血流成河、尸横遍野。灾民足有上百万，真真累坏了前来杀人的人。

丘山村里还没有被杀害的些许人，发现唯独韩家没有遭殃，便赶去求救。韩家人一时弄不清其他人家惨遭血洗的缘由，更不晓得如何搭救。跑来求救的人随即被屠杀队伍追来，无一幸免。接下来的一段时间，韩家人天天出门埋死人。十天后，屠杀队伍赶来补杀。偌大的齐都至此变得荒凉不堪，到处流淌着发臭的血腥味。

韩家虽然不曾被杀，但相继有人死亡，死前皆是一副因受惊而垂死挣扎的模样，最后只剩下了两人，一父一子。半月后，屠杀队伍第三次赶来，早已是杀无所杀，临走前，给韩家送来了两袋粮食和一包金银。韩犁不免要问缘由。队伍首领反问了一句：“难道你不知，当今皇上早年曾流落至你们齐都丘山?”

时隔一年，洪武大帝下旨，从相隔千里的洪洞县调集人口，填充齐都。有些百姓原本就想着落叶归根，若要让他们背井离乡，他们怎会接受，而且所涉人口甚多，集体迁移实有难度，不妨派出官兵，驱赶着搬家。让大家排成一队，用绳子拴手，前方有人牵着，周围有人挥舞着棒刀，押解着前行。

据说，时常出现在后人嘴中的“解手”一词，就诞生在此时，用于指代人们谋求解开手上的绳索，以便于大小便。当浩浩荡荡的队伍进入齐都地界，一旦有人掉队，无需再去驱赶着他们归队，而是让他们就地安家。原来的张家庄再无姓张的，原来的王家村再无姓王的，除非外来人口中存有同姓。丘山原本就是杂姓村，村里恰恰依旧住着一户姓韩的原住民。

几百年以前的事情，其实早已难辨真假。韩冬在世时就曾说过几次，事由未必真，情节并非假。血洗齐都，怎么血洗？那些官兵跟村民们无冤无仇，进了村就要杀人，岂不是成了猛虎野兽。谁不是爹娘生养的，怎么下得去手？难道朱洪武就不是爹娘生养的？齐都当年没了人烟，何尝不是因为大灾之时或者之后爆发了瘟疫，朱洪武担心疫情向更大的范围扩散，于是就忍痛派人来屠杀。

民间的事原本就蕴含着信与不信的杂糅交织。凡是信，那便是信以为真，但此时的真未必等同于历史事实。

说到底，无论哪种苦痛挣扎，凡是人们不能接受的事，最终都在民间获得了化解。所需要的即使不是忍气吞声，恐怕仍旧会是自己跟自己和解。

正因为信以为真，一代一代的韩家人始终借助那些故事，在历史的长河里确立自己的坐标，那些故事便一代一代口耳相传。丘山若是再无韩家人，即使洪武大帝的故事仍能代代流传，是否还会有人记得住韩犁，可就成了疑问。故事的讲述或许就会演变为有一位老农救了洪武大帝，至于那位老农姓甚名谁，则无籍可供查考。

反倒是家史记忆，谁家的家庭成员不包括先人。由他们到后人，一辈一辈恰似路上的一站又一站。观诸后人的生命历程，如果只是摸索不清且来且往的方向，走错了家门其实并不可怕，至少还可以借机纠正过来。若是走到了路的尽头，向前无望，简直就是把人逼进了绝境。何止会让人感到害怕，甚至足以促使生死渐失意义。

可巧，可巧，房家女出现了妊娠反应。韩涌潮看在眼里，喜在心里，真真感叹：我们韩家人绝非早已走到了路的尽头。悄然几天，偏又遇见了江湖游医，便买一些药物，拿回家里，交给老妈子去煎煮。

房家女怎会不知，韩涌潮让我喝药汤，无非是想要提高生男孩的可能性。但是，生男生女，自有天定，岂是你我就能左右的。况且家里谁人不知，当年朱艺红就死于胡乱喝药，我怎能步其后尘！只可恨韩涌潮为了能有儿子，全盘听信江湖游医胡说八道，不顾我的生死。

看到韩涌潮把满满一碗药汤端到跟前，房家女闷头琢磨，事情的发展岂会尽由我自己说了算，思来想去，简直想要跟眼前的世界作别，断不敢反抗。若是真要作别，似乎没有什么可留恋的。只见韩涌潮把那碗药放到了桌上，转身走出屋门，房家女真想端起来泼到地上，但又害怕韩涌潮回来后发现地面上湿乎乎一片，势必会追问。若是被他发现自己把药泼了，恐怕会摁住死灌，终究不是绝佳的应对策略。

房家女可真是想破了脑袋，最终起身走到床前，挪开枕头，把药泼到床上，随即把枕头盖在湿乎乎的地方。韩涌潮回来后，没发现什么异常。今天可以泼在枕头底下，明天可以泼在里侧床帮靠墙的位置，后天又能泼到哪里？枕头底下若是早已干透，再轮换一番，倒是无妨。枕头底下若是迟迟没干透，就只能另寻其他位置。凡是睡觉的时候不用直接躺在上面，或者蹬腿伸手都不容易碰到的地方，似乎都可以。

好在那些药汤没什么味，要不然床上早就散发出药味了。天长日久，床上即使不会湿漉漉的，但免不了满是潮气和湿气。韩涌潮每天都会带着人去给送子娘娘上供，顺便还要祭拜白龙爷、土地爷和山神爷，一心求子，并未把心思全都放在孕妇身上。房家女每天都睡在那样的床上，在百般思虑中度过了孕期。

生产那日，韩涌潮在产房外来回踱步。房家女偏偏难产，最先娩出的是婴儿脚部，嚎叫了一阵又一阵。韩涌潮早已等不及，抬腿走进产房，推开接生婆蹲在产床前，看了看分娩情况。所谓产房，其实就是房家女平时起居的那间屋。所谓产床，就是她平时睡觉的床。

韩涌潮知道床洞里有些破鞋，就拿出了一只，用上面的鞋带系住了婴儿的脚部，随即抓着鞋扽了一下，只听见房家女嚎叫了一声。紧接着又扽了起来，而且速度越来越快，全不关心房家女怎么喊疼，直到愣是把婴儿的双腿拽出来。一看又是女婴，恍惚了片刻，便用上最大力气，直接把婴儿从产道里拽出。房家女嗷嗷喊几声就晕过去。女婴怎能经得住那番折腾，甚至全无哭声，就没了气息。韩涌潮倒手摔在地上。

时隔两日，他让人拿上镐锹，直奔丘山以南。山脚下有一座四四方方的雅致院落，坐北朝南。北面是一排用青砖盖的房子，里面供奉的正是白龙爷。东西各有一间青砖小屋，分别供奉着土地爷和山神爷。院子里若是无人踏入，原本极其安静。起地一阵风，大有吹去一切世间尘埃的架势。

韩涌潮带着人直接扑进了北屋大堂。那白龙爷端坐在离地面约有一米多高的平台上，浑身披着一条白色披风，高抬着偌大的胖圆脑袋，鼻子宛若牛鼻子，上唇两侧各有一根粗细如手指的龙须，贴着两侧脸颊支棱着，眼睛瞪得像铜铃，头发在后脑勺上披散着，左右两撇眉毛极浓密，简直就像是两把横着长的麦苗，眼神和眉宇之间传递出的正是不容侵犯的霸气。

韩涌潮却喊了一声："全都给我砸碎！"跟来的人哪敢贸然行动。韩涌潮干脆亲自爬到平台上，挥起镐头朝白龙爷的脑袋砸去。只听哐当一声巨响，神像脑袋上裂开一道缝隙。其他人唯恐自己不干活会被韩涌潮回头责杖，便纷纷爬上平台，挥舞着镐锹朝白龙爷的身躯砸去。众人齐心协力，把神像砸得稀碎。

大家发现白龙爷的脑壳里竟有一团麻绳，想必当年修造的人曾拿麻绳比拟神仙思绪。白龙爷的肚腹中有胃有肠，而且胃是一条口袋，里面装着一些麦粒和玉米粒，胃的下方是一串用绳子串起来的铜钱，盘了一圈又一圈，正是肠。如此设置，说明当年修造的人花了不少心思。铜钱上皆有字样，能表明它们有的出自康熙年间，有的出自雍正年间。韩涌潮哈哈大笑道："看看我曾经祭拜的都是什么。白龙爷是神，我同样是神，但彼神不比此神!"

他带着人又到东屋和西屋里挥舞了一番镐锹，把土地爷和山神爷的泥塑神像砸烂了，倒是没有什么特殊发现。接下来要前往丘山以东。山脚下同样有一座四四方方、坐北朝南的雅致院落。院内只有一间北屋，里面供奉着送子娘娘，左右各有一名童子。

送子娘娘端坐在离地面约有一米高的平台上，上身穿着红色袍装，下身穿着白色裤子，头上用粉红色的布巾包扎着头发，红扑扑的脸上带着温和的笑容，嘴角稍稍上扬，似是在说话，眯着眼睛，好一副慈眉善目，低头看着抱在怀里的孩子，而孩子正在吃奶。左右童子，一男一女，分别捧着桃子在啃。惟妙惟肖，栩栩如生，若不仔细观看，足以会让人认为是谁家孩子淘气跑了来。

韩涌潮一声令下："把送子娘娘和童子的泥塑神像搬回去!"跟来的人纷纷爬到平台上，想要把神像搬起来。

平台和神像并不是天然一体的，自有连接，或者用绳子把神像捆绑在平台上，或者用石头压着。只要走到神像背后就能发现。片刻工夫，大家就把三尊空腹的神像搬到了地上。只需两人即可抬起娘娘神像。至于童子神像，只需一人便可背得起来，一人背一尊并不费劲。

韩涌潮率队打道回府，随即决定，最好摆在大家都能看得见的地方，再用一种奇巧的办法砸碎。想了又想，村内顶数碾棚里人员最集中，家里没有碾盘的各家各户难免需要去推碾磨面吃饭，于是就带着大家去了村中央的碾棚。棚门口有棵大槐树，树枝上有一只挂钩，原本是为前来推碾的人提供方便的，可以把面口袋之类的东西挂在上面，免得放在地上会蹭上尘土。

韩涌潮却把送子娘娘挂在了上面，任由神像在半空中荡来荡去，紧接着让人把童子神像放到了碾盘上，继而亲自推起碾砣，想要把神像碾碎。虽说被碾之物是泥塑，但它毕竟是童子形象。碾盘上传来咯啦咯啦的声响，竟有老太太发出了几声尖叫，似乎碾盘碾在自己的身上，终究生疼。韩涌潮在碾道里跑了起来，推着碾砣跑了一圈又一圈，直到原本的泥塑神像化为粉末。碾完童子神像，再碾娘娘。

接连几天，街上总有人念叨："白龙爷专管一方雨水事宜，土地爷专司一方庄稼生长，尽量确保各家不会挨饿，山神爷负责保佑一方平安。三位神仙并不为各家的生育事务提供助力，到了韩涌潮的手里，却遭了难，可真是太冤了。"此类议论，难免会传到韩涌潮的耳朵里。

他跑到街上，嗷嗷喊道：“无论是谁，只要收了我发送的钱两，就要给我办事。若违背我的意志，一概没有好下场。白龙爷、土地爷和山神爷，即使不为各家生育提供助力，难道不能帮我去跟送子娘娘知会一声？更让我生气的是，我动不动就去祭拜送子娘娘，三天两头烧送莲花盆和红包袱，还能让我如何，难道我不够心诚？仔细想想，心诚则灵的说法，只怕早已讲不通。我把泥胎神像尽行砸碎，神仙们谁敢喊冤？如果要喊，难道不觉得自己理亏吗？”街上人员倒是不少，但无人接话。

直到韩涌潮走了，街上闲人方才又说：“白龙爷、土地爷、山神爷和送子娘娘，在丘山做神，可真是太难了。活财神一家独大，碾压一切。”韩涌潮坐在自家的院子里，望着自己的女儿们出屋进屋，简直不想多看一眼，嗷嗷又喊：“全都给我躲在屋里！不要在我的面前晃来晃去！谁若把我惹烦了，我就打断她的双腿！”那些女孩果然不敢在院子里久待。

韩涌潮始终没有给女儿们起名。他的媳妇若要唤女儿，只是称呼大妮、二妮，直至九妮。大妮和三妮是原来王家女所生，二妮和四妮是张家女所生。想当年，韩涌潮因吴穷尽打劫而逃走，前脚回到丘山，大妮至四妮后脚就被乡亲们送回来。五妮到九妮，则是韩涌潮后来所娶的五房媳妇生下的。天长日久，父不亲女，女不敢近父。眼前静悄悄，韩涌潮望着天琢磨：难道我们韩家人早已走到了路的尽头？

第十九章

霸王被骗婚

滔滔岁月，经年流转，村里竟又传出了故事。听起来虽然荒诞不经，但街上闲人却描述得有鼻子有眼。据说，某天傍晚，王家儿媳妇下山回家时，路过村边的一座土堆，发现了满满一箩筐碗盘瓷器。转过天来的傍晚，张家儿媳妇同样路过那里，发现了满满一箩筐锅碗瓢盆。隔了两三天，赵家儿媳妇又在那里发现了一堆桌椅板凳。她们都不曾把器物搬回自家。

可巧周家马上就要给儿子娶媳妇，想来结婚当天，势必需要摆酒席，因亲朋好友太多，甚至需要借用邻居家的屋院。到时自然还会用到一二十张桌子、上百条凳子和上百副碗筷。自家哪有那么多。若是去买，一则没有那么多资金，二则只用一次，用后闲置起来终究浪费。若是去各家借，到处拼凑实在麻烦。

老周发了愁，转眼计上心头，既然有人在村边土堆那里见过很多家什，不妨借来用用，于是晚上就跑去焚纸烧香。当夜无效验，第二天早晨，就发现土堆的跟前堆满了家什，接连搬了七八趟。儿子结婚那天，大家用着那些家什，无不称奇，用完送回。

迄至后来，梁家的闺女要嫁到外村，前脚被男方的迎亲队伍接走，老梁后脚就开始张罗三天后的回门事务。到时候，免不了要接待亲朋好友，同样苦于没有那么多家什可用。有了周家办事的成功范本，梁家便要模仿，最终顺利办完事。

于家老太太亡故，其子准备后事时，模仿了前两家的经验，谁知用完以后竟没有原物奉还。老周和老梁何尝不曾劝言奉还，怎奈于家非要攥着便宜不放。潘家媳妇生了儿子，潘家想要大办。老周传经送宝，潘家一五一十照做，谁知不曾借来任何家什。老周曾言，正是于家不讲信义，惹怒了土堆周围的仙物，而仙物自是不会再帮衬乡亲们，真是一粒老鼠屎坏了一锅汤。

流言越传越凶，即使所涉各家并不认可它的真实性，但免不了仍是有人乐于宣扬。传来传去就传到了韩涌潮的耳朵里，他百般思考，土堆周围怎会无缘无故就有那些家什？想不明白，就带着人赶去，挥舞镐锹，折腾了一番，发现那座土堆其实是老老年间的一座坟。且不知坟主的子孙后代是谁。早已无人来祭奠，时间长了，便徒留土堆在世，长满荒草。若非流言风行，村里人早就忽略了它的存在。

韩涌潮看了看坟内情形，又让人草草埋好，就回了家。接连几天，反正闲着无事，总是念叨：“坟里乃至棺材里只有一些最常见的丧葬器物，那些家什究竟是从哪里来的？眼下又去了哪里？”某天晚上，夜雾流散，韩涌潮悄悄走到了街上，一时不知该去哪里，走着走着，就走到了村边老坟附近，隔着一段距离，望见似乎有人躺在角落里。

抬手使劲挥了挥夜雾，走到跟前，发现的确有人躺在那里。仔细看去，只见像是女人，蹲下来再看。恰巧那人扭头看了一眼韩涌潮，他当即惊讶于那人的容貌是何等惊艳。那人赶紧喊了一声大哥，结结巴巴说道："我叫钱金玲，好几天没吃饭了，求求你，救救我吧。"

韩涌潮一听，立马起身，扭头就跑，匆匆回到家，拿上俩馒头，以最快速度往回跑，把馒头递了过去。钱金玲好一番狼吞虎咽，转眼工夫，就吃完了，笑着说道："要是再有点水就好了。"韩涌潮赶紧回家端水，当他再跑回来的时候，钱金玲早已离开。

那一夜，韩涌潮迟迟睡不着，躺在床上翻来覆去，总觉得钱金玲的面容始终在自己的眼前晃现。直到天色放亮，才终于睡着了。一睡就是整整一日，天色大黑时下了床，急急忙忙吃了饭，出门走进了夜雾中，直奔老坟那里，再次见到了钱金玲。

她似是故意深情对望，轻声说道："我现在又饿了，你能不能再去给我找点吃的?"韩涌潮赶紧往回跑，边跑边琢磨："索性一块给你带上窝头和水，看你吃饱喝足了要去哪里。"脚下生风，折返了一遭。钱金玲吃饱喝足，道了谢，起身就要走。

韩涌潮问道："你要去哪里?"钱金玲深情地回望了一眼，并没有答话。韩涌潮追了去。两人并肩走进了夜雾里。钱金玲总是轻声发笑，韩涌潮则犹如灌了几碗黄汤，醉在其中。不知走了多久，只见眼前是一间山屋，韩涌潮跟着走了进去。钱金玲点燃了一盏油灯，韩涌潮紧贴在她的身后。

两人面对面坐了下来，钱金玲微笑着问道：“你为什么要跟着我来?”韩涌潮答道：“不为什么，就是想要一直跟着你。”钱金玲呵呵笑着又问：“我若是从天而降的织女，你敢成为凡间的牛郎吗?”韩涌潮想都没想就急忙说道：“天底下的事，就没有我不敢做的！你要是能给我生儿子，那就更好了。”

钱金玲又说：“仙凡交往，可是会触犯天条的！我轻而易举从天上降落到地上，你骑着神牛或者披着牛皮，从地上追到天上，固然能打破天地间的长距离阻隔，但我们之间还隔着一条无法跨越的天河。”韩涌潮又说：“不管怎样，织女下凡洗澡，被牛郎偷走了衣物。俩人从此相识相恋，最终你嫁我娶，起码有过非常幸福的婚姻生活。”

两人聊来聊去，直至再无话可说，只剩下深情对望。韩涌潮甚至早已觉得自己就是神话传说中的牛郎，眼睛里装满了钱金玲。天色微微放亮时，钱金玲才又说道：“你若是想要成为牛郎，那就回家做好准备娶我。”韩涌潮点了点头，连连答好。钱金玲又说：“下了山，径直往西走三里，你就能回到家。我等着你回来!”韩涌潮仍是连连答好，果然要下山回家，频频扭头回望。

以最快速度回到家里，把媳妇们和女儿们召集至面前，大声说道：“接下来我要再娶一房，新人进门，希望你们安分守己，不要没事找事!”媳妇们和女儿们只是齐刷刷地愣愣站着听着，哪里敢表达任何意见。

韩涌潮转身就要去补觉，片刻便进入了梦境。恍恍惚惚发觉自己竟站在院子里，有人迈着碎步走到了跟前，仔细一瞅，那样态，跟钱金玲简直一模一样，都是瓜子脸、柳叶眉、樱桃口，好看极了。韩涌潮原以为那人就是钱金玲，谁知那人却说自己叫蔡灰。

韩涌潮说道：“没等我去迎娶你，你就跑来了，可见你非常愿意嫁给我。”蔡灰只是说：“我跑来认认门而已。”转眼间，一团浓雾飘入院内。韩涌潮抬手挥了挥，再看眼前，却是空无一人。张望四周，突然觉得天空打颤，地面抖动，一阵风吹，就走送了今天。

刚刚望见阳光遍洒，蔡灰又走到了面前，把双手背在身后，晃了晃腰身，韩涌潮直眉瞪眼盯着看，还擦了擦嘴角的口水。二人似乎无话可说，倒又像是久别重逢，各自的心里藏着说不完的话，真不知从何说起。韩涌潮想了又想，张嘴说道：“你貌美如花，只是名字不雅，偏偏叫蔡灰，不像女名似男名。”转眼却又说道：“任凭你叫什么名字，都遮蔽不掉你的美貌。”蔡灰只是笑了笑。

韩涌潮明明还想再说点什么，怎奈一团浓雾袭来，眼前只是混沌一片，便没有再张嘴。等到浓雾散尽，似是又送走了一天。耳畔似有人言：“可要当心！可要当心！貌美如花的女子是妖精。劝你准备好针线，趁她不注意，插到她的衣服上，再沿线去找，即可发现她的本来面貌。”韩涌潮愣了片刻，果然转身去了屋里，找出了针线。

他刚刚站到院子里，天地抖动，俨然又是新的一天。

蔡灰再次赶来，经阳光照射，身上散发着光芒。韩涌潮围着转起了圈，频频咂嘴，无非仍是想要赞叹蔡灰的美貌，转至第四圈，悄悄把带线的针插到了蔡灰的后背衣服上。且等着浓雾袭来再散去，眼前空荡荡。

韩涌潮的手里还捏着线头，便要去寻找另一端，出了家门，沿线走着，自己都说不清那根线到底有多长。走着走着，一直走到了村边老坟那里，只见线头另一端像是被钉子钉在了地上。低头看看，地面上哪有钉子，倒是有一棵长势旺盛的灰菜，那根针就插在其中的一片叶子上。

韩涌潮顿时明白了，所谓蔡灰，原来是山野间的一棵灰菜所变，但又想不明白，区区一棵野菜，究竟是如何变成人的。拍着脑袋琢磨，拍来拍去就把自己拍醒了，倒又没有全盘走出梦境，念念叨叨："蔡灰是妖精，钱金玲是不是？要不要准备针线，插到钱金玲的衣服上检验检验？"

望向窗外，天色擦了黑，下了床就急着找吃食，吃饱喝足直奔院外。一路狂奔，见到了钱金玲，满脸兴奋，一时不知该站着，还是坐着，但总想尽量靠得最近。钱金玲微笑着深情对望，过了半天才问道："事情办得怎么样了？"

韩涌潮唉声叹气说道："牛郎和织女要想走到一起，哪有那么容易！既为神话，按理说，无法在我们肉眼可见的范围内发生，但它的的确确真实发生了。牛郎织女的故事，自古以来，纵然一直在告诉人们，一男一女可以自主婚恋，但自主婚恋难免会受到重重阻力。天上的玉皇大帝和王母娘娘，作为织女的父母，终究还是会阻止织女寻求自己的婚恋，划一道天河，让一对男女只能隔河对望。我要是跟你走到一起，固然没有王母娘娘那样的母亲出面阻拦，但还需要检验检验你是不是妖精。”

钱金玲一听就懵了。韩涌潮把自己梦到的情形说了一遍。钱金玲听后说道：“我有办法能打消你的一切疑虑!”韩涌潮催促道：“快说！快说!”钱金玲趴到他的耳朵上嘀咕了几句。韩涌潮听后兴奋道：“那我们明天就依计行事。”钱金玲躺在山屋内的土炕上睡着了。韩涌潮坐在炕沿上一直盯着，甚至不敢眨眼，生怕眼前的钱金玲会在眨眼之际像蔡灰那样化为一棵野菜。

第二天早晨，二人下了山，匆匆奔向法庭。到达目的地，钱金玲直言：“要找孟一梦法官。”官员告之：“孟法官去了外地，说不准啥时候才回来。”钱金玲做好了死等的准备。韩涌潮只在心里念叨：“孟一梦如今竟又做了法官，往事尽去，何必再回首。”等来等去，免不了要询问钱金玲：“孟一梦到底有什么本事？果真能让我们的愿望达成吗?”钱金玲回答：“她执掌法律，最善于解决男女的婚恋问题。我若是妖精，我敢带着你来依法办理婚姻登记吗?”

两天时间，韩涌潮和钱金玲一直在法庭周围溜达，晚上就睡在法庭外面的廊檐下面。等孟一梦回来，二人果然领了结婚证。刚要转身往回走，孟一梦喊了一声韩涌潮，随即说道：“全镇无人不知，无人不晓，你家里还有好几房媳妇。如今你执意要跟钱金玲领证结婚，你跟其他人的婚姻，可不受法律保护。更重要的是，你娶媳妇上瘾，迟早会受到法律的惩治。”韩涌潮只是说：“管不了那么多了，我现在只想跟钱金玲结婚。等你两天，我的心里早就长了草。”孟一梦不再说话。

韩涌潮带着钱金玲回到丘山家中，急急火火拜了堂，成了亲。接下来的事情，恰恰让韩涌潮大失所望。钱金玲总是跟他保持一定距离，到了晚上，根本不想跟他睡在一起。韩涌潮颇感纳闷，一再问询原因。

钱金玲无非只是强调：“哪里的法律曾经规定，两口子过日子，必须睡在一起？你不碰我，我不碰你，不是挺好吗？”韩涌潮反驳道：“不睡在一起，你怎么给我生儿子？”钱金玲却说：“生不生儿子，属于你家的事，我又不是生育机器。我想要的只是自主婚恋。”

韩涌潮反驳道：“生儿子明明是咱们俩的事。”钱金玲不再接话。韩涌潮无可奈何，好一番自我安慰：“两口子过日子，一开始难免总会有些生疏，过着过着就热乎了，暂且等等再说吧。”

半月有余，两人的婚姻生活越发糟糕，每天都说不上几句话。无论韩涌潮怎么上赶着搭话，钱金玲一直都在极力躲避。那天早晨，韩涌潮睡醒下了床，直接扑向牲口圈，念叨了一句：“实在不行，就霸王硬上弓。”当他走到圈门口时，却发现圈内无人，一时不知钱金玲去了哪里。整整一天，都打了蔫。

深夜时分，望着油灯念念叨叨：“钱金玲若是如同我梦见的蔡灰，以山野为家，我还有办法找到她。关键问题是，她总说自己似织女，怎会居住在山野。织女离家，牛郎还能骑着神牛去追，可我既没有牛，又不知钱金玲去了哪里，简直比牛郎更悲惨。夫妻二人，一方失踪，怎能不算是悲剧，神话故事又一次真实地发生了。织女下凡洗澡，牛郎偷衣，难道他们的最初交往中蕴含着难以被饶恕的错和恶？方才引致出了每年只能在七月七日隔河相见一次的后期惩罚。我跟钱金玲的最初交往中，并不存在错和恶，我们为什么没有真正走到一起？难道我们之间还有什么阻碍没有打破?”

转过天来，中午时分，钱金玲回来了，同时迈步进院的还有孟一梦。不等韩涌潮说什么，孟一梦直接说道："根据法律规定，韩涌潮和钱金玲的婚姻缔结理应算是无效的。”韩涌潮一听，当即就问："怎么能算是无效的?”赶紧扭脸冲着钱金玲说道："你嫁我娶，两相情愿，我们的婚姻属于自主婚恋的结果。”

钱金玲冲着院外喊了一声："爹，该你出场了。”钱无有推着农用独轮车进了院，脸上满是笑意，站到了他们的面前。钱金玲冲着韩涌潮说道："我为什么要嫁给你，着实受到了我爹的逼迫。”钱无有赶紧说道："对着呢，我的确逼迫我家闺女了。”韩涌潮懵了。

孟一梦说道："无论是男方，还是女方，凡是因为受到了父母的逼迫就结了婚的，所缔结的婚姻都归于无效。”韩涌潮辩解道："结婚之前，我根本不知道钱金玲还有父亲，更不知道钱家父女之间发生过什么。钱金玲自始至终从来没有告诉过我。若是直接就此判定婚姻无效，我岂不是成了受害者?”

孟一梦说道："法律怎么规定，是一回事，你在婚前有没有考察清楚各种事情，则是另一回事。”钱金玲冲着孟一梦说道："我在韩家受到了胁迫，韩涌潮总想跟我一起睡觉。韩家是不是应该有所赔偿？"孟一梦答是。

钱金玲冲着父亲说道："快去韩家的粮仓里搬出几袋子粮食，放在独轮车上推走吧。"钱无有赶紧行动了起来。韩涌潮还在发懵，眼睁睁地看着钱家父女运走了六袋子粮食。孟一梦办完了事，转身就要走。

韩涌潮叫住了她，结结巴巴问道："仅凭一方认为自己的婚姻出自父母的逼迫，就要判定婚姻无效，是不是太随意了？"孟一梦说道："最近一段时间，越来越多的法官一直在主张，还应该考虑夫妻感情是否已经破裂。法律在日后会发生怎样的修改，那是以后的事。"

发现韩涌潮紧锁眉头，孟一梦又说道："钱无有和钱金玲早已不是一次两次如此行事，难道你完全不知？我为什么认识钱金玲，就是因为她每次主张婚姻无效，都会去找我帮忙。我作为法官，又不能置之不理。"

韩涌潮问道："钱家父女的行为能不能算是婚姻诈骗？"孟一梦答道："你可以去报案，但我要提醒你，她毕竟跟你结过婚，跟你一起生活过，从你家运走六袋粮食，算是报偿，其实并不算过分。因为她想要获得的报偿并非远远超出了你的承受能力。"

送走了孟一梦，韩涌潮站在院子里梳理思绪："钱金玲为什么跟我结婚，恐怕是有备而来。她当时为什么会躺在老坟那里乞怜，应该是有意为之，无非是想要遇见我。在我没有发现她之前，只怕她早已做好了各种准备，打听过与我相关的各种信息。此前还曾在法庭外面，一等就是两天，总是表现得那么决绝，应该全在她的预谋范围内。只恨我自己傻乎乎的，没有识破她的毒计，还只顾着跟她相好。梦见蔡灰竟是妖精，我原本应该提高警惕，糟糕！糟糕！”

韩涌潮思来想去，倒手扇了自己几巴掌，于心底默念：“我是谁？任凭天广地阔，我可是横冲直撞的霸王！谁敢惹我！竟然被钱金玲玩弄于股掌之间，我还只能吃哑巴亏！被骗事件一旦传扬出去，可真是玷污了我的大名。”

接连几天，韩涌潮满腹怒气，一直觉得心里堵得慌，终究病倒了。口中始终念叨：“南山顶上有棵蒿，大虎生了小虎羔，来了一只绵羊瞎了眼，错把虎羔当羊羔，等把虎羔养大了，几口就把绵羊吃掉了。”

病至沉迷，倒头又是一梦。夜雾袭来，发现雾气中似乎裹着人影，就越发要盯紧，只见那人影似乎要进院，却又迟迟没有进院。转眼又发现裹在雾气中的似是一男一女，韩涌潮自问了一句：“难道是钱金玲和她父亲？”只见那一男一女似要飘走，韩涌潮追了过去，追着追着，怎奈一直追不到跟前。

只因心里满是气，哪里还顾得上追了多久，追出了多远，直到天色放亮，发现眼前并无人影，只有一座坟，坟前有两棵大柏树，树间有一头老黄牛。韩涌潮左望右望，索性转身往回走，自言自语：“难道钱家父女是坟前的那两棵柏树变的？只要害我，管你是人是妖，一概斩除。”

拿定主意，回家睡觉，养足了精神，等到晚上，免不了会有一场打斗。一睡就是一天，天色擦黑时，下了床，又站到了屋门前，可巧夜雾再次袭来，里面依然裹着一对男女。韩涌潮早已把镰刀藏在了腰间，奔着院门口就要追去，追着追着，追到了荒郊野外。只见前面倏忽出现了一座庭院，那一男一女走了进去，韩涌潮躲躲闪闪步步紧跟。

那对男女进屋后，坐在桌前，端碗吃起了面条，桌上有一盏油灯。韩涌潮两步并作一步扑到他们面前，挥舞了一番镰刀，赶紧跑到屋外。巴巴等着天亮见分晓，为了打发时间，发现地上尽是各种杂草，就割起了草。东方终于散出了一丝光亮，韩涌潮发现眼前并没有庭院，自己站在一座坟前，坟上的供桌上放着两只碗，碗里尽是草叶，供桌前倒是有两只死兔子。念念叨叨：“难道钱家父女是兔子精？且不管他们是什么变的，反正已经被我杀了。”

心里的气稍稍发泄了出来，便睁开眼，方知此前竟在梦中。韩涌潮想了又想：“钱家父女既然能让我吃哑巴亏，我若只是杀了他们，反倒能表明我的智力比不上他们。若要报仇，武斗终究不如智斗！该怎么智斗？”趁老妈子来送饭送药，韩涌潮吩咐了一声，派人去打听打听钱金玲家在哪，无论如何，都要打听清楚。

隔了三天，老妈子告之：“钱家住在十里外的李家楼。”正是那三天时间，韩涌潮不仅想好了报仇策略，还养好了身上的病。接下来果真要依计行事，派人去买来了头套，还去媳妇那里找来了女装女鞋，男扮女装。一经收拾，再搭配着两条羊角辫垂于胸前，简直让人难以辨别男女。

出了门，直奔李家楼方向，一路上念念叨叨：“不入虎穴，焉得虎子。且等我入了虎穴，再寻机下手。”走着走着，离着目的地越来越近。落日缓缓，以借宿为由，想来应该能入虎穴。前方路口，恰好有一对父女正在争吵。韩涌潮一眼就认出了钱无有，不动声色，继续前进。

钱无有正在劝女儿：“我的好银玲，我的好闺女，你再等上一两天吧。等你姐姐赚了钱，我就去给你买花衣裳。”钱银玲埋怨道：“我姐姐以前又不是没有给咱们赚过钱，你却只会用来买酒喝酒，可真是应了你的名字，赚多赚少，到头来都是无有。”

可巧，可巧，钱无有扭头看见了路人，立即跟钱银玲说道：“快看，对面那女子的身上就有一件花衣裳。”钱银玲强调了一句：“我想要全新的，不想要别人穿过的。”钱无有轻声劝道：“在我们买来新的之前，要是有旧的，你先凑合着穿穿，没什么不好的。”

韩涌潮走到跟前，先是鞠躬，随即说道：“你们好，我是鹅湖人士，名叫胡红绿，出门走亲戚，路太远，迟迟还没赶到。马上就要黑天了，我今晚能不能去你家里借宿?”钱无有左打量右打量，嘿嘿笑道：“你晚上倒是可以跟我闺女睡一屋。”钱银玲没有说啥，只是笑了笑。

韩涌潮道了谢，跟着去了钱家。钱无有极其热情，让他吃了俩窝头，不曾多问。韩涌潮除了一再道谢，亦不曾多说。到了晚上，就跟着钱银玲去了西屋。两人收拾了一番床铺。

钱银玲突然喊了一声红绿姐姐，紧接着说道：“你的辫子可真好看，能看得出来，你编辫子的技术绝对是一流的。你能不能帮我梳头编辫子？我的头发每天都蓬散着，我已经很久没绑过辫子了。”

韩涌潮哪里会编辫子，但又不好拒绝，好在平时见过自己的媳妇给女儿编辫子，于是照葫芦画瓢，先给钱银玲梳了梳头，随即捏弄起了她的头发。钱银玲满心里高兴不已，等把辫子编好了，还不停地摇头甩着。片刻工夫，二人并排躺在了床上。再无其他事，钱银玲睡着了。韩涌潮却无心睡觉，捅了钱银玲几下，发现她确已沉睡，就把自己的头套摘了下来，握在手里，以便于让头部解解乏，还用被子蒙住了自己的头。

钱无有一直在北屋喝酒，默念着：“鹅湖姑娘的头上绑着辫子，只要走到床前摸一摸，就能摸得出来。只需一刀，我家闺女明天早晨就有花衣裳穿了。”喝来喝去，接连喝了几壶，起身望了望西屋，发现那边早已灭灯，便拿着一把杀猪刀走出了北屋，蹑手蹑脚来到了西屋门口。

突然听见推门声，韩涌潮躺定不动，哪里来得及把头套带到头上。钱无有摸黑挪步到了床前，伸手摸了摸床头上，摸到了辫子，抬手便挥了一刀，转身就跑了。韩涌潮仍是躺着不动，直到第二天早晨，一缕阳光透过窗户射来，发现床上满是血迹，躺在侧旁的钱银玲早已没了气息，不声不吭下了床，不慌不忙穿上自己的衣裳，戴上头套，大摇大摆走出了屋门。

钱无有趴在北屋的窗台上，早已看到院子里的韩涌潮，只是还在纳闷，鹅湖姑娘怎么还活着？似乎已经预感到昨晚到底发生了什么事情，但又不敢声张。直到韩涌潮走出院门，钱无有才扑出北屋，扭头又扑进了西屋，发现受害者果然是自己的闺女，当即坐到了床前的地上。

明明想要报案，但又何尝不知是自己杀了人，思来想去，拍打起了自己的脑袋和前胸，任由泪水汩汩流了下来。一再劝慰自己，虽说心疼，但不能张扬，一旦报了案，我自己同样活不成了，千不该万不该昨天起了歹心，没承想害人就是害己。

韩涌潮奔向丘山方向，一路上总是嘿嘿笑，边笑边念叨：“我的计策虽然未能全盘落实，但事情的发展偏偏符合我的心意。没等我出手，钱家人竟然做了自我了结。天意！天意！老天爷总喜欢眷顾我，我都不好意思再承接美意了。”

第二十章

最善良的那拨人

许久以来，韩涌潮仍无事可做。某天下半晌走到自家地头上，隔远发现有人赶着马车队伍匆匆向前，车上满载着萝卜。路两边的地里，满是长得半人高的谷子。几匹马纷纷探头啃食谷穗，那人却不阻拦，似乎还有意让马多吃上几口。

韩涌潮左思右想，估计那人做着贩卖萝卜的生意，明明知道马饿了，怎么不给喂上一些萝卜？偏偏让马偷吃我家的谷子。再者说，赶着车贩卖萝卜，怎么不走坡下的宽阔大路？却偏偏要走坡上的狭窄小路。仔细观望，似对那人的背影极熟悉，又念叨了一句，怎么那么像是钱金玲？

终因那人貌似急着奔向前方，不曾回过头，无从得知到底是不是钱金玲。韩涌潮转身走进了地里，埋头琢磨，钱金玲此前害我不浅，自复仇以后，跟钱家从未有过联系，不知道她是不是已经改邪归正了。

直到天色擦黑，韩涌潮似是故意等着那人原路返回，谁知却没有见到，便回了家。转过天来，再次溜达至地头，刚刚赶到，就看见了跟昨天一样的景象，而且真真切切发现那人的确就是钱金玲。韩涌潮明明想斥责几声，却迟迟张不开嘴，任由钱金玲奔向前方。

第三天下午，韩涌潮赶往地里，再没见到钱金玲，反倒觉得心头直打颤。天色上黑影时，回到家里，刚要坐下来吃饭，却听见有人在院门口喊叫，而且觉得那声音并不陌生。赶紧跑去，只见来者正是钱金玲。

韩涌潮思来想去，一时不知说点什么。钱金玲赶紧拉着他躲到了街角，轻声说了一句："帮帮我吧！我实在是没办法了。"韩涌潮不知该不该答应。钱金玲低着头又说："事到如今，我没有必要再瞒着你了。我曾在十户人家做过新娘，到最终，能帮我的想来只有你。"

韩涌潮终于问了一句："你为什么认为我会帮你?"钱金玲回答："每一次骗婚，弄到最后，男方都会揍我一顿。唯独你，并不曾揍我，足以说明你是最善良的。"韩涌潮一听，真是感慨万千，内心里翻涌，接连念叨了几遍："原来我是最善良的!"思来想去说道："你到底遇到了什么难处？不妨说说，看我是否方便给你帮忙。"

钱金玲说道："我爹去世了！二指先生曾言，他死前做了几件错事，浑身沾满了污垢。于是乎，让我给他办理后事的时候，脱光他身上的衣裳，把他扔到一片水里，还让我拿石头去砸。唯有如此，他才能免于坠入恶臭的泥潭，我日后才能继续发财。可我毕竟是女人，男女有别，怎么好意思去脱光我爹身上的所有衣裳。想来想去，只能找人代劳。"

韩涌潮思量了一番，啥话都没说，转身直奔家门方向。钱金玲独自望着夜幕哀叹。那一夜，韩涌潮迟迟睡不着，想起了幼年时曾听爷爷讲过的故事，眼前便浮现出了一些画面。一只蜘蛛结网捕食，网上挂满了蚊子、苍蝇、飞蛾等。一只壁虎时常在周围出没，想要不劳而获，起了觊觎之心，便去拽蜘蛛网，掠夺蚊子等食物。蜘蛛岂会答应，甚至想要结网把掠夺者笼住。壁虎翘起尾巴，拍在了墙壁上，把搅起的大风引向蜘蛛网。网被吹出了破洞，蜘蛛迅速织网去补，同时还要再去笼住掠夺者。壁虎再次翘尾搅风。眼瞅着蜘蛛网尽被吹烂，蜘蛛方才拿出了一枚定风珠，致使大风逆向行驶。一方翘尾，一方举着定风珠，斗来斗去，难分输赢。总不能让双方继续斗下去，于是观音菩萨来了，不仅让双方止战，还要将之带走，让它们一起去修行。

爷爷当年曾说，观音菩萨为什么要把双方一起带走，是因为它们的德性修养都不够。壁虎贸然夺食固然不对，但蜘蛛结网储备了不少食物，原本可以跟壁虎分享。故事的主角尽管只是两只虫子，但爷爷却把故事命名为《劝人方》。细细揣摩，人与人当真没有必要斗来斗去。

跳出故事，直面眼前，韩涌潮念叨了起来："此前我曾派人去打听钱金玲在哪住，顺带着获知钱家早已臭名在外。一对父女更是设计陷害过我。按理说，我完全可以袖手旁观，但仔细想想，钱金玲毕竟认为我是最善良的人。莫不如我去帮帮忙。"

转过天来，韩涌潮赶到了李家楼。刚一进村，就发现许多村民正聚集在村前的河边观望。河中漂着一具一丝不挂的男尸，正是钱无有。钱金玲正拿着石头朝尸体上抛扔。人群中免不了会有人嘀咕：“钱家的老姑娘，竟然把亡父身上的衣裳脱得精光，扛出来扔在河里，任由河水把尸体冲到哪里。怎么下得去手！怎么好意思去做！可真是事事都不同于其他人家。”有人则说：“钱家人做事，历来如此，有什么值得大惊小怪的。”此言是虚是实，可借人群议论一窥。

钱无有历来喜做发财梦，而且曾从奇特的梦境中获得过灵感，便在街上一再宣扬：“别看我老了，但我不服老。人找财不好找，财找人跑不了。”事情发酵自某天深夜，有一位白发老翁飘飘然出现在了他的面前，捻须问道：“钱空空家在哪里？”钱无有回答：“不知道。”

老翁又说：“我有一包袱财宝要交给他，但我费了十天半月工夫，一直没找到他，莫不如请你代劳转交吧。等你帮我办完了事，我必有重谢。”说着话，就把肩上的包袱放到了桌子上。钱无有想了想：“既然能让我转交一包袱财宝，看来老翁的家里必有奇大的宝藏。若要获得更多的酬谢，不妨就代劳转交。老翁家里到底有多大的宝藏？不妨跟去看看。”转眼只见老翁要走，钱无有躲躲闪闪跟了去。

跟着跟着，就来到一座大山跟前，眨眼间老翁消失得无影无踪。钱无有心下念叨：“山里藏老翁，老翁到底是何方神圣？”找来找去，始终没找到，又念叨了起来：“回家去找钱空空，只要代为转交，想来老翁自然就会第二次现身，不妨到时候再跟踪。”

念叨至此，钱无有原路返回，急速回到了家里。坐下来琢磨：“钱空空到底是谁？如何去找？到哪里去找？”思来想去，打开包袱看了看，只见里面是些拇指肚大小的金块银块，主意来得极快：“莫不如包一些包子，把金块银块包在里面，再在包子的皮上写上钱空空仨字，等蒸熟了，扔到大街上。凡是捡到包子的人，肯定会拿着去找钱空空，自然而然就完成了代为转交的任务。”

钱无有忙活了起来，蒸了包子，用毛笔在上面题字留名，随即隔墙扔到了街上。片刻工夫，跑到街上观望，只见周围空空。想来包子早已被人捡走，高高兴兴转身回了家，进了屋，坐在桌前喝起了酒。

过了一会儿，突然听见院子里传来了吧嗒吧嗒几声响，立即扑到院子里去看，发现眼前的地上尽是包子。想来应是有人又把包子送回来，埋头琢磨到底是怎么回事。院外传来了说话声，“无有不就是空空吗？钱无有与钱空空难道会是俩人？”钱无有一听，立马就明白了，空空可不就是无有吗？原来老翁是来给我送财，都怨我太笨了，此前没有琢磨清楚。

在他捡拾包子时，无意中竟发现老翁若隐若现，赶紧扔掉包子跟去。跟着跟着，又来到了那座大山跟前。眨眼间，老翁一下子就消失了。钱无有赶紧扑过去，扑到了一棵树下，低头仔细查看地面，发现脚前两三米并不像其他地方那样长满杂草，而是只有一棵植物。顶端的叶子已经打了蔫，中间的茎如同筷子那般粗，不知根部如何。

钱无有蹲下来，用手挖掘，挖来挖去，就挖出了状如萝卜的根部，粗细如同饭碗。抱在怀里直奔山下，满心里琢磨，若是拿到金宝店里去卖，应该能换得不少钱。直奔齐都，走进金宝店里打听，原来那是一颗水参。

掌柜的虽然有意想买，但没有急于出价。钱无有一等再等，真是心焦，见柜台侧旁有一张床，就躺到了上面，想要歇一歇。谁知那张床似是极其奇特，躺在上面并不舒服，总是需要翻身。翻来覆去仍是不舒服，就站起来重新躺下。躺下仍是觉得硌得慌，又要站起来重新躺下，几次三番。

掌柜的貌似是在不停地拨弄算盘，其实一直斜着眼悄悄盯着钱无有，并且暗暗数着他站起来躺下的次数。等他第九次站起来的时候，掌柜的以最快速度扑到了跟前。拉住了他，急急火火说道："够数了！够数了！一躺四十八万两，一躺四十八万两，你若是继续加价，我可就买不起了。"

钱无有一下子就明白，自己的所作所为恰巧暗合生意场上的暗语对话。掌柜的果真如数拿出了几张银票。钱无有带着银票往回走，悄悄自言自语："难怪民间一直有一躺四十八万两的说法，原来如此。"

梦至兴奋，便想要在梦外看到梦中的事情，发誓要以最快速度至少赚足四百三十二万大洋。在家家户户都不富裕的村里，钱无有一旦公开说出自己的宏图大志，难免会把别人惊得目瞪口呆。

如何实现梦想？无非是要两条腿走路。其一，赶紧找到梦见的大山！山上的那棵水参既然曾来托梦现身，想必应该就属于我，绝对跑不了。其二，既然空空等于无有，想来了了同样等于无有。且等着村里的钱了了家何时聚起了财富，不妨通过何种方式搬至我家。

钱无有合计来合计去，决定先去山上发财，扛着镐头拎着筐，目的虽是寻找水参，但不放过任何一种自己认识的草药。半天工夫，诸如娃娃拳、猫眼草、反白草、远志、半夏、细辛、地黄等，便装满了筐，拿回家里晒干，卖给药铺。若是一天找不到那棵水参，那就找两天三天。在眼前的山上如果找不到，那就到其他山上去找。

半月有余，钱无有在周围的几座山上几乎翻了一遍，但始终没找到。某天下午，发现悬崖峭壁上有一株植物像极了梦中的那棵水参，顶端的叶子同样已经打蔫，中间的茎同样如同筷子那般粗，红红的。满心里想着爬上去挖出来，就在那里奋力攀爬。有几根枯藤正好可以充当梯凳，但枯藤的承重力不足以支撑他的体重。他从悬崖的半山腰上滚落到了地上，摔得鼻青脸肿。

伤筋动骨一百天，等他养好身上的伤，恰巧听到了钱了了的女儿要出嫁的消息，就起了觊觎之心。满心里盘算着，女儿出嫁，除了娘家要准备一些财物陪送，亲朋好友免不了会去随礼，钱了了家肯定积藏下了不少财物。

何时去偷来，需要选好日子，不妨选定人家女儿出嫁的头一天晚上。因为那天是人家积聚财富的最后一天，除了自家会做好最后的陪送准备，亲朋好友更是最迟要在那天送完礼品。等来等去，终于等到了那天晚上，钱无有在钱了了家的院门外悄悄站了许久，直到下半夜，院内再无灯光时，才去翻墙。谁知另有三人紧随其后，钱无有却毫无察觉。

院里除了北面有几间堂屋，东西还各有一间偏房。钱无有此前曾来串门，知晓钱了了一家平时住在堂屋里，一时不知该去东屋还是西屋。黑漆漆的堂屋里突然传来了两句话：“他爹，我们把那些东西放在西屋里，会不会有人来偷？我们索性全都搬到北屋里来吧。”有人接话说道：“无需顾虑，应该不会有人来偷。明天还要忙活，赶紧睡吧。”钱无有一听，直奔西屋。

他刚刚推门而入，另外三人便跟了进去。钱无有刚要弯腰摸索，就被那三人摁倒在地，嘁里喀喳，一顿暴揍。揍至最后，有人轻声斥责：“光想着自己发财，着实该挨揍。”钱无有轻声问道：“你们来发财，难道不是为了自己？天下乌鸦一般黑，你们凭什么指责我？”

那人又说：“我们来发财可不是只想着自己，我们的目的是劫富济贫。”钱无有说道：“你们何必往自己脸上贴金，眼下年月谁家都不富裕，劫什么富？济什么贫？我可不信！”那人又说：“何谓富？何谓贫？只要稍加比较，总还能比较得出来。钱了了此前一直担任保长，自然会比其他人家富裕一些。”

那三人在屋里转了一圈，竟没搜到任何财物。有人说道：“坏了，我们可能上当了。主家并没有把财物放在西屋里，想来同样不曾放在东屋里，大概放在了堂屋里。”说着话，不免有些气急败坏，又揍了一通钱无有，撒了气，紧接着就要急速撤退。

钱无有拖拉着沉重的身躯慢慢爬出了西屋，心里直害怕：“万一被钱了了逮住了，可怎么办?”越怕越急，急于逃离，但身上疼痛不已，岂是心里着急就能逃离出去的，恨只恨自己的脑子眼下指挥不了自己的身躯。奋力爬来爬去，终于爬到了墙根，扶着墙站了起来，摸黑往上爬。只要抬腿，腿上就疼得受不了，咬紧牙关，试着去爬，简直用上了吃奶的力气。

好不容易马上就要爬到了墙上，怎奈却又跌到了地上，只好重新扶着墙继续爬，做出了最大的努力。几次三番，爬上去又跌了下来，心里越急越怕，就越是难以爬到墙上。免不了还要安慰自己：“若是被逮住了，索性就破罐子破摔。”折腾来折腾去，直到天色即将放亮时，腿上直挺了，才又再次骑到墙上。哪里还有多余的力气再慢慢下墙，干脆侧着身，愣是直接摔到了院外的地上。

拍着胸，好一番念叨：“只要到了院外，即使被逮住了，钱了了又能把我如何。若是问我什么，我就说，我在路上走着走着，不小心自己摔倒了。既然早已摔得腿都不能走路了，怎么可能还会爬墙入院偷东西。”

院里的灯笼突然亮了，想来钱了了需要赶早起床，准备各种事情。钱无有借着光，继续向前慢慢爬行，但终究爬不出多远。太阳刚刚跳出地平线，男方的迎亲队伍就赶到了钱了了的家门口，女方家的亲朋好友接踵赶来，站满了街面。周围响起了锣鼓声。一众人等把各种嫁妆搬到了迎亲马车上。钱了了点燃了一串鞭炮。待到响完，新郎接走了新娘。

钱了了一直站在街上，望着迎亲队伍渐行渐远，最后发现街面上只剩下了趴在地上的钱无有。呵呵笑道：“想来你应该不曾去我家偷过东西，但你是怎么受的伤?”钱无有左思右想，苦哇着脸，嘟哝道：“如果我说去你家偷东西的并不是我，你会相信吗?”钱了了嘿嘿笑道：“我好像、大概、似乎、或许、有可能会相信。”钱无有费了大半天工夫，才爬回到了自己的家。当天下午，他去钱了了家偷窃未遂的消息，就传遍了村里的大街小巷。

只要梦想不灭，何惧身上有伤，怎会停下逐梦的步伐，好在还可以拉上女儿来帮忙。钱金玲听从安排，拼凑出了五架马车，父女二人一起做买卖。至于马车的来源，反正周围的十里八村并未传出丢失的消息。钱金玲倒是曾有一段时间经常去外地，每次牵马回来，都会用布条蒙住马的眼睛。

钱无有似是总结经验那般，曾跟女儿念叨，拎筐卖菜，蹲在街上，可要左瞅瞅右瞅瞅，千万别被各家蔬菜失主找来，时时刻刻感受着自己的心怦怦直跳。一旦被找来，起身就要奔逃，直到被追得逃无所逃，躲无所躲。哪怕被失主关了禁闭，都还觉得心惊肉跳。仔细琢磨琢磨，那种感觉可真是奇妙极了。各家越是提防我们干什么，我们偏偏就要干什么，逆风而上，着实畅快。几次三番，我就一直觉得，前往谁家地里偷菜，再去卖菜，反倒成了次要的，主要是想要再次体会体会那种被人追赶，落荒而逃的感觉。迄至后来，各家或许早已麻木了，竟无人再来追赶我们，我怎么还觉得有些失落呢。

钱金玲附和道："我又何尝不喜欢那种心惊肉跳的感觉！无人来追赶，总觉得我们始终还有一件事没有做，心里难免会生出丝丝乏味感。"钱无有说道："总不能一直乏味下去。"抬手拍了几下脑袋，顿时计上心头，又说道："莫不如我们改走山坡上的小路吧，让马啃食路两侧的庄稼。一来，无需我们再给马喂食。二来，只要被人发现了，人家肯定就会骂我们。若是再来追赶，那可就太好了。我们正好可以逆着风驾车飞奔。"

父女二人果然依计行事，怎奈前两回并没有被人发现。直到第三回，才听见有人喊了一声，"瞎了眼的买卖人，管好你们的马"。逃离甲村地界，进入乙村地段，即使在丙村地界没有引来叫骂，不妨再到丁村地界试试。一路走来，总能听见几回。转过天来，仍是让马啃食庄稼，引来了追赶。二人既兴奋又得意，哈哈笑着，扬鞭向前。五架马车一起跑，哗哗啦啦、咵咵嗒嗒的，那种声音真是悦耳极了。

半月有余，每天皆是如此，日子过得有滋有味。直到有一天，在甲村地界没有引来追赶，便直奔乙村地界。钱金玲坐在最前面的那架马车上，像往常一样匆匆飞奔，突然发觉身后逐渐没了声音，便回头看了看，发现后面的四架马车和父亲早已消失得无影无踪。

扭头观望四周，并没有发现有人来追，更没听见骂声，一时觉得纳闷，赶紧扬鞭叫停。下了车，往回走了几百米，始终未见父亲和另外四匹马的踪影，真真觉得眼前发生了怪事，念念叨叨："难道掉进了坑里？但路面上并没有大坑。即使有坑，我跑在前面，为什么没有掉进去？能去哪里呢？”无论怎么琢磨，都琢磨不明白，心里渐渐起了怕意。

隔了一会儿，突然听见父亲喊了一声：“闺女，你在里面吗？”钱金玲赶紧回应了两声：“爹，你在哪里？我怎么看不见你？”钱无有大声喊道：“你在一条奇大的布袋里面，我在布袋外面的水缸里。”

钱金玲喊道：“我就在路上站着，眼前并没有布袋。”钱无有喊道：“你用上最大力气，向前飞跑，看看能不能从布袋里跑出来。”钱金玲果然向前飞跑，刚跑出几米，便觉得似乎突破了一层带有弹力的墙壁，迎面就看见了一口奇大的水缸。

扑到缸前，把着缸沿一看，只见父亲和四架马车就在缸里，随即从路边搬起了一块大石头，举起来砸向水缸。缸上并没有发出任何声响，眨眼间，发现四架马车已经排在了路上，父亲躺在最后面的那架上。扭转身子，只见路面上恢复了正常，再无任何路障。

钱无有正抱着一块石头哎哎哟哟。钱金玲不知发生了什么事，何尝不想知道原委。钱无有咧着嘴说道：“你举起石头砸下来，正好砸到了我的肚子上，差点就把我的五脏六腑全都砸出来了。”钱金玲说道：“你是我的亲爹，我怎么可能会砸你。我砸的明明是水缸！”

钱无有说道：“不怨你，不怨你，想来应是有人施了妖法故意害我们。”钱金玲恍然大悟，战战兢兢说道：“难怪水缸里竟然能装得下你和四架马车。”钱无有又说道：

“刚才我还听见似乎有人在我的耳边说了一句，快跑，快快跑，你家闺女早就跑到了你的前面。”追索起来，怪事的出现自有缘由，周围路段有些能使人致幻的气流，断不可吸入体内。附近村庄，无人不知，只怪钱家父女并不知晓何时才能走那条路。

二人哪里还有心思再去卖菜，赶紧回家。钱金玲满心里想要医治父亲，但家里一旦有了资财，钱无有就要铺张买醉，以至于此前做生意并没有攒下钱。安置好了父亲，钱金玲只能继续去卖货，以图现赚现花。驱赶着马车，念念叨叨：“我倒要看看是谁施了妖法，光脚的岂会害怕穿鞋的，看你还有没有胆量把我一块害死。”说来真让人诧异，再无怪事发生，继续向前三四里，便出现了后来韩涌潮看到的那些景象。

钱金玲买了一些药，煎好了，想要让父亲服用，怎奈钱无有不想喝药，只想喝酒。钱金玲苦苦相劝，仍是无用，似乎觉察到了什么，正好在家门口遇见了一位二指先生，问了问，就悄悄给父亲准备起了后事。

钱无有的尸首漂流到了一处荷丛里，钱金玲便不再抛石，挽起裤腿，下河前去掩埋。二指先生还曾留下话，待到埋尸处密密麻麻开满了荷花，死者的生前罪孽，方能在天地间一笔勾销。

韩涌潮终究还是来晚了，并没有帮上什么忙，只是在街上听了一些关于钱家父女的传闻，转身就要离开。大路朝天，边走边念叨：“我到底是不是世上最善良的人，想来没有标准答案。谁人背后不说人，谁人背后无人说。任凭他人怎么描摹我，其实都不等同于我自己认定的我。若要跟钱家父女相比，我当真属于世上最善良的那拨人。退一万步来讲，别人说我坏，我倒是可以反驳一句，没有最坏，只有更坏。同样的道理，没有最善良，只有更善良。”

隔了不到仨月，村边老坟那里发生了一件怪事，村民们无不害怕。前一天晚上，月明星繁，赵家儿媳妇路过那里，总觉得周围有些声音，仔细听了听，发觉竟是从坟内传出来的，而且那种声音似是一对男女在欢爱时发出的，当即吓地嗷嗷叫，拔腿就跑。后一天晚上，微风拂面，魏家儿媳妇路过那里，同样听到坟内传出了一些男欢女爱的声音，攥拳壮胆，看了一眼，只见坟堆上除了杂草，并没有其他物什，吓得以最快速度跑回了家。

接连几天，尤其是中午时分，村民们聚在街头巷尾议论纷纷。有人说：“谁家的坟里不是埋着一男一女，难道还不允许人家有点动作。”有人则说：“一座老坟，埋在里面的夫妻，早就死了不知多少年了，怎么可能还会发声。难道能死而复生?”有人又说：“死人躺在坟里，每日吸收天地之精华，日月之光辉，说不准何时就能蹦出来。”有人强调：“我们活人每日难道没有吸收天地精华和日月光辉？我们每日吃的粮食和果蔬，总归是吸收天地精华和日月光辉的产物吧。无需害怕!”有人则说：“让死人入土，便是让他们回归地母的怀抱。久经孕育，就像女人生孩子，地母难道不会生儿育女？一对老夫妻同躺一墓，若是果真能转世复活，想来应该会变成一对龙凤胎兄妹或者姐弟吧。”

每到晚上，坟内照旧会传出声音。胆小的哪里还敢出门。胆大的尽管想要探究原因，一并破解凶险，但又不知从何处下手。更要命的是，聚在一起时信誓旦旦，若要找人带头做事，反倒无人敢于承担。议论来议论去，有人提议：“莫不如让韩涌潮带头！他此前就曾动过那座坟。更何况，他号称活财神，天不破，地不怕，不惧一切。”有人则说：“他历来自私痿痹，会同意吗?”有人又说：“不去试试，怎知他不同意。”大家商量好了，一起去了韩家。

韩涌潮近来不怎么出门，身体抱恙，听了听大家告之的怪事，一下子就来了精神，直接从躺椅上蹦了起来。提了提裤子，以最快速度扑去，围着老坟转了一圈又一圈，闷头琢磨，其实完全可以在周围放上一把大火或者引来一股大水，或许就能把坟里的东西逼出来，但又担心惊扰了亡灵，到底该怎么办？其他人忌生冷，难道我就生冷不忌？

转过天来，又到了晚上，韩涌潮带着人赶了来。坟地四周人头攒动，有人轻声嘀咕：“看样子，韩涌潮总算是要为大伙做一件好事了。”没承想此话被韩涌潮听到。他转身就问：“我当真有你们想象得那么恶毒吗?”无人搭话。韩涌潮又说：“为了打破大伙的疑虑，我索性就生冷不忌一回。”一声令下，让人爬到坟堆上挥舞镐锹。

片刻工夫，在背向街路的那面，坟上的土块竟动了一下，紧接着，有人从坟堆里钻了出来。周围众人赶紧躲避，生怕钻出来的不是人。韩涌潮一看，只见那人竟是钱金玲，立即就懵住了。周围众人纷纷向前迈步，看了看坟堆，至此才发现原来坟上有门，出出入入推开即可。若不仔细观察，还真是不容易发现。紧跟着钱金玲钻出来的，是一位彪形大汉。

周围众人看了看，似乎明白了此前坟里为什么会传出那种声音。韩涌潮冲着钱金玲说道："可叹！可叹！你不仅不知羞耻，极尽轻浮，还极其大胆，竟然把皮肉买卖做到了坟里。"

钱金玲摇摆着腰身呵呵笑道："反正我早已是嫁不出去的老姑娘了，孤身一人，还有什么可在乎的。任凭谁来说我犯了错，都阻挡不住我继续犯错取乐。发财的道路千万条，只要还有人能看得上我的皮肉，我为什么不能卖一卖？你们越是认为我不知羞耻，我就越是想卖。最初，我只是在家里卖，还要想方设法躲避着邻里目光，真真觉得心惊肉跳。到了后来，再在家里卖，早就感觉不到心惊肉跳了。我费尽思量，才选择了在坟里卖。即使你们今天不来打扰我，我原本就打算明天换到其他地方。因为在坟里卖，时间长了，同样早已感觉不到心惊肉跳。"

见韩涌潮和周围众人似要张嘴，钱金玲赶紧继续说道："只要我还活着，我就一直想要那种心惊肉跳的感觉，除非你们马上把我杀了。想想我爹，总有人说他做了一辈子错事，那又如何。死后无知觉，我再怎么拿石头砸他，他能感觉到疼痛吗？让尸体漂至荷丛，等着开满了荷花，就能把罪孽勾销，如果我原本就想死在荷丛里呢？谁还能把我怎样？尸上开花，还能勾销罪孽，原本就属于一举两得。"说完了话，钱金玲拽着那位彪形大汉就走。

人群中有人说道："她每天是如何躲避着大家往坟里

带人的？难道她早就住在了坟里？那她刚开始是怎么在坟堆上造门的？又是怎么招引男人的？”怎奈钱金玲不再回头，各种疑问对应着怎样的答案，只能留待大家去想象。

韩涌潮仰头望了望苍天，又看了看坟堆，一时感觉自己简直像是吃了一只苍蝇，吐不出，咽不下，拍着胸脯念叨了两句：“跟钱金玲相比，无论如何，都不能说我是坏人。况且今天还为大伙做了一件好事。”

第二十一章

九女坟

时隔几日，韩涌潮出现在了街上，孤零零站着，目不转睛望向远方，许是回想以往，许是展望未来，又或是思念父母爷奶。陈扶摇出门遛弯，隔远望见了韩涌潮，思考再三，急速靠近。直到他走至跟前，韩涌潮才扭头看了一眼。此前太过专注，竟没听见陈扶摇走来的脚步声。

四目相对，发现韩涌潮眼里有泪，陈扶摇稍作思考，叫了一声孩子，随即问道："你怎么了？"韩涌潮擦着泪问道："你刚才叫我什么？"陈扶摇怎知眼前人又会作何思考，吱吱呜呜回答："我叫了你一声孩子，难道你不高兴吗？我长你幼，我叫你孩子，难道叫错了？且不要说是你，就连我，哪怕垂垂老矣，仍是天父地母的孩子。"

韩涌潮的脸上不仅有泪，顿时还露出了笑容，点着头说道："你没叫错！谢谢吧！"陈扶摇又言："听说你为大伙做了一件好事，我可真为你高兴。"韩涌潮皱紧眉头，言表自己的疑惑："当别人认为我善良的时候，按理说，我应该能感觉到一股暖流正在向我涌来。奇怪的是，我反倒觉得自己的心里似有泉眼，一股暖流翻滚而出，完全不想去阻截，只需自然而然，就能体会到那股暖流正在流向眼前人。我的心绪流通是不是搞反了方向？更让我感到奇怪的是，我的心里一旦开始翻滚暖流，我的眼里就会有热泪流出，同样阻截不住。我是不是病了？”陈扶摇捻须点头。

韩涌潮急着要答案。陈扶摇便说道：“我明明白白告诉你，你没有病！你的心绪流通更没有搞反方向！人作为人，原该如此。别人的善意表达堪称引流，寥寥几言，就能引来对方的善意涌动，说明双方都不是痿痹的人。如果只接受别人赐予的暖流，而引不出自己更大的善意涌动，恐怕只能说明自己麻木且自私。人际交往，原本就应该让暖流交汇，相互提点，彼此召唤，让善意共济。所谓以仁还仁，正是此意。举凡善意和暖流，实际上都是仁爱。”

韩涌潮边听边点头。陈扶摇继续说道：“人生苍茫，你我皆非圣贤，岂能不犯错。但是，人作为人的善良本性不会改变！所谓犯错，实际上只会遮蔽掉那颗善心。说不准何时，借着何事，无论是那颗善心，还是善良本性，终究还会蓬勃而出，宛若旭日，又似明月。乌云的一时遮挡，并不意味着日月早已沉落。只需等着风吹云散，天地间仍是光芒万丈。昭昭如此，尽管不宜提倡犯错，但还要强调，犯错不可怕，知错就改，善莫大焉。人作为人，早早晚晚还会捧起自己的那颗如同日月的心。”韩涌潮只是听着，没有接话。

陈扶摇看了他一眼，于心底默念：“眼前的韩涌潮不似以往，治病救人赐良方，莫不如借机再点拨一二。”默念至此，便又说道：“旧年沉疴，仍需化解。唯有打通了心绪，真真切切引出暖流，方能一通百通。在天地间行走，脚下尽是坦途。据我猜测，你只知，不孝有三，无后为大。你有没有仔细揣摩，另外两种不孝情形是什么。我告诉你，阿意曲从，陷亲不义，便是一不孝。家贫亲老，不为禄仕，便是二不孝。何谓陷亲不义？你历来不知敬畏天地间的一切，竟敢号称天不怕、地不怕，跟你父辈和祖辈的行事风格迥异，就能算是！至于二不孝，不为禄仕无异于不知进取。你没有儿子，我又何尝不是如此。关键问题是，你我都有女儿，难道不需要善待她们？”

陈扶摇又看了一眼韩涌潮，见他似乎并没有要急于离开的意思，方才继续念叨：“孔圣人的确说过，唯女子和小人难养。关键问题是，孔子学说的主旨是仁爱。小人是指小民百姓。既然小人和女子难养，那就要尽最大努力善养。只可惜古往今来，世人都曲解了孔圣人的意思。我既已告诉你，你就该更换思想。按照孔圣人的说法，唯天为大！天何以大？它至高广覆，无边无际，以无限的胸怀容纳天地间的一切，故此有容乃大。更重要的是，苍天垂爱万物。除了你我，除了所有人，举凡一草一木，甚至就连猫狗虫鱼等，全都得益于苍天的垂爱，否则天地间哪里还会有生命。依循孔圣人所言，唯天为大！唯尧则之。荡荡乎，民无能名焉。史上尧帝，有德爱民，百姓都不知道该怎么颂扬他。尧帝何以有德？正是因为他能则天。你我哪怕比不了尧帝，仍有必要向苍天学习仁德，遍洒爱意于周遭。无子有女，仍需爱，无子并不是割舍爱意的理由。正如大儒张载所言，以爱己之心去爱人则尽仁。甚至可以说，你我唯有遍洒爱意，方能配享苍天对你我的生养。说到底，任何人都应该以德配天，方可确保不会在天地间走错家门。只要拿捏着爱意与人交往，举凡人群、四海，直至天下，尽皆是家。”

韩涌潮耐心听了一番教诲，实属难得，但觉得自己的脑子里一时装不下，转身便要走。刚刚迈出几步，却又退了回去，恭恭敬敬给陈扶摇鞠了一躬，随即转身离开。望着他渐行渐远的背影，陈扶摇满脸绽笑，且等着韩涌潮慢慢转圜自己的心性。

说起来，旧年沉疴，若要破除，向来不易。许是因为思虑过甚，又或是因为内心里百感交集，沉疴与教诲纠缠，韩涌潮时常感觉到头上微微生疼，起先只是默默忍着。迄至后来的某天，竟疼得受不了，以至于就地打滚。五房媳妇各自领着自己所生的女儿在围观，不敢主动靠近。唯有大妮至四妮，颇为着急。尽管从未跟父亲亲近过，而且从来不曾见过父亲冲着她们笑，但难以割舍骨肉亲情。尤其随着年龄增长，早已明白父亲不喜欢她们的原因，何尝不知难以改变父亲的想法，就只想着尽己所能，以尽孝为宜。

四姐妹商量着想把潘神医请来，就结伴直奔潘家。潘笑尘拄着拐赶来，给韩涌潮把了脉，并没有把病情直接告诉他。经四姐妹一再追问，潘笑尘走到了角落里，捻须说了一番自己的诊断：“若要救人，需用险方！立马追内白豆花，未熟偏黄君迁子，似糖非糖俏白矾，一主二三辅。”潘笑尘说完，转身离去。四姐妹犯了难，并排坐在炕上，整宿未眠。

天色放亮时，大妮说道："眼瞅着我们都大了，父亲却全然不曾把心思用在给我们找婆家的事上，想来我们迟早都会成为老死在娘家的未婚大姑娘。若要细细究查，家有一子，不至于如此。父亲的所思所想无非只是自己能有儿子，待到日后，由儿子来给他养老送终。世上的规矩真真气人，女儿何尝不能终生侍奉父母。团柴先生曾言，汉朝年间，有一户姓傅的人家，同样无子，只有四女。老父亲担忧自己日后老无所依，女儿们就此矢志不嫁，甚至各自种下了一棵槐树，对天盟誓，槐枯则嫁，槐茂则留。四姐妹为了争养双亲，又彼此担心贻误了青春，老大担心老二，老二担心老三老四，老三老四担心老大，诸如此类，就纷纷暗中用热水浇烫他人之槐。谁知槐树却越发茂盛，后来举家超升成了仙。那四棵树，至今都还在原地。莫不如我们就变着法子模仿一番，以实际行动告诉我们的父亲，尽管他平时不愿意多看我们一眼，但他不会白白养了我们。"

二妮附和："险方未必奇，曾听路人提。若能救父，在所不惜。"大妮和二妮赴险配药，义无反顾，终致双亡。三妮和四妮既为姐姐的命运而嚎啕，更为自己的命运而哽咽流泪。趁老三前去请潘神医的工夫，老四把老大和老二的尸首卷到了两床被子里。

潘神医赶来，端着满碗药料，手上直抖，真真要感叹："韩涌潮是什么样的人，他的女儿又是什么样的人。"把药料倒入蒜臼，用蒜锤子捣碎。边捣边吧嗒旱烟，每捣上几下，就要往蒜臼里吹入几口烟气，捣捣再拌拌。潘神医最终端着药去了北屋，趁韩涌潮依然昏迷不醒，捏着他的下巴，直接灌到了他的嘴里。隔了两天，傍晚时分，韩涌潮方才醒来。尽管早已看不到大妮和二妮，却不曾问问她们的去向。三妮和四妮感受到的何止是心痛。

身体复原，韩涌潮时常赶往丘山坟林，望着埋有先人的一座座坟头，一再叹气念叨："祖宗们、父亲母亲、爷爷奶奶，日后我可没脸去见你们!"猛然间，陈扶摇的教诲又在耳畔萦绕，韩涌潮自问了一句："我到底应该如何安顿自己的生命历程，方能对得住父母爷奶?"既有此问，与其说是一时想不明白答案，莫不如说是难以丢开自己的执念。脑子里嗡嗡响，便在山上乱转。

他步行的速度并不算太慢，但又免不了特意留心看着周围，而且看得极其入迷。甚至能看清远处柏树上的老树皮，更在恍惚间感觉自己简直就是一直站在远处柏树的跟前，何曾发生过位置移动。哪里还能分辨得出眼下到底是在沟底溪边的羊肠小道上，还是早已入了林间，以至于只是看了一眼风吹树摇，就确定无疑地勾起了自己对山沟沟的眷恋和归属感。

直到夜幕降临，方才想要回家。转过天来，再次前往。走走停停，朝四下里看看，突然发现爹娘的坟头似乎今日不同于昨日，上面的草被新土压住了。琢磨了起来："难道是昨天晚上有人跑来搞破坏了？但又好像没有完全破坏。到底是怎么回事?"韩涌潮思来想去："今天晚上还会不会有人来搞破坏？莫不如先回家等着，等到天色擦黑再来，说不准就能把捣鬼的人抓住。”思考至此，转身就走。

半日无事，巴巴等着天黑，吃饱喝足，带着几名长工短工，潜伏到了坟林外围的树丛里，瞪大眼睛盯着坟林。一等再等，眼前只是黑漆漆一片，夜空上无星无月，周围频频传来猫头鹰的叫声。坟圈子里似乎总有人影晃动，仔细看去，却又看不清任何人影。迟迟不见有人赶来，韩涌潮原本打算要回家，刚一起身，可巧发觉似是有人鬼鬼祟祟来了。

那人摸黑推着独轮车直奔坟林，放好车子，点上马灯，走到了目标坟头的跟前，嘴里念念有词：“娘啊娘，你可不要吓唬我，继续躺在坟里就行，可千万不要蹦出来。我已经在胡家沟给你准备好了坟坑，今晚上就把你请回去，跟我爹合葬。我早就打听清楚了，韩涌潮是丘山一霸。我可不敢跟他起冲突，所以只能把你偷偷请回去。你可不要怪我。我昨天晚上只是来稍稍打探了一番，不知道有没有惊动到你。若是有所惊动，就只当是跟你打招呼了。”念叨完了，转身从车上拿起了铁锹，就要开始动土。刚把铁锹插到坟堆上，突然听见周围的黑洞洞里传来了一声呵斥，吓了大跳。

那是韩涌潮喊了一声：“嗨！是谁胆大包天，竟敢跑来偷挖我家的坟！”话音落地，就带着人扑到了跟前。一看便知，前来挖坟的居然是甘续韩。韩涌潮随即问道：“你想要干什么？”甘续韩吞吞吐吐说了一番自己的目的。

韩涌潮一听，据理力争：“想当年，你爹无路可走，就要借走我家的路，后来便有了你。我可要提醒你，你家是你家，我家是我家，借就是借。你能把你家当年借用的我家东西当成是你家的吗？断不可混淆了你家的人员和我家的人员！除了你我都不能走错家门，更不能让亡者错入家门。我不否认，魏竹庵既是我的娘，又是你的娘，但她已经被我埋到了我们韩家的坟里，岂能允许你想挖就挖。”

甘续韩说道：“她当年在我们甘家若是没有生下我，毫无疑问，依旧属于你们韩家的人，但她当年毕竟生下了我。我若是让她继续躺在你们韩家的坟里，怎么对得起我爹。”韩涌潮说道：“你若是把她挖走了，我又怎么对得起我爹。你可真是自私透顶！满心里只装着自己！”

甘续韩又说：“等我挖走了，你可以再去哪里寻找一具女尸，埋到坟里。”韩涌潮说道：“你为什么不按照你的想法在你爹的坟里做工？况且你爹本来就有好几房媳妇。无论谁家的坟里，只要能有一男一女就足够了。若非活着的时候原本就娶了好几房，死后入坟，无需那么多女人相伴。”

甘续韩又说：“我爹固然有好几房媳妇，但我可是我们甘家的独生子。无论我爹的坟里现在还有没有其他女人，我只想让我的亲娘跟我爹合葬。”韩涌潮怒吼了一声：“你休想！”甘续韩说道：“那该怎么办？总不能一家一半吧。”韩涌潮又说：“若非死者死时只剩下了一半身躯，谁家埋人只埋一半？依我看，你应该立即滚回你的胡家沟，切莫再打我娘的主意！否则我就不客气了。”甘续韩没再说话，把铁锹放到了车上，拿上马灯，推着车子就走了。

韩涌潮当即决定，让人昼夜守着自家坟林。半月有余，甘续韩没再出现。韩涌潮反倒念叨了起来："甘续韩有没有儿子？若是有，能不能让他过继给我？我跟他同母异父，按理说，不能过继，但我实在是找不到跟我同父同母或者同父异母的兄弟。莫不如先去胡家沟打听打听。"

驾马车直奔，一路上，韩涌潮一直在合计："想来应是苍天弄人，我娘当年在我们韩家总能生下双胞胎，在甘家却只生下了甘续韩。他当年出生，本来就具有甘家想要接续韩家生育运势的寓意。如果他有儿子，莫不如就给他儿子改名叫作韩应甘，让韩家接应甘家的生育运势。"

到达胡家沟，却发现甘家正在办丧事，死者正是甘续韩。围观的人群中有人说道："还没把他娘挖来，他就把坟坑准备好了，原本就不吉利。现在想来，其实他应该先把他娘挖来，再去挖坟坑。只可惜他最终都没有如愿。按照天地间的生死法则，既有坟坑，必会埋人。他固然不能跟他爹合葬，但他免不了会去另外占下一坟坑。唯有甘家有人去世，他为他娘挖坟坑才不会再生事端。"韩涌潮在人群中打听，得知甘续韩并无儿子，只有女儿，败兴而归。

隔了两天，突然感觉到自己的头皮上丝丝生疼，脑袋里同样疼痛不堪，似有虫子在里面钻来钻去，不免又要打滚。三妮和四妮闻声赶来，只见父亲的口鼻和耳朵里皆有蜈蚣，吓了大跳。细细看去，全然不像是蜈蚣在向体内钻，倒像是在往体外爬。

三妮马上去请神医。潘笑尘赶来看了看韩涌潮的病症，扭头问三妮："你爹是不是喝过不干净的水？"三妮哪里知道。潘笑尘又说：“想必你爹何时喝的水里有虫卵。入了他的肚，原本应该会被他的肠胃消化掉，但说不清是何原因，不仅没有被消化掉，反而在他的肚子里越长越大，甚至繁殖了起来，越来越多，自然就会往外钻。除了他的口鼻和耳朵，想来他的粪门上同样会有。”三妮求要救治方法，怎奈潘神医似是毫无对策。

韩涌潮只顾着打滚，哪里还能听见身边人正在说什么。从他体内钻出来的那些蜈蚣，皆是血色外表，断不是山上石块下的普通式样。潘神医闭上眼琢磨了片刻，捻须说了起来：“蜈蚣若是在石块下长大，后来钻入人体的，倒还好办。只需烙上几张肉饼，捂住病患的耳朵和口鼻，即可引出来。眼下的难题在于，蜈蚣本来就是在人体内长大的，恐怕不是普通肉饼就能引出来的。”潘笑尘走后，三妮和四妮一时没了主意，可去哪里寻找不普通的肉？上山抑或下海？

那天晚上，韩涌潮折腾不止，竟用手在地上扒起了坑，大喊大嚷，非说自己的家在土里，要么就在桌子底下，或者在石块底下，扒来扒去扒累了，直挺挺躺在地上，撕扯开了自己的上衣。三妮和四妮守在旁边，且急且愁，只见父亲的肚子顷刻间鼓了起来，顷刻间又瘪了下去，口鼻和耳朵里又有蜈蚣要钻出来。韩涌潮翻来覆去，嘴里不停地且说且吟：“野雀叫喳喳，石头底下是我家。”

三妮左思右想，跟四妮说道：“大姐和二姐为了救父，甘愿赴险，那是何等的感天动地。我俩又何尝不能！”四妮点了点头。漫漫长夜，姐妹二人相互打气，终致腿上负伤。旭日东升，老三摇摇晃晃挪步到了厨房里，把两块肉放到案板上，噔噔噔剁了起来。老四咬着牙挪步过来，和了面。老妈子不忍直视，站在侧旁抹眼泪。老三在灶台上点起了火，往锅里倒了一些油，跟老四一起下手，烙了肉饼。直到饼面上被烙得焦黄焦黄的，才用筷子把饼夹到了桌子上，只等着冷却下来。

待到饼上温度不高不低时，姐妹二人把饼撕成了四块，分别拿了两块，直接奔向北屋。此时的韩涌潮，正面朝上，躺在地上，呼呼熟睡。三妮拿着两块饼分别捂在了父亲的两侧耳朵上。四妮拿着一块塞到了父亲的屁股底下，把另一块放到了父亲的口鼻上。姐妹二人的腿上一直在流血。想那身上总共能有多少，裤管浸透，先后倒在了地上，倒是还不曾忘了父亲身上的病症。

韩涌潮体内的蜈蚣嗅到了肉饼的味道，纷纷往外钻，一时把口鼻和耳朵堵得水泄不通。韩涌潮动了几下，翻了翻身，前脚刚刚从地上爬了起来，他的俩女儿后脚就闭了眼。四块饼上皆爬满了蜈蚣，韩涌潮抬脚就要踩踩，直接把蜈蚣踩成了肉泥。

眼睁睁地看着女儿的尸首，起先还不曾说什么，愣了愣，想了想，竟说了两句："我家唯独不缺闺女！且来且去，自是无妨!"恰巧五妮到九妮正在院子里玩耍，韩涌潮只是侧着脸瞥视了一眼，真真觉得女儿似是多余的物件。说起来，若不是父亲抱恙，那些女孩哪敢轻易在院子里捉迷藏。

接连几日，韩涌潮总喜欢坐在门槛上仰望苍天。突然听见院外传来了清脆的铜锣声，他顿时一蹦三跳直奔院外，哪里像是刚刚生过大病，以最快速度扑到目盲者跟前，直截了当说道：“最近几天，我一直在反思，真是折腾够了，折腾累了。我若是早已有儿子，前些年又何必折腾，日后更会好好过日子。快给我卜一卜，我今生今世当真无子吗？”

目盲者问了一遍韩涌潮的生辰八字，掐指说了一句：“家内无子家外寻！”韩涌潮不免要问：“如何寻？去哪里寻？”目盲者又说：“天机未开，尚不知晓。日后便知，暂且等待。”韩涌潮付了钱，目盲者便被小童领着去了前方。韩涌潮倍感苦恼，想了想：“既然家内无子，即使再娶媳妇，恐怕还是枉然。既然需要去家外寻找，前提条件在于家外确实有子。家外如何有子？”

女儿们从院外跑到了院内，而且五妮的手里似是拿着什么稀罕物件，以至于她的妹妹们纷纷追着想要观看。六妮跑到了北屋里，随即拿着锤子又钻回到了姐妹堆里。五妮拿在手里的其实是一枚手雷，是她们在街上玩耍时捡到的，不知是何人遗落，此前不曾见过，简直如获至宝。

六妮非说可以用锤子砸，就像核桃那样，等砸开了，或许能发现里面藏着更好玩的东西。女孩们围成圈，趴在地上。五妮把手雷放到了圈中央，且让六妮用锤子砸。众人皆是一副目不转睛的样子，拭目以待。

见六妮似是不着急，七妮和八妮甚至一再催促，喊着嚷着，快砸！快砸！六妮扭头扫视了一圈，发现姐妹们早已做好了只等着揭晓谜底的准备，于是抬了抬手。锤起锤落，一声巨响，血肉横飞，姐妹们香消玉殒。

韩涌潮闻声扑到了院子里，孩子的母亲们纷纷从各处房舍里跑来。院内自是哭声一片。韩涌潮则只是看了一眼，似是无动于衷，扭头继续自问："家外如何有子?"紧接着念叨了起来："既然家外有子，我又何必再待在家里。想必院内的陵墓不会再被派上用场，倒又不能白白空闲着，毕竟已经花了钱了，索性把丫头片子们埋进去吧。"在韩涌潮的指挥下，五房媳妇收拾了一番孩子们的所剩尸骨，最终送到了陵墓里。

韩涌潮又让人把三妮和四妮的尸首从后院的角落里扒出来，一并送入墓中安葬。稍作思考，转脸问长工："你们当时是不是把大妮和二妮的尸首同样埋在了后院里?"老大老二舍命救父的事，传来传去，早已传入韩涌潮的耳朵。听见长工答是，就让他们赶紧去扒出来，送入墓中重新安葬。墓内空间极大，完全可以让一人独占一间墓室。在坟坑上封顶，再堆出偌大的土馒头，就构设出了一座九女坟。

任由媳妇们在家里怎么哭，韩涌潮充耳不闻，只是一心想要在家外寻子。思来想去："既然家外有子，而且无需再娶媳妇进门，家外如何有子的方法，似乎只有一种。"夜幕降临时分，出了门，可巧半空中有飞机出没，干脆抱着头回了家。其他村民纷纷出门避难。

隔了几日，村庄内外再无异常响动。又是夜幕降临时分，韩涌潮蹑手蹑脚摸索到了街上。此前赶往山上避难的各家，眼下正在纷纷往回赶，街头巷尾频频有人影晃过。

各家哪怕已经回到了自己的家里，但还是不敢长时间燃灯点烛，生怕引来轰炸。以至于各条街上总会有些忽闪忽闪的亮光，而且全无任何声音。

韩涌潮一旦发现，若有女人独自从街角悄悄且匆匆走过去，便赶紧悄悄且匆匆追过去，不声不响尾随至家。无需等到女人进屋点灯，直接扑到后背上，捂住嘴，抱起来直奔炕头。女人哪怕早已发现眼前人是韩涌潮，倒又不敢言语，生怕招来扛着枪的鬼子。韩涌潮大摇大摆离去。

到第二天，女人哪敢跟别人说什么。一旦让别人知道自己遭到强暴，势必丢了颜面，在世上再无立足之地。再者，说不准还会有飞机从树梢上掠过，逃无可逃，只能速死。如此昭昭，颇感无奈，除了忍气吞声，还能如何。

韩涌潮轻而易举得手了一次，免不了还想要再次得手。长此以往，就连他自己，都已经弄不清到底得手了多少次。每当夜幕降临，必会悄悄出门，总是洋洋自得，于心底默念："且不管是沃野良田，还是贫土瘠壤，有多少地，就撒多少种子。地多种子多，只等着风吹日晒和雨淋，迟早会长出我想要的苗芽。"

第二十二章

故人归来

时光流逝，记不清过了多久，像是一年两年，又像是三日四日，前浪未曾平息，后浪便急于涌来。有一天，老妈子一如往常，做好饭菜端至桌上。韩涌潮坐下来就要吃，心里甚至曾想，攒足了力气，有利于种田。先是抓起了雪白的馒头，拿到嘴边就要啃咬。谁知竟没有咬动，还咯了一下牙，骂骂咧咧了几句，又咬了一口，依然没有咬动。随即把馒头挪到眼前，赫然发现眼前物什哪里是馒头，分明是大大的银锭，倒手扔了出去。

更出乎预料的是，银锭一落地，就又变成雪白的馒头。老妈子哪里知道发生了何事，极其谨慎，询问缘由。韩涌潮交代了几句。老妈子说道："我明明是用面粉做的馒头，哪里可能会用银粉蒸馒头。"说着话，从地上捡起馒头咬了一口，确定今天的跟往常的并无不同，心里琢磨着，韩涌潮的眼睛和嘴里应是出现了病症，但又不敢说出口，以免被揪着成为出气筒。

见桌子上有一碗面条，韩涌潮端起来就要吃。刚刚吃到嘴里一口，同样感觉到硌牙。立马吐到了地上，发现被自己吐出来的竟是一些银条。眨眼工夫，又变成了面条。只见碗里的仍是面条，又吃了一口。怎奈面条一旦入了口，立即就会变成硌牙的银条。

见桌上有一盘鸡蛋饼，用筷子夹起来一块，仔细看了看，确定被夹起来的是鸡蛋饼。万万想不到，只要塞到嘴里，立即就会觉得硌牙，吐到嘴边，发现哪里是鸡蛋饼，分明是金饼。一旦落了地，马上就又变回了鸡蛋饼。

韩涌潮拍着脑门想了想，出了屋门，走到马棚里。长工短工正在里面喝些清汤寡水。韩涌潮没有拿碗拿勺，直接端起大盆就要喝。谁知里面的清汤寡水转眼间就变成了金汤银水，怎能喝得下，倒手把盆放到桌上。长工短工纷纷看了看，盆里哪有金汤银水，只是一些漂浮着点点油腥的萝卜汤而已。

韩涌潮大惊失色，干脆省下了一顿饭，只想着明天或许断不会再如此，少不得依然要出去种田。出乎预料的事情，终究还是再次发生了，一日三餐，顿顿出现怪事。韩涌潮思来想去："我早已不是当年的瘦子，每年都会胖上一圈，莫不如少吃几天饭，只当是为了让自己的大肚子减减膘肥。"

饿了一天，尚不觉得难熬，甚至并不曾影响种田。饿了两天，就觉得肚子里总有什么东西在抓挠，种田的时候，难以再有足够的力气。饿了三天，只觉得肚子里似有一团火，难以再忍受下去，尤其是种田时，竟已力不从心。

第四天一大早，就把嘴张到了开合的最大程度，只等着赶紧往肚子里扒拉饭菜。然而，在他的就餐感受中，凡是进了嘴的东西，都会变成或金或银，一旦从嘴里吐了出来，立即就会变回原物，不免暴跳如雷，但又无可奈何，早已没了种田的力气和心情。

前后只不过六七天，韩涌潮便瘦了不少，眼窝深陷，甚至连清水都不能喝了。只因清水到了他的嘴里就会变成银水。他整日躺在朝阳的地方晒着太阳，张着大嘴喊饿喊渴。他的媳妇们轮番给他喂食喂水，却无济于事。

憋了半日，韩涌潮开始放声嗷嗷大哭，声音之大，恨不能让全天下的人都听见。越是哭，就越是饿。越是饿，就越是要哭。总感觉自己似是活不久了，但不甘心马上就死，于是越哭越凶。直着脖子哭喊："我的儿子到底在哪里?"许是哭累了，又或是因为伤心过度，喊着喊着就昏迷了。

悄然间，看到些许画面。说不清所为何因，独自扑到厨房，从墙根的麻袋中捧出一些带壳的花生，放到平底铁锅里，随即就在灶台上点起火，想把花生炒熟。边拿着铲子翻炒边念叨："炒熟的花生堪称一道美味，我自幼就喜欢吃。"炒来炒去，听着铲子碰锅发出的哧哧声响，巴巴等着赶紧炒熟，突然嗅到了锅里传来的香味，立即觉得许是已经炒熟了，便从中抓起来一小把。

刚刚用手捏开外壳，却发现里面的花生仁似是没熟，就把手里的又扔到锅里继续翻炒。片刻工夫，眼瞅着外壳上已经稍稍发黑，再次觉得似是炒熟了，又从中抓起来一小把。捏开外壳，却发现里面的花生仁依然像是生的，于是继续翻炒。炒来炒去，只见外壳上已经完全发了黑，若是再继续炒下去，只怕外壳就会变成黑灰，随即又抓起来一小把。轻轻捏开外壳，发现里面的仁儿并没有被炒熟。索性继续炒下去，果真把外壳炒成了灰，怎奈里面的仁儿仍是生的。

韩涌潮思来想去，觉得其中必有缘故："花生仁儿的仁儿，跟大人儿小人儿的人儿同音。尽管外面的壳被炒煳了，但不影响里面的仁儿依旧具有生命力。既然仍旧是生的，撒到地里，势必依然会长出苗芽。如此一来，似乎意味着哪怕我葬身于火海，我撒下的种子都不会受到影响，该怎么发芽就怎么发芽。我并不是没有儿子，我的儿子马上就会出现。"终因饥饿难耐，韩涌潮一下子就从迷梦中醒了过来，有气无力地蜷曲在地上。

刹那间，陈扶摇的教诲又在耳畔萦绕，韩涌潮仰面朝天，抬手遮眼，从指缝里瞅望阳光。顿时觉得一股暖流从天而降，扑面而来，自己的心里则有一股暖流翻涌而出，眼前的一切似是尽被暖流笼罩。放下手，随即翻了翻身，竟坐在了地上。抬了抬屁股，便站了起来。拖着双腿慢慢挪步，进了屋，坐到桌前。使劲喘了几口粗气，拿起了一支笔，用颤抖的左手扶着颤抖的右手，在一张落满灰尘的纸上涂抹了起来，写下了四句诗：

雾霭重重一面墙，角上缝里显光芒。
仅此一朵孤寂开，且迎暖阳入心房。

最后给诗命名为《翘翘花》。写罢，满脸绽笑，起身又挪步到了屋门口，直眉瞪眼盯着院内。转眼间发现似有四人走到了跟前，只见其中一人并不陌生，像极了袁绽，但又不敢确定。韩涌潮明明想张嘴问问，却没有力气张嘴。那人其实就是袁绽。时隔若干年，相貌上似有改变，但又不曾大改。另外三人则是她的儿子、儿媳妇和孙子。袁绽只是稍微站了站，便带着家人走了。韩涌潮一直瞅望着他们的背影，轰然倒在了地上，蹬腿咽了气。

院外又起战火，院内早已不再平静。韩家的长工短工前脚刚刚离去，后脚就有几枚炸弹落了下来。随着几声巨响，原来的庭院变成了一堆瓦砾。韩涌潮的五房媳妇或许各有各的打算，迟迟没有出院，全都被炸死了。

直到三天以后，战火稍歇，袁绽再次带着家人赶来，让儿子和儿媳妇找来铁锹，在瓦砾堆里翻了起来。最先找到的是韩涌潮的媳妇，暂且把尸首摆在树荫下，一摆就是并排五人，最后找到的才是韩涌潮。

袁绽有言："到周围各家找一些工具，再去山上弄些木头来，打制棺材，把他们葬入韩家祖坟。"她的儿子和儿媳妇即刻去办理。袁绽思来想去，另有三件事，无论如何，都不能遗漏。其一，准备红色涂料，把棺材糊成红色；其二，准备一条冥镜；其三，准备两副驳杖。

事到如今，韩家哪里还有其他人，各种器物的准备，全由袁绽尽心安排。凡能就近找来的，自然花不了多少工夫。凡是需要前去购买的，她的儿子和儿媳妇免不了要跑腿。按照夫妻同躺一墓的习俗，原来埋着朱艺红、王家女和张家女的坟，正是韩涌潮的最终归宿。

如何葬埋？人死有先后，埋入后死的，其实无需惊扰先被埋入的，只在坟内侧旁继续掘坑即可，且让坑与坑之间皆有一墙之隔。男左女右，韩涌潮必然被埋在最左，于是要在坟内原有三名女眷的左侧掘坑，同时还需要在原有三名女眷的右侧掘坑，以便于安置后来的五名女眷。按理说，应该按照她们嫁入韩家的先后顺序依次安置，嫁入时间越早的，越要靠近原有的三名女眷，但袁绽哪里弄得清先后顺序，因而只是并排着埋了。

料理完了韩家的事，袁绽带着家人去了潘家。潘笑尘时而上山避难，时而回到家里，总没有一定之规。袁绽似是极其大胆，不曾躲到山上林间，在潘家的旧院里死等，总算是遇见了想找的人。

潘笑尘迎面看见她，愣了愣，随即板起脸张嘴就说："来者何人？只怕走错了家门！"袁绽想了想，不宜直接对顶，同时还不宜扯远话题，当真不好接话，再三揣摩，终于张了嘴："在外若干年，曾听人宣讲，我们叫作规矩的东西，实际上还可以唤作制度。如你如我，到底应该如何安度一生？本来就没有标准答案，更容易产生争议。纵观以往，倒是积攒下了两句感慨。面对交织无序的制度丛林，若不能闷头扎进，并且舍弃一切质疑和追问，终将只能走错家门。人生中最美好的追求，莫过于一直抱有赤子之心，但谁又能保证自己不会成为被制度催熟的人。"

潘笑尘怒目以示。袁绽轻声细语又说："我若不是得了难治的病，怎么敢回来。其他郎中都不知道该怎么治疗，倒是纷纷告诉我，唯有丘山潘神医能治，于是我就舍上脸面回来了。"潘笑尘冷笑道："若想让我给你治病，那只是你白日做梦。”

袁绽思考再三，甚至强调：“我活着是你们家的人，将来死了，还要入你们家的坟，我们终究是一家人。莫不如就看在我跟你儿子夫妻一场的份上，给我诊治诊治。你若治好了我，作为你的儿媳妇，我自会给你养老送终。”眼瞅着潘笑尘浑身颤抖，迟迟没有接话，袁绽继续说道：“医者仁心！你即使不认可我的人品，但我总归还算是病人。医者要给病人治病，实为医者的天职。”

潘笑尘抬起拐杖，指着站在袁绽身旁的三人，问了一句：“他们是谁?”袁绽迟迟没有回答。潘笑尘板着脸说道：“我若是没有猜错的话，想必是你跟哪里的男人鬼混之后生下的孩子吧。你满嘴里说着跟我儿子是夫妻，却又跟其他男人鬼混，竟然还把一些野种带到了我的面前。”

袁绽回应道：“到处都有战火，我若是不带着他们，可让他们去哪里。万一头顶上落下炸弹来，把我们炸散了，可怎么办。不管怎么说，我并没有改嫁到其他人家。无论做过什么错事，始终都是潘家的媳妇，自当需要领受你的责骂，只求你救救我。”说着话，就要下跪。潘笑尘断不肯接受，转身进了屋，关紧了屋门，任凭袁绽跪在那里怎么哭着哀求。

几天以来，袁绽等人始终待在潘家院里。突然间，头顶上又有飞机掠过。潘笑尘紧赶慢赶又要出院上山，袁绽等人尾随着跟去。丘山上的柏树林间早已挤满了人，但终究不是可以彻底躲过战乱的地方。更何况，屡屡有飞机擦着树梢低空飞行，满山上躁动不安，树摇枝颤。石块和草皮怎能压得住尘土，动不动就是飞沙走石。

飞机上总是投下炸弹，随着几声巨响，山上必是惊恐声一片。只可恨那大小石块，皆像是鬼子的同谋，全不顾村民的死活，飞起来就要砸到谁的头上。那些小的虽说不能让人毙命，倒能把人的头盖骨砸破。那些大的更是直奔着掠夺人的性命。眼下看来，真是避无所避，逃无可逃，哪里都不得安生。

有人突发奇想："真是奇怪，韩涌潮家的院子，前些年不曾被炸毁，只是后来才毁于一旦。时常听说，其他地方的人都躲到防空洞里去了，我们何尝不能躲到洞里。相较于丘山底下的洞，更安全的地方应是韩家院内的九女坟里。即使有鬼子来扫荡，谁又能想到会有人躲在坟里。坟是现成的，我们只需找到合适的位置挖一条密道，就可以躲到里面去。"颇有些人认为此计甚好，到了晚上，的确有人趁着天黑，去了韩家的此前院落。

瓦砾堆并没有完全遮盖住九女坟，不妨在残垣断壁的角落里动工，想必可以避开鬼子的眼目。前来参与挖土的，原本就是那些在村里敢于担当的人。他们整宿未眠，只用了一夜时间，就挖出了一条通道。

天刚蒙蒙亮，就有许多村民赶来，袁绽等人夹列其中。大家排着队，按照先后顺序钻入。坟内原本只是黑漆漆一片，好在最先下到里面的人举着火把或者拎着马灯。除了那条通道，里面的墙壁上并没有缝隙，按理说，不会让人感觉到身前身后有风吹来，但大家分明感觉到了阴风阵阵，而且前后左右似有无数漏风的窟窿眼。

那些风给人带来的感受，完全不同于坟外的。若是在坟外，无论是街巷路口的，还是林间的，无非只是擦着人的皮肤横扫过去而已。坟内的却是死死抓着人的肉皮，似要钻入人体，所到之处必会让人感觉到森森阴冷。大家都不敢触碰到里面的尸体残骸，纷纷绕行，小心翼翼，断不敢大口喘气。要么几人一组抱成一团，要么独自一人用双手抱住肩膀，并排蹲着，窝在里面。

说不清过了多长时间，更不知眼下坟外已是几时，突然间，坟内一下子大亮起来，简直亮如白昼。谁都没看到光源，能确定的仅仅是那种白亮白亮的光芒绝非火把或马灯散发的。众人皆有些怕意，免不了发出惊恐声。转眼间，头顶上丝丝有声，众人纷纷抬头去看，却什么都没看到。

陈扶摇蹲在人堆里说道："坟内有声有风，实属正常。极有可能是由大家的呼吸气流和墙壁碰撞所产生的，而且坟墓的哪些建筑材料中难免携带着些许细碎的磷类杂物，说不准何时就会燃烧发光，何须害怕！"

任凭陈扶摇怎么解说，胆子小的人仍是不敢继续蹲在里面，抬抬腿就要往外跑。一旦有人如此，必会引来其他人跟着跑。坟内的人越来越少，哪怕那些胆子大的，恐怕一时都不敢再说自己胆子大。那条通道被堵得水泄不通。众人一下子聚到地面坟前，谁知远处偏偏传来了踏步走路的声音。

大家自然能听得出来，定是鬼子来村里扫荡，谁都不敢继续向前。若是走到街上，说不准就会成为鬼子的刀下鬼。既然前进不得，就该后退到坟内，但坟内景象又着实吓人。既不敢前进，又不敢后退，除了捂着嘴无声痛哭，似是再无其他选项。

片刻工夫，有人又回头钻到了通道里，轻声嘀咕："终究是鬼子更可怕！我们宁可死在故土的坟墓里，都不能死在日本鬼子的刀枪下。"其他人随即纷纷效仿，无不回头再钻入坟内。当大家蹑手蹑脚向前走的时候，突然发现有人正跪在里面。其他人此前纷纷向外跑，全然不曾发现有人没挪窝。

除了陈扶摇，没挪窝的，还有袁绽和她的家人。陈扶摇紧贴墙壁站着，只让人望见他的背影，似是不想直面眼前世界上的一切。趁其他人向外跑的工夫，袁绽让自己的孙子跪在了地上。见村民们又赶了回来，袁绽赶紧吩咐了一声："站起来吧。"她的孙子立即站了起来。其他人看在了眼里。

转眼间，煞白的亮光一下子就消失了，只剩下火把和马灯上散发出的黄色亮光。村民们不再惊恐。人群中有人说了一句："似是故人归来，不曾向外跑的某人，瞅着像是当年的潘家寡妇。"潘笑尘就在人群中，接住话茬，破口大骂："满心淫乱，身为下贱！"又有人说道："当年村里曾有传言，潘家的寡妇偷了韩家的汉，韩涌潮爬灰进了潘家。"袁绽充耳不闻，任凭他人怎么说。

哪怕人们说着说着，就开始往地上啐痰，甚至跺脚，袁绽都一忍再忍。又有人说了起来："站在她身边的，想必应该是她的子女吧。明明是寡妇，哪里来的子女。我们若是跟她在一起，说不准她什么时候又会犯起淫荡的毛病，拉扯着周围的男人兴风作浪，毁坏各家的家庭。”不知是谁，隔着几人悄悄把手伸向了袁绽，在她的腰间狠狠地拧了一把。

袁绽哎哟一声，当她想要回头查看时，甚至被人推了一把。又有人说了起来：“前些日子，我在街上无意中发现刘家的老寡妇和赵家的老寡妇像是要当娘了。战乱年月，死了无数男人，寡妇本来就多。想必其他人家寡妇的丑事，迟早都会暴露出来。我九十多岁了，什么事没见过。村里的怪事固然原本就多，但在我年轻的时候从来没发生过寡妇当娘的事。前前后后算起来，正是潘家寡妇在多年以前开了先河。各家寡妇为什么能当娘？有人悄悄看见过，韩涌潮曾有一段时间总在街上踅摸，一旦看见独行的女人，就要跟去。在我的记忆中，他原本极其老实，父母让他往东，他绝对不敢往西。后来缘何屡屡祸害女人，肯定跟潘家寡妇当年的引逗有关。如此说来，正是潘家寡妇祸害了韩涌潮，活财神才又照猫画虎，祸害了其他人家的媳妇。”

袁绽挨了一通数落，忍无可忍，拔腿就要向外走。她的家人紧随其后。人群中又有人说：“只盼着她前脚走出去，后脚就被鬼子举起枪刀活活捅死。”此话刚刚落地，坟内竟刮起了一阵大风。众人皆惊恐不已，纷纷又要向坟外跑。

两名壮汉转身就跑到通道口，捅挪开了木盖，把脑袋伸向地面朝周围打量，不曾发现袁绽等人。猜想他们早已走远，大概不曾被鬼子杀害。至少迟迟没有听到鬼子在村里扫荡的声音，于是回头又到坟内，告诉乡亲们，眼下坟外暂时安全，随即带领大家要从坟里钻出去。

袁绽早已无心再带着家人入村，只在丘山上暂且寄身。抚今追昔，她当年离开丘山村时，还没有发觉自己早已怀有身孕，满心里只想与佛祖终生为伴，就去了慈恩禅院。后来便在那里生下了孩子，取名韩再来。好在院周有些良田，靠着种地稼穑，辛辛苦苦把儿子抚养成人，还给娶了媳妇。儿媳妇名叫王茯苓，转过年来，生下一子，取名韩翘。追索血缘关系，韩再来其实是九女的大哥，韩翘则是九女的侄子。

袁绽何尝不曾嗟叹：多少年来，我一直心有所系，有意无意探听着关于韩家的各种外界传闻。此番归来，所见所念早已物是人非，偏偏还引发风波。不忘旧事的何止故人，更包括我自己。身上的重病若是不能得救，死在外面，岂不是要成为孤魂野鬼。更何况，既然早已嫁为人妇，断不可归入娘家的坟林。盘算来盘算去，原本就不曾忘记落叶归根，莫不如回来。韩家的祖坟终究不是我的最终归宿！只怕潘笑尘未必能允许，等我死后让我去做潘家的鬼。到时候，少不得又是一场纷争。

许久以后，又有飞机在村庄上空飞行。村民们起先只是躲在自家院内的屋子里，等飞机飞走，立即扑到街上直奔韩家旧址。想要再次躲入坟内，但大家都不敢贸然进去。人群中有人说道："快看看潘家寡妇有没有来!"众人纷纷扭转身子，并没有看到袁绽。

有人又说道：“九女坟里埋着韩家的人，潘家寡妇带回来的极有可能同样是韩家的人。只要坟内九女认亲，自当可以确保坟内平安。潘家寡妇没来，我可不敢进去。”有人则说：“莫不如趁着鬼子还没来扫荡，赶紧往山上跑吧。”众人纷纷转身奔向丘山。

无需多长时间，山上的柏树林间又挤满人。哪怕迟迟没有飞机飞过，大家仍是不敢回家。袁绽发现自己的跟前有几人皆带着各自的婴孩，悄悄瞅去，真真觉得似是故人来，只因婴孩的眉宇间像极了韩涌潮。说来真是奇怪，那几人带着的皆是男婴。

不知是谁说了一句：“陈先生好像没来！”众人纷纷扭过头瞅望，的确没有看到陈扶摇。紧接着便有人念叨：“难道他独自一人藏到九女坟里去了？”潘笑尘叹了口气，说了起来：“不用再找了！他若是果真藏到九女坟里去了，那就好了。临来时我在路上遇见他，发现他的手里握着一把菜刀，走得虽然不快，但一直在奋力，像是要去村外。就问了两句，不去山上避难，想要去哪？拿着菜刀干什么？他告诉我，仁人志士，岂能甘心受辱！不惧一死，只做最后的挣扎。昭昭此言，想来他应该是去找日本鬼子拼命了。一人一刀，一把老骨头，外带一根拐杖，肯定是有去无回。望请大家记住他的磊落风骨吧。我若不是挂念着乡亲们的身体健康，早就跟他一起去了。”众人一听，全都沉默了。

第二十三章

子孙归家

夜幕降临，村民们越发要凑紧，相互壮胆一起度过漫漫长夜，共同防御不测。上半夜，山上倒还安静，众人皆坐在地上，背靠着背睡觉。到了下半夜，人群中开始有些骚动，只因有人觉得自己被哪里飞来的石子砸中脑袋，不免惊慌失措。一声呼喊，必能惊醒周围的所有人。大家纷纷站起来，在伸手不见五指的夜幕中，谁都看不清谁的脸色。越是如此，越是加重了众人的恐惧感。

突然间，又有几块石子飞了过来，不知砸到了谁的头上，只听见屡屡有人惊恐呼喊。眼下夜空中全无飞机飞过的声响，想来那些石子并不是从天而降，应该是从周围飞来的。转眼间，又有石子飞来。有人哎哎哟哟问了一声："到底是谁在乱扔石子?"有人赶紧问了一句："我们眼下所在的位置，是不是离着韩家坟林不远?"此言一出，众人皆不敢再说话。

在慌乱中逃命，哪里还顾得上所到之处的周围山体情形。此前若干年，村里其实早就传言，韩家坟林附近极其邪性。无论是谁，如果晚上路过，总会被石子砸中，从黑洞洞里飞出来的有时甚至是颇大的石块。

想当年，潘家的儿子就曾被石子砸中。他当即大骂："是谁不长眼睛，竟拿着石头来砸你爷爷我。"当时跟他同行的人，皆不敢说脏话，而且都曾劝言，切不可再骂，只当是什么事都没发生，赶紧跑过去就行了。

潘家的儿子何止不听，反倒还想要追查到底是谁在扔石头。他刚要扑向黑洞洞，谁知黑洞洞里飞出来几块颇大的石头，直接把他砸得皮开肉绽。同行的人背起他，就往村里飞奔。潘笑尘自然要给儿子诊疗，但他发现儿子所受的伤并非俗医俗药就能治好，苦于无法施救。何尝不曾骂自己："我算什么神医，只不过是俗世中的一介俗人罢了。"

石头飞起，必有缘由。陈扶摇当年就曾指出："如果把我们目前还探究不明原因的事情尽数归为鬼魂作怪，岂不荒诞！一旦求助于神灵，与其说是在宣扬神灵有大能，莫不如说是在公然承认我们人类太无能。"问题在于，人心惶惶，已成定局。

潘笑尘便出面，请人来打醮弹压。一群道士高举着贴有道符的桃木剑，把韩家坟林团团围住，在圈围中央安置下了一张桌子。上面放着一盏灯，灯前是一排事先用荞麦面捏制出来的人偶。道上给开了光，它们就跟活了似的。虽然只有十六七公分那么高，但摇摆着宝蓝色的纸质外衣，像极了人世间的高贵人物，倒又不同于俗世凡品。

道士首领先是往地上撒了一些只有纽扣大小的鬼饽饽，随即又撒了一些半生半熟的祭米。灯碗里的火苗时亮时暗，只是在忽闪。不知哪里来的一群鸟，呼啦啦落至地上，啄食祭米，最终把那些薄薄的鬼饽饽叼走了。道士们临走前，只是摇头。半月有余，潘家的儿子就归了西。

自那以后，有人甚至传言，那些道士原本具有降服鬼怪的本事，但韩家坟林占下的是一块养尸地。埋在里面的死尸肯定不会腐烂，一经风吹鼓动，势必就会投石玩耍，就跟孩子似的，岂是谁能压制得住的。

倒是不曾有人掘坟开棺，查验里面的尸体到底有没有腐烂。此前其实曾有人避过了灾祸，躲避的方法，说来倒是简单。晚上若要路过附近，且不管周围发生了什么，哪怕飞来的石头砸破了脑袋，只要不吱声，就不会丢了性命。

眼下又有石子飞来，村民们终于没再搭言，只是听着石子飞落的声音噼里啪啦，犹如雨下。片刻后，远处近处皆归于宁静。层层惧怕在心间缠绕，哪里还有人敢睡觉，但又真是怕什么来什么。倒是不曾飞来飞机，半空中却传来了一阵哭腔——家内无子家外寻。

那声音瓮声瓮气的，并不清晰，但有人一听就说道：“那不是韩涌潮在说话吗？可他明明早就死了！”有人则说：“肯定是风声！正所谓，风声如吼，如人哀怨。世界上最让人感到恐惧的事情，其实只是人吓人！”那样的哭腔似是从高高的云层上传来的，倒又像极了韩涌潮就在人群中间。

早就有人吓得要喊叫，但又不敢发出丁点声音，生怕黑洞洞里飞来石头。心头的丝丝怕意，终是无法释散，再加上一层压抑之感，只怕胆子再大的人都会吓破胆。众人自然能感觉到自己的身上发凉且发麻，好在那样的哭腔并没有持续很久。

有家难回，山上事项的发生原因，偏偏又难以说清道明，望着旭日东升，村民们才开始放声大哭，哭得地动山摇。有人说：“莫不如回家。等鬼子来了，直接把我捅死算了，免得再担惊受怕，生不如死。”

难免会有人琢磨破解之法，扑到了袁绽的面前，张嘴就问：“天天跟着你的男人，到底是不是你当年跟韩涌潮生下的孩子？”众人纷纷盯着袁绽，怎奈她闭口不答。那人又说：“如果是，求求你，带着你们的儿子去韩家坟林里磕头，免得韩涌潮满世界寻找。”

袁绽扭头甩出两句：“如果我说是，我前脚救了大家，大家后脚就会骂我寡妇不该生孩子。如果我说不是，反倒省下了许多麻烦。”那人接住话茬又问：“如果不是，你哪里来的孩子？”袁绽直接回顶了一句：“孩子是我当年在街上捡到的。”

村民们目不转睛死死盯着袁绽，眼神中传递出来的无非是求救的意思。袁绽何尝看不懂，于是又说：“给韩涌潮生了儿子的有那么多人！大家只需在人群中端详一番，就能看出门道，何必非要揪着我不放。”果然有人盯着人群打量。转眼间，一旦有人下山回家，势必就会助推着其他人同样萌生出回家的想法。众人临走时，皆是唉声叹气。看那架势，简直是要去赴死。

袁绽终究有些于心不忍，当众又言：“只要满足了我提出的条件，我自会想办法救大家。”有几人催促着她赶紧说条件。袁绽又言：“我想让潘神医给我诊脉治病。只要救活了我，我们大家就一起活着。”乡亲们纷纷盯着潘笑尘，怎奈他却无动于衷，甩手就走，同样直奔山下。

丘山上的人越来越少，袁绽却不曾带着家人下山，连日来只靠吃些树皮草根艰难度日。每到下半夜，半空中必会传来哭腔，而且转瞬就会变得越来越弱，听那去向，似是直接奔向了村庄。韩家坟林附近，照旧会有一些石子飞来飞去，简直就像是热锅上炒豆子那般，空荡荡的山谷里总能响起噼里啪啦的声音。袁绽等人丝毫不怕。过了十几天，她突然晕倒了，鼻子里流出了不少鲜血。

韩再来着急万分，并未征得母亲同意，独自下了山，直奔潘家，一跪就是半天。潘笑尘断然不肯出手救治，并且有言："袁某人若是能像陈扶摇那样，不惧死亡，前去找日本鬼子拼命，我倒还能高看她一眼。只可惜，有人主动赴死，有人苟且偷生，世界太复杂!"

见韩再来长跪不起，潘笑尘又说："趁着村里最近没来鬼子，乡亲们何尝不曾跑来劝我，若能放却，尽得洒脱，不要再跟袁某人过不去，但我岂能容忍潘家的儿媳妇让潘家蒙羞。"韩再来灰心失望，起身走出了潘家院门。

巷子口上，恰巧有人正在嘀咕。白发苍苍的婆婆拉着年轻的媳妇念叨："等鬼子来了，我们无非就是一死，怕只怕韩涌潮的阴魂说不准哪天就会转世投胎成什么妖猴。你回到家里之后，赶紧把栗子埋到灶膛的火炭堆里，把锥子和剪子藏到炕上，最好在水缸里养上几只鳖。妖猴一旦扑到家里，你就直接告诉它，灶膛里有栗子。只要妖猴去扒灶膛，烤熟的栗子就会炸裂，说不准就会蹦起来炸瞎妖猴的眼。妖猴一旦扑到了炕上，若是不曾自己扑到锥子上，你就赶紧拿起剪子去捅。妖猴要是想喝水，那可真是太好了。且等着它把嘴伸到水缸里，里面的鳖自会咬住它的嘴。”

年轻的媳妇一听，立即抱怨了起来：“栗子、锥子和剪子，容易找到，可让我去哪里找鳖。要怪就怪潘家寡妇，她若能出面救人，我们何须挖空心思琢磨主意。她的脑袋是不是被驴踢了？天天跟着她的男人到底是不是韩涌潮的儿子，无论她自己是否愿意主动承认，能瞒得了一时，岂能瞒得了一世！”

韩再来正好从老婆婆和年轻媳妇的身后走过去，自然能听见她们说的话，回到山上跟母亲复述一遍。袁绽思考再三，说了起来：“此前我之所以不愿意承认你和韩涌潮的关系，无非是担心日后会有人羞辱你。我可能活不了几天了，现在想来，莫不如救救大家。尽管换不来潘神医救我，但会有另一番好处。只要公开了你和韩涌潮的关系，原本属于韩涌潮的那些地产，就会名正言顺归到你的名下。等闹完了鬼子灾荒，你就可以去耕种那些土地，可以免于颠沛流离。有家有业，终究是好事。”韩再来点了点头。

袁绽又说道：“风声如人哀怨的说法，无疑是对的！那些哭腔怎么可能会是你爹发出的，只是像极了你爹的声音而已。韩涌潮张嘴说话带着怎样的节奏，其他人听不出来，我岂能听不出来。怎奈村里仍是免不了人心惶惶，如果要解救大家，其实只需顺势而为。”

韩再来却说：“我倒宁愿认定那些哭腔是我爹发出的！

我自己都当爹了，但我从来没有听过我爹说话，全然不知那是怎样的声音。难道不能算是我人生的一大遗憾?”袁绽一听，叹着气说道：“是啊，不管别人喜不喜欢韩涌潮，他终究是你爹。你的身上流着他的血。”韩再来擦了擦眼角涌出的泪。

袁绽稍作思考，赶紧转移话题，以免更加伤感，最终把自己想到的策略告诉了儿子，让他赶紧去准备所用之物。韩再来又下了山，入了村，打听着路向去了石匠家里，交代了一番来意。石匠乐意帮忙，拿起锤子和钎子等一应物件，转身就要跟着韩再来上山。

他们在乱石堆里寻找平整的石块，无需多时即可找到，随即就要在上面雕刻人脸的模样。韩再来有言在先：“无论如何，一定要刻出一张成年男人的脸，不妨比照着我的雕刻。还要刻出十张小男孩的脸，不妨随意一点，反正孩子的脸模样还未定型，随着年龄增长还会有些变化。”石匠无不听言，围住石块，用锤子或快或慢、或重或轻地敲击着钎子。

夜幕降临时分，便又把那块石头搬到了家里。昼夜不歇，用了三天时间就干完活。石上的人脸模样漂亮极了，栩栩如生。转过天来，袁绽带着儿子来至韩家坟林。韩再来带来那块石头，放到韩涌潮坟前。石匠送来了一些香烛和火纸。

袁绽点燃了香烛，随即就让韩再来坐在那块石头跟前。且等着香烛慢慢燃烧，几人并不曾开口说话。几十名村民赶来观看，怎会不知袁绽此举的用意，就是要公然告诉大家，韩再来确实是韩涌潮的儿子。待到香烛即将燃尽时，袁绽又点燃了火纸。烧完了，众人就离开了那里，没再挪移那块石头。

当天晚上，山上无风，哪里还会再有风声如人哀怨。反倒有人曾言：“血缘亲情胜过一切，只要能让韩涌潮明确知道人世间还有自己的儿子，便不会继续闹腾。”几天以后，鬼子似是又要到村里扫荡。飞机刚刚在半空中飞走，村民们马上就奔向丘山。

袁绽的身体状况越来越差，一旦流起鼻血，怎么都止不住。潘笑尘就坐在不远处的树下，即使不曾刻意去瞅袁绽，又岂会听不见韩再来呼喊母亲的声音，但始终无动于衷。袁绽死死拉着韩再来的手，叮嘱了一句：“等我死后，要把我埋在潘家的坟里!”

此言一出，潘笑尘果然听见了，当即大为生气，起身摇晃着扑到了袁绽的面前。斥责起来：“你还有什么脸面去做我们潘家的鬼，去见潘家的列祖列宗！既然你跟韩涌潮生下了儿子，你索性就去做韩家的鬼。我若是允许你去做我们潘家的鬼，明摆着就是我自己打我自己的老脸，就是向世人公然承认我们潘家都是窝囊废，竟能容忍自家的媳妇去跟其他男人鬼混生子。”

袁绽却说：“我的儿子虽是韩家的后代，但我并不曾改嫁到韩家，只要我还活着，那便是潘家的人。我并不曾跟韩涌潮拜过天地，只是跟你的儿子拜过，我凭什么不能做潘家的鬼。再者说，我们并非只是父母的子女，还是天父地母的孩子。结婚时缘何拜天地，一来无非是要让天父地母见证和护佑子女的婚姻，二来则是要通过祭拜的方式，把婚事告诉天父地母，并且让天父地母成为子女婚事的参与者。无论是谁，死后都要归入地母的怀抱。地母又何曾拒斥过何人，只以博大的胸怀广为接纳。我们为什么不能向地母学习？为什么非要在是非对错上纠缠不休?”

人群中有人回应：“若无对错，何以为人？天善地善，人却未必善。早知今日，何必当初!”袁绽破口大骂了起来：“忘恩负义的东西，吃饱了就骂厨子。我若是不想办法安抚住韩涌潮，你们现在哪里还会有工夫胡乱磨牙。你不帮着我说话，倒罢了，反而还要指责我。”

那人回顶：“说话办事，总要一码归一码，我们不会忘了你的好，同时更不会忘了你的错。”潘笑尘直接问起了韩再来：“你会服从你母亲的安排吗?”不等韩再来回答，潘笑尘赶紧追说了两句：“你可要想清楚，你姓韩！你能容忍你的母亲去做别人家的鬼吗?”

韩再来怎会不知此事难办，想了想，拍着脑门说道：“我虽是韩家的人，但我却不是韩家人养大的。相较于父亲，母亲对我的恩情更重，因此我会服从母亲的安排。如此一来，我的确没有站在韩家的立场上说话办事，但我在此发誓，今生今世仅此一件。且待日后，我事事都会站在韩家的立场上。”潘笑尘一听，气地直咳。

当天晚上，袁绽因失血过多，一命呜呼。潘笑尘因生了太多气，第二天早晨没有醒来。韩再来果然把袁绽的尸首背到了潘家的坟林里，找来工具和木料，就地打制棺材。袁绽此前就曾带着儿子去过，韩再来摸得清楚哪座坟头是潘家儿子的，辟开一半挖了下去，最终让母亲和潘家儿子同躺一墓。不等潘家的族人给潘笑尘收尸，韩再来就把他的尸首埋到了潘家的祖坟里，自当是诚心诚意帮忙，意在补偿他在袁绽的事情上所经受的打击。

白云舒卷，万千尘埃似已落定。山上逐渐趋于安宁，人们纷纷下山回家，但还是害怕听见枪炮声。即使日子久了，其实未必会放松警惕。一旦再有枪炮声传来，当务之急，仍是放下一切，赶紧逃命。鬼子在村里扫荡了一圈，发现空无一人，便要踏步靠近丘山。

山上百姓怎能不怕，好在鬼子没有立即上山，许是担心山上有埋伏，就驻扎在山下。山上百姓怎能不念叨："万一鬼子要上山，可怎么办?"接连数日，鬼子每天都要向山上挺近几十米，非常有规律。山上百姓议论纷纷，真真是两头为难，一来只能继续后退着登山，二来又担心登至山顶，再无退路，最终恐怕只能跳崖。

大风呼啸，空气异味，甚至可以猜测到鬼子的营帐里早已备好了油料。一旦放火烧山，那可真是要步当年吴穷尽的后尘。山上百姓无不落泪，举头望天，简直要祈求老天爷快施救。望见鬼子又向山上挺近了几十米，人们倍感绝望，频频往山下投放滚石。鬼子举枪就要扫射。好在百姓中无人伤亡。

可巧有人发现山顶上似乎正下雨，雾蒙蒙的，断然不同于半山腰。更让人感到奇怪的是，居然有人在山顶的平整石板上煮茶喝茶，并未打伞遮雨。尤其是茶炉里的火苗，煞是晃人眼。两位喝茶人貌似不是世间凡品，真让人怀疑是不是神仙，皆穿着白色外衣。几棵柏树挺立在外围，不动不摇，像极了卫兵。

韩再来在人群中说道：“谁会在山顶上冒雨喝茶？雨水落到茶碗里，喝到肚里的难道不是雨水吗？既然要喝茶，按照常理，应该躲在何处的屋里喝，缘何非要跑到山顶上？更重要的是，我们并没有发现村里何人直奔山顶。难道是其他村的村民从后坡爬上去的？难道后坡没有鬼子吗？细细揣摩，喝茶人到底是从哪里来的，恐怕只能是从天而降。”

有人则说：“看上去怎么那么像是韩涌潮和他爹！”韩再来劝道：“切不可胡言乱语！或许只是两团像人的白气而已。”有人又说：“既然山顶上正在下雨，我们赶紧去吧。到了山顶上，就无需再害怕鬼子放火烧山。”此言一出，众人皆觉得可行，于是大家奔向山顶。

越是向前，越是看得清楚山顶上其实并没有人，倒是的确正在下雨。平整的石板上竟有两处凹陷，各长有一团牡荆。其中一团的枝杈间缠着一条一二十公分的红布，不知是从哪里刮来缠上的，更不知早已缠上多久，正随风舞动。

韩再来在心里念叨：“此前明明看见山顶上有人煮茶喝茶，难道是两团牡荆成了精？见人们逃无可逃，故此显了灵，把大家引至山顶。”想不明白，便又念叨：“且不管真相到底是什么，只要能救人性命就行。”

转过几天，鬼子仍要向山上挺近。山顶上百姓原本盼着细雨一直下下去，谁知早已下尽，更加担心鬼子会放火烧山。哪怕继续投放滚石，鬼子又何尝在乎。翻译官冲着山顶上喊了起来："我劝大家快快下山，皇军并无恶意，只是想要找些妇女帮忙干活而已。"

山顶上百姓哪里敢下山，女人们甚至想要跳崖寻死。好在有人劝言，不到万不得已，暂且不要寻死。一天两天，眼睁睁看着鬼子靠得越来越近了，山顶上百姓急得直哭，吓得直嚎。翻译官又喊了起来："你们离家在外，想来并没有带多少吃食，何必再反抗。即使我们不会放火烧山，不会攻打你们，山顶上没有水，你们光是挨渴就能渴死。莫不如尽快下山，我们给你们准备好了吃食和水。"山顶上无人搭话。

翻译官所言的确不假，连日来，早已有人啃食树皮草根。好在那些东西自带水分，人们未必会渴，只是依然害怕。韩再来想了想，跟其他人商量了一番："长期驻守在山顶上，总不是解决问题的办法。既然鬼子认为我们会饿死渴死，那么我们不妨就想想办法告诉鬼子，我们活得挺好。鬼子一旦来攻打，我们有的是力气作战，而且不怕放火烧山。"大家无不认为此计可行。

难题在于，如何让鬼子看到我们活得挺好？两天以后，韩再来终于想到了主意，告诉大家："无需再零散地投放滚石，男人们干脆搬石垒墙，待到鬼子靠近山顶时，直接推墙抵御。女人们每天唱歌。"

果不其然，大家各有所忙。男人们垒墙的速度飞快，争取让一米多高的石墙围住山顶，哪里像是挨过饿。如同晚上那般，轮班休息。女人们鼓足了力气，异口同声一遍一遍唱起了《点药方》：英台伸手开书房，取出红绫纸一张，点点珠泪灯前坐，唯愿梁兄命能长。一点青龙头上角，二点蚂蟥肚内肠，三点东海鳌鱼胆，四点仙女奶上浆，五点无风自动草，六点凤凰眼一双，七点蜈蚣毛四钱，八点万年不老姜，九点千年雪开花，十点百年瓦上霜。草本药方点停当，切思梁兄快还阳。

至于如何让鬼子误以为山上有水，韩再来告诉男人们："莫不如脱下一些上衣，放在地上，大家直接把尿撒在衣服上，再把衣服晾到石墙上。鬼子定会以为山顶上有山泉，水源充足，甚至可以用来洗衣服，哪里就会把山顶变成火球，更不会渴死人。"大家果然照做，避开女人们依计行事。

无需多长时间，石墙上就晾满了湿衣服。鬼子频频向上观望，怎么可能看不见。韩再来等人一旦发现湿衣服即将晒干，不妨再拿去撒上尿，回头继续晾到石墙上。此计甚是有效，两天以后，鬼子就从山上撤走了。

时隔不久，韩再来便带着王茯苓和韩翘来到村里，垒墙盖屋砌庭院，打算定居下来，自可凭借韩涌潮当年的那些土地讨生计，雇佣长工短工，放租收租。某天晚上，王茯苓和韩再来守着油灯坐定。前者问道："韩涌潮的后代并非只有你，其他人会不会找上门来跟我们抢地产?"后者拍着脑门说道："若有人来抢，那不是明摆着要告诉大家，某些人的存在，正是韩涌潮当年玷污各家女人所产生的结果嘛。有谁愿意当众挑明?我们虽然获得我爹的地产，但脸上并不光彩。据我猜测，我爹的其他后代，大概都会随着母姓，不愿跟我们来往。”

那年秋后，韩再来上山捡柴，准备过冬物资，隔远望见潘家的坟林里似有异样，赶紧跑去。到了近前，只见一口棺材竟在地面以上，侧旁正是潘家儿子的坟堆，但其中一半已经塌陷。踱步转了一大圈，那口棺材系由自己亲手打制，岂能不认识，怎会不知里面装着母亲的尸首。

韩再来想了想：“昨晚的确下过大雨，难道棺材是被坟内积水冲上来的？若是果真如此，免不了需要坟底出现巨大的泉眼。就眼前迹象来看，此种可能，理应排除。棺材缘何会在地面以上？那就只剩了一种可能，恐怕是被何人故意扒出来的！会是谁？除了潘家的族人，其他人家没有必要多管闲事吧！想来潘家人不愿接受我母亲。”

思考至此，仍有疑问，边琢磨边念叨：“潘家缘何不把棺材抬到我们韩家的坟林里或者我家？而是直接丢在了现在的位置，无非是想要避免跟我产生正面纷争。我若去潘家争论，而潘家又何尝不能搪塞，棺材是被积水冲出来的。综合审视，潘家恐怕是趁着雨夜把棺材扒出来的，且等着有人发现再告诉我，或者我自己发现。罢了，罢了，我又何必挑起纷争，只宜顺势而为。前些年，我母亲就曾告诉我，我家先人韩冬和魏竹庵最是不愿与人产生纷争，还极其善于扭转事态的走向，以德报怨。作为韩家的子孙，我既然已经归来，而且已经融入村内，理应继承家风。仔细揣摩，以德报怨，不挑纷争，并不意味着你我的品德一定非常高尚，在当事人的心中，其实只是想要通过各种显德的方式让彼此安宁而已。顺势而为，接下来该怎么办?”

韩再来仍在思索:“我既然早已宣称事事都会站在韩家的立场上，那就不妨让我的父母合葬，方能成全我作为韩家子孙的身份。如果依然让母亲跟潘家儿子合葬，我日后上坟，竟然要来潘家坟林，实话实说，本来就有些别扭。母亲临死时为自己安排最终归宿，我不宜悖逆。事到如今，我宁可认为棺材是被积水冲上来的，让父母合葬，就无异于老天爷想让我重新安置我母亲。”

韩再来拿定主意，急速回家，把镐锹放到独轮车上，又匆匆回到潘家坟林，把棺材搬到车上，运至自家坟林。韩涌潮的坟里原本就埋着一男八女，该把袁绽埋在何处?似乎没有必要扒出其中一女，腾出位置，把袁绽塞进去，再把扒出来的死者埋在大坟右侧边缘。最主要的一条原因便是，八女毕竟曾跟韩涌潮结过婚，而袁绽并未如此。左思右想，韩再来只在大坟右侧边缘挖了坑，安葬了母亲。再扬土扩展原来的坟堆，一男九女便同躺一墓，坟堆比原来更大。

望着眼前的坟，无异于望着一群已经故去的人，韩再来笑了笑，似能真真切切感受到家事家史颇不平静，而自己并非往事的局外人。天上有雨点落下，只身挺立在天地间，他感慨了一番:碌碌尘寰，赶不上当年在慈恩禅院经历的安宁过往。恨只恨眼下早已坠入尘世，琐碎事务，无不让人倍感头疼。真想骑上一头毛驴绝尘而去，沧海转向，渔隐于归。民间的一角，不只是我们的最初来源和最终归宿，有时甚至还是我们寻求精神避难的去处。

后 记

自《天鹅绝唱》于 2020 年 7 月出版以来，我时常被朋友们问起写作背后的思考。因一直忙于写作《权利儒学》《喜剧故事的法哲学要义》《集吉园往昔婚恋》和本书，各种回复难免散乱。于今，不妨借着写作本书后记的契机给出完整答复。

毫无疑问，任何一种严肃的文学写作都会具有特定的诉求，甚至可以借此命名写作品类。包括本书在内，本人写作的文学作品其实皆属于溯源文学的范畴。溯源文学所承载的写作目标有三：一则重点描摹传统文化在一代一代百姓身上的生成和具象呈现；二则追溯传统文化的历史源头；三则追溯传统文化的古今流向和当今命运，甚至还要重拾和再现易被各界忽略乃至遗忘的某些传统规范和信仰。它们貌似早已佚失，实际上却未必，只需深入民间即可发现它们仍有生命力。几部作品的生产恰恰都是通过采访获得素材的。

那些传统规范和信仰缘何易被忽略？不可避免关联于社会转型，而社会转型原本就具有以新代旧乃至古今更替的寓意。今不同于古的重要表现之一，便是中西交接。如何精准地发现那些规范和信仰？首先就可以借助西学予以映衬和逼显。自 20 世纪以来，中国社会发生了两轮声势浩大的西学东渐运动。前一轮可以追溯至清末，后一轮则起始于 70 年代末 80 年代初。观诸西方，且不说罗马法的法律关系的核心角色是男性家长，直至大革命以前，家庭模式一直都是父权制。即使到了清末和近代，那时的西方仍是典型的男尊女卑，但当年的我国学者刻意译介了西方启蒙运动中的民权、平等、自由等学说，助推着本土社会自清末至今一直以男女平权作为主流呼声。基于中西接榫，反观清末以前，极易产生的一种论断，便是传统社会一味倡导男尊女卑。回到民间，即可发现此种论断未必全面。

最典型的事例，当属各家生怕出现女性先于男性亡故的状况。盖因老婆称谓的谐音是“老破”。在民俗观念中，天为父，地为母，老婆先入坟，会影响夫家在天地间的生命安顿和血脉传承，堪称不吉。由此是否能折射出各家原本会善待女性？若果真先亡，埋葬时，甚至需要遵循特定的规范，让男性躺在坟坑内，象征性地先入坟。先亡的无论是男性，还是女性，办理丧事时，都需要遵循跪门和制作三角孝帽等规范，跟女性的娘家沟通。此类事例，原本可以用来论证男女平权，至今还有多少人知晓？

更有甚者，自从现代化来临，传统规范和信仰的原有统领地位备受挑战。各种人际交往的开展原本应该主要依赖法律，但法律到底能发挥出多大的作用，则存在极大的商讨空间。例如，依据法律规定，婚姻缔结只关涉一男一女基于自主权的自由合意，但它的民间表现并不是那么简单。一对翁媳，分别丧偶，各自单身，历经波折，情投意合，能否结婚？是否面临经由伦理驱动的阻力？一对父女原本失散，但后来竟结为了夫妻。即使双方无意挑战法律，难道不会受到伦理的责难？一对父子在事先无法沟通的情况下，基于巧合迎娶了一对姐妹。父子伦理犹在，关键是那对姐妹俨然成了婆媳。符合法律，又该如何确保姐妹伦理与婆媳伦理不会纠缠扞格？参考故事中当事人的感受和周围人群的评价，相比较而言，法律何其无力，道德争辩恐怕难有定论，最强大的正是传统伦理，足以促使权利让位。转型中国的绝大多数法律制度（包括婚姻缔结在内）恰恰都是从西方移植来的。外来法律能否实现本土化？西学在多大程度上已经嵌入我们中国人的日用常行？本土传统如何实现古今传承？不得不引人深思。

伴随着西学东渐，百余年来，批判传统的声音可谓一波又一波，促使本土社会结构越发开放。包括乡村在内，各种社会组织的搭建和运行早已不再是清末以前的旧式样，人们可以借机实现孜孜为己的心头所想。需要追问的正是，我们固然可以批判传统，难道不需要反思我们是否早已成为远离传统的新新人类？孜孜为己，仅仅意味着人人皆可从群体中脱嵌，抑或表现为背离家族乃至血缘和姻缘牵连，但可以脱嵌不等于已经脱嵌。相较于《天鹅绝唱》并未采用区分主角与配角的写作模式，意在让人人皆化身为主角和彼此生命历程的参与者，其他作品虽然采用了区分主配的模式，但只是出于行文方便的考虑。况且

《天鹅绝唱》已经对社会转型的各方面做了全体参与式的全景展现，那就可以在其他作品中只聚焦一家一事，以此互映。

正如本书，想要探讨的各种问题便是，人们如何通过血脉传承和姻缘确立家门？如何以天地为家？如何以故乡为家？以怎样的姿态面对家的无限泛化，方为恰当？如何守护着家？其间是否和如何不曾犯错？又该如何考评对与错？多数决断式的评定与一己任性之间存在着怎样的张力？所谓的孩子，是否只属于年龄化的概念？总体来说，既要关注人们如何随着时空变迁安顿各自的生命历程，更要阐发埋藏在人们心底的各种传统观念。诸如儒家式的入世与佛道式的出世、遁世或者离世，儒家式的隐待与道家式的归隐，儒家式的仁爱关怀与佛家式的慈悲善恶，还有儒家所追索的天地君亲师等，其实仍与当代中国人的祖先观念、世务策略乃至归隐之思息息相关。

有些故事具有怎样的人文构成，即使不会显露得那么明显，但其中的事理规范仍高度契合传统信仰。比如说，面对血缘伦理与天地人的绑定，百姓时常言说，“人在做，天在看”。此言蕴含着以德配天的观念，恰与先秦商周转型的历史经验遥相呼应。学界早已发现，商代的“德”，等同于“得”，意指从上天那里得到，而上天主要是指祖先神灵。既然人与上天存在血缘关系，上天怎能不照拂子孙。由商代转至周代，神灵设定发生了祖先与上天的二元分化，上天不再只是祖先的化身。一旦失去了血缘关系，人们若要有所得，就必须向上天展示自己的德性和德行。

正如《尚书·周书·蔡仲之命》《左传·僖公五年》所言，“皇天无亲，惟德是辅”。再比如说，见于《天鹅绝唱》末尾，瓶中有鹅，出瓶却不破瓶的故事原型固然来自民间，但它还曾出现在宋代佛教典籍《景德传灯录》卷八。借来叙事，无非想要表明主人公通过出儒入佛的途径寻求救赎。转入《集吉园往昔婚恋》，除了可以看到佛教在民间流传，还能看到丧葬中隐含着儒与道并立。迄至本书，则主要刻画了人生路途的儒家归向，兼及主人公具有出儒入道之思。

各种传统规范和信仰出现在民间，透露着民间记史，化史为俗。何谓俗？实际上并非仅指俗语或者俗事，还指涉民俗。具体言之，无论是几百年前的制度史，还是自先秦以来的文化观念史，能否获得跨越时空的流传，原本需要经得住一代一代百姓的记忆甄选。它们若早已化身为民俗，反倒构成人们办理相关事务时要遵循的规则，以至于总是强势出现，动辄就要释放出规范性和约束力，尤其会在生老病死和婚丧嫁娶等事项上获得淋漓尽致的表现。人们只需照章办事，便已足矣，全无必要追溯和获知它们的历史源头，由此恰恰可以表明历史何其无声但有力，方才总是悄悄地频繁上演。用保守或者激进的说法来描述百姓的生活式样，其实未必合适。当年讲故事和听故事的人转眼就成为故事中的人，观念趋同本来就会肇因于先人后人的生命历程存在暗合。各种事务的应对一旦涉嫌必须如何或者不得不怎样，就不能依据策略选用是否显旧而直接判定为保守。

综上可见，到了溯源文学的创作中，清末以来的中国社会无疑是斑驳的。西学东渐和批判传统固然会让人们的生活式样趋新，但民间景象的展现必然携带着普通百姓的能动性，以至于民间并非只是西学东渐和批判传统的被动接受者，而是会以自身的原有承载做出积极地回应和互动。人们的生活式样亦会在历史发展和社会转型中呈现出笋节脱皮式的状态，即新芽已经在生活内部萌生，但层层外皮未曾全部脱落。原本的新芽更是会在成长的过程中日益趋旧，而且新芽本来就生长在传统的根系上。西学东渐和批判传统所能改变的，其实只是笋节生长的外在环境和浇灌入土的营养液。一言以蔽之，溯源文学的核心论题正是，过往对当前的深度参与。主要论断则是，你我生命历程的安顿，即使完全指向眼前即见，但其间还混杂着历史基因和历史进程的呈示，支撑着各种事务的传统规范依旧属于当代民间生活的重要构成。

举凡民间，遍及城乡。相较于西学东渐更易在城市中表现出来，若要关注传统，就必须深入乡村寻访，甚至需要融入受访人的生活空间，展开面对面的深度交谈。一则是因为它们原本就扎根于农耕文明，而中国社会自古以来一直具有乡土底色，即使到今天都难以说是底色脱尽。随着社会发展，具体从事农业耕作的人员固然越来越少，有的人甚至从来都不曾从事过，但人们至少还会自我类比于植物，时常念及落叶归根，或者人活一世，草木一秋，至此透露出的又何尝不是以农耕打底的人文观念。甚至可以感叹一句，眼前的世界越来越绚丽，我们的心灵却依旧漂泊在古朴的乡土上。又因各种传统规范和信仰主要以故事为载体，以至于理在事中，有的只能发源于乡村，在城市难以找到最原初的生发土壤和生长空间。它们的原生形态，主要具有三种层面的集中展现。

第一，民间故事通常具有十分明确的叙事情节。哪怕在乡村退休教师或者村干部等具有一定知识水平的人员的讲述中，所言说的往往都只是发生在过往的某些事。时间、地点和人物未必清晰，故事的起承转合有时还是断裂的。即使针对同一件事，受访者的讲述甚至彼此不同，但主要或者较为核心的故事主旨则不容模糊。每位受访者的言说，难免都需要提起某种事由，再展开正式讲述。把事情本身置于前，把从中获得的感悟置于后，让往事与眼前的事发生对接，借助类似经验助推着当前事务的应对。有的故事在各地流传，甚至带有雷同性，有的反倒具有地域性乃至私密性。

雷同性一则体现为各界原本就会对某些历史故事存有共同记忆，包括帝王将相在内的各色人等，夹杂并现，凸显着讲述者主动把他人的生命历程和自己的人生感悟共同放置在历史时空。有些故事哪怕在源头上未必真实，但作为一种历史文化遗存，在民间流传，难免会裹挟着民间认知和信仰，助推着人们信以为真。真真假假相合难分，一旦沦为必然，虚假就会成为真实世界的必要构成。当年的真实情况未必会进入后代子孙的记忆，前者一旦在后世再次被追问提起，子孙甚至可以借助于故事重构过去，而故事更易于出入人们的记忆。以虚代实，就成了民间记事的一种策略。塑造故事，恰恰是民间百姓认识和把握世界的一种不可或缺的方式。真实去了哪里，其实只是永久性地存留在当时的事发现场。由当时到眼下，不可避免会有数不清的人为和非人为的层层隔断。人生务实，生命求真，指向的恐怕只是人们眼前即见的生活。揪着过去较真，与其说是在寻找真实，莫不如说是在表达某种坚定不移的信念。二则体现为某些事务原本就牵连着若干公共民俗规范。

地域性主要体现为某些风俗通常会与特定地域空间相互绑定，直指文化人类学意义上的地方性知识。私密性主要体现为自家事务未必全都能道与他人。能与人言说的往往只是隔着三四代人的陈年往事，事关祖辈乃至父辈的，往往讳莫如深，除非原本就曾发生在众人面前。有的时候，甚至需要按图索骥，即沿着曾在何处听闻的蛛丝线索，前去寻找当年事件的当事人或者其子孙后代。

第二，民间故事通常以零散的状态存在。首要原因在于它以口口相传的接力方式作为传承机制。尤其是跨时空的传承，在此人之口与彼人之口中流传，势必经由各人的趣味甄选和记忆裁断，不可避免会发生部分情节的遗落和丢失，即口口相传并非保存故事原貌的一种妥当方式。甚至可以说，凡是从他处听闻来的故事，其传承面貌原本就不同于原有面貌，在流传中，早已历经删繁就简或者添油加醋而变了样。即使发生在自家的往事，发生时的原有面貌与事后追认的面貌同样难以等同。讲述者未必具有书面文字表述能力，即使有，难免又不以付诸书面记载作为诉求，有时反倒正是需要借助于声情并茂的口头描述来凸显故事的生动性。

同时，民间的故事讲述原本就讲求简洁明快，以至于篇幅越长的，在不同受访者的讲述中就越发表现出差异。况且故事存在的意义本来就像是调味品，致力于增加日常生活的色彩，主色调则是农忙和婚丧嫁娶等事务的应对，于是它们往往会在人们的闲暇时间才会被提起。当它们出现在田间地头，人们一说一笑，所起的作用或是缓解疲劳，或是共同讨论其中的疑问，或是借助于众人之口排忧解难。

再者，故事的发生本就散见于各家各户，难免显得杂乱无章，但有时又暗藏玄机。此故事与彼故事，在讲述中存在着位次排序。排位越是靠前的，越是早已内置于生命历程，甚至属于大半生时常就会思考的。排位越是靠后的，越是只会沦为彻底的听闻。人们的生命历程其实囊括着共性和特性，譬如绝大多数受访者都认可，作为人，应以行善劝善为日常要务，但什么是善，如何行善劝善，理解上存有差异，塑造着知识社会学意义上的意识形态。理解差异无助于故事的统一。溯源写作恰恰需要借此来确立各种民间事务的典型事例，而且尤其喜欢借用各位受访者讲述时排位比较靠前的那些，以至于完全可以把几部作品视为典型事例资料库。

第三，民间故事通常极富趣味。尤其那些未解乃至无解的谜一般的事情，本就是街头巷尾或酒桌茶桌上的重要谈资。人们在谈论时，免不了传递出神秘感。受访者未必曾去探秘，但保持着高度警惕的探秘心态和敬畏感。各种故事一旦深契以往的历史经验，极易让人产生一种直观简单的判断，即年龄越大的受访者貌似能讲述更多的故事，实际情况却并非如此。历史经验的积累固然会与年龄相关，但其间并不存在正比例关系。随着年龄增长，人们的记忆力原本就会下降。以生命历程的线性展现去比附历史进程的线性铺排，显然不合适。

更重要的是，某种故事的趣味性能否适合某些人群的欣赏口味，趣味和口味一旦相互搭配，就会抢占年龄因素的重要性，于是有的受访者明明还比较年轻，但能讲述诸多故事。还有便是，受访者对周遭世界的敏感度，包括自身学习能力所投射的范围，都会作用于对往事的记忆和讲述。说到底，共有多少故事能进入受访者的生命历程，原本就因人存异，而人们的记忆力和讲述能力又具有极大的差别，以至于乡村并不存在太多的故事讲述者，无疑需要大量的时间去寻访。积年累月，积少成多。

除了正式写作几部作品以来，用在寻访上的时间计有十几年，在正式写作以前，其实还曾漫无目标地寻访，前后算起来已经接近二十年。另有一点经验，还需要记下几笔，即哪些人能讲述，能讲述多少，并不与有证件可以证明的文化程度直接相关，通常只取决于闻听兴趣和记忆力。有些故事缘何能相传甚久，甚至早已无法查找出最原初的作者，并不是因为它们能在所有人之间口口相传，其实只是因为契合部分人群的闻听兴趣。

民间故事原本就属于民间文学、乡村文学和俗文学的范畴，借来展开文学写作，表面上看是要集合众人的讲述，集点成线，集线成面，尽量修复乃至填补完整，让它们获得稳固的书面记载，实际上却并非只是简单的辑佚。关键问题就在于，民间故事何其繁多，缘何只是选用其中的一部分，由此就凸显出了写作的目标。既然要通过文学作品呈现民间风貌，如何确保全面，比较容易做到，只需借用各种类型的故事即可；如何确保公允，则需要立足于特定的理论根基。几部作品的写作都依循了历史法学的思考路数，而且重在借用格林兄弟的致思路线，但在如何对待民间原生和文本写作的问题上，主要依循了社会学法学的做法。一则不带任何偏见地直面社会，把民间信仰和规范凸显乃至抽绎出来；二则客观关注各种制度如何为人们的日用常行搭建基本框架。说到底，几部作品在写作方向上深受历史法学的影响，笔锋运思则契合社会学法学的常见思路。

借用本土理论资源来说，正如孔子所言，述而不作，信而好古（《论语·述而》）。几部作品的写作的确只是在描述、阐述和叙述民间原有。有些看法若能被视为原创发明，其实都只是在集思广益的基础上点石成金而已。孔子的儒学写作一旦从自身以外获取创想资源，历史和社会中的相关事务就会成为儒学的原型意象。几部作品同样承载着某些历史经验的再生再现，但民间风貌的展现未必全都契合《论语》等儒学文本曾对历史经验的各种描摹，而是极具文化人类学意义上的野性，于是所要展现的实为儒家、道家、墨家、法家、兵家、佛教等各种传统人文的原型意象的混杂浮现。

既然要溯源探究民间信仰和事理规范，还有背后的传统人文根基，起初的确曾想要以哲学或者法哲学的纯粹理论探讨的面貌呈现出来，最终却写成文学作品。至于原因，无非考虑到长篇小说的容量无疑更大，记人记事记史都更加灵活和更有弹性，而且可以借助文学本身必有的故事性和生动性，扭转纯粹理论探讨的高度抽象性，更易于引起文化认同。

况且学界早已指出，自20世纪以来，理论话语与民间发生了一定程度的疏离。一味举用前者，甚至会使得后者难以被全面认识。因为前者借着现代化的面貌带有浓厚的西学色彩。尤其是那些不曾存在于西方的事物，难以纳入西学范畴，怎能不会被选择性遗忘。通过文学作品来呈现，既可以确保全面，还可以尽量让民间保持原汁原味。

只要彻底回到本土的社会情境，就必须看到批判传统与复兴传统的长期拉锯，使得民间始终处在不间断的形变状态。人们的生命历程无论是昙花一现，还是持久开显，恐怕都带有支离破碎的潜质。通过文学写作追索传统，更易于新旧互鉴，映现出普罗大众极其朴素的日用常行原本具有多元的可能。即使有些传统早已化作历史河流的淤泥，记述的意义，一则记留历史，二则可以展现传统本身在社会转型中的流变。城市化的扩张以不可逆转的势头蔓延开来，日后还能不能看到乡土故事在民间的原生态续写，已趋于未知。寻访民间原有，让它们在文学作品中尽量保持原貌，甚至带有抢救性发掘和保护的考古意蕴，因而溯源写作所要打造的正是可以承载民间史料的文本，即溯源文学亦是史料文学。

见于各种比较文学的研究性著述，经常会出现一种论断，认为包括格林童话在内的各种西方文学作品，叙事中通常蕴含着异常出奇的想象力。有必要强调，中国的民间故事其实毫不逊色，两者只在根基上有所不同。从整体性的文化构设上来说，西方人搭接着基督教信仰，除了关注家庭伦理，还极为关注人与上帝的沟通，这是西方社会的底色和西方文学显性隐性的叙事背景。中国人的信仰自古以来则主要围绕家庭伦理和天地人的整体循环。

具体言之，前者事关海洋文明，构思写作和阅读时，脑海中一旦闪现出船舶在空旷的大海上航行的画面，难免就需要揣摩，船上的人缘何仰望浩瀚星空，是否正思考上帝在哪里，或者祈求开示。后者则事关农耕文明，常见画面无疑包括世世代代的人在苍茫的大地上耕作，谋求生计。大地固然能被区隔成两层，活人死人或者后人先人分别在地上地下，但隔而不断，后人追念先人，先人庇佑后人。越是深入民间，就越能体察到，若以主题和内容作为裁判标准，各种故事大致可以分为三种类型：关于家业的、关于非人类生命体的、关于史上事件的。后两种的叙事背景同样立足于农耕，甚至原本就属于人们在田野林间的见闻。哪怕只是对历史展开回忆和民间描摹，但又难保不是借助了某些陈年旧迹破土而出的契机。

某著名法学家在看到《天鹅绝唱》后，曾告之，前往西方游历访学时，总能在学校、书店、酒店、朋友家里见到各种童话类书籍。紧接着发问，西方人是否钟爱童话写作？我们中国的文学作品为什么总是喜欢描写具有沧桑色彩的故事？当时便已经感知到，如此发问，着实尖锐和精到，但未曾速答。在写作《集吉园往昔婚恋》和本书的过程中，曾一再反思，如今或可做出回答。

作为其中的一方面原因，那便是西方人以上帝为父，无论白发老人，还是孩童，皆可被视为上帝的孩子。既然基督教信仰塑造着不分年龄的童真，免不了会对童话的写作生产和流传产生助推。我们中国社会则不具有那样的信仰机制。即使基督教早已传入，仍无法抹平中西信仰差异。尤其是生死安顿，牢牢地与土地绑定，迥异于西方式的死后去见上帝。岁月流逝，年年带走多少人，土地上的一年变换，除了可以让人们在农耕时望见植被枯荣，更足以引起人们对坟堆添设的关注。只要以民间为视角，记人一旦重点关注以农耕为生的百姓，那么记事就无法抛开如同庄稼一样从泥土中生长出来的各种故事。那些故事带着浓浓的泥土气息，描述着人们如何置身于历史进程，追寻人生的意义。它们即使妇孺皆知，都未必是在刻意承载童稚气息。人们的信仰绝大部分都是围绕着祖先和农耕的，怎能不沧桑。

在《天鹅绝唱》中，本人曾对若干古典文学作品做出插播式点评，竟引起几位友人的高度赞誉，继而曾追问《天鹅绝唱》和另外几本书的写作手法。行文至此，不妨对自我理解做出交代。几部作品尽管具有不同的叙事主题，但在写作中都对故事进行了一分为几式的分类，让所有情节尽归其一，尽最大努力达致圆融整全，意在产生牵一挂万的效果，因而可以把其间的手法形象地称为“树摇枝颤”或者“枝摇叶颤”。

民间故事丰富多彩，远胜本人的一己想象，必须要向提供素材的几百位受访者表示郑重感谢，并致以最高敬意。尽管他们都不想让自己的名字出现在书上，但他们才是故事的真正发明人，本人顶多只能算是法律意义上的版权人而已。若有读者还想关注故事背后更深刻的人文积淀，包括百余年来社会转型与传统人文的磨合，可参阅本人的《权利儒学》《喜剧故事的法哲学要义》。另有一本《童话故事的人类学暗语》，更是直接借用调研素材，专门针对传统文化的民间表现和来源展开深描。最后仍需强调，书中讲述的故事若跟其他著述雷同，并非抄袭，是因不同作者打听到了相同的故事，而且做了类似讲述。诸如朱洪武促迁人口、貔狐化人之类的故事，原本就曾出现在各种书籍中，本书则增添了不少情节。按照惯例，录入几句自认为是诗歌的文字，题为《共勉》，算是对此前寻访和本书写作感受的凝结：

乌云沉沉暗低吟，满眼尽是蒙脸人。
穷途不归又遮面，日月不愿照凡尘。
旗头摇摇了无痕，烛团晃晃一颗心。
纵有苦楚吃不尽，且待狂风入山林。

伊涛

桐碧园/抱春山

2022 年 10 月

图书在版编目（CIP）数据

走错家门的孩子 / 伊涛著. -- 上海 : 东方出版中心, 2025. 3. -- ISBN 978-7-5473-2691-6

I . I247.5

中国国家版本馆CIP数据核字第2025CX6828号

走错家门的孩子

著　　者　伊　涛
责任编辑　陈哲泓
装帧设计　钟　颖

出 版 人　陈义望
出版发行　东方出版中心
地　　址　上海市仙霞路345号
邮政编码　200336
电　　话　021-62417400
印 刷 者　上海万卷印刷股份有限公司

开　　本　890mm×1240mm　1/32
印　　张　12.75
字　　数　240千字
版　　次　2025年4月第1版
印　　次　2025年4月第1次印刷
定　　价　78.00元